晓松说
历史上的今天

Today

in History

鱼羊野史

第 **6** 卷 11—12月　高晓松
作品

SPM
南方出版传媒
广东人民出版社

博集天卷
CS-BOOKY

·广州·

图书在版编目（CIP）数据

鱼羊野史. 第6卷 / 高晓松著. —广州：广东人民出版社，2016.6
ISBN 978-7-218-10907-7

Ⅰ. ①鱼… Ⅱ. ①高… Ⅲ. ①中国历史—野史 Ⅳ. ①K204.5

中国版本图书馆CIP数据核字（2016）第117777号

Yu Yang Yeshi · Di 6 Juan

鱼羊野史·第6卷

高晓松　著

出 版 人：曾　莹

责任编辑：肖风华　梁　茵　廖志芬
监　　制：蔡明菲　潘　良
特约监制：杨文红　陈雨人　闫　虹
特约策划：邢越超
特约编辑：苗方琴　杜冬梅　张　磊
特约编审：张景岳　阎京生　尹　约
营销支持：刘菲菲　李　群　杨清方
封面设计：一诺·闫薇薇
版式设计：姜利锐

出版发行　广东人民出版社
地　　址：广州市大沙头四马路10号（邮政编码：510102）
电　　话：（020）83798714（总编室）
传　　真：（020）83780199
网　　址：http://www.gdpph.com
印　　刷：长沙鸿发印务实业有限公司
开　　本：787mm×1092mm　1/16
印　　张：21　　　　字　数：332千字
印　　数：1—80000册
版　　次：2016年6月第1版　2019年2月第4次印刷
定　　价：45.00元

如发现印装质量问题，影响阅读，请与出版社（020-83795749）联系调换。
售书热线：（020）83795240

序

这套书是我 2013 年在东方卫视做的一档叫《晓松说——历史上的今天》的节目文字未删减版。因为电视播出的时长限制，也因为大众平台的尺度制约，播出版剪掉了很多。加上形象不够悦目、北京口音浓重，错过了不少观众。故此将文字结集出版，希望能和更多人分享知与识、艺与术、成长与思考。

既然叫"历史上的今天"，自然就按"天"索骥，把每天发生过的事件挑挑拣拣，拣出我感兴趣的一两件聊聊。由于我半生不务正业，主要是不知哪种营生堪当正业，就读了若干闲书，跑了许多地方，颇结识了些僧俗怪人，目击了二十年怪现状。也就攒下些心得想法，闲时在饭桌酒局贩售，落下个不埋单的口实。一来二去，就跑到天桥撂地说书，真干起了这门营生。

说是历史，又与人家专门考据分析归纳立论的"高大上"历史学问不同，无门无类，凡举政治、军事、科技、文艺、体育甚至天文地理古董迷信，杂七杂八，信马由缰，点到即止。需要读上个大半册，才能看出些观点主义之类。为免读者劳神，干脆在这里开宗明义，把我的不成熟小历史观呈上，以便随时检验。

我觉得整个人类历史的展开，就是科学和艺术以平行线的方式交替解释人与自然，交替给我们提供美感，从不同时共襄盛举。你离远些看到整个历史，当文艺昌明的时候，艺术飞速发展的时候，通常都是科学很落后的时候，或者科学停滞不前的时候。最开始出现的图腾、最开始出现的神话、原始的宗教，其实都是艺术的能指。太阳是阿波罗，月亮是嫦娥，东西方最开始都在用艺术解释世界。紧接着科学发展起来，开始急速地追赶，世界大部分的现象，都赋予科学解释，地球是圆的，季风有规律，月亮是卫星。这个时候艺术就会很长时间停滞不前。文艺复兴的时代，艺术涤荡天下，再到工业革命的时候，艺术又相当程度地退居幕后。当科学迅速发展撞到南墙，比如到了"一战"，发现科学这么发达，可以这么高效率、短时间、大规模地杀人如草芥，上千万人就这样零落成泥碾作尘时，科学惊呆在那里，科学自己不能解释这是为什么。所以一战以后，又进入一个艺术大发展时代，就是我在后面经常讲的，巴黎流放归来的人中，出现了大批大师，出现了海明威、聂鲁达、菲茨杰拉德，出现了毕加索，哲学方面，萨特、福柯接踵而来，开始解释我们人类出现了什么问题。

然后科学再发展，艺术再解释，每当科学飞速发展的时候，人们的精神会停滞，因为科学发展的时候，对生活是有很大改善的，每当生活改善的时候，知识分子就觉得很孤单。比如今天，不光是中国，全世界的知识分子都觉得很孤单、很迷茫，包括英美的大知识分子，这两年都开始严重向左转，写了大量有关马克思主义、有关左派的书，因为他们也找不到出路。我觉得这就是历史发展的必然。因为现在是科学最大发展时期，以互联网为代表的高新科技，以最快的速度改变着人们的生活，这时候艺术通常会靠边站，等科学飞速地再一次撞到南墙。等科学对人们精神世界的又一轮高科技束缚出现的时候，科学又会发现自己无能为力，艺术又会超越科学，再去解释人类的新问题。那个时候才会出现崭新的文学、哲学，崭新的电影，崭新的绘画流派和音乐。我很期待那一天，最好在我有生之年，我猜一定在我有生之年，因为现在发展速度比以前快了百倍，两者交替的频率也应该比以前高很多。有意思的就是它们从来不同时绽放，而是交替，但是它们每一次交替都带给你很多美感跟思考。

再有就是大家说屁股决定脑袋，每个人都根据自己的身份、自己的成长，会有不同的看历史的眼光。每个时代都有它的好，有它的不好，只是由于每个人的身份不同，比如我作为一个知识分子家庭出身的孩子，作为一个读书人，我当然是喜欢文化昌明、知识分子自由的时代，我当然是不喜欢要被太监打屁股、被太监侮辱的时代，所以我肯定不喜欢明朝。我自己最喜欢的几个昌明时代，首先是春秋战国时期，尤其是齐国，不光是因为齐国有管仲和青楼，也不光是因为齐国有海鲜吃，那个时候饭做得不太好，只有脍、炙两种手段。那是知识分子最美好的黄金年代，你有上、中、下好几条路可选，上也许能成为诸子百家，那你就太高兴了，也许嘛，大师辈出的年代你被激发了，而不像今天，大家比着秀智商下限；中你可以布衣立谈成卿相，也许你就站在君主的门口聊几句，献个策，就进了中央政治局，苏秦甚至创造了同时佩六国相印的世界纪录，挂身上都背不动；再下，也可以去孟尝君、信陵君、春申君家里头当门客，跟公子聊聊天，替公子看看书，大家喝喝酒。我觉得那是一个美好的知识分子的时代，甚至比同时代的希腊还要好。那是一个轴心时代，这边有诸子百家，那边有希腊璀璨的大师们出现，南边还有释迦牟尼顿悟了。那是一个伟大的思想飞跃的时代。能生活在那个时代，就算吃得差一点儿，也觉得很幸福。或去唐代，当然最好不要经历安史之乱，好事儿都得叫咱赶上，最好是安史之乱之前就已经死了，生前经历了唐初一直到盛唐玄宗时期的开元盛世，与大诗人们一起结交、云游、写诗，甚至可以上殿去脱了鞋，醉草吓蛮书走起。那个美好的时代，是伟大的诗人时代。再不济就去宋朝，最好是在仁宗时期，不要看到后面改革、党争那些事儿。只跟苏家兄弟一起游于赤壁，杯盘狼藉，不知东方之既白。也可以写文章骂皇帝，破口大骂也没关系，最多就被发配去旅游嘛，到处去看看。所以我喜欢这些美好的时代。西方文艺复兴时期也很美好，大航海时代就算了，因为我吃不了苦，在船上确实苦。

　　我一直都以这样的观点来看待古今中外的人与物，基本上我比较偏中，既不左，也不是很右，你要说中庸也好，叫我自由派也好，我就是这样的一个读书人。以这样的观点来跟大家分享，午夜醒来想一想还算问心无愧。

高晓松

2013 年 12 月

Today

in History

目 录

引 言

◆11月

⑫月

引 言

　　众所周知，有一帮杞人忧天的家伙臆造了一个叫世界末日的东西，当然了，到那天世界末日没有准时来临。但这件事启发了我们，让我们重新想一想，我们是谁？我们从哪儿来？要去哪儿？也让我们更加珍视这个浩瀚宇宙中间，发生过无数次聚散悲欢的小小星球。历史是什么？很多人说过这样那样的话，胡适先生曾说过历史是个任人打扮的小姑娘，但是在很多时候，历史甚至变成了一个整过容的大妈。我们要说的历史，是尽量不整容、不化妆，素颜的历史。

Today

in History

11月

11月1日

《晓松说——历史上的今天》来到了 11 月 1 日。1937 年的这一天，西南联大的前身国立长沙临时大学开学；1935 年的今天，汪精卫遇刺；1982 年的这一天，本田成为第一辆在美国生产的日本汽车。

| 国立长沙临时大学开学 |

1937 年 11 月 1 日，西南联大的前身国立长沙临时大学开学，后来，11 月 1 日也被作为西南联大的校庆日。当时的西南联大由北京大学、清华大学、南开大学组成，这三所大学后来基本上都会每隔十年，比如，在四十周年、五十周年、六十周年的时候，在 11 月 1 日这一天，搞西南联大的校庆活动。西南联大可以说是抗战时期中国知识分子的重要缩影，体现出中国知识分子爱国、尽忠守节的光荣传统，在那么艰苦的环境下，西南联大培养出了大批优秀的学生，而且还研究出了大量的科研成果。正是有了西南联大，才使中国大学教育水平在八年抗战中不但没有下降，反而有所上升。我觉得这跟全民的士气有很大关

系，那个时期全中国人民都充满着一种爱国情怀，团结一致、任劳任怨、不计回报，西南联大造就了中国那个时代的教育辉煌。

国立长沙临时大学最开始的校园是由清华大学修建的，大家知道1931年爆发了"九一八"事变、1933年爆发了长城抗战等，这时候清华就意识到：万一有一天北平被日军占领了怎么办？于是，清华大学就决定建一个后方的校园。在选址时，大家都觉得不管中国人怎么跟日本人打，也不会连长沙都沦陷了，所以清华就决定把后备校园建在长沙。大家知道清华大学办学用的是美国退还的庚子赔款，在所有的国立大学中清华大学是最有钱的，从1935年开始清华大学就自己先拿钱在长沙修建校园。国立长沙临时大学的校园原本预计在1938年建成，当时大家估计日本人怎么也得在1938年以后才能打过来，结果日本人动手早了。1937年7月"卢沟桥事变"爆发，8月，上海也打起来了，北平、上海所有的大学就开始向后方搬迁。当时中国所有的高校，有的叫大学、有的叫学院、有的叫艺专，加在一起一共有一百零八所。我很感动于当时全体师生的爱国情怀，除了留在英、美、法租界地区极少数的学校以外，中国几乎99%的大学，从北平到上海，再到青岛、杭州等，学校几乎全部内迁，大家都坚决不做亡国奴，坚决不在日本人的铁蹄下生活。清华大学因为早已有所准备，于是北大、清华、南开就迁到长沙组成了国立长沙临时大学。

长沙临大一开课，清华的教授占到一半，清华当时在各方面做的准备确实比其他学校更充分一些。清华大学在民国时期虽然不是中国排名第一的大学，但其重要性无可取代。北大在京师大学堂时期确实是中国最好的大学，但是后来大批海归回到国内大学来当校长、教授，各个大学开始引入西方的学科，那时候北大基本上还是以国学为主，在理工科方面、科技方面开始落后，所以也就是排在全国第四、第五的位置。当时有一段时间中国最好的大学是东南大学，也就是原来的南京高等师范学校。清华大学一开始叫清华学堂，当初是清政府建立的留美预备学校。从1928年变成大学，清华大学本来就是美式教育，后来又加上了国学研究院，当时清华大学国学院可谓大师云集，四大导师王国维、陈寅恪、赵元任、梁启超名扬天下。所以清华大学后来就超过了东南大学。这个时期的浙江大学也很强，竺可桢校长到了浙大以后，浙大迅速崛起，号称"东方剑桥"。民国时期的大学排名也很有意思，不像今天，几个大学排在前面，很稳定。

那个时候是中国大学教育的开创时期，各个大学都是你追我赶，各领风骚三五年。

清华大学首先迁到长沙，之后北大、南开也陆续迁过来，共同组成了国立长沙临时大学。北大属于国立大学，清华大学是美国庚子赔款建的大学，南开大学是张伯苓校长自己筹款建起来的私立大学，它们也代表了当时中国大学的三种主要形态：最主要的是国立大学，之后是教会大学，还有就是私立大学。教会大学也很强大，像燕京大学、上海的圣约翰大学都是当时非常优秀的教会大学。那时私立大学不是很多，比较优秀的就是北方的南开和南方的厦门大学。北大、清华、南开组成了联大，我觉得这很能体现出抗战时期的团结，当时各校的教授基本上也都来了，但北平还依然保留着北大，北大的周作人教授就留在了北平，他声明"我老婆是日本人，但我不是汉奸"。所以在抗战期间，日占区的北大就是由周作人这些人去维持，但北大大部分的学生、教授还是迁到了长沙。

国立长沙临时大学刚维持了一个学期，其间发生淞沪战役，上海陷落、南京陷落、武汉陷落，武汉离长沙已经非常近了，于是大家就决定再迁往昆明，所以国立长沙临时大学其实只办了一个学期。当时桂系也想让长沙临大迁到桂林，因为桂林比昆明还要繁荣一点儿，但是大家都觉得桂林还是不保险，后来在抗战中期的时候，桂林也确实成为前线。最后长沙临大全体迁往昆明，还分了三路人马，很有意思。其中一路是由一些教授带着，先到桂林去解释一下。桂林当时是广西政府所在地，人家桂系那么热情地邀请你来，要出于礼貌给人家解释一下不去的原因。这路人马到桂林解释完以后又从桂林转道越南，因为当时云南没有通往广西、贵州、四川等内地各省的铁路，只有从越南沿滇越铁路北上，才能到达昆明。大家知道云南及周边各省到处都是崇山峻岭，正是由于地势险峻，云南最后才成了中国抗战的大后方。第二路人马是当时所有家里有钱的学生，也就是现在人们说的"富二代"吧，他们先到香港，又从香港上船去了越南，然后从越南再沿滇越铁路去了昆明。第三路就是剩下的以闻一多为代表的教授及他们率领的大批学生。他们带着很多东西，包括大量的书、大量的仪器等，除了打包运走一部分，其余的就是由数百名学生背着行李和装备跟着教授们徒步从长沙走到昆明，这个叫"三千里路云和月"。当大家最终跋涉千山万水走到昆明的时候，闻一多教授的胡子已经特别长了，非常非常艰苦。

所以西南联大的建立应该说主要是因为清华大学未雨绸缪，提前做了大量准备工作，在中国一百零八所高校几乎99%内迁的情况下，除了在重庆的中央大学，最完善的就是西南联大了。清华大学从1935年起就已经提前把大量的图书以及实验室的器材都运到了长沙，后来又陆陆续续把这些图书和器材运到了昆明，扛着走的也好，船运的也好，车运的也好，总之最后都运到了昆明。西南联大在八年运营期间也主要是靠清华大学继续拿美国庚子赔款的那些钱去支撑，因为当时政府已经非常缺钱了，钱都用来打仗了。正是有了清华大学的这些付出，西南联大才成为整个西南地区乃至整个中国最好的教育基地，培养出了大批人才。后来有很多影视作品、文学作品都重现了这段历史，包括大家比较熟悉的《南渡北归》这部著作，介绍的就是不少大师在非常艰苦的环境下，继续着教学和科研。当时两位教授住一间屋，中间拉一个帘，这边华罗庚在钻研数论，那边一国学大师就开始研究东西，就是那么艰苦的环境。这还是有家室的教授，很多单身教授连间屋子都没有，像金岳霖，大家知道金岳霖一生爱着林徽因，这些单身教授都住在戏院的包厢里，一个包厢住一人，极为艰苦，令人感佩。很多外国学者在抗战期间到过西南联大或者其他的大学，看到这种情况他们都非常感动，那些衣衫褴褛的知识分子，那些哈佛毕业的博士，他们讲着标准的牛津英文，在这样艰苦的环境下为国尽忠守节。

当时中国也有很多大学在内迁的过程中由于颠沛流离，仪器、图书等都散失了，以至于最后就没有办法再继续办学。像山东大学也是当时非常优秀的大学，从青岛长途跋涉到重庆，结果一路上有很多革命青年投奔延安，还有人直接就去参军报效国家了，结果山东大学迁到重庆以后也就剩下了几十个人，没有办法再继续办学，于是就并入了中央大学。其实每个学校内迁的那些事情，包括浙大等，都非常感人。那个时代的知识分子，那个时代的年轻学生，他们的爱国情怀令人感动。

| 汪精卫在南京遇刺 |

1935年的这一天，汪精卫在南京遇刺。说起遇刺这件事情，可以说是汪精卫纯属倒霉，也可能是冥冥中的命运吧。汪精卫成名就是因为他做过刺客，年

轻的时候他是非常激进的革命青年，到北京来刺杀摄政王，后来被警察抓住了。被抓以后汪精卫还特别慷慨地写了一首诗："慷慨歌燕市，从容作楚囚。引刀成一快，不负少年头。"他的诗写得很好，而且人长得又帅，这事儿后来传遍全国，汪精卫名声大噪，成为少年英雄。汪精卫的老婆陈璧君当时也因为这件事儿到了北京，还专门去营救他。后来汪精卫从一个激进的革命青年蜕变成了汉奸，可见一个人在成长的过程中因为政治利益，因为各种各样的私欲，会发生多大的蜕变。

1935 年汪精卫任国民党政府行政院院长，那天正好开国民党的中央全会，会议结束后大家说要照个合影。蒋介石应该坐在正中间，所以大家都站好了就等着蒋介石来，结果蒋介石很久也没有出来。后来汪精卫就亲自进去请蒋介石，说："全体中央委员都在等你去合影。"蒋介石说："不行，我今天眼睛总是跳，感觉不太好，还是你们先照吧。"汪精卫说："那就我们先照吧。"结果正在合影的时候，突然进来了一个刺客，这刺客原本是来刺杀蒋介石的，是个很激进的青年，他化装成一个记者，带着枪，拿着记者证到了现场。这个刺客知道自己刺杀了蒋介石肯定活不了，但他又不愿意出卖他的同志们，于是在进场前就已经吞服了大量鸦片。大家知道，吞服大量鸦片相当于自杀，但是鸦片的发作会滞后一小段时间，可蒋介石就是不出来，这时他吞服的鸦片的功效已经开始发作了。他不能再等了，既然刺杀不了蒋介石就刺杀汪精卫吧，因为汪精卫算是国民党的二号人物，所以汪精卫等于是当了替罪羊。

当时汪精卫旁边坐着张学良，张学良是军人出身，他立即飞起一脚，把刺客的手枪踢飞了，这才救了汪精卫的命。这时候蒋介石赶紧跑了出来，抱住汪精卫，汪精卫老婆陈璧君就跟蒋介石说："你要不想让汪先生干，也不用用这种手段吧！"她就认为是蒋介石派人谋杀汪精卫，这不是板上钉钉的事情吗？其实后来经过调查，这事儿确实不是蒋介石干的，蒋介石要想刺杀汪精卫可以说有一万种办法，在家里也好，在路上也好，干吗非要在中央全会合影的时候当着那么多人的面把他打死？这也有点儿太愚蠢了，蒋介石也不是没刺杀过别人，他刺杀过各种各样的人，包括史量才这样的报人，这些事儿都是在荒郊野地里干的，干吗要在大庭广众之下啊？所以这事儿有点儿蹊跷。后来蒋介石终于弄明白这是号称"暗杀大王"的王亚樵派人干的。于是蒋下令让戴笠派人将王击毙。汪精卫在这次刺杀中负了伤，有一颗子弹就一直留在了脊椎里，一到阴天下雨就会非常疼。

到了1944年，汪精卫已经当了大汉奸，那个时候日本已经不行了，汪精卫整天惶惶不可终日。这时候日本人又来催粮，因为日本当时在南洋等地打仗，需要粮食。汪精卫作为伪政府头目，躲着不给。结果日本军官就冲进了汪精卫的家，汪精卫一听日本军官来了非常害怕，于是就赶紧跑，日本人就在楼下，汪精卫一不小心从楼上滚下去了，脊椎撞在了楼梯角上，一下子导致旧伤复发。后来汪精卫就到日本去治病，在开刀取出子弹后不久便因病情恶化而死在了医院里。还有一种传说，是讲汪精卫没有死在日本，而是偷偷摸摸地回到了上海。在上海就医时是戴笠派人买通了医院的护士，给他下了慢性毒药，把他给处死了。总而言之，汉奸的下场很惨，他没有来得及在胜利后接受人民的审判，就已经死去了。

| 在美国生产的首辆日本汽车下线 |

1982年的今天，本田雅阁汽车成为第一辆在美国生产的亚洲汽车。亚洲那时候除了日本之外，其他国家都没有汽车工业，包括韩国的汽车工业也是后来才发展起来的，所以日本汽车一直是比较领先的。日本汽车今天已经成为美国最主流的汽车，原因以前我讲过，因为石油危机，油价暴涨，而日本汽车省油、结实，正好迎合了市场的需求。而且日本汽车的市场推广做得很好，在这儿我举个小例子。当年本田雅阁公布出来一个数据，说明这款车型是小偷最爱偷的汽车，为什么呢？因为本田雅阁在二手车市场上的落差最小，就是降价最低，别的二手车卖原车价的七成，而本田雅阁可以卖到九成，所以小偷最爱偷本田。于是大家就觉得这个本田雅阁车不错，开两年再卖还能保值，于是销量大涨。本田雅阁长期以来排在美国的中档四门三厢车的销量第一名，保持了数十年。后来日本又用了各种各样的营销手段，他们把日本品牌的高端车在美国进行本土化生产，像本田、丰田、日产的高端车后来都开始在美国建生产线，这些车卖的时候也不打它原来的牌子，直接就叫起一个洋名字，像什么雷克萨斯、英菲尼迪或者讴歌等，很多客户觉得这就是美国车，这样才能卖出高价钱。今天美国的田纳西州，就是日本的各大汽车厂的一个大生产基地。

11月2日

《晓松说——历史上的今天》来到了 11 月 2 日。1936 年的这一天，段祺瑞去世；1998 年的这一天，巴黎立起"一战"华工纪念碑；1082 年的这一天，宋徽宗生日。

|悲惨皇帝宋徽宗|

首先我们来讲一讲宋徽宗，在中国所有的皇帝当中，宋徽宗的知名度应该排在前十名，可他不是明君。中国历史上的明君是"秦皇汉武、唐宗宋祖"，宋祖是指宋太祖赵匡胤。宋徽宗在各种戏曲、各种野史小说当中的形象是风流倜傥，但在治国理政上他属于昏庸无道、治国无方的亡国之君，历史上对他的评价基本上就是这样。但"风流倜傥"和"治国无方"这两个问题其实是相互联系的，风流倜傥的文艺青年来治国，通常就会是这个下场。历史上还有另外一个大文艺青年就是李煜，毛主席在评价古代皇帝的时候，曾经说过文艺青年还是不能治国，比如李后主李煜词写得那么好，最后亡国了。宋徽宗也算是文艺青年，琴棋书画都很好，尤其以书画著称，最后也亡国了。

宋徽宗这个皇帝没有当好其实也不完全赖他，他原来并没打算当皇帝。大家知道中国古代皇位继承要先立太子，一旦立为太子那就是未来的皇帝，这太子从小就要学各种各样的东西，由各种名师来教，培养责任感，如何平天下、安社稷与儒家经典等这一套东西都要学。太子在受过这样的教育之后再当皇帝，那基本上这个皇帝即使不太成功，也至少不会太差。但是宋徽宗从小并没被立为太子，他可不知道自己将来要当皇帝，小时候顶多就是天天在王府里头写写书法、画画儿，然后就是玩儿。谁也没有料到宋哲宗会英年早逝。宋哲宗堪称一代明君，宋朝应该是当时世界上最文明的国家，也是我们各个朝代中将中华文明发展到极致的时代，各方面都达到了非常高的高度。但是宋哲宗二十多岁英年早逝，死的时候还没儿子，于是就有了让谁来继位的问题。那大弟弟继位吧，结果大弟弟还有病，宋徽宗应该是排行十几，也不知道怎么就把他给挑出来了。"你来当皇帝吧！"于是宋徽宗继位。我经常讲运势的问题，虽然当时的宰相章惇非常反对，说他太轻佻，不能为人君。但他在那些候选人之中还算是最有才华、最聪明的一位，于是大家最后不得不说还是让他来吧。

大家知道宋徽宗的书法造诣是很高的，他称得上是中国古代最杰出的书法家之一，他的书法自成一个流派——瘦金体，到今天他的书法作品都是书法界的瑰宝。他的画儿画得也很好，连他画的押后来都成了瑰宝。他画的押是一个长长的"天"字，因为他觉得自己当了皇帝就是天子。宋徽宗可以说是昏庸无道，他都不只是三千后宫，而是每隔几天就要一个处女，这在过去基本上属于传说中的魔鬼，而且他在宫外还有六千多个女人。他听说李师师很美，就想娶李师师。那个时候青楼不是妓院，必须是大才子才能去。才子要在青楼赛诗，不但要有钱，还要有才，谈吐要好，琴棋书画也要好，走的时候还要打赏，这样才能慢慢打动那些青楼大美女。李师师之前是跟大音乐家周邦彦约会，这在历史上有很多考证，宋徽宗一想你们谁的琴棋书画能跟我比啊，谁的才华能跟我比啊，谁打赏能跟我比啊，我一定要征服这个李师师。李师师还特傲气，那个时候青楼大美女见过各色人等，甭管谁来都一样。其实当时宋徽宗一进门，老鸨就已经猜出来这是宋徽宗了，为什么呢？因为他化名叫赵甲，甲乙丙丁的甲，大家想想看，在宋朝赵是皇家大姓，谁闲着没事儿敢姓赵，就算你姓赵，你爸敢给你起名叫赵甲吗？"赵甲"的意思就是姓赵的头一个，你起这名字那就是杀头之罪，一般人谁敢叫赵甲，叫赵丁都不行。结果他进去说，我叫赵甲，妈妈一看这赵甲，估计就是皇上本人。然后宋徽宗就在那儿展示了一通琴棋书画，结果李师师直到后半夜才出来，出来以后云鬟半斜，弹了一首《平沙落雁》就回去了。这宋徽宗却更迷恋李师师了，恨不得就天天来追李师师。

小说《水浒传》里就有记载宋徽宗追李师师的情节，当时宋江想被招安，可是又怕奸臣当道，就决定直接去找皇帝，怎么找皇帝呢？就派大帅哥燕青勾引李师师，想通过其接近宋徽宗以表达意愿。我们经常说很多历史书除了时间、地点、人物是对的，故事全是编的，成者王侯败者寇，历史书当中作假的地方也多了，而小说里除了时间、地点、人物是编的，事儿都是真的，因为小说经常是真实的历史，这说得对不对咱也不太好评价。不管怎么说，小说当中也这么去写，可见宋徽宗是一个荒淫无道的人，喜欢女人，喜欢琴棋书画，还喜欢石头。光是他对石头的偏好这一项就激起了很多民变，他要是喜欢宝石也就算了，揣兜里都能给你送来，可他喜欢形体高大的奇石，他要弄园林，得弄一真的太湖石放在那儿，各地的奇石他都要，导致全国的官员到处给他选石头。这石头要想运过来，那可就费劲儿了，你想得花费多少民力去运，从水路运吧，这石头太大，从桥底下过不去，还得把桥拆了，结果搞得民不聊生，激起了很多民变。

宋徽宗当了皇帝光玩儿这些还不够，他把治国当成玩闹，把战争也当成玩闹。他觉得金兴起了，就想我是不是要打一仗，跟金联合起来先把辽灭了。其实当时宋、辽已经和平了一百年，两国相处得挺好，而宋徽宗忆起从前的皇帝们的卓著战功，就想我也来整点儿这种事儿吧。文艺青年治国最怕的就是这个，他对战争并没有真实的概念，而是把战争浪漫化了。宋跟金一起打辽国，最后金把辽灭了，宋徽宗本来想借此收回燕云十六州，结果宋军太弱，什么便宜都没占到。唯一的后果是金兵灭辽之后便大举南下，当敌军渡过黄河逼近开封时，宋徽宗根本就没想着要团结起来收复国土，而是害怕地赶紧逃跑，并决定退位当太上皇，让他的儿子当皇帝，于是宋钦宗继位。

宋钦宗继位以后马上屈辱求和。宋徽宗见金兵一时退却便认为天下太平而回到开封。没想到金兵不久又大举入侵并攻下了开封，于是宋徽宗和宋钦宗被双双掳走。抗金名将岳飞当年曾留下了气壮山河的千古名句——"靖康耻，犹未雪。臣子恨，何时灭"，"靖康耻"说的就是那一年北宋灭亡，汴梁陷落，宋徽宗和他的儿子宋钦宗都被掳到了北方，受尽屈辱。当时被俘虏的除了这两个父子皇帝，还有上万名亡国之人，除文武百官之外，还有包括后妃在内的女子，也都跟着去了金国。这些男男女女都只披了块羊皮，全都袒露着上身，也是受尽凌辱。金国皇帝说要吃饭，宋徽宗和宋钦宗就被迫和辽国被俘的皇帝一起去当服务员，给人家斟酒、上菜。当时这金国皇帝可高兴坏了，曾经的大国之君辽、宋皇帝都来为我服务。这辽国皇帝当时还有点儿气节，抢了一匹马逃跑了，当然最后被金军射死。而宋朝这俩皇帝没有人家辽国皇帝的那种骨气，就一直在那儿给人当奴隶。为了羞辱宋朝，宋徽宗还被封了个"昏德公"，人说你看我还封你当公爵，可是这公爵的名字居然叫"昏德公"，其实就是为了侮辱他。宋徽宗的老婆，还有宋朝大量的妃嫔、公主等，都被弄到金国一个叫浣纱院的地方，那个浣纱院其实就是慰安所，每天要接一百多个客人，都是那些金国的小军官等。一开始金国还在北京这地方囚禁他们，最后北迁五国城，到了黑龙江那种地方，非常非常寒冷。据说宋朝皇帝每天都要被吊在井里，其实我觉得应该不是井，估计是在地窖里。

当年那么养尊处优的皇帝最后颠沛流离，九年之后宋徽宗死去。又过了七八年的时间，在绍兴议和的时候，宋徽宗的骨灰才被运回南方。宋徽宗这一生，前半生享尽了荣华富贵，琴棋书画等玩儿够了，最后却落得了这样一个下场，北宋也灭亡了。整个中华民族最好的时代交给了他，结果急转直下成了这样。

| 大军阀段祺瑞 |

下面来说说段祺瑞。1936年的这一天，段祺瑞在上海去世。在北洋政府时期段祺瑞在天津当了很长时间的"寓公"，但为什么后来段祺瑞会在上海去世

呢？我们来看看当时的历史背景。当时北洋政府已经被打倒，南京国民政府成立了，于是日本人就去拉拢北洋政府的这些老人，说你来跟我们合作吧，你来我们的伪政府任职吧……日本人拉拢过段祺瑞，段祺瑞坚决拒绝；拉拢过吴佩孚，吴佩孚也坚决拒绝。1933年2月，在日本侵略势力深入华北之际，蒋介石向段祺瑞发出了南下的邀请。段祺瑞为了不跟日本人合作，坚决不做汉奸，就来到了上海，一直到他去世。北洋政府当年确实干过很多不好的事情，包括签订的《二十一条》，段祺瑞组织的所谓"参战军"，以及段祺瑞执政期间的"西原借款"等，历史上都有记载，当然该批判的得批判。但是北洋政府的这些人还是有中国人的风骨的，最后大家都没有当汉奸，段祺瑞、吴佩孚等都没有去和日本人合作。

段祺瑞的个人品行在后世的记载中还是非常受人尊崇的，包括他做的几次重要选择也都受到很多赞誉。段祺瑞当年有"三造共和"的美誉，其中第一次就是逼清帝退位，段祺瑞在前线率领全体北洋将领通电，要求清帝退位，当然这次行动是袁世凯授意的，但当时第一个签名的就是段祺瑞，所以可以说是段祺瑞帮助袁世凯缔造了共和。第二次袁世凯要称帝，段祺瑞作为袁世凯的手下，坚决反对袁世凯称帝，段祺瑞认为中国已经到了共和，怎么能又倒退呢？于是称病不出，袁世凯最后气死，当然袁世凯的死有很多种原因，但自己最亲信的段祺瑞坚决不支持他称帝，这是"二造共和"。第三次是张勋复辟，大家都知道张勋率领辫子军赶到北京，段祺瑞马场誓师，率领他的皖系军队打败了张勋，叫"三造共和"。

段祺瑞坏事儿也做了很多，鲁迅先生的《记念刘和珍君》一文中讲到了1926年3月18日北洋政府镇压学生运动，这个账就记在了段祺瑞头上。当然了，当时段祺瑞虽为中华民国临时执政，是名义上的最高领导人，但实际上当时的北洋政府是张作霖和冯玉祥共同把持，段祺瑞其实并没有那么大权力，但是总而言之是在他当最高执政长官的情况下，镇压了学生运动，打死了刘和珍。在段祺瑞当国务总理掌握北洋政府大权时，中国政府还于1917年8月14日参加了"一战"，当然这件事儿应该从两方面看。首先是不好的一面，因为中国要参战，所以和日本借了很多钱来训练"参战军"，称为"西原借款"，这些钱其实并没有用作经济开发或参加欧战，段祺瑞只是把这些钱用在了打内战，组织安福俱乐部和编练他一手控制的参战军，以扩充皖系实力，这个当然是不好的。但是参加"一战"也有好的一面，由于中国参战，而且是战胜国，也确实为中国谋取了很多利益。举两个例子，当时帝国主义国家都去打仗了，中国原来处于水深火热之中，是半殖民地国家，这时候突然没人管你了，而且中国还成为一个大家都需要的国家。大家知道"一战"打到最激烈的时候，交战双方都没钱了，欧洲是金本位的国家，但在"一战"中间，英、法都发行了大量银币，但是英、法并没有那么多银子，怎么办呢？这时候中国正好抓住了机会，于是开始出口大量的白银，而且获得了极好的汇率，当时的汇率差不多0.6两白银一美元，比以前涨了三倍，这是中国参战的好处。还有一个好处，在"一战"期间，上海的江南造船厂造出了四艘万吨轮，当时由于战争的需要，欧洲实在是生产不过来，于是大量的订单到了美国，美国已经发足了"一战"财，最后美国也生产不过来了，就于1918年转包给了中国。所以在1919~1921年的时候，在上海居然造出了四艘万吨轮，这可以说是个奇迹，中国的第五艘万吨轮是在五十年之后才造出来的。

　　所以对于段祺瑞这个人应该功过两说，该肯定的还是要肯定，这个人的品行比较好，吃素，吃喝嫖赌不沾，而且不贪不拿，一生两袖清风，这在历史上都有记载。但是在那个军阀混战的时代，大家都是为了自己的利益，或者说为了自己的兄弟，他也确实干出了那些不好的事情。

11月3日

《晓松说——历史上的今天》来到了11月3日。1964年的这一天，林登·约翰逊击败对手，当选美国总统；1987年的这一天，梁实秋先生去世。今天还是大美女林青霞的生日，生日快乐！

| 林登·约翰逊当选美国总统 |

1964年的这一天，林登·约翰逊当选美国总统，他的当选也创下了美国总统选举中击败对手的最高得票纪录，林登·约翰逊拿到了有史以来最高的四千三百万张选票。美国的选举制度比较复杂，它不是靠普选，如果按照普选票来算，林登·约翰逊并不是排第一，美国的选举制度规定，在每一个州的普选票哪怕只超出一票，那这个州的所有选举人票，也就是本州的参议员加众议员的总票数，就全都投给你了。林登·约翰逊虽然普选票不如对手，但是选举人票总数超过对手，最后成功当选。美国历史上的总统选举有七次属于这种情况。美国总共有五十个州，当时林登·约翰逊赢了四十四个州再加上哥伦比亚特区，而对

手只赢了六个州。这个差距太悬殊了，因为不管普选票数如何，那四十四个州的所有选举人票都投给他了，所以他以四百六十八票遥遥领先于对手的五十二票。

林登·约翰逊以绝对优势当选，也说明美国是一个很矛盾的国家。大家知道之前林登·约翰逊是副总统，总统是肯尼迪，但是肯尼迪总统突然遇刺身亡。美国的知识分子大都坚持认为肯尼迪总统被刺，就是他的副总统林登·约翰逊在背后主谋指使的，但是普通老百姓坚持认为他就是肯尼迪的继承者，还坚决投票给他。约翰逊之所以能以这么大的优势击败对手，是因为美国人民怀念肯尼迪、热爱肯尼迪，他们就认为肯尼迪被刺了，他的副总统肯定会执行肯尼迪的路线，执行肯尼迪的政策，于是都选了他。这个肯尼迪遇刺案也确实很蹊跷，肯尼迪总统遇刺后，这个刺杀总统的要犯被警察抓住了，当时有一百多名警察押着这名要犯，可他居然被一个戴着礼帽的人给枪杀了。这个枪杀凶手的人径直穿过所有的警察，也没有人阻拦，直接走到这个凶手跟前，一枪就把他打死了。更奇怪的是，这哥们儿当天夜里在监狱里也死了，后来牵涉这个案子的一百多人也都先后被杀了，连玛莉莲·梦露以及肯尼迪的弟弟小肯尼迪也死了。这事儿究竟是谁干的？谁能这么一手遮天？谁能有这么大的权力？直到今天，五十多年过去了，这个案子也没有破。肯尼迪总统被刺案的档案还不同于美国的正常档案，美国的正常档案一般是五十年解密，但刺杀肯尼迪总统的所有调查档案都是超长的解密期，大概要到二○三几年才能被解密，这个世纪最大案到现在都没有破案，而且五十多年过去了，档案也没有解密。

但是这个案子之前和之后的种种蛛丝马迹还是让人们有很多猜想。林登·约翰逊就是得克萨斯州人，肯尼迪也是在得州被刺的。大家知道得州是美国军火商的基地，当年肯尼迪总统不想扩大越南战争，不打仗最受损的当然是在得州的这些大军火商。而林登·约翰逊在肯尼迪被刺之后当选总统，虽然在他竞选的时候曾经承诺要以和平为主，但他当选以后马上就开始扩大越南战争，这也导致美国后来一发不可收拾，国内出现了大量的反战行动。在下一届总统选举中，林登·约翰逊并没有获得连任，因为全国人民都开始反对他，他不得不于1968年3月底就提前宣布，不再参加当年的总统竞选。

肯尼迪当选总统的时候比约翰逊的资历要浅得多。"二战"的时候，肯尼迪是一个年轻的中尉，鱼雷艇的艇长。当年，肯尼迪的鱼雷艇被日军驱逐舰撞沉了，十几个艇员掉在水里，肯尼迪作为艇长，坚持和日本人短兵相接，奋战到底。当时艇上还有一个工程师负了重伤，他用嘴一直咬着那个工程师身上的救生衣的带子，带领全艇十几个艇员游到了一个岛上。后来借助当地岛民的帮助，联络到新西兰军队，众人获救，而肯尼迪本人连续几十个小时没有休息。所以肯尼迪当年是海军战斗英雄。而这位林登·约翰逊，在"二战"之前已经是国会众议员，而且他属于重量级的国会众议员，快成了"党鞭"那种级别，"二战"当中他也参加了海军。林登·约翰逊当时到了澳大利亚，在麦克阿瑟手下做了海军航空兵。林登·约翰逊在战争中也差点儿被打死，但是他特别幸运。第一次林登·约翰逊上了一架轰炸机，结果有一个参谋长过来说："我要坐这架轰炸机，您坐后边那架。"结果这架轰炸机被击中，参谋长牺牲了。第二次是林登·约翰逊坐的轰炸机出了故障，有一个发动机着火就返航了，但那次战斗特别激烈，多架轰炸机被击落。两次林登·约翰逊都幸免于难，但他也算是英勇作战，最终获得了麦克阿瑟颁发的战斗勋章。后来罗斯福总统下令，所有在前线服役的国会议员，不要再在前线打仗，都被召回来了，这样林登·约翰逊才又回到了国会。

当年肯尼迪竞选总统的时候，还非常年轻，他想请林登·约翰逊做他的副总统，林登·约翰逊那时候已经是重量级的参议员了，所有人都觉得林登·约翰逊怎么可能去当副总统。但林登·约翰逊居然同意了，一时间舆论大哗。但没想到肯尼迪在不久之后被刺杀，于是林登·约翰逊继任成为总统，因为肯尼迪的光辉，林登·约翰逊在竞选总统时以美国有史以来的最大比例大胜对手。所以林登·约翰逊是非常值得研究的一个人。

| 梁实秋先生去世 |

下面我来说说"丧家的""资本家的乏走狗"梁实秋先生。1987年的今天，梁实秋先生去世。梁实秋跟鲁迅之间曾经进行过长时间的大论战，梁实秋当年因为倡导"人性论"而被鲁迅斥为"丧家的""资本家的乏走狗"。梁实秋当年曾在哈佛大学学习比较文学，对文学有很多研究。梁实秋认为文学有永恒的主题，而鲁迅先生却认为文学当然是有阶级性的，怎么会有永恒的主题呢？梁实秋先生是清华大学的大学长，他和鲁迅先生之间的辩论我们不讲，但至少梁实秋先生在文学上、学术上的贡献是很大的，他是大散文家我就不多说了，在学术上他也确实有很大的贡献。第一是他翻译了《莎士比亚全集》，这是巨大的贡献；第二是他编著了《远东英汉大辞典》，大家知道《英汉大辞典》只有英文和中文都得特别好的人才能编得出来。所以梁实秋先生虽然可能在文学观念上有点儿落后，被批判为"资产阶级作家的代表"，但是在学术上确实非常出色。

梁实秋当年在北平做教授，他也是海归群体中重要的一员，后来梁先生去了台湾。那时候两岸的消息互相隔绝，后来台湾那边传说冰心去世了，梁实秋先生为此还专门写了一篇《忆冰心》，回忆了很多往事。后来等到了改革开放的时候，大陆和台湾之间有了联系，梁实秋才发现冰心并没有去世，还健康地活着，可见那个时候两岸的隔绝有多么严重。梁实秋的爱情故事也非常感人，抗战期间他和很多教授一起到了西南联大，和夫人分开八年，他的夫人独自抚养着四个孩子，八年之后他和夫人重逢，后来白头偕老。在夫人去世之后，梁秋实又与韩菁清结婚。韩女士在1946年的上海小姐选美中曾荣获"歌星皇后"的称号。这段姻缘可谓才子配佳人，一时间在两岸被传为佳话。

|台湾著名女星林青霞|

下面来讲讲大美女林青霞，生日快乐！林青霞不只是当时那一代人心目中的女神，而且她赶上了台湾电影的琼瑶风，赶上了最好的时代。台湾还有一个我特别喜欢的女演员叫胡慧中，胡慧中就没有赶上好时候，她出道时琼瑶电影的高潮已经过去了，所以她只能演点儿什么《霸王花》之类的。林青霞出道的时候台湾电影正好刮起了琼瑶风，琼瑶风在二三十年之后才传到了大陆，掀起了琼瑶电视剧的热潮。琼瑶电影中的女主角都很美，像林青霞、林凤娇和后来的吕秀菱都是国色天香，男主角则帅得要死，像秦汉、秦祥林等。琼瑶电影的主题歌也特别好听，每部电影都会有一首特别好听的歌，林青霞出道的第一部电影《窗外》的主题歌就很好听，还有《月朦胧鸟朦胧》《一帘幽梦》等全都有特别好听的主题歌。

那个时代也是台湾小清新文艺的最高潮，林青霞身上有琼瑶的光环，再加上她自己独特的气质，她当时是包括我在内的差不多两代人心目中的女神。后来林青霞和秦汉、秦祥林都谈过恋爱，听说她被秦汉伤害的故事，大家都非常气愤。后来我搬到洛杉矶去居住，每次大家路过秦汉住的那个城市，很多人都会说我们要不要去敲开秦汉家的门，等秦汉出来的时候啐他一口。多年以后大家对当年他伤害过心目中的女神林青霞依然耿耿于怀。听说林青霞的丈夫在他们结婚二十周年之际花二十二亿新台币建一座豪宅作为结婚礼物送给林青霞，祝我们的女神林青霞幸福！

11月4日

《晓松说——历史上的今天》来到了 11 月 4 日。2008 年的这一天，奥巴马当选美国总统；1979 年的这一天，伊朗激进学生占领美国大使馆，爆发人质危机；1993 年的这一天，一架波音 747 客机在香港启德机场降落时滑出跑道坠海。

|美国第一位黑人总统奥巴马|

2008 年的今天是美国历史上划时代的一天，这一天民主党候选人奥巴马击败共和党候选人麦凯恩当选美国总统，奥巴马也成为美国历史上第一位黑人总统。奥巴马当选的这一天，让全美国人民欢欣鼓舞，不光是黑人，连白人也都欢欣鼓舞，这在美国总统选举的历史上是并不多见的。在"9·11"以后的很长一段时间，美国的整个民心、士气都很低落，大家每天都有一种很压抑的感觉，但奥巴马的当选让整个美国都兴奋起来。那段时间我正好在美国生活，就明显感觉到奥巴马的当选给美国人打了一剂强心针，可以说是又给全美国人民进行了一次爱国主义教育。全美国人民群情振奋，连白人都说："你看我们这个国家

平等吧，我们这个国家自由吧！"更不要说黑人了，所有的少数民族，所有的有色人种都非常激动。我记得当时我正好与一个日裔美国人一起工作，他十四岁去的美国，当时已经是美国籍了，他投的是奥巴马的票。那天我们正在画分镜头稿子，一边画一边看电视直播的竞选结果，奥巴马连续在各个州票数领先，最终当选。这位日裔美国人非常激动，大声地说："我爱这个国家，你看一个黑人奴隶竟然当选了总统！"

其实奥巴马的祖辈当年并不是黑奴，奥巴马是移民的孩子，他的家族也不是世世代代的黑人。奥巴马的父亲是肯尼亚留学生，后来到美国上学，在学校认识了他的妈妈。奥巴马的妈妈是个白人大美女，所以奥巴马是个混血儿，等于是美国的第一代移民。后来奥巴马的父母离婚，奥巴马的父亲又回到了肯尼亚，他的妈妈改嫁到了东南亚，童年的时候奥巴马就跟着妈妈在东南亚生活。后来奥巴马又跟着他的妈妈回到夏威夷，之后又去了芝加哥。所以奥巴马的整个人生经历非常像一个标准的美国人，美国人一生一般会在好几个地方生活。奥巴马最后是在芝加哥地区成长起来的，后来他当了总统回到芝加哥演讲的时候，芝加哥人民十分欢迎他。他说："这里是我成长的地方，这里是我认识米歇尔的地方，这就是我们将来的地方，这是我的城市，这是我们的城市，这是芝加哥。"大家热烈地鼓掌。

奥巴马当选以后，我记得共和党的几位黑人大佬也非常激动，包括美国海湾战争英雄、四星上将鲍威尔，还有黑人大才女赖斯等。赖斯和鲍威尔当时全都热泪盈眶，他们都出来发表讲话："今天我们这个国家应该放下党派之争，美国是一个平等、自由的国家，我们的祖先在两百多年前来到这个国家，经历了那么多的苦难，我们曾经当过黑奴，但今天我们的非裔黑人当选了美国总统，不管我是哪个党派，我都要热烈地祝贺奥巴马的当选。"

奥巴马的当选连欧洲人民都非常激动。美国自始以来都是白人当总统，而且一般都是白种的盎格鲁－撒克逊的新教徒，犹太人虽然掌握着美国的经济、媒体等，但都没有当过美国总统，现在突然蹦出来一个黑人总统，连其他国家都觉得心情振奋。年轻人都有一种叛逆心理，奥巴马到欧洲时，受到了全欧洲年轻人的热烈欢迎，奥巴马又是个演讲家，他的演讲精彩至极，当然后来被曝出来其实他是在读提词器，但是他讲出来的东西确实是抑扬顿挫，而且奥巴马长得还很帅，所以走到哪里都非常受欢迎。

奥巴马在竞选当中也经历了好几次周折，其实他最大的对手就是民主党内的对手——前总统克林顿的夫人希拉里，只要打赢了希拉里，奥巴马就算赢了。因为当时的美国总统共和党人小布什以反恐的名义花了美国人民无数的钱，把美国整成了这个样子，美国人民对小布什已经彻底失望了，这时候大家就觉得共和党不行，这次一定是民主党当选。当时美国人民对这两位民主党候选人都怀着那种特别亢奋的心情：美国要么会出现第一个女总统，要么就出现第一个黑人总统，总之都很令人激动。所以当时就是民主党的奥巴马和希拉里在争，而共和党就是在旁边陪着玩。可就在奥巴马和希拉里争得不相上下的时候，他们又各自捅出了一个大娄子。

先来看看希拉里，美国人民是怀念克林顿的，因为克林顿时期可以说是美国经济最好的时期，美国政府不但没有赤字，还有盈利。到小布什总统时期，他连任八年，结果美国政府欠了一大屁股债，当然他的说法是为了反恐，但老百姓并不买账，大家还是怀念克林顿总统。所以大家就觉得如果希拉里能来当总统，那等于克林顿也当半个总统，花一个人的钱雇两个人干活不挺好吗？再加上希拉里本人又特别有风度，所以当时希拉里在美国的支持率很高。但是希拉里在竞选的时候却出了一个大问题。美国法律规定为总统选举捐款，如果署名的话最多只能捐两千五百美元，如果不署名的话最多也就只能捐两百美元。这么规定主要是怕出现砸一大笔钱让总统最后听某个人的情况，那不行。有些记者就去查希拉里的捐款，结果发现给希拉里捐款的有大量纽约唐人街的华人，这点很奇怪。大家知道在美国，华人是最不爱参政的，一般美籍华人都不爱参加投票、选举，华人的投票率差不多是美国所有"少数民族"当中最低的，捐款那就更少了。结果到了希拉里这儿居然有这么多的华人捐款，大家就开始怀疑，这到底是怎么回事儿？怎么会有那么多华人给她捐款？于是这些记者就拿着捐款人的名单在唐人街挨个儿去查、去问，结果被问到的每一个华人都说我不知道这事儿，就是有人把我的身份证借走用了一下。这样就弄清楚了，原来是有人给希拉里捐了一大笔钱，但是借用了很多很多人的名字。这事儿被查出来以后，希拉里的支持率急转直下。

奥巴马在竞选当中也出过一回问题。奥巴马的竞选团队中有一位著名的黑人牧师，名字叫杰西·杰克逊。有一次杰西·杰克逊在电台做节目，帮奥巴马拉选票，节目做完以后他就开始跟主持人聊天，但忘了关话筒。结果聊天的内容被直播了出去，他说奥巴马虽然是黑人，但他从来不跟黑人在一起做礼拜，也从来不跟黑人交朋友……这段话和节目一起播出去以后成了个大笑话，搞得奥巴马灰头土脸。所以希拉里和奥巴马也算扯平了，两边都各捅出了一个大娄子。但美国人民最后比来比去，还是觉得奥巴马要好一些，他的问题大家还能容忍，而希拉里募捐造假那是动摇国本的事情，这样做就叫"行骗"，那绝对不行。所以希拉里因为这个问题，再加上一些其他因素，最终在民主党大会中败给了奥巴马。奥巴马在民主党大会上当选，基本上在总统竞选中就已经胜券在握了，最后终于当选美国总统。

后来奥巴马又连任，但他的支持率大大下降，大不如前了。因为什么呢？第一，他毕竟太年轻，奥巴马是美国最年轻的总统之一，四十几岁当选总统，和肯尼迪当年当选的年龄差不多。第二，奥巴马之前没管过任何一个地方，像布什总统、里根总统以前都当过州长，起码他们还管过县、管过市、管过州，而奥巴马之前一点儿这方面的经验都没有，他就会演讲，到处去演讲，然后当选了参议员，之后直接就当选总统。当时美国人民觉得奥巴马就是一个大偶像，但现在明显看出来他的行政能力不够，包括外交能力也不够，他把叙利亚的事情弄成这样，把国内经济也搞得一团糟。国会削减政府预算，奥巴马就敢跟国会要赖，他说："你敢削减我的政府预算，那我就让你海关四小时停关，我要减少海关人员……"这就是讹诈国会，其实也相当于讹诈人民。国会减少预算，是因为可以省钱的地方多了，奥巴马一家度一次假就要花费上百万美元，全国人民都在质问奥巴马怎么回事儿："经济这么差你还花那么多钱？"结果奥巴马出来解释说："因为我是平民出身，不像布什总统、肯尼迪总统，他们都是富翁，他们自己家都有庄园，而我是平民，所以我度假的时候，就得花钱雇安保人员等。"结果弄得大家都很反感，奥巴马的支持率就越来越低。还有大家很愤怒的一件事儿就是奥巴马虽然有问题，但大家还不能像对以前的那些总统那样随便骂，因为还有个非常微妙的肤色问题，如果你要攻击他，就很容易被说成："你这个人是不是有种族歧视啊？"因此很多时候大家都是很愤怒，但还不能说。所以总统的人选还是得老谋深算、有经验的比较好，太年轻的人虽然可能成为一时的风云人物或者偶像级人物，但是在执政能力方面确实还是有很多问题。

|波音747客机坠海|

1993 年的这一天，台湾中华航空公司的一架波音 747 客机，在香港启德机场降落时，滑出跑道坠海。这次事故值得大家关注的有两点：一是这次事故是当时最大的明星飞机波音 747 再次失事；二是飞机失事的启德机场算得上全世界最难降落的机场。

大家知道香港这个地方太小了，寸土寸金，随着香港城市的发展，启德机场已经被包在了城市中间。当然后来香港又填海造了一个新机场，但这个新机场离市区很远。飞机要在启德机场降落，难度是相当大的，大家知道香港到处都是高楼大厦，飞机要穿过高楼大厦，降落时看到标记以后，就要立即向右转，右转以后得马上落地。如果飞机右转以后没有及时落地，再滑翔一段时间，就很可能滑到海里去。当时的这架波音 747 客机就是降落以后，没有及时停住，滑到了海里。我还记得 20 世纪 80 年代初的时候，我们内地飞启德机场的飞机在降落的时候，也发生过飞机冲到海里断成两截的事情。

当时在国际民航界有一个规矩，经常坐飞机的人都知道，飞香港的飞机在启德机场降落时，如果一右转弯就降落成功，那全飞机的人都会鼓掌，向机长表示祝贺。就是因为在启德机场降落太难了，这完全是在考验飞行员的驾驶技术。

|伊朗学生劫持美国大使馆外交官|

1979 年的今天爆发了伊朗学生劫持美国大使馆外交官人质事件，2013 年的奥斯卡最佳影片奖就颁给了电影《逃离德黑兰》，这部电影讲的就是这个事件当中的一个小插曲。

11月5日

　　《晓松说——历史上的今天》来到了 11 月 5 日。1872 年的这一天，美国女权主义者苏珊·安东尼带领妇女参加总统选举投票，几周后被捕；1924 年的这一天，末代皇帝溥仪被逐出紫禁城；2007 年的这一天，著名的安卓系统诞生。今天还是大美女费雯·丽的生日。

| 奥斯卡影后费雯·丽 |

　　我们先来说说费雯·丽，她不但是大美女，而且演技无双，两获奥斯卡影后。费雯·丽主演的《魂断蓝桥》是中国人民最熟悉的电影之一，可以说是家喻户晓，这部电影在西方也非常有名，电影中的主题曲也广泛流传。其实《魂断蓝桥》并不是一部文艺片，它实际上是一部很商业的电影，大家仔细回忆一下电影的整个情节、人物设置等，都很商业化，属于催泪商业片。费雯·丽两次获得奥斯卡影后桂冠的电影并不是《魂断蓝桥》，而是另外两部电影，一部是人家都非常熟悉的《飘》(《乱世佳人》)，另一部是《欲望号街车》。《欲望号街车》这部电影大家有机会可以去看看，非常有意思，费雯·丽饰演一个完全颠

覆了她以前美女形象的角色。

费雯·丽第一次获奥斯卡奖的时候，评委会给出的评语特别有意思："费雯·丽有如此美貌，完全不需要演技；而她有如此演技，又完全不需要美貌。"费雯·丽可以说是色艺无双，但费雯·丽可算不上是德艺双馨。费雯·丽是那种特别特别敏感的人，当然通常演技特别好的演员，之所以演技好、之所以演什么人像什么人，一般都是因为这种人的心灵非常敏感。像我这种心灵特粗糙的人就演不了戏，因为我感受不到别人到底是怎么回事儿。费雯·丽演戏演得特别好，她的心灵也极其敏感，这种人通常就会有点儿神经质，如果成名后生活中再出现些大起大落的事情，那就会发展成精神病。费雯·丽就是比较典型的这类人，她从小才华横溢，但非常敏感，这也使得她特别难以与人相处。其实有很多艺术家都是这样，包括凡·高、毕加索等，还有很多非常好的演员也都很难与人相处。

当年《飘》在选演员的时候，全世界的女演员都拼了，包括凯瑟琳·赫本在内的所有好莱坞的著名女演员都去竞争。那些女演员最后简直都疯狂了，有一位女演员竟然把自己裸体钉在一个木头箱子里，寄给制片人，制片人收到箱子一打开，里面竟然蹦出来一个女演员，说："我就是你眼中的斯嘉丽！"当时费雯·丽还在英国，她在美国一点儿名气也没有，费雯·丽的经纪人也推荐了她，制片人正好看到了她演的电影，看完以后觉得这就是他心目中的斯嘉丽。所以我觉得她的成名完全没有经验可总结，究竟怎么成名的，连她自己也搞不清楚。其实像《飘》这种电影也并不需要用腕儿去演，因为《飘》这部著作本身太著名了，它不用腕儿也一样能红，就像《泰坦尼克号》不需要用腕儿演一样。结果费雯·丽被选中成为《飘》的女主角。费雯·丽那时候已经认识了劳伦斯·奥利弗，当时劳伦斯·奥利弗已是英国影帝，是英国最受崇拜的大演员，费雯·丽就和大家说："劳伦斯·奥利弗以后肯定演不到瑞德那个角色，但是我一定能演到斯嘉丽那个角色。"结果劳伦斯·奥利弗确实没有拿到那个角色。

费雯·丽经历过两次婚姻。在第一次婚姻中，她的老公比她大，人非常好，虽然不是搞艺术的，但是非常照顾她，在离婚之后还跟她保持了一生的友谊。但是费雯·丽在第一次婚姻中非常折腾，她一会儿从英国折腾到美国，一会儿又从美国折腾回英国，其间认识了当时英国最好的男演员劳伦斯·奥利弗。

劳伦斯·奥利弗演过无数好电影，在好莱坞也得过很多次奖，在英国的时候他就是最好的莎士比亚诠释者，舞台上的巨星、舞台之王，大家最熟悉的他的作品就是《哈姆雷特》。费雯·丽与劳伦斯·奥利弗后来走到了一起，那边劳伦斯·奥利弗有老婆，这边费雯·丽也有老公，于是两人都去离婚。劳伦斯·奥利弗也是文体界唯一一个被封为男爵的，男爵算是世袭贵族中最小的一个爵位，这个爵位虽然跟公爵、侯爵、伯爵不能比，但也算世袭的。费雯·丽嫁给劳伦斯·奥利弗以后，名字就改成了奥利弗男爵夫人。

在嫁给男爵以后，由于各种原因，费雯·丽的神经质越来越厉害，最后精神上出了问题。她经常会殴打自己的丈夫，两人一起去演戏，上台之前费雯·丽把男爵一通打，每天都把男爵搞得很崩溃。最后两人实在是过不下去了，她每隔几天一个循环，抑郁、暴躁、殴打，然后就把之前的事情都忘了，过两天又是抑郁、暴躁、殴打，费雯·丽变成了这样的一个人。但是这种人演戏一定是非常好的，费雯·丽的一生在演艺事业上光辉灿烂，但在个人生活上却是一塌糊涂。

|美国女权主义者苏珊·安东尼|

下面继续说女性题材，前边刚说的费雯·丽也好，还是其他女性也好，在那个时代，其实女性和男性的权利还是有很大差距的，还没有达到男女平权。1872年的今天，美国女权主义者苏珊·安东尼带领妇女参加了美国总统的投票选举，当时美国的女性是没有投票权的，苏珊·安东尼因此于几周后被捕。美国女性直到1920年以后才开始有选举权，但选举权只是男女平权运动的开始，离真正实现平权还有很大距离。在1890年的时候，美国有一个州已经给了妇女选举权，就是怀俄明州，但是只有州选举权，选不了总统跟国会议员。美国还有很多市在建市的时候就有妇女选举权，但是也只能选市长和市议会，还不是真正意义上的全国选举权。在美国之前，世界上真正最早赋予妇女选举权的应该是新西兰和澳大利亚。1893年新西兰给予了妇女选举权，1902年澳大利亚妇女也获得了选举权。其他很多欧美国家都是在"一战"以后给了妇女选举权，像德国、奥地利、捷克斯洛伐克、波兰等。法国是到了 1944 年才给了妇女选举权。

到今天为止，放眼全世界看，我觉得女性最跟男性平权的，甚至已经超过男性权利的，就只有一个国家——中国。中国的男人都怕老婆，中国的女性结婚也不用冠夫姓，不像日本人和西方人结婚都得冠夫姓，所以西方人一离婚特别麻烦，得去把所有的手续、证件全重办一遍。说到女性地位，我看到过一个残酷的新闻，由于家里没有陪嫁，四个印度女子一起跳河自杀了，因为印度女子没有陪嫁就嫁不出去。所以作为中国妇女还是很幸福的，中国妇女的权利已经是全世界最高的了。

|著名的安卓系统诞生|

2007 年的今天，著名的安卓系统诞生。安卓系统诞生的那天我记得特别清楚，当时我还想这个系统行吗？大家都在各种论坛上讨论说这东西怎么样、它的性能如何等。一开始我还以为就是一个小产品诞生了，没想到几年的时间安卓系统已经横扫世界。像摩托罗拉、诺基亚这些当年众人皆知的手机品牌现在用的人越来越少了，可能特别年轻的人都不知道摩托罗拉，当年世界上最开始有手机的时候就只有摩托罗拉一家，可谓一家独大、垄断世界。我记得 20 世纪 90 年代初我买的第一部手机三万块钱，这么大一砖头，那时候公务员一个月才挣七十二块钱，可见当时手机有多贵。摩托罗拉垄断世界大概有十年之久，之后才开始有诺基亚，现在摩托罗拉没有了，诺基亚也卖给微软了。

很多人觉得是苹果手机的出现才导致了摩托罗拉和诺基亚的破产，其实 iPhone（苹果公司研发的智能手机）的出现只是其中一个原因，iPhone 属于比较高端的手机，真正打败摩托罗拉和诺基亚的应该是安卓系统。安卓是完全开放的一个系统，谁都可以和它对接，它不但开放而且免费。这个免费太要命了，从安卓系统开始免费，到后来咱们的 360 杀毒软件免费，一下就把过去所有的手机操作系统和杀毒软件都消灭了。安卓操作系统现在已经覆盖全世界，遥遥领先于苹果的 iOS 系统，打败了其他自有操作系统，像塞班操作系统等。

谷歌公司的这个安卓系统现在已经横扫天下，我曾经说过谷歌是伟大的公司，因为安卓系统，谷歌公司梅开二度，现在安卓系统的贡献绝对不比当年的谷歌搜索差。大家知道一家公司要想梅开二度，那是非常不容易的，微软到现在也没有梅开二度，一直都是用那个 Windows 系统。当然，微软为了梅开二度曾做过很多努力，包括做过机顶盒、做过游戏机，现在它又把诺基亚给收购了，因为大家都知道，未来的一切事情都在移动终端上，我家里的这个 PC 机已经很久很久没有开过了。微软现在面临着极其危险的局面，如果它跟不上移动终端的步伐那就完了，要想梅开二度也非常难。我们已经看到过柯达轰然倒下，我们也看到过摩托罗拉、诺基亚轰然倒下，是不是有一天微软也会轰然倒下，这个问题我都不敢去想。所以相比之下，谷歌确实是一个非常伟大的公司，而且我坚信，伟大的谷歌如果进军硬件领域，那一定还能梅开三度。这就是一个开放性的、年轻的、伟大的公司对人类做出的贡献。

11月6日

《晓松说——历史上的今天》来到了11月6日。1831年的今天,《战争论》的作者克劳塞维茨去世;1893年的这一天,伟大的柴可夫斯基去世;1936年的这一天,马德里保卫战爆发。今天是我的好兄弟郑钧的生日,郑钧长得很帅,看着很年轻,但其实他比我还大两岁,郑钧大哥生日快乐!

| 伟大的作曲家柴可夫斯基 |

先来讲讲伟大的柴可夫斯基,1893年的今天,伟大的柴可夫斯基去世。柴可夫斯基在我以及千千万万热爱音乐的人心中具有至高无上的地位。音乐虽然分成很多流派,但是其最终极的东西我觉得是共通的,可能你喜欢巴赫、他喜欢贝多芬,但是音乐有一种基础的美是相通的。这种美我觉得是能深入人的血液当中的,它不需要你有什么音乐的修养,不需要你听得懂和声、复调,也不需要你有文化,甚至文盲都没关系,你只是觉得它美,这种美就是音乐最本质的美。我觉得能达到这个境界的音乐家都是通灵的,这种音乐不是靠教能写出

来的，而是上帝把着你的手写出来的。这样的音乐家不多，在我心中排前两名的就是柴可夫斯基和肖邦，他们两位的音乐就是上帝把着手写出来的。

柴可夫斯基和肖邦的音乐都拥有那种特别原始的美，这种美我觉得主要是来自他们的民族，因为西欧的作曲家和东欧还不一样。东欧民族由于长期地处欧亚交界，处在各种战争的前线，一会儿被灭国，一会儿被外族入侵，所以东欧民族一直都是悲怆的民族，有那种强烈的悲怆感，他们有各种小调和忧伤的旋律，这是西欧民族所没有的。我喜欢的这两位作曲家柴可夫斯基和肖邦都是东欧民族的，柴可夫斯基是俄国人，肖邦是波兰人，当然在肖邦那个时代，波兰其实是被灭国的，被俄国占领。很多乐迷朋友都喜欢东欧流派的音乐，德国的音乐总会让人觉得有点儿太庄严，有那种距离很遥远的感觉，但是柴可夫斯基、肖邦的音乐会让你觉得这样的音符就在你心中。

柴可夫斯基是一个非常有才华的音乐家，但是他的人生却极为不幸。柴可夫斯基是一个同性恋者，他最大的不幸就是生活在那样一个沙俄时代。在那个时代，同性恋恨不得要被绞死，所以很多同性恋者就会选择隐藏自己的身份。这种隐藏让柴可夫斯基异常痛苦，假如说一个小公务员或许还能去隐藏，作为一个艺术家就很难再去藏了。这个传统、保守的社会告诉你，你必须要结婚，你必须得娶个老婆，然后传宗接代，等等。柴可夫斯基算是贵族家庭出身，当然也只是个没什么钱的所谓贵族，他爸爸当过工程师、大学校长，退休以后生活很落魄。在这样的社会环境下，柴可夫斯基被迫结了婚，但是结婚以后他非常痛苦，蜜月还没度完就去跳河自杀。结果跳下去以后，柴可夫斯基觉得这河水实在是太凉了，就又自己爬了上来。但他得了重感冒，一病不起，不想回家，最后只能躺在旅馆里由朋友们照顾着。大家看他这么痛苦就劝他说，你要么离婚，要么终生别去见你老婆。

柴可夫斯基这一生确实很悲惨，他和自己的老婆在一起的时间一共也没有一个月，之后终生也没有再见，但是他还必须得养着人家。柴可夫斯基的老婆以前曾经是他的学生，她主动追求自己的老师。这有点儿像许广平和当年鲁迅先生之间的关系，许广平也曾是鲁迅先生的学生，也是主动追求自己的老师，而且许广平的追求更大胆，她当时把情书都登在了报纸上，公开追求有老婆的鲁迅先生。柴可夫斯基当时是莫斯科音乐学院的老师，他的这位学生给他写了无数封情书，最后一直到那位女生威胁柴可夫斯基，说如果你再不娶我，我就自杀。后来柴可夫斯基一想，反正也得向世俗低头，那就结婚吧。结果没想到他结婚以后居然感到那么痛苦，最后在一起也就共度了一个蜜月，两人就终生未再相见。

后来柴可夫斯基也终生未再娶，但他后来遇到了一个铁路大亨的遗孀，一直在背后资助柴可夫斯基。这位女士在她老公去世以后，继承了一笔巨额遗产。在和柴可夫斯基十余年的相处中，她给了柴可夫斯基巨额的资助。当时她每年拿出六千卢布来资助柴可夫斯基，六千卢布在当时绝对是一笔巨款，那时候两卢布就能买很多东西。年轻的时候这位贵妇人也算得上文艺女青年，但看她的照片，其实她的长相远远不如柴可夫斯基的原配好看。她要求一生不和柴可夫斯基见面，两人只靠书信往来，相互写了有一千两百多封信。有两次柴可夫斯基和她曾经出现在同一场合中，两人已经碰面了，但都没说话。当然这位女士也知道柴可夫斯基是同性恋，所以她就是要从精神上做柴可夫斯基的心灵伴侣，做他的红颜知己。有了这位贵妇人的资助，柴可夫斯基离开了莫斯科音乐学院，专心在家搞创作。在这个阶段他也创出了自己最伟大的作品，包括《睡美人》《胡桃夹子》《天鹅湖》等。那时候柴可夫斯基的作品已经蜚声世界，但是当时音乐家没有版税，也没有磁带、CD等，所以他也赚不了多少钱。最后柴可夫斯基决定走上舞台，开始指挥乐队演奏。后来他还曾到美国，到世界各地去指挥，都深受欢迎。

在他指挥的《第六交响曲》首演后没几天，柴可夫斯基就去世了。他的死因到现在也是一个谜，当时为了保护柴可夫斯基的声誉，有人说他是得霍乱死的，因为那时候因霍乱死亡的人数非常多，但他究竟是否死于霍乱，并没有一个准确的说法。我认为他不是得霍乱死的，因为在去世之前他还亲自指挥了自己创作的《第六交响曲》的首演。有一种说法是他长期以来精神压力太大，后来精神崩溃，服砒霜自尽的。还有一种说法就是因为他是同性恋，不为政府所容，后来他的名声越来越大，沙俄政府觉得这对沙俄的影响不好，于是就逼迫他服砒霜自尽。但他究竟是什么原因去世的，至今仍是个谜。

在苏联时期，柴可夫斯基被看作苏联的国宝，为了保护他的名誉，把柴可夫斯基大量的档案、手稿、书信全都销毁了，因为那个时期大家还觉得同性恋是不可接受的事情，伟大的柴可夫斯基怎么能是同性恋？但是不管怎么样，柴可夫斯基的去世很可惜，他五十出头就离开了这个世界，否则他一定会留给我们更多伟大的作品。

｜德国军事理论家克劳塞维茨去世｜

世界兵学巨著《战争论》的作者克劳塞维茨于 1831 年的今天去世。1831 年，拿破仑战争已经结束了十六年，克劳塞维茨《战争论》分析的基本上都是拿破仑战争时代的东西。我是个军事迷，关于《孙子兵法》和《战争论》的区别，我用一句话来总结一下：我认为《孙子兵法》写的是"战争之道"，而《战争论》写的是"战争之术"。其实我这么说大家已经明白二者在我心目中的地位，二者的区别是"道"与"术"的区别。相比之下，《孙子兵法》更宏大，视角更开阔，而《战争论》只是"战争之术"。

｜马德里保卫战爆发｜

1936 年的这一天，西班牙内战中的马德里保卫战爆发。我在马德里曾经采访过一位一百零二岁的共产党员老兵，他当年参加过马德里保卫战，在接受我采访时他高唱《国际歌》，还举起右拳宣誓，非常感人。

11月7日

《晓松说——历史上的今天》来到了11月7日。今天是十月革命节，1941年的这一天，在莫斯科红场举行了历史性的大阅兵；1901年的这一天，李鸿章去世。

| 晚清重臣李鸿章 |

下面来说一说李鸿章，1901年的今天，李鸿章去世。关于李鸿章我们的历史课本里已经说了很多，基本上是个负面形象，但是我认为这不只是李鸿章个人的问题，那个时代整个国运在下降，大厦将倾，别说李鸿章独木难支，就是再来一万根木头也支撑不住。19世纪全世界都在经历着大帝国的崩溃浪潮，西班牙大帝国在1812年之前横跨整个美洲，从最南边的阿根廷，一直到北边的圣弗朗西斯科，全都是西班牙的地盘。可是在一百年以后西班牙却被瓜分得剩下了那么一点儿，收缩到了一个小小的半岛上。当年的奥斯曼大帝国也是横跨欧亚非，东到伊拉克，西达阿尔及利亚，北起克里米亚、罗马尼亚与匈牙利，南抵沙特阿拉伯，将整个巴尔干地区、小亚细亚、巴勒斯坦与埃及、突尼斯等地

都纳入自己的版图。因此，像里海、爱琴海与东地中海几乎都成了他们家的内湖，但这么大的奥斯曼大帝国现在被打得也只剩下土耳其（以小亚细亚为主的）这么点儿地方。那个时候我们的中华大帝国国运也是掉头急剧向下，但还是在拼命地挣扎，我们当时损失了 1/3 的土地。不过在整个 19 世纪工业革命之后兴起的"列强痛殴老帝国"的浪潮中，我们还算是摇摇欲坠地保住了大部分领土，保住了我们基本的文化，保住了我们最基本的一些主权和尊严。

所以大家看问题的时候，也不能只看这一时一事。甲午战争打败了，你也不能一味地去责怪李鸿章的北洋水师是怎么搞的、李鸿章怎么能去签《马关条约》这么屈辱的条约。即使换了高鸿章、王鸿章，战争打败了，谁能签出更好的条约？日本的伊藤博文完全就是盛气凌人，李鸿章已经是据理力争，李鸿章被一个日本刺客所伤，日本人才止住了要攫取更多利益的企图，停止了要挟，最终签署了条约。所以说当整个国运掉头向下的时候，我觉得个人能起到的作用是微不足道的，这些汉人的大臣，从曾国藩到李鸿章等，其实都已经做了巨大的努力。李鸿章是曾国藩的门生，曾国藩下台以后，李鸿章直接就继任了直隶总督。李鸿章还兼任北洋大臣，他也算是中国第一代真正的大外交官，当年也是走遍全世界。《纽约时报》还专门刊登过他去纽约的文章。当时在国内李鸿章已经属于很洋派的大臣了，他帮助中国建起了江南制造局（江南造船厂的前身），建起了北洋水师、现代的新军等。但到了国外李鸿章又变成一个特别保守的象征，一路被全世界嘲笑。他梳着辫子、抽着大烟，在和俾斯麦会面时聊着聊着突然冲地毯上吐痰，这些都成了全世界嘲笑他的把柄。中国当时已经闭关了很多年，跟世界的差距非常非常大，在中国很洋很洋的李鸿章，到了外面的世界就会被人嘲笑，其实他也不太了解这个世界，他依然保留着天朝上国的那些东西。

在洋务运动中，李鸿章当然是最重要的一员，在"同光中兴"的四大重臣当中，李鸿章应该排在最前面，可以说李鸿章对整个中国的近代化起了非常重要的作用。但李鸿章整个的命运算是比较悲剧的，在历史上对他的评价也不高，李鸿章死后被追谥为"文忠公"。曾国藩的谥号是"文正公"，"文忠公"比"文正公"要低一级。从宋朝开始，文人最最重视的不是生前做了什么官，而是死后的谥号是什么，一个人去世以后才真正到了盖棺论定的时候，所以这个谥号也很关键。在知识分子头脑里，"正"比"忠"要重要，大概也就范仲淹、曾国藩这么几个人是"文正公"。李鸿章一辈子就想当"文正公"，结果死后他的谥号只是"文忠公"，比"文正公"低了一级。

| 俄国"十月革命节" |

11月7日是俄国的"十月革命节"。很多人可能会觉得奇怪，为什么11月7日是"十月革命节"呢？因为俄国用的是俄历，俄历的十月革命就发生在我们公历的11月7日。关于"十月革命"，历史书当中讲得很详细，这里我就不多讲了。

1941年6月22日，法西斯德国开始进攻苏联，苏联的重兵集团在多场战役中被围歼，在接下来差不多半年的时间当中，苏联红军就损失了四百三十多万人，可谓损失惨重。这个时候纳粹德国的军队离莫斯科已经非常近了，差不多都已经能看到克里姆林宫的塔尖。当时苏联的使馆、政府都已经搬到了古比雪夫，找了一个后方的城市做临时的首都，相当于我们当时的重庆。但是斯大林非常勇敢，在1941年11月7日——"十月革命"二十四周年的这一天，斯大林决定照常在红场举行阅兵，并在阅兵式上发表了著名的演说。在众多史学家眼里，这是苏联军民创造的"一个冬天里的奇迹"。

斯大林的演说非常鼓舞人心，开头和结尾的两段我给大家讲讲。开头的时候，斯大林说："红军和红海军战士，指挥员和政治工作人员，工人，集体农庄庄员，智力劳动者同志们……"这里有一个词叫"智力劳动者"，智力劳动者其实就是知识分子，当时苏联的智力劳动者是排在最后一位的，很有意思。他的演说结尾非常激动人心，斯大林说："我们这个伟大的民族，我们这个伟大的国家，我们这个曾经拥有过普列汉诺夫和列宁、别林斯基和车尔尼雪夫斯基、普希金和托尔斯泰、格林卡和柴可夫斯基、高尔基和契诃夫、谢切诺夫和巴甫洛夫、列宾和苏里柯夫、苏沃洛夫和库图佐夫的伟大民族，是不可能被灭亡的。"在斯大林的鼓舞下，受阅部队接受完检阅后随即开赴前线作战，最终德国法西斯没能攻下莫斯科，苏联红军成功地进行了莫斯科保卫战。

11月8日

《晓松说——历史上的今天》来到了 11 月 8 日。1929 年的这一天，纽约现代艺术博物馆（MOMA）开放；2009 年的这一天，美国医改法案通过。今天是两位帅哥的生日，一位大帅哥是佐罗的扮演者阿兰·德龙，一位小帅哥是朴树。

|纽约现代艺术博物馆（MOMA）|

首先聊一聊 MOMA，就是所谓的"现代艺术博物馆"，1929 年的今天，纽约现代艺术博物馆（MOMA）开放。MOMA 后来成了一个非常流行的概念，世界各地都开始搞艺术博物馆，有的叫 MOMA，有的叫 MOKA。所以不管你到哪个城市，看到 MOMA 或者 MOKA 一般都是"现代艺术博物馆"，但北京例外。北京的 MOMA 是一处楼盘的名字，并不是博物馆，给楼盘起这样一个名字可能是觉得比较洋吧。顺便再说一句，北京开发的楼盘经常会使用这种洋名字，像什么纳帕溪谷等地名全都变成了北京的楼盘名，挺有意思。

再来说这个纽约现代艺术博物馆。1929 年正是世界经济大崩溃的一年，纽约出现了黑色星期五，股市大崩盘。由于经济危机而引发了一系列连锁反应，日本开始走向军国主义道路，意大利、德国则走上了法西斯道路，全球从此开始进入非常可怕的战争时期。但现代艺术通常会在这种时代爆发，因为人类开始变得很迷茫：为什么我们的科学这么发展，但最后会导致这样的灾难？艺术家就会想：这个世界怎么了？我们人类怎么了？一旦想到这些问题的时候，艺术家的思维就会变得很拧巴，这思维一拧巴，现代艺术就出现了。大家去MOMA看的时候，我建议从顶楼开始往下看，因为越往楼下的艺术品诞生的年代越早，这些作品就越怪异。在四楼大家还能看到凡·高的画，凡·高的画在这些古典艺术品的殿堂里已经是最现代的了，有像羊屁股一样大的星星、张牙舞爪的向日葵等各种各样奇怪的作品。

我每次带大家去现代博物馆参观的时候，大家看到这些奇怪的作品都乐得不行。有幅画好像是叫《红蓝黄》，三块画板都是白的，上面什么也没有。大伙儿就站在这幅作品前边看，这时候最有意思的不是看那些作品，而是听旁边的人小声议论："这画是不是拿去修理了，还是拿走干吗了，怎么什么东西也没有？这多浪费地方！"像这样的作品完全就是大家发挥自己的想象力去解读就可以了。现在关于现代艺术的理解有一种理论叫作"读解理论"，意思是说对现代艺术的解读已经独立于创作之外，成为一种独立的体系，你自己去解读吧。你可以把它解读成"此时无声胜有声"，也可以解读成"提笔已忘言"，总而言之什么都没画，就是白板一张，而且是三幅，当然你也可以理解成这是"三原色"，混合以后是白色的，各种各样的解读，现代艺术的基础就在于多元化的解读。

MOMA还有一个著名的收藏品，这个作品是我最不能理解的，我一看这不就是我爸那"二八"自行车的前叉子和轮子吗？中国人民太熟悉自行车了，那完全就是拆了一自行车，然后把轮子和前叉子竖在那儿，没有任何被创作过的痕迹。我当时就开始问旁边的人，我说这个根本就没有创作的痕迹，并没有创作啊，比如说如果他把轮子拧得歪一点儿，或者把轮子弄成方的，这我都能理解，但这东西怎么就一点儿变化都没有呢？在中国拆的旧自行车不是到处都有吗？可是人家说这是一个非常重要的流派，叫"不干涉流派"，就是你不要去干涉它，你为什么要去拧这个轮子呢？你为什么要在上面涂鸦呢？它就自然地被搁在那里，这就叫"不干涉"，原封不动地放在那儿它就是一个作品。我说：

"那我从街上抱块大石头进来，是不是也是一作品？"人家说："那不行，必须得是这位著名的艺术家，他的东西放在这儿才是一件伟大的作品，你高晓松到大街上去搬一块大石头放这儿，那就是精神病，或者是你有意破坏纽约现代艺术博物馆，破坏美国的伟大建筑，那你要被抓起来！"在艺术馆中还真出现过这种事情，早上起来开馆的时候发现少了一个重要的作品，于是赶紧报警、调查，结果查了半天，原来清洁工以为那东西是垃圾，在打扫卫生时给清理走了，其实那是一个伟大的作品。那东西虽然就是一堆垃圾，但是这垃圾怎么摆放，怎么把它堆起来，这是一件非常重要的事情。我猜那位清洁工即使把垃圾弄回来，再怎么堆它也不会是原来那伟大的作品了。

　　当然了，我才疏学浅，对艺术很不了解，所以是妄加评论。对于这些艺术品，我觉得绘画还能理解一些，再怎么现代的绘画，各种各样流派的绘画，至少还有创作在里边，至少有笔触、有色彩，在这里面你还能体会到创作者的情感，无论是疯狂的情感还是叛逆的情感，你总能感受到一些。但是对于装置艺术，我个人觉得已经到了艺术的边缘，一半装置艺术已经越过了艺术跟非艺术的边界，MOMA作为世界上最牛的现代艺术博物馆收藏了这样的艺术品，说明一定是有深意的，但有些我确实是不能理解。大家有机会一定要到纽约的MOMA看看，懂艺术的看个门道，像我这样不懂艺术的，可以看个热闹，那些连热闹都看不了的，就哈哈一笑，也非常有意思。尤其是在一至三层有各种奇奇怪怪的作品，看着觉得好神奇，你会觉得当个艺术家还是很有意思的。

| 美国医改法案 |

　　医疗、教育问题是全世界人民都关心的大问题，今天主要给大家讲讲美国的医改法案。美国这个国家很奇怪，是包括日本、韩国等在内的所有发达国家当中，唯一一个没有全民医保的。当然美国还有其他方面也是唯一的，比如说在西方所谓的民主国家当中，美国也是唯一一个两党制国家，其他国家实际上都是多党制，也就是"比例代议制"。"比例代议制"是什么意思呢？就是各个党一起参加选举，按照得票比例确定各党在国会中的议席。假设国会中有一百个议席，如果你的得票比

例是 5%，那在国会中你就占有五席；如果你的得票比例是 48%，那你在国会里就占有四十八席。当然这个得票比例大都设置一个最低值，比如说最低得票比例可以设为 5%，5% 以下的就不能占有国会议席了。而美国采取的"两党制"和"比例代议制"不同，"两党制"是在每一个选区，赢者拿下全部议员席位，不管是 51% 赢的，还是 90% 赢的，结果都一样。所以在美国的议会里，谁赢谁就拿到全部席位，国会里的两大党——共和党和民主党轮流来，美国总统也是两个党竞选，轮流来当。美国"两党制"的制度其实也很奇怪，按说这个制度好像有点儿违反西方所谓的大家平等，有点儿大党垄断的意思。

再来说美国的医保，美国没有全民医保，其实这也违反了平等的原则，人人平等，那就应该人人都有医保。但美国人首先追求的是自由，其次才是平等，这个国家立国的时候就有它的特殊性，当时这些追求自由的欧洲人逃到了这块土地，成立了美利坚合众国，大家追求的是自由。而欧洲那些国家长期以来受着教会的压迫、贵族的压迫、国王的压迫等各种各样的压迫，最后经过一代又一代人的奋斗，终于成就了今天没有压迫、剥削的欧洲。所以欧洲人对平等是极为看重的，我们一定要平等，再也不能有人来压迫我们。在欧洲，所有的法律以及所有的东西都是把平等放在第一位，自由放在第二位。而美国不是，这些人是为了追求自由来到了这块土地，这块土地上原来没有教士，也没有贵族，大家对平等的要求不是那么高，而对自由的要求是最高的，所以在美国，一切的东西都是把自由放在第一位，平等是第二位的。

美国的医改最能体现美国这个民族对自由的追求，美国长期以来并不实行全民医保，为什么？美国人说："为什么大家要平等，我在工作，我在奋斗，而你在家待着，我纳税养你，我多纳税，然后给你交医保，那你自己为什么不去奋斗？"还有人说："我为什么非要交医保？我有不生病的自由，我生病了有吃中药的自由，还有看巫医的自由……"每个不同的民族、不同的宗教都有不同的就医习惯。还有的说："你为什么要强制我买医保，这是剥夺我选择的自由。"所以在美国，为了实现全民医保，民主党奋斗了有上百年，但至今也没有真正实现。虽然美国的这两个党都是右派党，但相比之下，共和党更保守一些，而民主党的思想还是比共和党要稍微左倾一点儿。共和党更加坚持美国的传统理念，所以共和党坚决反对医保，共和党还坚决反对堕胎、同性恋合法婚姻等，坚持的是美国所谓的传统的民族价值观。

大家看到克林顿总统这些民主党总统在任期间都在努力推动医改，奥巴马在 2009 年刚刚上任的时候，就制定了一个医改法案，虽然在国会当中通过了，但是到今天这个医改法案也没有实现。当时通过这个医改法案的时候，我心里还挺高兴的，因为我确实也深受美国医疗乱象之苦，美国很多东西都很有秩序，但是医疗确实很混乱。我在美国交了一个医保，但那个医保不停地涨价，事先也没有任何通知，自己就涨价了，我要不仔细看回执我都不知道我的医保从两百多美元一个月变成了四百多美元一个月。而且在美国看病的价格差距非常大，贵得简直都没有道理，你去照个 CT、拍个 X 光片什么的，几个检查下来，你要是有医保就高达四五千美元，这在我们这儿都不能想象，贵成这个样子；你如果说我没医保，我付现金，那一千美元也就够了，甚至还可以商量，说我没有医保，那变成八百也行，结果有医保和没医保差了好几倍，我都觉得那就是在诈骗医保基金。但在美国有一点比较好，就是医、药、检三者是分开的，医院不能卖药，医院即使有药店，也是独立的药店，所以就不会出现药里面有回扣什么的，检查也是独立的，也怕你明明没什么病非让你检查一通，花好多钱，怕你明明没什么病，给你开一堆药。医、药、检分开这点在美国早就做到了，三者没有利益关系，没有利益输送。但是有医保和没医保的检查，价格却差这么多，这不是明显在诈骗医保基金吗？所以这本身就有很大的问题。

美国的全民医疗支出是非常高的，全美国人民的医疗费用差不多已经占到美国 GDP 的 1/5。大家知道美国的 GDP 那可是全世界第一，美国 1/5 的 GDP 也比欧洲大多数国家的 GDP 要高，也就是说欧洲一个国家的 GDP 还不够美国人看病的。但即使这样，美国人民还在抱怨看病难，为什么？其实还是医保的问题。美国的富人、中产阶级当然没有这个问题，中产阶级基本上就是雇主缴医保，还有很多富人自己就是雇主，自己缴医保，或者自己买商业保险等。而穷人就不一定有医保了，穷人生病以后只能去公立医院，但美国的公立医院很少，大洛杉矶地区的大公立医院也是屈指可数。公立医院确实比较便宜，而且你可以不给钱先看病，看完病以后人家给你一账单，这个已经很便宜了，你还可以不付钱，可以跟医院说我分三十年付，每年付三块钱。当然最后如果你每年连三块钱都不付也没问题，只不过就是你的信用值降低了，以后你贷款、开公司什么的都会有问题，因为一看你这人就是一没信用的人。但是由于穷人越来越多，像这样的公立医院根本就看不过来，只要你没有生命危险，那就等着吧。当然如果有生命危险的话，不管是公立医院还是私立医院，都会优先给你看，这跟钱没关系。大家看2013年的美国马拉松爆炸事件的伤员抢救，非常紧急，这些急救什么的都搞得很好。但是你只要没生命危险，那就对不起了，你胳膊折了、眼睛受伤了到公立医院的急诊那儿排六小时队都特别正常，比这个再轻点儿的排十小时都有可能。我生活的那个地方有三个动物急诊医院，而给人看急诊的医院我转了半天才找到一个，我是说夜间的急诊，白天每个医院都有急诊室。

医疗在美国是一个大问题，奥巴马的这个医改法案虽然通过了，但是在美国还是有非常大的争议，共和党执政的那些州都不同意，而且还牵扯到违宪的问题。这个问题就是我刚才说的，宪法保障了每一个人的自由，我有选择的自由，你现在强制我，从我的收入里强行按照一定的比例让我必须买医保，这不就是剥夺我的自由吗？这剥夺了我不看病的自由，我的收入本来都计算好了，可以多吃两顿，你却非让我去买医保，按照宪法我有不买的权利。这个医改法案遭到了共和党以及中部大量的拥护共和党的那些保守州的激烈反对。我当时在电视上看到过关于这个医改法案的辩论。奥巴马邀请了一帮共和党大佬参议员在众议院对法案进行辩论，共和党用三句话来说那10%没有医保的人，说他们不工作，他们吃太多，他们锻炼太少。这都几乎快成种族歧视的言论了。然后奥巴马马上就反驳说："你并不认识那些底层的人，但我认识，他们不但去工作，而且他们还打两份工……"这种激烈的言论在美国电视上很少见到，当时我都看傻了，那位议员大人说出来的什么话，都快成法西斯了，你歧视那10%没有医保的人，说人家吃太多、不工作、不锻炼。这个医改法案就这样遭到激烈的反对，而且这个医保需要大量的钱来保障，政府也拿不出这么多钱，美国政府一直都在削减预算，国会削减政府预算的时候还专门说这些钱不能用于启动医保法案，因为钱仅够维持发工资，能保证政府运营下去，至于医改法案什么时候正式实施，我看那是遥遥无期了。

| 两位帅哥——阿兰·德龙与朴树 |

今天是两位大帅哥的生日。老帅哥阿兰·德龙和小帅哥朴树生日快乐！

佐罗的扮演者阿兰·德龙是位大帅哥，但我并不喜欢阿兰·德龙，因为他伤害了我心目中的女神罗密·施奈德。我小的时候看《茜茜公主》，罗密·施奈德是茜茜公主的饰演者，那时候罗密·施奈德就成了我心目中的女神。《茜茜公主》这部片子我不知道看了多少遍，可能是因为我喜爱这个演员，她中年演的电影《老枪》，我也看了好几遍。对罗密·施奈德的喜爱导致我对茜茜公主这个历史人物都产生了同情，后来茜茜公主当了皇后，被无政府主义者给刺杀了，看到那儿我都很心痛。其实有时候我想，一个皇家的贵族跟我有什么关系，我为什么要心痛呢？就因为演茜茜公主的罗密·施奈德是我的女神，所以连带着她演的那个角色我都开始同情。阿兰·德龙严重伤害了我心目中的女神，不管他的名气有多大，我都不能原谅他，就像秦汉伤害了我心目中的另一个女神林青霞一样，我也不能原谅秦汉。阿兰·德龙跟罗密·施奈德同居了很长时间，有一天早上，罗密·施奈德醒过来以后，看见枕边有一张字条，上面写着"爱情已逝，友谊长存"，这人就消失了。这叫什么借口？一个男人怎么能这样不负责任，这种话谁不会说，可友谊在哪儿？怎么体现的？所以我再也不看阿兰·德龙的电影。

再说朴树，我觉得我们男歌手，除了那些偶像派之类的，在创作歌手当中，朴树是最棒的。他的词、曲、唱、编、弹都很好，他自己写词、自己谱曲、自己唱，而且是个帅哥。朴树是我很多年前发现的，当时也很有意思，朴树也不知道从哪儿找到了我的BP机号，那时候大家还用BP机呢，他呼我，然后我就给他回了电话。他说我要卖给你几首歌，我说那我们来听听吧，然后他就抱着把吉他来给我唱，那些歌后来都没有发表，但特别好听，像《天上有个花园》之类的。我说："你的琴弹得好，唱得又好，长得又好，你干吗要卖歌做幕后啊？你当歌手到前台来自己唱。"他说："我不相信你们这个行业里的任何人，我觉得这个行业里的人都是傻帽儿，我自己卖歌挣钱以后，我可以自己做。"通常这种音乐家都很傲气。我听了以后说："你说得也有道理，但是我很喜欢你的风格，我还没那么傻，我一定要帮你弄起来。"于是我就自费开始帮他，我从自己家里拿钱，帮他录了头两首歌，然后我又拉来当时刚留学回国的我的清华师兄宋柯，成立了一个公司，就是麦田音乐。麦田音乐的成立就是因为当时我发现了朴树和叶蓓，这两位我们觉得特别有才华的年轻歌手，觉得浪费了太可惜。

那时候我也很年轻，才二十几岁，但我特别爱才。麦田音乐成立以后，我们签了朴树和叶蓓。

朴树的原名是濮树，"朴树"这个名字是我给他改的。因为我觉得艺名对一个歌手来说很重要，这个"朴"和"树"写到一起的时候，感觉就像一片小树林，枝丫向上生长的样子，特别清秀，特别好看，这也符合他的音乐风格。我觉得朴树算得上是近二十年来或者十几年来，国内最好的创作人，朴树的词是很少见的那种充满诗性的歌词。大家知道诗性这个东西是练不来的，是天生的，现在的歌词越来越粗鄙，大家只是把事儿说清楚就开始唱了，诗意这个东西在逐渐地消失，今天都没有什么诗人了。朴树的歌词比今天绝大多数诗人的诗写得都好，他的那些歌词不是写实的那种，而是充满诗性的。朴树这个人也充满了诗性，有一次我们从天津演出回来，突然间看见夕阳很美，朴树说："停车，你们把我放在这儿，我要看夕阳。"我们说："那我们走了，你在高速公路边上怎么办？"他说："那不管，以后再说，你先让我看夕阳。"于是他就自己提着把吉他和一大塑料壶水，坐在地上，开始弹琴。这个时代很少见到这样身上有诗意的人，他的作品也充满诗意。

小朴，生日快乐！

Today

in History

11月9日

《晓松说——历史上的今天》来到了 11 月 9 日。1867 年的这一天，日本德川幕府正式宣布还政天皇；1938 年的这一天，纳粹德国发动了抓捕犹太人的"水晶之夜"计划；1945 年的这一天，北京的建国门、复兴门正式得名；1949 年的这一天，爆发了震惊世界的"两航起义"。

|日本德川幕府还政日本天皇|

首先说一下 1867 年的今天，日本德川幕府或者叫江户时代结束，这一天，德川幕府正式宣布将大政奉还给天皇。我看那个时代的日本历史，总觉得日本在那段时间突然间特别幸运。当时日本和中国一样，都是被西方列强的洋枪洋炮打开了国门，中国遭遇的是鸦片战争，日本是黑船事件，两国也都被迫签订了屈辱的不平等条约、开放通商等，然后都开始奋发图强，准备翻身。大家知道，改革会触动当权者的既得利益，而既得利益者通常就是单一的中央集权政府，他们都不愿意改革，不愿意触动自己的利益，也就是弄点儿各种各样的小动作，"改革不改腿，治标不治本"，所以改革起来实在是特别艰难。这个时候日本长期以来形成的"双头政治"起了特别重要的作用，日本的"双头政治"是指日本的幕府和天皇。在京都有一个天皇，天皇其实并没什么实权，但日本人民还是很信任他，也没有人去颠覆他。日本一直以来就是这一个天皇家族，中间没有改朝换代过。而日本的幕府却是来回来去改了好几个，最后当权的是德川幕府或者叫江户幕府，江户就是现在的东京。

德川幕府在位了两百多年，但是也没有废掉天皇，后来日本不断地衰落，大家就开始怪罪幕府，说你看你德川家到底怎么回事儿，现在弄得是丧权辱国，那怎么办呢？于是决定把天皇接回来，咱们好好改革。日本当时正好又赶上涌现出来一批开国先贤，这一批人马上就说我们拥护天皇，我们要废除幕府，还政天皇。而中国不是，中国当时也在不断地衰落，但没人说你看你这清政府怎么回事儿，没人去指责这清政府，没人去说你不行，你让开，我来。其实当时在中国，也涌现了一大批能人，像曾国藩、左宗棠、李鸿章、张之洞等，但是他们这些人没办法，还得听皇上的，听慈禧太后的。日本当时还有一大批藩王，因为日本长期处于割据状态，虽然他们表面上都听幕府的，但实际上像西南很多藩都很强，比如萨摩藩、长州藩、肥前藩等，这些大藩马上倒向天皇，说我们拥护天皇。德川幕府在这种情况下，相当于是被迫将大政奉还，但后来还是发生过反复，几个大藩又一块儿去打德川幕府，终于把德川家的江户时代给彻底结束了。

日本从此变成了一个全新的日本，明治天皇从京都来到了东京，之后明治天皇开始锐意改革。天皇的优势就在于他没有历史包袱，以前的错都是德川家的错，他不用下罪己诏，承认错误，也不需要动摇原来的既得利益，因为天皇原来并没有既得利益，他本来就在京都待着，一点儿权力没有。所以日本立即进入一个崭新的时代，锐意改革，脱亚入欧，那改革之彻底，我就不多说了。日本以前的传统基本上都被废除了，马上穿西装，连医药都进行了改革，立即废止汉医，也就是我们中国所说的中医，完全用西医。大家全都穿上了西装，再造一个崭新的日本，这就是大家知道的明治维新。所以这一天对日本来说是非常重要的，日本从此进入近现代，一直到今天。

再跟大家说另外一个有意思的事儿，就是日本到今天为止还用天皇年号，这在全世界都是绝无仅有的，但在日本大多数地方你还是会看到天皇年号，比如平成多少多少年，你看今天的日本已经是一个很现代化、很西化的国家，也采取了西方的民主代议制，穿上了西装，用了西医，但是它的年号居然一直没有变，一直沿用天皇年号。所以日本是非常有意思的国家，它对自己的传统文化非常重视，虽然它脱亚入欧，虽然它西化，但那是为了要强国，自己的很多传统文化还是保存得非常好。

日本当年对中国的古代文化极为崇拜，包括他们的书法、茶道、围棋等都是从中国学去的，还包括他们用的年号也一样是从中国学去的。日本对中国古代的文明一直十分尊崇，一直到明治维新的时候，才抛弃对中国的学习，彻底去学习西方。日本的这些年号当年都是从中国古书上学来的，日本自己开始有文字记载时已经是中国的南北朝时期。"明治"这两个字就是日本人从《易经》当中学来的，"大正"也是从《易经》里来的，"昭和"是从《尚书》里抄来的，"平成"是从《史记》里抄来的。所以从这儿也可以看出，日本是一个很有意思的民族。

| 北京的建国门、复兴门正式命名 |

首先来讲讲 1945 年的今天，北京的建国门、复兴门正式命名。这个是我最喜欢说的题材，因为北京是我的故乡，虽然户口本上我的祖籍是杭州，但实际上我是北京生、北京长的北京人。祖籍其实只是让你记着你是从哪儿来的，但我们家早就搬到北京了，北京是我出生和成长的地方，在那里我度过了人生中最美好的年华，所以对北京这个城市我充满了感情。

当时北京为什么会有对建国门、复兴门的正式命名呢？因为那时候的北京跟现在不一样，当时北京是有城墙的。大家看过《骆驼祥子》《城南旧事》等，里面都有关于北京城墙的镜头。有城墙就有城门，当时北京有十几个城门，像什么宣武门、崇文门、安定门、德胜门等，但那时候没有建国门、复兴门之类的名字。以前这些城门的名字全都是那种很吉利的名字，有的朝代打仗从安定门出发，甭管打赢、打败再从德胜门回来，也有的朝代是从安定门回来。北京从元朝开始,有了现在这样基本的格局。其间经历了好几个朝代,每个朝代的规矩都不太一样。像东直门、西直门,也都是原来的城门,这些都属于原来北京的北城,或者叫内城,围着方形的城区有一圈城门。

有人会觉得很奇怪,说为什么在北京的市中心还有城门,像前门、宣武门、崇文门都在市中心。实际上北京当时分为内城和外城,皇家和达官贵人们,也就是统治阶级都住在内城,紫禁城当然也在内城。北京内城住的人随着朝代的变更经常在变,元朝时内城住的是蒙古人,明朝的时候内城又住了姓朱的以及一帮大臣,等清朝的时候爱新觉罗家来了,满族人又住在了内城,后来又是北洋政府,再后来日本鬼子来了。内城住的人不断地在变化,但内城永远是官宦子弟、统治阶级住的地方。所以北京人对内城有非常形象的描述,叫"眼看他起朱楼,眼看他宴宾客,眼看他楼塌了",说的就是这个内城大院儿经常换主人。

而外城住的人是非常稳定的,住的都是北京的老百姓,也就是所谓的"老北京"。所以外城的口音和内城是不一样的,我们这些在北京生长的人一听就知道这口音是内城还是外城的。现在北京管以前的外城叫"南城";管内城,以及从内城发展出去的朝阳、海淀等向北这一大块叫"北城",北京人一听你的口音就知道你是南城的还是北城的。大家听我说的这种北京话,在北京我这种口音叫"大院儿话",为什么叫"大院儿话"呢?当时北京的北城有上千个大院儿,像什么国防部大院儿、海军大院儿、空军大院儿、各大学的大院儿、外交部大院儿等。新中国刚刚成立时,每一个部、每一个委、每一个单位都有一个独立的大院儿,叫"小而全"也好,还是"大而全"也好,反正连工作人员、家属都住在这院儿里,大家上班也近,走几步路就到了。当时所有的这些大院儿几乎都在北城,而南城还是保持着老北京的样子,主要的胡同都在南城,包括八大胡同、大栅栏、天桥等。所以南城和北城的名字都不一样,一听叫什么市,这基本上都在南城,什么花市、骡马市、菜市等,菜市前面有一个入口,就叫菜市口。菜市口这地儿挺吓人的,是以前行刑的地方,这地儿就在宣武门外。所以南城就是老百姓住的地方,能够提供各种服务,什么服务呢?比如说一出前门,右首的八大胡同,这个是很重要的服务,左手的镖局坊,大家也非常需要,但是这些东西都拿不上台面,不能让它们进内城,所以就都放在了离内城很近的地方。

皇帝住在内城的中心，就是紫禁城，但外城有一个地方皇上是一定要去的，那就是天坛，皇帝每年都得去一回，去干吗呢？祭天。皇上要从紫禁城到天坛这地方，必须经过南城这一大片老百姓的聚居地，当年北京的北城是有非常完善的建设的，皇家、官宦都住在这儿，所以就有下水道等各种非常完善的设施。而南城的设施就差很多，所有的排水都是明渠，最后这些污水都排到一条叫龙须沟的地沟里。大家看过老舍的一部话剧叫《龙须沟》，讲的就是解放后政府治理龙须沟的事情。当年这个龙须沟是臭味熏天，周围的环境是脏、乱、差，但皇上要去天坛祭天还必须得从这龙须沟上跨过去，为了不让皇帝看到这样脏乱的场景，当时就在龙须沟上建了一个天桥，皇上要去天坛就从这天桥上跨过去。虽然建了天桥，混乱的场景看不见了，但这味道确实也不太好闻，我估计皇上当时得堵着鼻子走到那边去。光建天桥还不行，这皇帝一年才出城一次，皇上来了大家肯定都得挤着看，怕老百姓要是有人扔个西红柿、鸡蛋什么的，这肯定不好，所以就在天桥两边建了栅栏来挡住过往的行人，现在这地方就成了著名的大栅栏。

当年南城人说的话才叫真正的"老北京话"，而北城人说的话就是我这种口音，实际上就是北京口音的普通话，因为我们不太用北京的本地词，只是有点儿"儿化音"。在南城就有很多北京方言，像"肥皂"叫"胰子"、"香皂"都叫"香胰子"等，还有各种我们都听不懂的词。我记得我二十几岁的时候才到那边去，当时那边的人就说你是"崴咕"着来的吗？我说什么意思，怎么"崴咕"着来？原来"崴咕"就是"蹒跚"的意思，这就是老北京话。我们常说的老北京人的性格其实也指的是南城人的性格，北京口音也指的是南城人的口音，因为北城也就是内城的人变换太快了，一朝天子一朝臣，一会儿来一大帮这人，一会儿来一大帮那人，所以北城的口音老是在变。像我们的清华大院儿的教授很多也都是外地来的人，南方人居多，所以当时我们这些生在北京大院儿里的孩子讲的是北京口音的普通话。

北京人的性格就是南城人的那种性格，这也特别有意思。北京人看惯了兴啊、亡啊，一朝来了一朝走，看惯了你们今儿当宰相，明儿菜市口斩首了，看惯了兴亡起落，眼看你起朱楼，眼看你宴宾客，眼看你楼塌了，眼看你菜市口人头落地了……而我们南城老百姓还是照样生活，蒙古人来了我们吃炸酱面、说相声，日本人来了也一样吃炸酱面、说相声，谁来了我们都这样。所以北京人的性格当中就有一种特别不爱努力奋斗、特别安于现状的基因，大家就觉得你们努力奋斗半天，不都是来了又去、生了又死，反正就是这一套东西，我看惯了，无所谓。北京人最爱说两句话，第一句话叫"我干什么成什么，我什么都没干呀，所以我什么都没成"；第二句话叫"谁敢惹我？谁敢惹我？"旁边来一大壮汉说我敢惹你，北京人立刻就说："那谁敢惹咱俩？"这就是最典型的北京人的性格，就是无所谓，反正谁来当皇上、谁来当大臣都一样，我们照样吃炸酱面，照样说相声。

到了1945年抗战胜利了，这时候北京城车也多了，人也多了，原来那些城门就走不下了，于是怎么办呢？就多开俩门吧，于是就东西长安街各开了一个城门。长安街上本来是没有城门的，原来城门在长安街的南面，叫东便门、西便门，这时候就在东、西长安街上各开了一个城门。抗战刚胜利，中华民族的伟大复兴就要来了，要建立新中国，所以就叫"建国门"和"复兴门"。后来在宣武门旁边又开了个和平门，和平门不是老城门，也是后来开的。和平门和宣武门离得很近，其实没必要在那儿开一个门，所以我怀疑可能大家老觉得一出宣武门就是菜市口，杀人的地方，好像不太吉利，所以就又开了个和平门。当年中了状元就要从崇文门进去，敲锣打鼓地去游街，而从宣武门这儿是拖出去斩首。过去评书里说"拖出午门斩首"，这不是真的，午门外不是斩首的，而是行刑，尤其从明朝开始，午门外叫"廷杖"，拖出午门外，把大臣一通乱打，真正要斩首的话就是在宣武门外的菜市口。

解放以后，为了交通的发展，也是为了北京的现代化，北京的城门楼几乎都被拆了。现在大家能看到的北京城就只剩了几个门楼，德胜门的门楼还在那儿，还有就是正阳门门楼，然后东便门、西便门后来又重新建起来两个小门楼，永定门的门楼也重建了，但大部分都没有了。如果大家想看看原来北京的城墙在哪儿，你可以到北京后打一辆车，围着二环路转一圈，二环路就是沿着北京的整个城墙护城河建的。你沿着二环路走一圈，阜成门、朝阳门等这些地儿就全看见了，或者你沿着北京地铁二号线坐一圈，所有的这些城门的地名也就都看见了。这就是北京非常独特的地方，因为它是皇城，所有的建筑都是坐北朝南，非常端庄、整齐。北京不像天津、上海这些依着河建起来的城市，所有的路都是斜的，到了上海、天津，你根本搞不清东南西北。北京人的东南西北概念之强完全就像脑子里的棋盘格，遇上外地人问路，他能这么说："你向东走一里再往西拐。"那不是害人家吗？向东走一里再往西拐，就又回来了。这方向准确到什么程度，我记得有一次我们在摄影棚里拍戏，我们那摄影师是个老北京，他冲着那女演员说："你把脸稍微往西转一点儿。"我一看那女演员简直快疯了："我的脸往西转一点儿，那你告诉我西在哪儿？"

|"水晶之夜"事件|

1938 年的今天，纳粹德国发动了抓捕犹太人的"水晶之夜"行动。大家记住这个日子，这一天距离"二战"开始还有不到一年的时间，1939 年 9 月 1 日"二战"正式开始，但在 1938 年 11 月 9 日，德国纳粹已经开始大规模地捣毁、抢劫与焚烧犹太人的店铺、住宅与会堂，还大批逮捕犹太人并送往集中营。由于街道上到处都是被捣毁的玻璃碎片在闪闪发亮，因此这一天被称为"水晶之夜"。关于这一天发生的事情历史书上讲过很多，我就不多说了，在这儿我只讲讲关于犹太人的事情。当时大量的犹太人因为受到纳粹的迫害逃了出来，之前我们讲过大量的科学家逃到了美国，美国后来的科技与发展、大学教育的水平都是靠大量的从德国逃出来的犹太人而得到了极大的提高。当时以爱因斯坦为代表的上千名科学家逃到了美国，他们当中有大批的诺贝尔奖获得者，也有很多人后来获得了诺贝尔奖。那时候全世界敢接收犹太人的国家并不多，当然很多国家不是怕纳粹，而是天生不喜欢犹太人。在历史上，欧洲各国都曾有过排犹的历史记载，所以犹太人离开德国也没有太多地方可去，当时全世界对犹太人最宽宏大量、对犹太人敞开胸怀的主要就是俩国家，一个是美国，一个是中国。

当时中国的上海已经是一个国际化的大都市，那时候还有租界，所以大批的犹太人跑到上海后，在那里建起了他们的犹太聚居区。现在大家到上海提篮桥一带还能看到很多当年的遗迹，如犹太会堂与白马咖啡馆等建筑。但可惜的是科学家都跑到美国去了，因为这些科学家在美国能找到工作，而跑到中国来的人，很多都是艺术家，尤其是音乐家来了很多。我看过很多当时的记载，包括波兰的犹太人、德国的犹太人，很多都逃到了中国。这些犹太人到了上海以后光靠弹钢琴、拉小提琴也维持不了生活，所以为了生计，大家想出了各种办法。在上海的犹太聚居区里，就有一个著名的钢琴家开了一家香肠店，白天卖香肠，晚上一关店门，大家就开始在里面演奏非常美妙精湛的古典音乐。当时中国的很多年轻人就师从这些著名的音乐家，这些优秀的犹太艺术家来到了上海，对中国的艺术发展做出了一些贡献，尤其对上海的文化建设做出了很多的贡献。

|"两航起义"爆发|

1949 年的这一天，震惊世界的"两航起义"爆发。新中国建立的时候国民党有关机构爆发了大量的起义，其中首推"两航起义"的影响最大。"两航"指的是"中国航空公司"跟"中央航空公司"，这两个航空公司当时算得上是亚洲，或者说远东最强大的航空公司。中国航空公司原来是跟泛美航空合资的，泛美航空现在已经没有了，后来变成了联合航空；中央航空公司原来叫欧亚航空，是跟德国汉莎航空公司合资的。当时这两家航空公司都有上百架飞机，总部一开始都在上海，最后快到解放的时候都跑到香港去了。有大批的国民党政府机构、航空公司、银行以及招商局等都聚集在香港。那时候大家也都在找出路，说到底是退到台湾去，还是回到大陆来，那要先看看形势，所以大家就先都聚集在香港观看一下时局。这个时候由周恩来总理亲自抓的"两航起义"小组，在香港成功地策动了"两航起义"，当时两个航空公司共有十多架飞机从香港起飞，而且都是 DC-3、DC-4 的机型，尤其 DC-4 是大飞机，四个发动机的，这十多架飞机全部飞回到新中国的怀抱。

"两航起义"引起了极大的震动，国民党的主力民航运输机都起义了，国民党要想从西南撤出部队已经没有飞机可供运输了。而且"两航起义"还有一个历史性的重大作用，当时麇集在香港的所有人，都在历史的大关头、历史的大潮前观望，现在我们可能理解不了那些人，那时候他们面对的就是人生的最后选择，到底是去哪里，而"两航起义"可以说是打响了第一炮。在"两航"率先起义的感召下，留在香港的大批国民党政府银行、招商局等，有二十七家主要单位都先后起义，回到了大陆，为我们新中国最开始的建设起到了巨大的作用。

11月10日

《晓松说——历史上的今天》来到了 11 月 10 日。1985 年的今天，金陵女子大学的第二任校长吴贻芳逝世；1775 年的这一天，美国正式成立海军陆战队。今天还是大美女周慧敏的生日，慧敏姐姐生日快乐！

| 金陵女子大学的第二任校长吴贻芳 |

首先是来说一下 1985 年的今天，金陵女子大学的第二任校长吴贻芳逝世，吴贻芳是旧中国时代最好的女子大学——金陵女子大学的校长。金陵女子大学也曾被称为金陵女子文理学院，是一所教会大学之一。吴贻芳当年就毕业于金陵女子大学，她也是中国最早的一批女大学生之一，后来到美国的密歇根大学留学，还获得了双博士学位。解放前的教会大学基本上是英、美出钱建立的，所以基本上是由美国或英国的这个夫人、那个夫人来当校长，新中国成立以后，大量的教会学校被改造了，要么合并，要么关闭，金陵女大也经过了改造，校长变成了中国人吴贻芳博士。后来金陵女大并入了南京师大，所以南京师大也是一所

有悠久历史的大学。南京这几所大学都有悠久的、光荣的历史，如南京大学的前身之一是的东南大学，而东南大学的前身则是南京高师，曾经是中国非常好的大学，有机会我再跟大家仔细讲讲中国大学的变迁。除了金陵女大以外，当时南京还有一所金陵大学，也是所教会大学，在全中国教会大学当中金陵大学堪称其中最好的一所。当然北方也有很好的教会大学，比如燕京大学。

关于中国的大学有机会我再跟大家仔细讲，今天主要讲讲这个女子的教育。大家知道中国自古以来认为"女子无才便是德"，女子最好就别受什么教育，即使是大户人家的女子，也就是缝缝衣服、绣绣花，最多读读诗而已，像李清照这样的才女是极少见的。当然小说里头的人物另说，像《红楼梦》当中的女性恨不得个个都会写诗，个个都是过去女性知识分子的杰出代表，且不说林黛玉、薛宝钗诗写得多好，连贾母急了都可以来两句。但实际情况并不是这样的，中国的女性那时候并没有那么有文化。到了清末国门被列强打开之后，大家才发现原来西方的妇女是受过很多教育的，西方的妇女是要抛头露面的，西方的妇女是能干很多事情的，于是大家便开始加以效仿。当时日本比我们还要积极，立刻开始男女平权，女性都去上学，所以日本明治维新最大的一个成果就是教育，明治维新前日本人的识字率达到了54%，这在全世界都是领先的。那个时候刚打开国门，对于学习西方大家有很多激进的观点，什么东西都是拿来一通学。梁启超当时写过一篇很激进的文章，说女权第一盛的国家就是今天世界第一强的国家，女权第二盛的国家就是今天第二强的国家。所以要强国首先就要提倡女子教育，只有女子教育成功了，这个国家才有了基础，这个民族才具备了基本素质，这个国家才能富强。

中国最早的女子教育几乎全是由西方的教会办起来的，这些女子教会学校一般都建在穷人多的地方，因为这些地方男的可以进私塾，而女性就没有机会受教育，于是美国、英国的教会就出资办起了女子学校。紧接着甲午战败以后，清政府开始了戊戌变法，后来戊戌变法虽然失败，但是清政府在清末新政时期还是做了很多在当时看来很激进的改革。在 1906 年的时候，慈禧下旨"振兴女学"，于是全国兴起了办女校的高潮，非常激进。当时杭州一个女校的校长激进到开学的时候直接从胳膊上剜下一块肉，说，"为了把这个女学办起来，为了我们女人平等的权利，我愿意献出生命。"后来到了民国初期，女校因为经费的问题办不下去了，她在写给总统的信里，恳切地呼吁政府给予经费支持，最后不成功而服毒自尽。她留下的遗言就是："我要用我的生命惊醒国人，女性一定要受教育。"

所以当时全国各地都在大规模地兴办女学，不光是教会，我们中国人自己也办了很多女子中学，很多中学一直延续到后来的民国时代，成为中国当时最好的中学。其实在中学时代，女生的学习往往都比男生好，大概到了大学本科才被男生追上，所以中学的女校通常都比男校要好。北京留下了两所著名的女校，一个是贝满女中，这是个教会女校，是当时最好的私立学校；还有一所非常优秀的国立女校叫师大女附中，就是今天的北师大附属实验中学的前身。当年北京两个最好的中学，一个就是我的母校北京四中的前身，叫男四中，是个男校，然后就是师大女附中，是个女校，这两个学校是北京并列最好的国立中学。上海最好的女中也是当时最好的中学，叫圣玛利亚女校，从圣玛利亚女校毕业了大量的优秀女性，包括张爱玲等。

后来不少女子大学也开始办起来，当然教会还是办女子大学的主力，包括刚才说的金陵女子大学、福建的华南女子大学等都是当时著名的女校。教会是为了宗教的利益，它有很多传统的观念，不愿意男女合校，因为教会有非常严格的纪律，特别怕婚前的性行为等，像现在美国的圣母大学也是严格按照教会的那套理论来，学校里的学生绝对没有婚前性行为。但是后来的女子大学并没有一直办下去，当然最主要的原因就是后来的国立大学开始招收女生了，男女平等了，就不用专门再去办女子大学了。开国立大学招收女生之先河的是伟大的教育家蔡元培先生，他当时是北大校长，在1920年时他率先招收九位女生入校，轰动全国。紧接着南京高师也开始招收女生，南京高师就是后来的东南大学，当时一点儿不弱于北大和清华，也是全中国最好的大学之一。之后清华大学也开始招收女生，全中国呼啦一下子所有的大学都开始招收女生。

到了20世纪30年代，中国已经没有人再谈到什么男女同校、男女平等的问题，中国已经进入那种极为开放的社会，甚至比日本还开放。那时候女学生可以登报追求自己的老师，像许广平就登报追求鲁迅，还有当时的婚恋观也都是非常新潮的，那个时代不用再提男女平等了，女性的地位已经很高了。抗战一爆发，有很多从上海、天津、北京等地来的女学生来到了延安，那时候女生已经开始自主觉醒，能够独立思考并选择自己的人生，她们一直在一线战斗，在战争中很多女学生也找到了自己的终身伴侣，一时间传为美谈。可见中国从女性还在裹脚，到大家都觉得男女平等这事儿太正常了，只经历了极短的时间，中国女性变得和全世界的女性一样独立、自主。当时我们有大批的女留学生，留日的最多，像秋瑾、何香凝等，留欧美的也很多，我外婆当年就是自费留学德国，后来在哥廷根大学拿到博士学位。还有当时最著名的宋氏三姐妹，她们都是到美国上的女校，所以她们的英文比中文还要好，宋庆龄直到晚年英文都比中文要好。现在我们除了北京有一所专门的女子大学，叫中华女子学院，这所学校的校名是江泽民同志题的，其他的大学已经不再分男校、女校了。

| 美国的海军陆战队 |

下面来和大家聊聊在无数电影中出现的、美国人民特别爱戴的美国海军陆战队。海军陆战队，就是 Marine，在美国人民心目中的地位是最高的，觉得好光荣。因为美国是一个尚武民族，美国人民非常热爱军队，美国是我见过的全世界最热爱军队的民族，每个城市，包括我曾经住的城市的中心大道的电线杆上都会挂出一幅幅的名单，叫"城市之光"，写的就是这座城市正在服现役的人的大名。上面是名字，下面写着 Army 就是指陆军；Air Force 就是指空军；Navy 就是指海军；Marine 就是海军陆战队。每次我看到 Marine 的时候，都会停下来看一眼这人的名字，因为觉得 Marine 光荣嘛。美国人对军队热爱的体现是无处不在的，如果你去好莱坞，在华纳电影制片厂一进门的地方会看见一个牌子，牌子上写着："我们公司的员工中间曾经为国服过役的有……"一大串名单，谁服过役，当过什么兵种。美国人拥军拥属，"双拥工作"做得非常好。我们这儿好像还没看见哪个单位在进门处列出谁服过役、当过兵，好像说谁当过兵还觉得不太好，因为这些人不是科班儿出身，没上过大学。

在美国，只要是为国服过役的人就特别受尊敬，在所有的部队中，海军陆战队是最受尊敬的。因为美国极少在本土打仗，都是出去打仗，一出去打仗，海军陆战队就是打先锋的。海军陆战队首先要打登陆战，所以他们参与过美国最大的战争，尤其是在"二战"中。如太平洋战场上在瓜达尔卡纳尔岛、塞班岛、硫黄岛、冲绳岛的登陆战中，都有海军陆战队的参与。而在欧洲战场上，无论是在意大利的西西里岛登陆或是在法国的诺曼底登陆等，都是海军陆战队打先锋。所以海军陆战队在美国人民心目中的地位是极其崇高的，不管美国再怎么裁军，有几个师是绝不裁的：海军陆战队第一师（陆战一师），这就是美国的头等主力部队，是绝对不会被裁的；美国的步兵第一师叫"大红一师"，也是绝不会被裁的；还有骑兵第一师也不能裁；空降兵82师、空降兵101师，这都是美国的最精锐部队，都是不能裁的。

陆战一师的战史是美国人民最爱看的战史，看完陆战一师的战史几乎就把太平洋战争史看完了，因为在太平洋战争的每场战役中都是陆战一师冲在最前面打的先锋。陆战一师还参加了朝鲜战争，也就是咱们叫的抗美援朝战争，在朝鲜战场上，长津湖战役是最最激烈的一场战役，两军的主力对撞。当时我军将解放台湾地区的主力突击兵团——三野九兵团北调朝鲜战场，美军方面是他们最精锐的部队陆战一师，具体的战役过程就不讲了，因为很长，大家在电影里都看到过。在战役的最后，海军陆战队一师向志愿军致敬，这让我特别感动。当时我们还有最后的五百名志愿军战士，他们一直将美军追到元山港。美军全部都是机械化部队，我军却全靠双腿，在零下30摄氏度的雪地里追击美军，大量的志愿军冻伤了，但他们还在一直向美军开火。当时美军的陆战一师也是衣衫褴褛，连鞋都丢了，但他们还唱着军歌，整齐地走在元山港的街上。最后陆战一师的残余部队登船逃离，但他们被志愿军的英勇举动所感动，最后集体向英勇的中国士兵致敬，真的是很感人！

11月11日

《晓松说——历史上的今天》来到了 11 月 11 日。今天是"光棍节",大家节日快乐! 1924 年的这一天,中山大学创立;1918 年的这一天,第一次世界大战正式结束。

| 中山大学创立 |

1924 年的这一天,中山大学正式创立。今天大家都知道"中山大学"是广东大名校,也是南方最大的名校之一,但实际上在民国时期,一共成立了五所"中山大学",这里给大家介绍一下民国时期的这些名校。我们先来看看中国的大学在创办过程中所经历的那儿个阶段。

第一个阶段是清末时期。清末的时候国门刚刚打开,当时建了国立京师大学堂,以及北洋大学和南洋公学,相当于"一文两工"。京师大学堂就是现在的北大,北洋大学就是今天的天津大学,南洋公学就是现在的上海交大,号称中国的"麻省理工"。当时就觉得要富国强兵,首先是要学科技,所以最开始建立了很多船政学堂、水师学堂，多是侧重科技的。

第二个阶段就是北洋政府时期。当时北洋政府下令在全国的六个大学区建了"六大高师"，也就是国立六大高等师范学校，这"六大高师"奠定了后来各地大名校的基础。最有名的就是南京高师，南京高师曾经独领风骚，后来改名为东南大学，再后来叫中央大学，现在叫南京大学，成为中国最优秀的大学之一。此外，还有广东高师，就是我们今天的中山大学的前身，武昌高师就是武汉大学的前身，沈阳高师是东北大学的前身，成都高师是四川大学的前身，北京高师则是北京师范大学的前身。所以在北洋政府的"六大高师"时代，基本上已经奠定了中国大学的格局。当然在这当中还建起来一个清华大学，这是我的母校，清华是拿美国人退还的庚子赔款建起来的，它跟国立的这些大学背景不一样。

第三个阶段就是国民政府时期。国民政府成立以后也要在教育上有所作为，于是在中国成立了五所"中山大学"，一个就是现在广东的这个中山大学，由原来的广东高师变成了广东的中山大学；另一个就是刚才说的南京高师，变成了另一所中山大学；武昌高师也变成了一所中山大学；然后在浙江新建了一所学校，把浙江的一些大学、学院合并，变成了又一所中山大学；接着把河南的那些学院并起来，也成立了一所中山大学。这些中山大学分别称为"第一中大""第二中大""第三中大""第四中大""第五中大"。这五所"中山大学"是当时国民政府所力推的五大名校。后来这些大学又改回了原来的名字，只留下了广东的一所中山大学。在这个阶段，浙江的这所中山大学在竺可桢担任校长后开始崛起，成为当时中国最好的大学之一，它就是后来的浙江大学。那时候中国几所最好的大学可以说是"各领风骚三五年"，先是北大，然后是南京高师（后来的南京大学），然后就是清华崛起，之后浙大崛起，浙大崛起的时候号称"东方剑桥"。上海交大是中国最好的工科大学之一，但是始终没有成长为中国独领风骚、执牛耳的大名校，就是因为交大的文科不够强。我说的这几所大学都是文理工综合全面的大学，而且成长为中国大名校。

那个时代可谓风起云涌，刚刚打开国门，各个大学都在竞争，你追我赶。不像今天，今天一看这大学排行榜都烦死了，每年基本上就那样，前十名基本上就没变过。当年在大学初创阶段的时候，大批热爱祖国的留学生回到国内，这几大名校的校长，包括北大的校长蔡元培、清华的校长梅贻琦、浙大的校长竺可桢，都是优秀的海归，每个人都有自己独特的办学思想，大家互相竞争。那时候教授的流动性非常大，我要列一表的话大家看了得乐坏了，当时一个教授至少在四个大学教过书，一会儿这个学校请你，一会儿又跑那个学校去了。光鲁迅先生就曾在好多个大学教过书，他还跑到私立大学厦大教过书，也在中山大学教过书。到今天，实际上还是当时奠定的大名校的格局，就是北大、清华、浙大、武大、中山大学、上海交大等。新中国建立以后我们又建立了几所名校，比如说人民大学、中国科技大学等，但是基本上没有影响到当时建立的整个大学的格局。

在这儿再跟大家分享一点儿关于民国时期大学学费的事儿，当时所有的国立大学的学费，从国立京师大学堂开始，一律一学期十块。大家知道1930年的时候，上海工人的平均月工资差不多是二十一二块的样子，所以那时候国立大学的学费是非常低廉的。清华大学的学费也是十块，其实清华一开始是不收学费的，它是美国拿庚子赔款建的，不但不收钱，还发钱，饭菜还特别好，每顿饭四荤四素，后来清华大学也跟别的国立大学一样，开始一学期收十块钱，一年二十块。所以当时上海一个普通工人工作一个月，就够一个孩子在中国最好的国立大学读一年书了。

当时中国整个高等教育格局是国立大学和教会大学旗鼓相当，像很多名校，包括北京的燕京大学、南京的金陵大学、上海的圣约翰大学等都是教会学校，这些教会学校大部分都是美国人办的。还有，当时几乎所有的医学院也都是美资办的，比如说大家最熟悉的协和医学院、华西医学院等，这些也都是教会学校。教会学校的学费平均是一学期八十块，一年一百六十块，这一下比国立大学贵了八倍。其实教会大学一开始是为穷人办的，但是因为学费贵，最后变成了全是官宦子弟、有钱人的"富二代"去上。在教会大学和国立大学之外，就是私立大学。中国的私立大学在那个时候是不够级别的，是比较弱的，但还是有几所大名校，但不太多，比如说北方的南开大学，就是张伯苓先生奋斗了那么多年，靠自己的力量建起来的。南方比较著名的有爱国华侨陈嘉庚建的厦门大学，还有上海的复旦大学。私立大学的学费差不多是四十块一学期，平均八十块一年。所以这私立大学的学费是介于国立大学和教会大学之间的。

当时的学生毕业以后的工资是怎么样的呢？如果是一般的国立大学毕业，那毕业以后一个月就能拿五十块大洋，我刚才说了上海工人的平均工资是二十一二块，国立大学一毕业就五十块，如果你是名校毕业，像刚才说的"六大高师"，或者是"五大中山大学"，或者北大、清华等这样的名校，就能拿八十。也就是说毕业以后，第一个月工资如果是八十块的话，那就把我上国立大学四年的学费全挣回来了，你干上几年，如果做得不错，在银行做个职员能挣到一百到两百大洋，副教授三百五起，这些一级教授、海归、大师一个月五六百都非常常见。所以当时大学的学费、人们的工资以及大学毕业生一个月的收入，基本上就是这个水平，当然了，这个我们不能和现在来比，因为当时读大学的人非常少，今天不一样，今天大家都能去读大学。那个时候读大学的人是极少极少的，因为一共就那么几所学校，学校的规模也不是很大，一年如果能毕业几百个学生，那已经是中国最大的大学了，所以完全不能和现在去比。

|第一次世界大战结束|

1918 年的这一天，"一战"结束。"一战"是到那个时候为止人类历史上最大的一场战争，其死伤的人数也远远超过冷兵器时期。这也使整个人类开始反思，我们从"工业革命"开始，有了飞机、大炮、坦克，有了这么多的火器之后，居然是用来互相厮杀，而且是在当时号称全世界最文明的地区——欧洲。那时候全世界都在学欧洲，日本人在忙着"脱亚入欧"，结果欧洲各国人民操起武器，互相大开杀戒，几百万人付出了生命。"一战"以后不管是法国，还是德国，差不多都是每三个年轻人里死一个、瘸一个，就剩下了一个完整的，女的都找不着老公。大家就开始反思："我们人类这种生物到底出了什么问题？""一战"后掀起了巨大的艺术高潮，其实就是因为人类在反思。"一战"的结束跟"二战"还不一样，"二战"是德意日法西斯被彻底打败了，而"一战"是直接就在前线停战了，并没打到德国本土去，更谈不上占领柏林了。

"一战"结束的一个重要原因就是"革命"。当时那些重要的参战国家先后爆发了革命，1917 年俄国先革命了，退出了战争。"革命"是传染的，尤其在那个时代，人们开始对自己怀疑，对政府怀疑：为什么要打这样无意义的战争，血流成河到底是为了什么？我们为什么要替皇帝卖命？这还不像"二战"的时候，还可以说是为了反法西斯，那个时候为什么要打仗呢？大家并不知道。所以各国的人民，尤其在年轻人中间，迅速蔓延起一股厌恶战争反对战争的"革命"风潮。俄国革命以后，紧接着就是1918年11月3日爆发的德国革命。当时停在基尔港、几乎跟英国皇家海军一样强大的德国大舰队起义了，水兵们降下德国国旗，升起了红旗，开始革命了。然后在整个前线，在年轻的士兵当中，革命思想迅速蔓延，而且大家都目睹了战争的惨烈，经常一天能打死六七万人，一场战役双方死一百万人，各国都不想再打下去，最后"一战"就在这一天正式结束了。

11月12日

　　《晓松说——历史上的今天》来到了 11 月 12 日。1942 年的这一天，瓜达尔卡纳尔岛海战爆发；1948 年的这一天，日本战犯东条英机被判死刑。今天还是大美女安妮·海瑟薇的生日，生日快乐！

| 瓜岛海战爆发 |

　　瓜达尔卡纳尔岛是地处西南太平洋的所罗门群岛中最大的一个岛屿，瓜达尔卡纳尔岛海战也被简称为"瓜岛海战"。实际上"瓜岛海战"是一个统称，在瓜岛海战当中先后爆发了三十多次大小战役，其中大规模的海战就有六次。这六次大海战又分别有各自的名称，1942 年的今天所爆发的这场海战是其中的第五次。是一次值得载入史册的重要海战。

　　我们先来看看 1942 年 11 月是个什么日子？大家知道 1941 年 12 月，日本偷袭了美国的珍珠港，几乎全歼了美国太平洋舰队。紧接着日本海军又到南洋去，在印尼的爪哇海战中全歼了荷兰、英国、美国等盟国组成的太平洋联合舰队，之后日本又在新加坡的外海全歼了英国驻新加坡的两艘最大的战列舰，然后又跑到印度洋去追歼了英国舰队。在当时整个太平洋到印度洋的广阔海域里，日本海军可以说是天下无敌。1942年6月的时候，又爆发了著名的中途岛海战。中途岛海战是太平洋战争的转折点，就像斯大林格勒会战是东线苏德战争的转折点一样。在中途岛海战之前，日本在太平洋战场上的海军力量要遥遥领先于美国。而在中途岛海战中，因日本的四艘航母全部被美军击沉，故而它的海军力量被大大地削弱了。中途岛海战之后，美军开始积极夺取战场主动权，向日军的挑战发起勇猛而有力的反击。

1942年的今天，瓜岛海战爆发。到1943年，美国全国上下开足马力，从东岸到西岸、南岸，到五大湖，美国的四面八方，所有的船厂都开工制造航母、制造战列舰，在美日开战的时候美国就那么几艘屈指可数的航母，可到最后战争结束，美国一共建了一百五十六艘航母，这可真是太吓人了。日本基本上还是开战之后的那些航母，只是到了1944年3月才又新建了一艘。而美国的航母这时候就像下饺子一样地来了，光大型航母就有二十四艘，极为震撼。

在中途岛海战之后，日本人就想，得趁美军的战舰还在船台上时，尽量把防卫圈向外推，所以日本跑到所罗门群岛建了机场、建了海军基地。结果没想到美军锐意进取，突然主动进攻瓜岛，占领了机场。日本人修好了机场一天没用过，就被美国人占领了，于是美军的战斗机便马上飞来使用了。日本人一看我替你修一个机场，现在变成你的基地了，那绝对不行！于是日美两军在这里进行了长达半年的消耗战。在这场消耗战当中，海上和陆上的战役都极为惨烈，其中光海战就三十多次，包括六次大海战。这几场海战几乎把日本海军的一半都消耗了，美国海军也消耗巨大，大量军舰被打沉。双方数十万吨的军舰在瓜岛附近海域沉没，这个海湾的海底差不多全变成铁的了，因此得名"铁底湾"。这么多次仗打下来，不光是日本海军的军舰消耗了一半，更重要的是日本海军的精锐航空兵被消灭殆尽，日本江田岛海军兵学校训练出的那些世界上最精锐的飞行员全都葬送在这里了。

我以前讲过苏德战争，我说苏德战争中的陆军把那个时代陆上能打出来的漂亮仗全都打出来了，包括各种各样的战法、战术、战役。其实瓜岛的这六次海战，也差不多把那个时代海军能打出来的所有的战役样式全都打出来了，这些海战当中有航母对航母的，有战列舰对战列舰的，有巡洋舰对巡洋舰的，有战列舰对巡洋舰的，有驱逐舰对巡洋舰的，各种各样的类型都有。基本上日美两军是各有胜负，最后两边沉了大型军舰二十四艘，小型军舰无数，日本的运输船也被击沉无数。但在这次海战中，不光是日本海军在海战中遭受了巨大的损失，日本陆军也损失巨大。日本最精锐的第二师团之前在陆上战役中从来没有败过，在瓜岛海战中他们遇到了美国海军陆战队第一师，两军在那儿拼搏了半年，日军采取了各种自杀式冲锋，最后损失惨重。海战上日美两边损失差不多，但在陆战中日本死了十倍于美国的人。最后日军实在消耗不起了，所以撤出了瓜岛。之后太平洋战场就变成了美军进攻、日军防守的格局。

|日本战犯东条英机被判死刑|

"二战"结束以后，那些罪大恶极的日本甲级战犯在东京接受了审判。1948年的今天，日本战犯东条英机被判死刑。东条英机本来是不想被活捉的，当时美国宪兵冲到门口的时候，东条英机冲自己开了一枪，准备自杀。东条英机本来是先让医生给他在心脏这儿画了一个圈，结果子弹打偏了，没打着心脏，最后被救活了。东条英机没死成，最后就受到了军事法庭的审判。大家可以看到很多当时的影像资料，东条英机戴着耳机，在法庭上一言不发。

这里面的细节我就不多讲了，因为大家已经看了很多有关东京审判的东西，在这儿我就讲一点，就是关于日本天皇，当时实际上全世界都认为第一大战犯就是天皇。日本的军国主义跟纳粹不一样，纳粹是有主义的，有自己的一套纲领；而军国主义就只有一条，那就是忠于天皇，天皇说什么我就干什么，为了天皇我可以去誓死战斗，这就是军国主义。日本从明治维新开始，天皇就有无上的权威，日本这个军部和文官再怎么不和也好，发动政变杀文官也好，都要忠于天皇。只要天皇出来说一句话，大家就可以切腹自杀，天皇说打就打，天皇说终战，那就要结束战争。1945 年 8 月 15 日，终战诏书一公布，大家一听到天皇的声音，全体放下武器！你说日本这么不怕死的民族，他们怎么不打游击呢？如果真拿起武器打游击，对那时占领日本的美军威胁是很大的。但天皇一发令，所有日本人就马上放下武器。可见在日本，天皇的威力有多大。最后东京审判的时候并没有审判天皇，这在当时是有很大争议的。

美国政府那时候是把这个审判的权力交给了盟军总司令、五星上将麦克阿瑟，由麦克阿瑟来决定到底要不要抓天皇。其实原来的战犯名单当中确实是有天皇的，麦克阿瑟当时就委托他手下的一个将领去调查。实际上麦克阿瑟对是否审判天皇是有倾向性的，麦克阿瑟心里想："这场战役打完之后我就是得胜回朝的大帅，回去之后我就能当总统了。"之前美国每一场战争得胜回朝的大帅都当了总统，美国人民特别爱选军人当总统，迄今为止四十三位总统当中有三十位军人，包括得胜回朝的华盛顿、格兰特等。当时麦克阿瑟的对手就是艾森豪威尔，艾森豪威尔是"二战"当中欧洲战场的总司令，麦克阿瑟是西太平洋战区总司令与太平洋美军司令，也是占领日本的盟军最高司令官。麦克阿瑟一想："这些得胜回朝的大帅都能当总统，我麦克阿瑟肯定比艾森豪威尔强，因为我是西点军校的校长，你是西点军校的学生，我麦克阿瑟长得又帅，在美国人民心目中是一个大偶像。"麦克阿瑟天天戴一墨镜，拿一个玉米芯烟斗，而艾森豪威尔长得像土豆一样，跟麦克阿瑟这样风流倜傥的大帅哥根本不能比。所以麦克阿瑟首先想到的就是："我现在做占领日本的盟军最高司令官，我得让日本这地方先稳定了，别让日本这儿起火，天天有打不完的仗，如果在这儿牺牲很多美国士兵，那我回去怎么向他们的父母交代，我怎么去选总统啊？"麦克阿瑟知道在日本一旦你要抓天皇，那日本人会坚决不干，日本人马上就直接进山打游击去了。

所以麦克阿瑟当时是有私心的，虽然表面上好像要去调查，但是实际上并不想去抓天皇，因为他想让日本安定，这样能显得他把日本治理得很好，并且他要把这些美国士兵都好好地带回国，好让选民们选他。在 1945 年的时候，麦克阿瑟派去调查天皇的人是个亲日派，麦克阿瑟知道这个人最爱的女人就是当年在美国留学的一个日本姑娘,这个日本姑娘后来回到日本,在战争中被美军炸死了,但是这哥们儿很爱日本。最后麦克阿瑟派去调查的人提交了一个报告,报告说没有证据表明天皇直接在御前会议上说过开战。因此天皇就躲过去了,麦克阿瑟决定不处罚天皇。麦克阿瑟这样做确实给日本人带来了安定,日本人也不去打游击了,从此也安定了。麦克阿瑟将军当时还对日本做了很多好事儿,包括给日本制定了一部和平宪法,这部宪法一直用到今天。当年日本大饥荒,麦克阿瑟还从美国调来大量的粮食,顶着美国国会的反日压力去振兴日本。最后在麦克阿瑟离开日本的时候,百万东京市民列队从他的官邸到机场高呼:"大元帅,大元帅,大元帅……"从这儿也可以看出日本的民族性,按说麦克阿瑟的双手沾满了日本人民的鲜血,几百万日本人被美军杀死,东京被夷为平地,名古屋被夷为平地,日本还被扔了两颗原子弹……但是最后麦克阿瑟走的时候,日本人民竟然含着热泪高呼"大元帅"。但没想到仅仅在几年之后,麦克阿瑟因为在朝鲜战争当中想向中国扔原子弹,结果1951年的时候被杜鲁门总统撤职了。1953年艾森豪威尔作为得胜回朝的大帅被美国人民推上了总统宝座。

| 大美女安妮·海瑟薇生日 |

安妮·海瑟薇大美女,生日快乐!我第一次见到安妮·海瑟薇的时候,觉得她长得非常漂亮,美得不行,但后来再多看她几次的时候,我觉得也就那么回事儿了,到最后就觉得越来越不行。特别打眼的大美女确实不是太经看,她不像山口百惠,是那种特别细腻的类型。安妮·海瑟薇的眼睛特别大,第一眼看吓一跳,尤其是在《公主日记》和《穿普拉达的女魔头》当中,那一看觉得简直太美了。后来看多了就觉得一般了,安妮·海瑟薇在美国观众心目中的地位也在严重地下降,我在美国生活,能感觉到美国人对安妮·海瑟薇是那种说不出口的感觉。在《悲惨世界》当中,安妮·海瑟薇表现得并不太好,再加上整个造型等各方面都不太好,大美女当然也想突破自己,但是我觉得在这部影片当中挺失败。现在安妮·海瑟薇的形象在美国已变成"墙里花谢了墙外依然

很香"的那种状况，虽然美国人现在并不怎么认她，但在全世界的电影市场，大家还是很喜欢她的，所以她还算是在海外有票房保证的一位女明星，但在美国本土，她已经开始有点儿往下走。

无论如何，祝安妮·海瑟薇生日快乐！

11月13日

《晓松说——历史上的今天》来到了 11 月 13 日。在 1587 年的这一天，明代著名的大清官海瑞去世；1934 年的这一天，民国"报业大王"史量才遇刺；1935 年的这一天，直系军阀孙传芳遇刺。今天是大帅哥黄晓明的生日，晓明生日快乐！

| 民国报业大王史量才遇刺 |

首先跟大家聊一聊 1934 年史量才遇刺这件事情。在 1926 年的时候就曾经有两位著名的北京报人，一个叫邵飘萍，一个叫林白水，两个名字都很好听，他们先后被奉系军阀张作霖和山东军阀张宗昌杀害，这在报界引起了非常大的震动，当时报界将此事件传为"萍水相逢"。到了 1927 年，南京国民政府成立。相比于旧军阀，国民政府自认为它代表了更进步的力量。但是没想到 1934 年，民国"报业大王"史量才遇刺。当然史量才的遇刺还不像当时军阀们对邵飘萍、林白水的杀害那么明目张胆，邵飘萍和林白水是被拉到天桥去枪杀的，而史量

才是被国民政府派人暗杀的，当时国民政府还没有胆量直接处死报人。但史量才的地位其实比邵飘萍和林白水要高，那两位是知识分子，主要是写文章、当主编，而史量才可以说是中国当时的"报业大王"，他拥有包括中国最大的报纸《申报》在内的好几家报纸。《申报》是立足于上海的一家报纸，大家听这名字，"申"就是上海，到现在上海还有《申江服务导报》。上海之所以被称为"申"，是因为当年楚国灭了越国之后，楚国就占领了上海这块地方，楚国有一个大公子，也是战国时著名的四大公子之一，叫春申君。据说春申君的封地就在上海这一带，所以人们就把上海称为"申城"。

《申报》最早是英国人于1872年创办的，到史量才1912年接手的时候，已经有四十年历史了，可谓中国历史最悠久的新闻报纸。后来史量才团结了几个民营资本家，把这份报纸从英国人的手里买了过来。在史量才的手里，《申报》不但做成了上海规模最大的报纸，也是全国影响力最大的报纸。史量才刚刚接手《申报》，紧接着就出现了袁世凯称帝的事件，在这件事情的报道上，史量才完全显示出了一个报人的高风亮节。当时袁世凯派人拿了十五万大洋南下到上海，要把这十五万大洋以津贴或者是补助的名义给史量才，其实就是要收买他，让《申报》不要天天反对他称帝。但史量才坚决不收，不但不收钱，他还在报纸上登出来，说："有人拿十五万大洋买通我，让《申报》支持改变国体，但是只要报人的气节在，我是绝对不能收这笔钱的。"紧接着袁世凯称帝，要求所有的报纸都要用洪宪纪元，但史量才的《申报》坚决不用。《申报》因此受到了政府强大的压力，北洋政府也不敢直接取缔这份报纸，但他们提出如果你不用洪宪纪元，那就不给你邮寄。因为当时《申报》是私营的，而且报社地址还在租界内，袁世凯政府也不敢拿《申报》怎么样，但是邮政是归政府管的，最后只能拿邮寄来威胁《申报》。史量才最后没办法，只能在报纸下面写了"洪宪元年"，当时用了八号字的小字体，而前面的那个"中华民国五年"用了五号字的大字体，可见史量才是一个非常有气节的人。

史量才除了是"报业大王"之外，他还拥有自己的银行。国民政府当时为了"剿共"发行了债券，史量才以银行董事长的身份到南京去开会，坚决拒绝购买。在上海1932年"一·二八"淞沪抗战的时候，他还捐出巨款给抗战的十九路军。最后蒋介石实在没有办法，就派杜月笙把史量才"请"到了南京，蒋介石威胁史量才说："你小心一点儿，我有一百万大军！"史量才看着蒋介石说："你有一百万大军，我有一百万读者！"史量才就属于这种铁骨铮铮的人，逼得蒋介石也没有办法。最后蒋介石说："史先生，我蒋某人有做得不对的地方，也欢迎你批评。"政治家嘛，总是要摆出这种姿态，嘴上说欢迎批评，其实是怀恨在心。结果在1934年的这一天，国民党政府派了军统特务，在史量才从杭州回上海的路上，把他给刺杀了。

史量才遇刺是民国报业史上最大的事件，史量才被刺杀之后，中国的报业进入另一个时代，虽然还能小声音说点儿，辩论辩论，但是不能像史量才那个时代那样大规模地批评政府了。在史量才遇刺之后，《申报》风格开始趋于保守。到1949年5月《申报》停刊时，已历时七十八年，一共出版了两万五千六百期，是当时旧中国影响力最大的报纸。今天大家如果来上海，有机会可以去图书馆翻出《申报》来看看，看看当年这个报人的风骨。

|大军阀孙传芳被刺|

下面来说一下1935年的这一天直系军阀孙传芳被刺。孙传芳是一个老派的军阀，当年北伐的主要对象就是他。孙传芳那时候任苏、浙、皖、赣、闽五省联军总司令，南京、上海都归他管，但他非常守旧。在他统治上海期间，上海美专那些留学回来的人，像刘海粟等，用裸体模特写生，孙传芳觉得这有伤风化，为此他专门跑去砸了这个美术学校，禁止使用裸体模特。

今天主要给大家讲讲孙传芳是如何被刺的。这位刺客可以说是女中英豪，她叫施剑翘，我听说姜文导演好像是正在筹拍有关施剑翘故事的电影，就是施剑翘刺杀了孙传芳。施剑翘的父亲是另一派军阀中的一位重要将领，当时军阀混战，施剑翘的父亲被孙传芳俘虏以后斩首了。这件事儿在施剑翘心里留下了巨大的仇恨，她终生要做的事情就是要复仇。施剑翘先是让她哥哥去为父亲报仇，但是她哥哥非常懦弱，不敢去刺杀孙传芳。后来施剑翘又嫁给了一个男人，当时她的条件是：如果你能替我爸报仇，那我就嫁给你。结果那男的娶了她以后也懦弱得不敢动手，于是施剑翘就和那个男人离了婚。施剑翘说："你们这些男人太懦弱，哥哥也好，丈夫也好，你们都不替我父亲报仇，那我就自己去了。"在 1927 年，孙传芳就被打败了，之后他就躲到天津的租界里吃斋念佛。而当时段祺瑞也在天津的租界里吃斋念佛。这些人当军阀的时候坏事儿做了一堆，下野之后倒有几点挺好，一个是不做汉奸，一个是最后都跑到庙里忏悔去了。

在 1935 年的今天，孙传芳被施剑翘刺杀。孙传芳被刺杀的地方叫居士林，就是一个念经拜佛的地方。当时孙传芳正跪在那儿念经，突然施剑翘现身了，说我是谁谁的女儿，今天我要为父报仇！于是就将孙传芳击毙。然后她展开一个条幅，说这是替父报仇，我决不逃跑，今天就在这儿自首。这件事情轰动全国，全国人民都说这女中英豪为父报仇，并替施剑翘求情。最后在全国人民以及政府各级官员都为她求情的情况下，法院将施剑翘无罪释放，这是民国历史上最有传奇色彩的刺杀案之一。

|明代著名的大清官海瑞去世|

最后说一下海瑞，1587 年的今天海瑞去世。海瑞是中国历史上少有的清官，他清廉到什么程度，就是一辈子几乎没吃过肉。突然有一天海瑞买了两斤肉，所有的人都觉得很奇怪，说海瑞居然还有钱买肉吃？海瑞说今天是我母亲八十大寿，大家这才恍然大悟，因为海瑞也是一个有名的大孝子。当然在明朝的时候不光海瑞是清官，很多知识分子都非常清廉。明朝由于头两个皇帝都是底层出身，对知识分子、对士大夫都怀有刻骨的仇恨，所以明朝对官员、对知识分子极为刻薄。明朝官员的工资是中国历史上最低的，光靠那点儿工资根本养活不了自己，那等于就是逼着你贪。但是你要贪那就酷刑伺候，如果不贪那就一年到头吃不上肉。明朝连官员的假期都是中国有史以来最少的，唐朝一个官员差不多工作十天休一天，再加上其他的元宵节、中秋节、春节等，一年算下来要休一百多天，宋朝也能休一百多天。而到了明朝，起初，朱元璋说这些当官的凭什么要休假，不能休，于是大家一年就只能休三天假，大概就是过年、冬至，还有就是他寿诞那一天。总而言之，明朝的官员不但工资是有史以来最低的，而且起初只有三天假期，还要不停地被太监侮辱，轻则被太监廷杖，重则在东厂、西厂被太监虐杀。所以现在的知识分子如果要想穿越，千万不要穿越到明代去，即使是像海瑞一样的大清官，也得冒着吃不上肉的危险。纪念海瑞，中国历史上没有多少大清官流芳百世，海瑞是其中一位。

11月14日

　　《晓松说——历史上的今天》来到了 11 月 14 日。今天我的手里拿了一个蛋糕，咱们这个节目做了快一年了，每天都有很多人出生，也有很多人去世，但是这么多人出生我都没举过蛋糕，今天是为什么呢？因为今天有三个人过生日，首先是印象派大画家莫奈的生日，莫奈大师生日快乐！其次是我国的电影大师张艺谋导演，艺谋导演生日快乐！（编者注：曾说张艺谋的生日为 11 月 14 日，后来又说应为 4 月 2 日，此处作者按照之前说法）还有一位过生日的就是我自己，祝我自己生日快乐！这个蛋糕是剧组送给我的，非常温暖！

| 法国印象派大师莫奈 |

　　关于莫奈我就不多说了，因为大家实在太熟悉莫奈了，莫奈大师的画属于拿余光都能看出来的。这是极少见的画家，有的画家的作品你基本上不太能认得出来，需要走到近前，看看上面的作者牌子才能知道是谁画的。但是有一些大画家，比如莫奈、凡·高、毕加索，即使你从他们的作品的侧面走过，

拿余光一看，光凭那光影就知道这幅画是谁的大作。伟大的大师莫奈，生日快乐！

|中国电影大师张艺谋|

张艺谋导演生日快乐！张艺谋导演在伟大的 20 世纪 80 年代，堪称最伟大的大师。在那个大师辈出的年代里，中国电影大师应该是排在最前面的。张艺谋导演本身的才华是毋庸置疑的，他是一个全面的电影人才，这个是非常少见的。因为电影导演通常来自某一个领域，之前要么是演员，要么是摄影，要么是作家，要么是画家，要么是音乐家，要么是诗人，要么是戏剧导演，但是张艺谋导演却非常全面。他担任过摄影师，是在陈凯歌导演的《黄土地》中，还获得了金鸡奖的最佳摄影奖以及国际摄影奖。他做过演员，是在吴天明导演的《老井》中，还得过影帝的桂冠。张艺谋做导演那当然是获奖无数了，中国第一个获得世界三大电影节大奖的就是张艺谋导演的《红高粱》。

张艺谋导演曾经说过一句话：文学托了电影的福！当然这个观点受到很多电影导演的反对，大部分电影导演认为电影应该独立于文学而存在，电影是一种独立的视觉艺术。但是张艺谋导演所处的那个年代正好也是文学大师辈出的年代。那是个激动人心的时代，张艺谋先后拍了当时最优秀的几位作家的作品，像莫言、苏童、余华等，尤其是莫言的《红高粱》，获得了巨大的成功。当然，我也没有看到哪一个导演一生都能拍伟大的作品，实际上这样的导演是没有的，有的导演是年轻的时候不行，老了突然拍出了特伟大的作品；有的导演是年轻的时候拍出过伟大的作品，慢慢往后，不管是因为商业化也好，还是个人的局限也好，很难再拍出伟大的作品。张艺谋导演当然也是有个人局限的，当一代文学大师开始沉默的时候，张艺谋开始拍自己编剧的电影，于是就出现了一些被大家诟病的电影，如《满城尽带黄金甲》等。其实不光是张艺谋导演，中国的第五代导演都存在这样的问题。第五代导演起点特别高，他们开始的时候都是拍文学大师的作品，包括陈凯歌导演拍的《孩子王》等，那些都是非常伟大的文学作品，等到他们开始自己编剧的时候，都陷入了类似《满城尽带黄金甲》

和《无极》的窘境中。张艺谋导演是第五代导演中比较典型的，在这方面有很大的局限性。

由于生活时代的不同，第五代导演的成长经历跟我们这一代导演不一样，他们还是接受了很多过去时代的观念。比如，在张艺谋导演的电影《英雄》当中就出现了歌颂秦始皇的主题，觉得长城是秦始皇的功绩，我个人觉得作为一个艺术家，这是不应有的世界观。因为无论如何，长城并不是秦始皇的功绩，而是罪证，如果长城真的成了秦始皇的功绩，那孟姜女哭倒了长城，她就是一个罪犯。当时看完《英雄》我都傻了，我说原来比我们年长二十岁的那一代人内心深处竟然拥有那样一种情怀，觉得长城那种大工程是皇帝的杰作，像秦始皇那样的帝王是值得歌颂的，只是因为他统一过国家。我觉得这是老一代导演，也就是第五代导演的历史局限性。

|关于我自己——高晓松|

说说我自己吧。说到生日许愿，这个蛋糕上的蜡烛点上以后，很快就被我吹灭了，因为我就没有许什么愿。我已经很多年没有在过生日的时候许下什么心愿了，主要是因为我觉得我已经足够幸运了。我觉得我能有今天，能坐在这儿跟大家聊这些事情，我在很多个场合都感慨过，自己的命很好。我不到二十七岁就在万人体育馆开个人作品音乐会。我还记得那英唱完歌下台的时候对我说："晓松，你知道你有多幸运吗？像施光南老师、谷建芬老师这么多音乐大师都曾经梦想开个人的作品音乐会，但是他们还都没有开成，你二十七岁年纪轻轻，就已经在万人体育馆开音乐会了，你太幸运了！"不过那时候我真不觉得是自己幸运，只是觉得那不是因为我优秀吗？那不是因为我有才华吗？人在年轻的时候总会这样，你不会觉得你自己幸运。年轻的时候别人爱你，你不会去感谢别人，你会觉得那不是因为我招人爱吗？你爱我是因为我可爱。但等到了今天我这个年纪，我的很多想法就不一样了，我真的觉得自己很幸运。

其中最幸运的一件事儿是我搞了音乐，为什么呢？因为 11 月 14 日这生日听起来确实挺难听，但是一搞了音乐呢，这个生日就叫"都都都发"，这个太好听了——都发了，看来我注定是要搞音乐的。我觉得自己最幸运的一点就是，其实我并没有对自己的人生做过什么设计，我是非常随大流的那种，大家说应该上好的中学，那我就去上了好的中学；大家说应该再上好的高中，又上了好的高中。我的初中、高中上的都应该算是北京最好的中学——北京四中。大家说得上清华，我就跟着上了清华。其实我也不知道自己到底喜欢什么，要学什么。大家又说清华里面录取分最高的是无线电系，也就是现在的电子系，那我就跟着上了电子系。电子系的八个专业当中，唯有一个专业里有一位院士，就是雷达专业，然后我就选了这个专业。我其实也不知道自己到底喜不喜欢雷达，甚至到今天我也不明白为什么会有人喜欢雷达这东西，然后我就稀里糊涂地上了雷达专业。

在我整个成长的过程中，我认识到一个重要的事情，就是其实你的人生可能是带着剧本来的，一切都要顺其自然。这也是我现在对我女儿的教育，我始终就认为，对于女儿，就不要硬要强求她去干什么了，其实每个人的人生都是带着自己的剧本来的。这样一路走来，让我感到自己真的很幸运。

《晓松说——历史上的今天》来到了 11 月 15 日。1908 年的今天，慈禧太后去世；2003 年的今天，著名的美籍华裔科学家林同炎去世。今天是我的女神赵雅芝的生日，女神生日快乐！

| 慈禧太后去世 |

先来说说慈禧太后吧，1908 年的今天，慈禧太后去世。关于慈禧太后，大家太熟悉了，我们从小看的各种影视剧、历史课本等，把慈禧太后已经讲得非常详细，所以关于她的故事我已经没什么要说的了。在这儿我只说说我个人对她的认识，首先慈禧太后确实没有大家说得那么坏，她还是为清王朝做了一些事情的。中国当时国运急剧地向下走，沦为半封建半殖民地，确实有慈禧太后的很多责任在里面，但是咱也不能把责任都推在一个女人身上。咱们记载历史的人通常都喜欢写成这样，"成"的时候都是男人好、男人牛，"兴"的时候都是男人棒、大英雄，而"亡"的时候通常都找个女人来赖一赖。有些事情赖女

人实在是没有道理，就因为人家长得漂亮，就说人家红颜祸水，就把问题赖到杨贵妃头上，赖到什么妲己、褒姒头上，赖到慈禧太后头上，我觉得有点儿过分。当时中国有四亿五千万人民，那么多男人在那儿干吗呢？这些责任不能都推到慈禧一个人头上。其中，她以期利用义和团的"扶清灭洋"来达到她盲目排外的目的，结果导致八国联军打进北京，慈禧自个儿也跑到西安去了，还导致了后来的大赔款等。但是大家想想，即使慈禧没有信任义和团，可能八国联军会晚出现几年，但那时候国运已经在急剧向下走，中国还是一样会挨打，还是一样会落后。

慈禧太后当时其实也多次同意采纳大臣们提出的有关变法图强的具体对策与建议。谁愿意看着自己的国家、自己的天下、自己的家族全都灭亡了，没有那样的人。慈禧也没有那么愚昧、保守，就在宫里面等死，也不是那样。再说之前的李鸿章、曾国藩，到后来的袁世凯都是谁用的？还有戊戌变法，慈禧也是赞成的，她还是希望大家一起来拯救这个国家。只是最后慈禧太后发现是一帮妄人在光绪身边，这些人就是一群秀才，既不了解外国，又不是真的有治国经验的人，而且过于激进，出的主意极不靠谱，最后才导致戊戌变法夭折。慈禧太后在晚年的时候又把当年戊戌变法的大部分主张重新捡起来，也在努力兴建学堂、编练新军、创办警察、奖励工商等，史称"清末新政"。但是，大厦将倾，不管是谁最后坐在那儿，都无力回天。

今天是慈禧太后去世的日子，昨天是光绪皇帝去世，大家一想这时间也太巧了，后来通过化验各种各样的东西，基本上得出的定论就是慈禧在自己死之前先毒死了光绪。慈禧最后也没落下什么好下场，后来她的坟还让臭流氓孙殿英给炸了。为了要她嘴里的夜明珠，尸体被拖出来，孙殿英还把慈禧的嘴掰开，把夜明珠弄出来。所以这个慈禧太后实在也没什么好下场，整个国家已经沦丧成那样了，每个人的命运都这样，慈禧太后也不例外。

有关慈禧咱们就不多讲了，咱讲讲演慈禧的刘晓庆。刘晓庆跟我非常熟，她给我讲过当年她演李翰祥大导演的两部大戏时的故事，这两部戏一个叫《火烧圆明园》，一个叫《垂帘听政》。那之后很多很多年，才有了《英雄》等大制作电影，其实在《英雄》之前也有大片，《火烧圆明园》和《垂帘听政》就是当年的两个大片。那时候的大片跟后来的不一样，后来的大片更多的是靠电脑特技制作出各种各样精良的东西，以前的大片那是真大片，真要上故宫里去拍，真要拿到那个东西，那个时候因为好不容易才拍一部大片，所以国家也极为支持。这两部片子都是香港和内地的合拍片，当时香港人刚刚来内地拍戏、投资，香港人非常歧视内地人，刘晓庆就跟我讲过受歧视的事情，包括我自个儿都经历过，音乐圈当中也存在这样的歧视，但是也没办法，因为那时候我们确实落后、确实穷。当时在所有合拍片的剧组里边，不平等到什么地步呢？连每顿饭的盒饭都分两种，贵的盒饭给剧组中的香港人吃，不管他是导演，还是剧务，或者就是一职位很低很低的茶水工，只要他是香港人，他都能吃那贵的盒饭；而内地的演员，哪怕你是女一号，哪怕你就是副导演，一律吃另外一种便宜的盒饭。香港人和内地人吃不在一起吃，住不在一起住，香港电影人那时候高高在上，香港电影圈快跟好莱坞比肩了，什么都不同，对内地就歧视成这样。

　　《火烧圆明园》和《垂帘听政》是北影厂和香港的合拍片，在这两部大戏中刘晓庆演的都是女一号。刘晓庆当时如日中天，是中国的大女明星。其实中国当时并没有几个大女明星，不像今天有四大名旦、四小名旦等，那会儿就是因为刘晓庆连续演了几部片子，包括《小花》《瞧这一家子》《芙蓉镇》等，所以她成了当时最如日中天的天王巨星。但是居然这样的女明星都没有单独的房间住，拍完戏必须回家去，回北影厂住，而且也没有酬金，她只拿北影厂一个月五十块钱的工资。每天拍完戏要跑很远回家，第二天早上又要很早到剧组化妆，这样实在太累，后来刘晓庆就请求剧组，能不能让她住在剧组，这样早晨化妆的时间能充分一点儿。最后刘晓庆住在哪儿呢？两个香港女演员住在一间酒店房间里，刘晓庆就睡在这个房间的地上。大家看看，女一号睡在地上，两个女配角因为是香港人，就可以睡在床上，这待遇差多少。但是"三十年河东，三十年河西"，转眼到了今天，现在再也没有那种香港电影人高内地电影人一等的观念，完全没有了。现在是倒过来了，香港电影人能进内地剧组的都特别高兴，内地有各种有钱的剧组，动辄十亿、十几亿票房等，而且现在香港人也都能说普通话了。可见中国这三十年的发展，从演慈禧太后的刘晓庆的待遇上就可以看出来。

李翰祥导演导那两部大片的时候，刘晓庆虽然是女一号，但一个月只能拿五十块钱，还只能睡在地上，两部戏拍完以后，李翰祥导演的太太给了刘晓庆一个红包，里面有一千港币，当时刘晓庆特别感动。后来刘晓庆当了制片公司的大老板，她知恩图报，又雇李翰祥导演来拍她的《火烧阿房宫》。李翰祥导演当然也是殚精竭虑，但是在拍戏中间李翰祥导演就去世了。在拍戏的过程中，刘晓庆又包了一个特别大的红包给李翰祥太太。这个故事虽然跟慈禧太后只有一点点关系，但是今天拿来跟大家分享，我觉得很有意义。

|一代建筑结构大师林同炎|

下面来说一说林同炎先生，在 2003 年的这一天，著名的美籍华裔科学家林同炎去世。林同炎是著名的结构大师，他在美国赫赫有名，可以说是和大建筑师贝聿铭齐名的科学家。结构设计师是干什么的呢？对于一幢房子，建筑师只是设计一个外形以及里边大概的样子，但是建筑师可不负责给它盖出来。贝聿铭就是著名的建筑师。房子设计完以后，这房子怎么盖、用多少钢、用什么柱子、怎么承重、怎么能让它不倒，这些建筑师都不管，那谁来盖呢？就是结构工程师。建筑师只管设计，所以经常设计出稀奇古怪的东西。当年悉尼歌剧院用了十四年才盖出来，就是因为它设计得太古怪了，太难盖了。我们的鸟巢也是，结构设计非常复杂。要把这个复杂的结构盖起来，就需要结构工程师来算每一根梁、每一根柱子的承重。这些结构工程师经常说我们好倒霉，这房子漂亮，没人说这是结构工程师设计的，都说这是某某建筑师的作品，这是贝聿铭设计的，这是谁谁谁设计的，然后建筑师就非常光荣，名满天下。而这房子塌了，直接就会把结构工程师抓起来坐牢，因为你算错了数据，少用了一根梁或柱，导致承重力不够，这房子就塌了。但房子塌了从来没抓过建筑师，建筑师不负责任，他只管设计大楼，剩下的就不管了。所以结构工程师就总是说这句话："弄好了都是你们的功劳，塌了就要抓我们。"我父亲就是清华土木工程系毕业的，我母亲是建筑系毕业的，所以他们俩老为这个事儿吵。林同炎一家和我们家有很多年的关系，我父亲在留美的时候，林同炎的父亲就在芝加哥学习和工作。林同炎和他的哥哥林同华当时都是美国科学院院士，林同华是我外公的小学同学，所以他们一家和我家有非常复杂的关系。

|我心中的女神——赵雅芝|

最后说一下我心中的女神赵雅芝。每一个男孩在他青春年少的时候都有心中的女神，我心中的女神就是赵雅芝。其实我心中的女神，应该说是《上海滩》中的冯程程，但她是赵雅芝演的，所以我就把冯程程移情到赵雅芝身上，赵雅芝就成为我心中的女神。看完《上海滩》以后，我拒绝看赵雅芝演的任何别的戏，就怕万一看完以后，把我心中的女神形象给破坏了，对我少年的心灵，以及长大以后都会有很大的伤害。在我心中，赵雅芝永远是有淡淡的刘海，眼睛有一种很忧郁、美好的光芒，为爱情不顾一切，飞蛾扑火。我们所有有点儿男权主义的男人心中最美好的女性就是这样，有爱，有等待，有不顾一切的牺牲。而且在《上海滩》这部戏当中，还是大家闺秀爱上一个穷小子许文强，当然是长得挺帅又有文化的穷小子，这位大家闺秀为了许文强跟爹都拼了。

《上海滩》当年在上海电视台上演的时候，可谓万众瞩目，一到开演时间大街上一个人都没有，全都去看电视了。《上海滩》在北京没有演，当时为了看这部电视剧，我们就只能跑去学校附近的一个工人俱乐部——新街口工人俱乐部。每天下了课拿一块钱去那儿看录像，当时一次能看四集吧。可是有一天到那儿突然发现我们身上没有带钱，跑回去取钱吧，回来又来不及了，那天还下雨，最后实在没有办法，我就哭着在街头找人要钱。那个时候一块钱是很多的，我上中学的时候，一个月生活费才两块钱，要一块钱不容易，当时我分了很多人要，我说："求求大家借给我一块钱，我有急用。"最后这个一毛那个两毛，终于凑够了一块钱冲进去。每一集结尾的时候，都会有一个定格，通常要不就是许文强定格在那儿，特别帅；要不就是赵雅芝定格在那儿，特别幽怨。一定格以后，主题歌"浪奔，浪流……"就响起来了。如果是定格在许文强上，我马上站起来就走了，当定格在赵雅芝上时，最后人都走光了，发现就我一个人还冲着一个定了格的荧幕看，直到最后屏幕都黑了，我才出来。所以这个冯程程——赵雅芝，给了我年少的心灵巨大的温暖，这就是文艺作品，每个时代的少年都会被不同的东西温暖。感谢赵雅芝，在我心中她永远是那个年轻的冯程程。

Today

in History

11月16日

《晓松说——历史上的今天》来到了 11 月 16 日。1943 年的这一天，美国空袭了纳粹德国的重水工厂，延缓了对原子弹的开发；1981 年的这一天，中国女排首获世界冠军。

| 中国女排首获世界冠军 |

下面来说一下 1981 年的这一天，中国女排在日本大阪举行的第三届世界杯女子排球赛中七战七捷，首次荣获世界冠军。我觉得一个国家总是有运势的，刚才我们提到昭和时代就是日本运势急剧向上走的时代，什么好牌都拿它手里了，还政天皇，正好天皇英明神武，一大堆大臣在周围辅佐，各种好机会都被日本赶上了。再加上那时候中国腐败，日本打败中国拿到了那么多赔款，最后明治维新彻底成功，日本开始迅速发展。

中国女排的胜利，我觉得也跟当时中国的运势密切相关。自从粉碎"四人帮"、开始改革开放，我们就能明显感觉到整个国家的士气跟国运在向上走，这

|085|

个时候各种各样的喜讯都来了，当1981年女排获得世界冠军的喜讯传到中国时，全国人民极为振奋，那时候我已经十一二岁了，印象深刻极了。记得那时电视还不普及，我们家有一台彩色电视机，那在当时可是宝贝。每次有女排比赛，院里的人就全都挤到我们家来看电视。大家一起看球比独自一人看要好，大家能一起欢呼，一起长叹！那个时候女排的每个队员都是国家英雄，她们不光是1981年得了一次世界冠军，紧接着又获得了三连冠、五连冠，横扫世界排球界。

大家知道排球的地位跟乒乓球、羽毛球不一样，这乒乓球、羽毛球西方的很多国家都不怎么会玩，也不普及，可排球不一样。排球是三大球之一，在西方也非常流行，西方的那些队都很强，像美国队、古巴队、巴西队、苏联队，在世界范围内的影响也非常大。不像乒乓球，打来打去，人家不会，就咱自己会打，尤其我们比较擅长小球。但是排球运动不一样，它对弹跳力和身高的要求很高，我们亚洲人的身材其实并不非常适合弹跳。大家看为什么巴西队、古巴队的排球打得那么好，就是因为他们黑人那种身材以及肌肉、线条非常适合打排球，短跑、弹跳都特别好，而我们并不太擅长。但是我们靠刻苦努力最终赢得了胜利。当然之前先是日本刻苦努力，日本在20世纪60年代初有一个非常出名的教练，在日本也是国家英雄，叫大松博文，他用魔鬼方法训练日本队，最后日本女排先得了世界冠军。我们还把大松博文请到中国来当顾问，培养中国队员。我们当时也出现了一个非常优秀的教练，那时候还挺年轻，就是袁伟民教练。后来袁伟民为什么能成为掌舵中国体育界的大领导，就因为他是第一个在教练位置上做到民族英雄的。

当时的女排运动员郎平，全国人民都知道，到今天她还是国家队主教练。之前有很长一段时间，郎平都是恒大女排的主教练，那时候我在恒大音乐做音乐总监，我和郎平也算是同事。那一批运动员还有张蓉芳、周晓兰等，她们每个人都有绰号，那时候全国人民都管周晓兰叫"天安门城墙"，因为她拦网特别好；管郎平叫"铁榔头"，因为她扣杀特别好……紧接着就是后来的1984年洛杉矶奥运会，中国女排获得了奥运金牌。所以整个20世纪80年代是一个非常有意思的年代，在艺术上大师辈出，体育也是昂扬向上，尤其在中国，大家感觉到士气旺盛，整个国家迅速地向上走。

|美国空袭纳粹德国的重水工厂|

最后来说说1943年的今天，美国空袭了德国纳粹设在挪威的重水工厂。当时因为美国一直在空袭德国，德国已经不知道把自己的这些重要设施藏哪儿好了，后来德国没有办法就把重水工厂设在了挪威。重水工厂主要就是用来造原子弹原料的，这是非常重要的地方，在德国这是高度机密。挪威当时因为峡湾、山谷众多，地形非常复杂，所以德国人就把那东西弄到挪威去了。这个重水工厂被轰炸已经不是第一次了，这之前英国首相丘吉尔曾亲自指派突击队轰炸过，因为大家对于核武器都很紧张，谁都害怕对方先有了原子弹。当然了，今天回过头来看，即使德国先有了原子弹，它也打赢不了第二次世界大战，因为我觉得像纳粹那种反人类的组织，注定是要被灭亡的。即使不考虑正义不正义的问题，战争也是依靠国家的总体实力、经济能力、工业能力、人的素质、人员的数量来决定胜负的，德国人口一共就那么多，土地就那么狭小，工业虽然强大，但是跟美国、苏联加一起还是完全不能比的。在这种情况下，即使它有了原子弹，还是赢不了。一开始英国先派突击队去炸了德国的重水工厂，德国开始转移，于是装到船上准备转移，这时候美国又派飞机去把它彻底炸了。

德国在"二战"末期，实际上已经拥有了当时世界上除了原子弹以外最先进的武器，包括各种各样的导弹，有地对空导弹、空对舰导弹、反坦克导弹等，还有世界上最精良的坦克、喷气式战斗机等。今天武器只是比当时更加先进化了，但实际上在那个时候这些先进武器德国已经全有了，而盟军并没有，在这种情况下德国还是没有打赢这场战争，所以说战争的胜负并不是只依赖一两件先进武器。

11月17日

《晓松说——历史上的今天》来到了 11 月 17 日。在 1843 年的这一天，根据《南京条约》和《五口通商章程》的规定，上海开埠。今天是我的另一位女神苏菲·玛索的生日，生日快乐！

| 上海开埠 |

首先来说说 1843 年的今天上海开埠，这个话题太大了，我就大概说几件我自己觉得值得跟大家分享的事情。上海今天已经是世界第一大港，无论按哪个指标排，在全世界都是排在最前列的、最强大的、繁荣的、现代化的城市，如果只从现代化指标来看，上海也不逊色于世界的任何一个城市。有一次我从新德里飞回上海，我旁边坐着一对英国夫妇，那男士一看就是那种英国的老绅士，他们是第一次去印度，也从没来过中国。我记得当时他们就问我："我们英国的报纸老拿中国和印度对比，你觉得上海和孟买相比怎么样？"孟买在印度的地位和上海在中国的地位非常像，因为印度的首都是新德里，孟买也是一海港。

当时我就说："这要看比什么了，要是就比现代化，你还别拿孟买、新德里跟上海比，您拿伦敦、纽约、芝加哥、东京来跟上海比，还差不多。应该说上海今天的现代化其实比这些城市都更胜一筹，千万别拿上海和新德里、孟买比这个。但是如果你比别的，比如说，印度是充满宗教的国家，人们的平和，走在街上的人们在微笑，如果您比这个，那我就不知道了，你可以自己用眼睛去观察。"

实际上上海的城市历史很短，1843年上海才开埠，这之前上海跟中国所有的沿海县城也差不多，在中国封关禁海数百年的保守统治下，这些小县城都非常落后。上海在1843年开埠之前，就是这样一个小县城，但是这地方因为通江达海，地理位置特别优越，所以就被英国人一眼看中了。之前英国人进行对华贸易都是通过广州进行的，因为广州是当时中国唯一对外开放的港口，外国人都跑到那儿去做生意。在此之前中国最大的外贸港口是泉州。明朝的时候因为航海技术还不发达，而广州、泉州与东南亚地区离得近，货运比较方便一些，所以都选择南方的港口。但是在工业革命之后，航海技术已经非常发达，所以航行到上海和广州已经没有太大的区别。而上海和广州相比，还有一个极大的天然优势，那就是上海地处万里长江入海口，背后是以江浙两省为首的长江中下游地区，那里是中国经济最繁荣发达的地方，当时我国的大宗出口商品如蚕丝、茶叶等，基本上都在这一带生产，中国大部分的财富都蕴藏在这一带。

如果货船从广州出发，江浙一带盛产的丝、茶要运到广州出口，那么首先要从水路通过长江与赣江，再通过陆路翻越南岭才能到达目的地，所以运输成本极高。英国人早就看准了上海这地方，说我赢了我挑地儿，于是在1843年的这一天，根据《南京条约》和《五口通商章程》的规定，上海开埠了。之后我国沿海、长江与运河的航运业重心都很快挪到了上海。其实就港口条件来说，上海港并不是最好的，因为它是个河口港，会有大量的泥沙淤积，不如大连港和青岛港好，但是大连、青岛可没有上海背后这么强大的经济实力。

上海开埠以后就进入了飞快发展的时代，上海的发展还和太平天国有关。1843年上海开埠，1853年太平天国在南京定都，在之后的十几年里，太平军与清军在江浙等省进行了惨烈无比的拉锯战，饥荒、瘟疫与屠杀导致了上千万人口的死亡。这场战乱对江浙等省的人民来说是非常残酷的，但是对上海的发展来说反而起到某种促进作用，因为这场空前的战乱迫使江浙两省的大量乡绅和有文化的人不得不逃到尚能保持安宁的上海租界。这些人逃到上海以后不仅提高了上海的人口素质，也给上海带来了巨大的财富，从而加快了上海成为全国经济中心的步伐。

上海开埠对清政府而言完全是一种无奈的、被动的开放。所以清政府是被打一下，开放一点儿，再被打一下，再开放一点儿。以当时的上海为例，说三件小事儿。第一件事儿是关于电灯，1882年的时候上海已经装起了电灯，但上海的县政府严禁老百姓装电灯，为什么？说这是偷天上的雷电，偷电不行，你说都一八八几年了，居然还能愚昧成这样，政府竟然禁止用电灯。第二件事儿是关于轮船，当时上海已经被迫开埠了，但是政府还是禁止在内河开轮船，只能开那种小木船。其实你说轮船开到内河，甚至开到苏州、杭州，开到运河沿线，那是多好的事情啊！但是不行，只能用小木船，或者在小木船上装一木头轮子，让大家蹚来蹚去，称之为"车渡船"，却坚决不让人家用轮船。第三件事儿是关于铁路，上海在1876年时已经有了中国第一条真正投入使用的铁路，结果有一次火车在这条铁路上运行时撞死了两个人。清政府在拿出八十多万两银子把这条铁路给买回来之后，居然把铁轨都拆了，准备扔到海里去。那时候政府已经很穷了，可这八十多万两银子居然不去扩建海军，硬是把一条铁路给买回来拆掉。当时刘铭传在台湾，觉得把这铁轨拆掉了你也别浪费，弄到台湾来吧，所以这些铁轨就运到台湾去了。中国当时虽然已经开放了，但是国内不改革，很多事情还是非常保守，可见这改革跟开放要同步进行，光开放不改革不行。

上海从民国时期开始就进入突飞猛进的时代，那时候上海被称为"东方巴黎"，香港的发达程度远远不如上海，全世界的冒险家、银行、企业都聚集在上海。香港那时候的吸引力有时候甚至都不如广州。大家知道1925年爆发了著名的"省港大罢工"，"省港"这个词是"省"在前，"省"就是广州，"港"在后，当时的香港在某些方面还不如广州繁荣发达。上海在甲午战争后的三四十年间（1895—1937）迅速成为远东最大的城市与最繁荣的金融中心。那时候上海甚至比东京还要繁荣，日本人要看最新的好莱坞电影也得跑上海来看，上海完全做到了跟国际同步，成了一个非常繁荣发达的大城市。上海当时奠定了中国现代化几乎所有的行业，包括新闻出版、教育、电影、音乐等的基础。香港1949年后的电影业就是由上海搬过去的，大批的上海电影导演和演员在20世纪40年代后期跑到了香港，导致香港的电影圈到60年代还在说上海话。上海在当时很长一段时间内工业产值占到甚至超过中国工业总产值的一半。北京那个时候的发展也远远跟不上上海，实际上在南京国民政府时期（1927—1949），由于首都的位置没有了，北京远远地衰落了下去，只剩了几所大学还在那儿，像北大、清华等。在新中国成立前后的这段时间，上海的人才分到了全国各地，最主要的是港、台、京这三个地方，最早离开上海的这批人去了香港，香港就是因为这批上海人的到来，迅速地发展起来，后来成为远东地区最繁荣发达的城市。还有一部分人去了台湾，台湾的发展大家也都看到了。还有一部分人分散到了祖国各地，其中一大部分人在解放后去支援北京，包括大量的工业人才、工程师。我父亲在解放后也从上海来到了北京，他是去清华大学读书。我小时候是在上海长大的，我对上海不但熟悉，而且充满感情。当时还有大量的上海人去支边，支援新疆、西藏，援助西北、西南，上海成为中国顶梁柱式的城市，以至于上海自己都有点儿被抽干了血的感觉。我记得改革开放前，就是我小的时候，上海一年交给中央的钱是广东省的十倍。广东直到改革开放以后才开始迅速崛起，后来居上。

其实一个城市最重要的，不是有多少人来投资，那是第二位的事情，而是有多少人才。虽然改革开放广东占了先机，但是上海由于积累着全国最多的各种各样的人才，所以在改革开放以后，上海又迅速发展起来。我能感觉到现在在海外已经没有什么人提香港，大家都在说上海。上海又重新成为世界的经济中心、金融中心，现在都不能再叫"东方巴黎"，因为巴黎除了文化、历史，其他的已经不能跟上海相比。上海也算我的半个故乡，祝福上海！

| 我心中的女神苏菲·玛索 |

今天是我的另一位女神苏菲·玛索的生日，经常看我节目的人该笑了，我怎么这么多女神，但是确实苏菲·玛索在相当长一段时间是我的女神。苏菲·玛索成为我的女神，其实就是因为她在一部电影中的一个眼神深深吸引了

我，这部电影大家一定要去看，就叫《芳芳》。电影中有一个镜头，正好一个侧逆光打过来，然后苏菲·玛索转过去侧脸，突然眼里有晶莹的泪光，一下子打动了那个少年时代的我。我当时就觉得自己必须要怜香惜玉，当然这也说明男人确实有一个问题，一个长得像苏菲·玛索这么美、这么清纯的女人，眼泪还没流下来呢，你就已经完全被征服了；可是一个长得不好看的演员，即使在那儿号啕大哭，扑在地上打滚，你还能在旁边笑，完全没有心碎，但其实人家也有一颗金子般的心。可见在男人的脑子里，美貌还是最主要的，美貌女子稍微泪光一晶莹，你的心马上全碎了，不好看的姑娘滚在地上哭，大家也不同情，这确实有问题。苏菲·玛索不光是美貌，她的气质也无与伦比，我已经找不到词来形容了，大家有机会都去看这部电影《芳芳》吧。

11月18日

　　《晓松说——历史上的今天》来到了 11 月 18 日。在 1067 年的这一天，《资治通鉴》被正式赐名；1155 年的这一天，大奸臣秦桧去世；1928 年的这一天，世界上第一部有声动画片《汽船威利号》在纽约首演。

|世界上第一部有声动画片《汽船威利号》|

　　我们先说说动画片，要是有一个人说自己的生活跟动画片、动漫人物毫无关系，我觉得都是不可能的。即使庙里的和尚我猜也看过《聪明的一休》，一休也是个小和尚，"三个和尚没水吃"的故事也是尽人皆知，《三个和尚》也是一部著名的动画片。所以我说今天这个世界上的人，没有一个人不被动画片哺育过、滋润过，不管是童年时代还是成年以后，动画片都曾给大家带去欢乐。今天的动画片已经不光是给小孩看了，大批优秀的作品成年人也很乐意看。1928年的这一天，第一部有声动画片《汽船威利号》在纽约首演，这是第一部以米老鼠为主角的动画片。美国人特别有意思，中国人或者日本人创作动画片的时候，绝对不会弄一老鼠当主角，哪怕换一猫或者换一狗、换一牛，怎么也不可能弄出来一老鼠。但是这迪士尼就是不一样，他是一名犹太人，他就画出来一只老鼠，这就是享誉世界的米老鼠。米老鼠画得特别可爱，后来又有了母老鼠，还有老鼠的一大家子，全世界人民从来都没有想过老鼠还可以弄成这样。到了今天，米老鼠都一直活跃在荧幕上、舞台上，大家去迪士尼乐园，花车巡游也好，花船巡游也好，最后一个压轴的永远都是这个老鼠。可见东西方人的审美观还是有很大的不同，东方人喜欢的是花鸟鱼虫，怎么也不会去画一老鼠，可这美国人画的老鼠居然成功了，从此开拓了整个文化、艺术、娱乐行业里的一个重大领域——动漫领域。美国是动漫产业的开创者，娱乐业永远是以美国为中心，当然主要是因为美国的经济优势以及人才优势，他们搞出了电影公司、动漫公司，发展得都非常好。

日本的动漫现在在全世界的影响力也是非常高的，尤其在咱们中国，当然米老鼠、唐老鸭咱也知道，后来皮克斯拍的那些 3D 动画的大片，咱们也在电影院里看，但是中国人一说起动漫，说起小时候的记忆，几乎都是日本动画片。宫崎骏那些动画大师的大片咱们先不说，咱们小的时候看的《铁臂阿童木》《花仙子》《森林大帝》等，都是日本动画片。还有很多人小时候看的是《机器猫》，现在改名叫《哆啦 A 梦》，以及《忍者神龟》《圣斗士星矢》等，也都是日本动画片。日本的动画片跟美国的动画片有着完全不一样的风格。

我先说一下日本为什么大力地发展动漫产业。大家知道美国和日本不一样，动漫产业只是美国娱乐业的一部分，美国有强大的好莱坞，以明星为核心的好莱坞大电影业，所以美国的动漫产业只是个辅助产业，美国的动画片主要是画画动物。而日本的动画片则主要是画人，因为日本就算经济上再强大，由于你是亚洲人，你在文化、娱乐上也没办法成为世界的主流，你一个亚洲脸在荧幕上出现当主角，注定不会占领世界上最大的北美市场、欧洲市场等，你不可能改变好莱坞，让全世界都不看布拉德·皮特，都不看汤姆·克鲁斯，让全世界都不看白人脸，而专门看亚洲脸。所以到现在亚洲还没有一张脸能在全世界成为真正的大电影的主角，只有成龙在世界上还算有一定的影响力，但是成龙也没有成为一线大明星，而且他还只是在武打片这种类型的电影中发展得比较好，亚洲人根本就占领不了国际市场。所以日本人想了一办法，说我这亚洲脸不能走遍世界，但是我可以画啊，我可以画出大家都喜欢的脸，我可以画得眼睛比你们还大，长得比你们还有轮廓，所以大家看日本动画片的人物，经常有一双大大的眼睛，这就是最开始日本动画片打开世界市场时使用的武器，典型的日本风格。而美国的动漫很少画人，他们画各种动物，画各种好玩的东西，像玩具、变形金刚等，这都是美国动画片的题材。而日本就画人，然后打到全世界去，而且这动漫人物还有一个好处，就是不会跟你闹脾气，至少不会成名了以后跟你闹，跟你谈分成，跳槽去别的公司，而那些好莱坞大明星经常会闹出这些事情。这动漫人物就没有这个问题，这明星创造出来就永远是我的，挣多少钱他都不会分成，连 1% 都不要，而且这个明星永远不会老。汤姆·克鲁斯虽然帅，但他老了，没有办法，你还能再找一个汤姆·克鲁斯吗？而阿童木都已经六十多岁了，但是还是很厉害，还是那个样子。

动漫产业是个投入非常大的产业，动漫唯一比拍真人电影省钱的地方就是明星的酬金，其他的都比真人电影贵，而且制作周期非常长，现在有了电脑制作还好一些。以前没有电脑的时候动画片做起来非常费时，十六格电影的那个时代，每一秒钟的动作要分解成十六幅画。后来变成二十四格电影，那更要命了，一秒钟的动作就得画二十四幅。如果画粗糙点儿其实还凑合，如果要画细了，像咱们《大闹天宫》那样的，那叫工笔重彩，头发不能像一般国画的来一下写意就行，就是连头发丝都得画出来。《大闹天宫》这部动画片也就一小时左右，大家知道当时总共画了多少幅画？总共是七万多幅！大家拿这七万幅除以二十四格，就知道这部片子有多少秒，差不多三千多秒，将近一小时。一小时的动画片要画七万幅画，大家想想这工作量有多大，而且这种画可不是随便在街上找一个人就能来画的，那真是工笔重彩，全都是画家画的，一个《大闹天宫》就画了四年。现在有了电脑技术，动画片制作的周期缩短了一些，但美国一部动画片的制作周期基本上还需要两年，那比拍真人电影用的时间要长得多。

但是动漫还是有它巨大的好处，在现在的明星越来越贵的情况下，尤其是中国的明星涨得一塌糊涂，动漫就显出了它的优势。现在在好莱坞大片当中，包括中国的那种大片，明星的酬金差不多能占到总预算的 70%，这么算下来，就觉得动画片的成本还行。再就是我前面说的没有和明星吵架的问题，这动画明星一旦创造出来就永远是你的。还有很重要的一点，就是动漫的衍生品非常多。真人拍的电影也有衍生产品，美国有一种衍生产品叫作 Boovie，就是 Book（书）和 Movie（电影）两个词合在一块儿，电影上映完火了以后出一本书，比如说小说什么的。但是电影的衍生品远没有动漫的衍生产品多，动画片针对的群体主要是孩子，儿童玩具是动漫最最重要的收入来源。很多动漫衍生产品的收入比电视播放版权还高，因为这些衍生品一直在卖，像米老鼠、唐老鸭的玩具，《玩具总动员》中的机器，甚至《汽车总动员》里的汽车等，各种各样的东西。

日本的动漫产业做得已经非常成熟，它的动画片的产量虽然没有中国高，但是日本动漫产业的产值却占到全世界的 2/3，占日本整个 GDP 的 10%。大家想一想，日本可是世界 GDP 排第三的国家，这么高的 GDP 总值中竟然有 10% 是动漫产业创造的，这动漫产业在日本得有多么强大。我们在刚刚改革开放的时候，大家都要搞绿色工业，不想要污染，也不想要劳动密集型产业，全部的产业都在升级转型，当时几乎各个地方政府都想到搞动漫。日本搞动漫产业成功了，我们跟它学，但结果导致我们当时重复性地做了大量的投入，几乎每一个大省都开发了动漫产业园，批了地，盖了房，大量的大学里开了动漫专业，动漫公司从南到北、从东到西，到处都是，几乎以举国之力发展这个动漫，但结果并没有几个像样的动画片，就弄出来一个什么《喜羊羊与灰太狼》。

动画片的制作周期太长，通常中国的大导演都不爱去拍这样的东西，因为大家都觉得花那么长时间去弄一动画片有点儿不值得，但是其实你看西方的大导演，很多人都会抽出两年时间坐在那儿弄出一部动画片。动画片也是我特别喜欢的，我相信有一天我自己沉静下来的时候，也会去做一部动画片，因为每个人的心中都有一个少年，都有一颗童心。

11月19日

《晓松说——历史上的今天》来到了 11 月 19 日。在 1863 年的这一天，美国总统林肯在葛底斯堡发表了著名的《葛底斯堡演讲》；在 1907 年的这一天，"六叔"邵逸夫出生，百岁老人生日快乐！（注：邵逸夫已于 2014 年 1 月 7 日去世。）

|传奇人物邵逸夫|

先来说说邵逸夫，邵逸夫先生创建了大名鼎鼎的邵氏影业和 TVB（香港无线电视）。如果说 TVB 可能知道的人不是很多，但是一说香港无线，那大家都太熟悉了，香港无线一直以来都是华人最具影响力的大型电视机构，曾经拍过那么多影响了不知多少人的电视剧，而且培养出众多的艺人，像无线四人小生刘德华、梁朝伟等。邵氏影业也算是第一大的华人电影公司，曾经拍出一千多部电影。所以邵氏兄弟实际上曾经服务了华人娱乐八十年，从一开始的普通话到后来的广东话，然后又回到普通话。

邵氏兄弟最早是在上海起家的。我在讲上海的时候也曾经讲过，在旧中国的时代，上海是远东第一大城市，是世界重要的经济中心，而香港那时候还远远没有发展起来，所以中国的电影业、娱乐业的发源地一开始都在上海，邵氏兄弟最初也是在上海打拼。邵家最早在上海开了一家绸布庄，邵逸夫小的时候家境还不错，他们兄弟姐妹一共八人，邵逸夫排行老六，所以后来在香港，大家都称他为"六叔"。邵氏兄弟的名字都特别有意思，本来他们的名字都是按照"四书五经"起的，结果他们兄弟四人后来全都改了名，老大邵仁杰改成了邵醉翁，老二邵仁棣改成了邵村人，老三邵仁枚改为邵山客，老四邵仁楞改成了邵逸夫，全都改成陶渊明的诗里面的词儿。这邵氏四兄弟最后没有一个继承父业，再加上邵家的绸布生意确实也潦倒了，兄弟几个全都进入了娱乐业。上海曾经有一家剧院叫"笑舞台"，由于经营得不太好，后来就倒闭了。邵家那时候生意还行，就把这个"笑舞台"给接管了，接管以后就派邵家的大哥、二哥去管。那时候邵逸夫还上中学呢，等他中学毕业的时候，他们家就败落了，给兄弟四个留了一栋房子和一个"笑舞台"。这哥儿四个决心投身娱乐业，哥儿四个最后一咬牙，把父亲那房子卖了，把钱全部投到"笑舞台"去了。这哥儿四个就觉得华人一定喜欢看武打，所以在那个"笑舞台"上就开始演各种打戏，于是"笑舞台"的生意慢慢好了起来。在20世纪20年代的时候，他们又敏锐地感觉到电影未来一定会发展，哥儿几个就凑钱买了一架破摄像机，轮番当导演、当编剧，开始自己拍电影。由邵氏兄弟创办的公司于1925年拍摄了《立地成佛》，虽然它并不是中国最早的无声电影，但确实是一部全部由华人班底拍出来的故事片。

当时邵家于1925年在上海成立的这个电影公司叫天一影业，天一影业由邵逸夫的大哥、二哥打理。1931年天一公司拍摄了《歌场春色》，能片上发声，成为中国最早的有声电影。此事已被载入了中国电影史。不过当时上海的电影公司竞争很激烈，这个天一影业在上海就有很多的敌人，遭到了很多上海电影公司的联合围剿。于是，邵逸夫和邵家三哥在1927年下了南洋，在那里开拓市场。日后当生意已经十分红火时，他们才成立了另外一家电影公司，叫邵氏电影。于是他们南北呼应，分工协作，共同打造邵氏家族的电影王国。刚去南洋时条件非常差，邵氏两兄弟就拿一个破放映机，在南洋的每个橡胶园、每个村庄放映电影，非常非常艰苦。当年中国有钱人家的孩子都是上西洋留学，有革命理想的人到东洋留学，而下南洋的就是那些最最贫苦的几乎不识字的福建、广东的最底层的老百姓。邵氏电影公司就是从服务于最底层人民的娱乐开始。邵逸夫和三哥背着放映机，几乎跑遍了南洋的每个橡胶园、每个村庄。

兄弟俩最后在南洋干出了一番事业，到抗战前，他们已经在南洋拥有了一百一十家电影院和一个最大型的院线公司，在新加坡、印尼的爪哇、中国香港等地也都有了分公司。结果这时候日本鬼子来了，南洋沦陷了，香港沦陷了，上海也沦陷了，邵氏家族的电影产业全没有了。但这电影业都是轻资产公司，抗战之后完全能东山再起。邵氏兄弟几个在抗战胜利后一起来到了香港，又成立了邵氏电影公司。当年邵氏电影公司产量之大令人称奇，每年能够拍出好几十部电影，更重要的是邵氏兄弟在香港开发了一块到今天为止也是香港乃至亚洲最大规模的电影制造基地，叫邵氏电影城，面积有八万多平方米，前后建了七年。如果大家没去过坐落于九龙清水湾的邵氏电影城，可以去看看过去的邵氏老片，那些老片中的场景全都是在那个基地拍的，邵氏基地有山、有水、有湖、有海……当年邵氏电影公司每年都有数十部的电影产量，在香港期间拍摄的电影的总产量超过了一千部，今天全香港一年也拍不出几十部电影。后来电视业崛起，邵氏兄弟又敏锐地意识到电视也会是个赚钱的行业，他们的眼光永远比人超前一步，于是就投资了无线电视，成为无线电视第一大股东。这哥儿四个当中最后成为邵氏影业老大的是这个排行老六的最小的弟弟——"六叔"，邵逸夫还出任了无线的董事局主席，在他的主持下，香港无线下面的几个台，包括大家最熟悉的明珠台、翡翠台等，成为当时最强大的华人电视台。

香港有那么多传奇的创业故事，一代船王包玉刚、大实业家李嘉诚……唯一靠做娱乐业起家的是邵逸夫，跟航运出身的、房地产出身的这些大亨并列在一起，成为香港最大的大富豪，我觉得这是我们文化娱乐业的光荣。在香港的大亨中间，邵逸夫应该算是排名第一的慈善家，大家看到邵逸夫的名字，最多的不是在影视剧中，而是他在全国各地大学捐建的逸夫楼、逸夫馆，尤其是图书馆。我的母校清华大学图书馆也得到过邵逸夫先生的捐助。邵逸夫自己没上过大学，就像所有香港大富豪一样，李嘉诚、包玉刚、霍英东等都没上过大学，但是他们都觉得我们这一代没上过大学，那一定要让下一代受好的教育，所以他们都大量地捐资于教育。邵逸夫总共捐了五千多个教育项目，有三十多亿元。

邵逸夫出生于清末光绪三十三年（1907年），历经了整个百年中国的沧桑巨变，从清末，到民国，再到新中国，直至今天改革开放，今天是他一百零六岁生日。在他百岁的时候，他卖掉了所有的产业，香港无线最后卖了八十多个亿，他的七百六十部影片卖给了马来西亚首富。其实他总共拍过上千部电影，但里面也有一些烂片，人家不要，最后邵氏影业的七百六十部电影一共卖了四亿港币。邵逸夫把自己大部分的钱都捐出来搞教育，我觉得这是非常值得敬仰的。邵逸夫也获得了至高的荣誉，英国女王曾授予邵逸夫"爵士"勋章，中国政府也给了他崇高的荣誉，中科院发现的一颗小行星就以他的名字命名——邵逸夫小行星。一个人活到百岁完全懂得了人生的价值在哪里，所以我非常钦佩邵逸夫先生，他曾经创下华人最大的娱乐帝国，也是最大的慈善家。六叔，一百零六岁生日快乐！

|美国总统林肯发表《葛底斯堡演讲》|

1863年的今天，林肯总统在宾夕法尼亚州葛底斯堡发表了著名的演讲，这次演讲也是美国总统最著名的演讲之一，其中"of the people, by the people, for the people"（民有、民治、民享）这句话后来也被全美国人民当作最重要的信条或者叫座右铭，每一个政治家也都会说这句话。其实林肯总统这次伟大的演讲，所用时间虽然只有短短一两分钟，但是它所产生的影响可能远远不止延续一两百年。当时林肯总统为什么要在葛底斯堡演讲呢？大家知道，美国当年的内战——南北战争，是一场近距离的战争，打得非常惨烈，交战双方都是成群结队地排着大方阵过来，在非常近的距离内互相开枪，最后靠拼刺刀，双方都伤亡惨重。葛底斯堡战役是整个南北战争中最最惨烈的一次战役。在1863年7月1日至3日的三天激战中，由李将军率领的南军猛攻由北军坚守的几个高地。经过殊死战斗，北军终于击败对手，赢得了关键性的胜利。因为北军一举击败了南军中最能征善战的李将军，所以葛底斯堡战役成为整个南北战争的转折点。此役双方损失极大，北军十一万人中伤亡两万三千人，南军八万人中伤亡两万以上，共计伤亡四万多人。整个南北战争期间，南北两军一共死亡了七十五万军人。南北战争之后，美国又参加了美西战争、第一次世界大战、第二次世界大战、朝鲜战争、越南战争、伊拉克战争等，把所有美国后来参加的战争中的所有死亡的军人加在一起，可能都没有美国自己内战中打死的人多。那个时候已经有了照相机，可以用照片记录下当时的情景。在整个南北战争中，大家看到的战场、尸体，以及林肯本人、罗伯特·李将军、格兰特将军等，都是有照片记录的。最近又发现了一张林肯当时演讲的历史照片。因葛底斯堡战役伤亡惨重，故而战后修建了阵亡将士的公墓。当四个多月后这座国家公墓举行落成典礼时，林肯总统便亲自出席并发表了这一举世闻名的演说。林肯的演讲一共没有两分钟，但是就是在这次演讲中，of the people，by the people，for the people（民有、民治、民享），成为留传于世的名言。

2013年美国为了纪念葛底斯堡战役一百五十周年搞了很多的活动，这一整年美国除了联邦政府部分停摆以外，最主要的事儿就是纪念葛底斯堡战役一百五十周年，纪念活动的规模非常大，以至于到每个超市里都能看见大量的书、杂志出的纪念专刊。我还买了一本《国家地理》杂志出的专刊，纪念葛底斯堡一百五十周年，里面确认了南北战争死亡军人是七十五万，而不是以前历史书上说的六十二万。美国还举办了南北战争迷们的体验活动，八千多南北战争的军迷穿上当年的衣服，这些军迷攒下的钱舍不得去玩，全都拿来买当年的真枪、当年的军装和军旗，而且他们还要学当年的口音、当年的骂人话，特别有意思。2013年这次的纪念活动也是有史以来最大规模的一次，八千多南北战争的军迷穿上当年南北两军的军服，来到葛底斯堡这个地方，完全照着葛底斯堡战役又来了一遍，是非常非常隆重的纪念。

今天在这里我们提到林肯总统的演讲，大家记住他的这句话——一个政府应该永远是民有、民治、民享的政府。

Today

in History

11月20日

　　《晓松说——历史上的今天》来到了11月20日。公元762年的今天安史之乱爆发后，唐朝军队收复洛阳；1789年的今天，新泽西州成为美国第一个批准《人权法案》的州；1910年的今天，大文豪列夫·托尔斯泰去世。

┃新泽西州在美国第一个批准《人权法案》┃

　　1789年的今天，新泽西州成为美国第一个批准《人权法案》的州。这个法案，有时候被称为《人权法案》，有时候被称为《权利法案》，指的是美国《宪法修正案》的第一条至第十条，也就是Bill of Right。我觉得应该翻译成《权利法案》，因为right不光是指人权，它还包括各种各样的权利，Bill of Right也不光是从美国开始的，从英国开始就已经有了，但是第一个将其写进《宪法》的是美国。

　　大家知道美国《宪法》差不多是人类历史上第一个成文的、明确的宪法，这个《权利法案》和美国的《宪法》到底是什么关系呢？在这儿稍微跟大家介绍一下。美国应该是我们这个星球上第一个由人民建立起来的国家，其他的国家都是由民族建立的，或者是由宗教、贵族、军事建立的，真正的由人民，而且不是单一种族的人民建立起来的国家，美国是第一个。其实准确地说，美国应该是由各个州的人民建立起来的，美国这个国家是由各个州联合起来组成的，美利坚合众国的国名叫"The United States of America"，这个"United"就是联合的意思，美国的国名已经清楚地表明了它不是Republic of America——美利坚共和国，而是美利坚合众国。美国制定《宪法》的时候，就认为并不需要一个联邦政府，我新泽西州有新泽西州的州政府，马萨诸塞州有马萨诸塞州的州政府，这对我们来说已经足够了，联邦政府没有什么意义。2013年联邦政府停摆时，我就生活在美国。其实政府停摆对美国人民的生活基本上就没有什么影响，对我个人的生活来讲，顶多就是本来每年10月的第一个周末的那个飞行表演取消了，大家看不到表演了，除此之外对老百姓的生活没有任何影响，所以在美国很多时候大家觉得并不需要一个联邦政府。直到1787年的时候，大家才说到军事、国防以及外交等总得需要一个联合的政府，如果大家穿的军服都不一样，那肯定不好。于是各州就又派人来到了费城，在华盛顿的主持下，开始制定一部《宪法》，准备弄一个联邦政府。因为没有《宪法》，联邦政府就没有依据，就没有合法性，所以制定这部《宪法》也就是为了准备成立联邦政府。在《宪法》中最重要的是规定各个州之间的权利要平等，人权当然也要在当中谈，但不是最重要的，州跟州之间怎么平等，大州、小州，人口多的州、人口少的州，这些之间怎么平衡，是这部《宪法》首先要解决的问题。所以当时美国这部最重要的成立联邦政府的《宪法》只有七条，写的主要是联邦政府中州和州之间的平等关系。

在制定《宪法》的过程中，有关人权的争论特别激烈，当然有保守派和自由派的争论，还有各个州因为宗教不同、信仰不同等的争论，到底人民应该有什么样的权利一时间争执不休。斗争了半天，最后大家说咱们妥协一下吧，干脆把这部宪法分成两部分，前面这部分主要规定有关联邦的、各州之间的权利，这是最重要的。先把联邦政府的权利给通过了，先把这国家给成立起来，后边关于人民的权利的法案以后再逐一去通过，否则老这样争执下去这部宪法的出台就遥遥无期了，这个国家也就成立不了了。这种妥协也是美国精神的一个重要体现，从开始立国的时候就体现出妥协精神，到今天大家看到美国联邦政府的停摆，最终还是靠两党妥协来解决，所以斗争和妥协是美国整个政治运作中最重要、最明显的特征，美国人所奉行的不是圣人哲学或者儒家哲学、中庸哲学，美国人的行事原则是先斗争然后再妥协。

在通过了前面的《宪法》之后，美国又通过了这部《宪法修正案》。实际上这个修正案是和宪法同时制定的，但是这个妥协非常聪明。如果把后面的十条加在一块儿，这《宪法》是通过不了的，美国这个国家也成立不了。所以当时就先把后面的内容拆出来，先对联邦政府的这一块做了规定，但即使这样，在表决的时候也产生了巨大的争议，每一个州都经过了联邦派和邦联派之间的争论。联邦派是支持宪法、支持联邦政府的，邦联派则不支持联邦政府，认为各州是松散组织就行了。在每一个州都经历了激烈的争论以后，最后各州才终于勉强把这部《宪法》给通过了，接着才成立了美国的联邦政府，才有了第一任总统华盛顿。

后来到了1789年，《宪法修正案》十条通过，称为《人权法案》或《权利法案》。然后这个《宪法修正案》就又拿到一个一个州去通过，新泽西州就成为第一个通过《权利法案》的州，后来各个州也都陆续通过了。这十条法案包括了美国人民的自由和权利。其中我觉得比较重要的，就是第二条——保护持有与携带武器的权利，这就是到今天为什么美国会有那么多枪击案发生，因为美国是不能禁枪的，这是写进《宪法修正案》的。法案的第九条跟第十条也很重要，第九条说的是保护在《宪法》中未列举的权利，这一点很重要，因为未来肯定会有各种各样的权利之前并没有想到，比如堕胎的权利，这些权利也一样要得到保障。第十条规定将《宪法》未授予美国联邦政府的权利保留给各州，这其实是更多地限制了联邦政府的权利，明确了联邦政府从此不能逾越《宪法》一步。比如美国后来就出现了一个新的问题——反恐，在这些新问题出现的时候，不能说这个权利之前《宪法》没规定，那我联邦政府就拿走了，这不行。如果这样的话，联邦政府的权利就会越来越大，最后就变成中央政府了，美国最怕有一个中央集权的政府。所以《宪法修正案》第十条就规定了到今天为止都很重要的一点。当然《权利法案》中还有其他的规定，比如说诉讼的时候必须有陪审团，以及保证结社自由等，这是各国《宪法》当中都有的，但刚才说的那几条是别的国家的《宪法》中没有的。所以说这个《权利法案》实际上就是美国的《宪法》，它只不过是和一开始颁布的《宪法》分开通过的。

安史之乱

公元762年的今天，中国历史上的安史之乱爆发后，唐朝军队收复洛阳。当时唐朝本来是大好的局面，唐太宗在位期间政治清明，史称"贞观之治"，武则天干得也不错，而唐玄宗李隆基在其登基之后的近三十年间，更是迎来了大唐王朝的鼎盛时期，史称"开元盛世"。谁也没有料到唐玄宗给大唐打下了那么好的基础，结果"咣当"一下子来了安史之乱，唐朝的国运从此急转直下。安史之乱之后，唐朝就再也没有恢复到像开元年间那样的盛世了。著名诗人杜甫在《忆昔》诗中称："忆昔开元全盛日，小邑犹藏万家室。稻米流脂粟米白，公私仓廪俱丰实。"安史之乱之后，那些伟大的诗人的生活也一下子急转直下，从每年喝酒写诗，变成"茅屋为秋风所破"，房子都没顶了，已经落魄成那样了。为了平息安史之乱，唐朝举全国之力都搞不定，只能去外族借兵，最后是在一个少数民族——回纥的帮助下才收复了洛阳，这才宣告安史之乱基本结束。

从安史之乱中我们可以看出，汉人是越来越不尚武了。安史之乱的发动者是安禄山与史思明，安禄山就不是汉人。其实你说唐朝李家皇帝到底有多少纯正的汉人血统，这也值得怀疑，他们家也可能有鲜卑的血统。从战国开始，秦军可以说是打遍天下无敌手，到后来两汉时期雄风犹在。汉武帝时期卫青、霍去病，这都是汉人，一直逐匈奴到漠北，封狼居胥，那时候汉人还是很尚武的。但是等到唐朝的时候就开始用外族人打仗，镇守边关的都是中亚或朝鲜来的少数民族，汉族人越来越不尚武。后来就有越来越多的外族人开始当将领，其中这个安禄山就是一个大节度使，他曾做过三镇节度使，当时南边的节度使都不太重要，但是北边这边防重镇上的节度使是非常重要的，可谓手握重权。安禄山是粟特人（古代生活在今中亚阿姆河和锡尔河之间），他是营州（今辽宁朝阳）杂胡，据说本姓康，大家看姓就可以看出很多人是少数民族，像唐朝的大将高仙芝就是高句丽人。这个安史之乱就是外族人安禄山发动的，到最后平定的时候，唐朝虽然也有汉族人郭子仪这些将领，但还是借助了回纥的军队，才用外族打败了外族。到了宋朝汉人就更不行了，整个宋朝就是割地赔款，越往后越不行。

汉人之所以越来越不尚武，我觉得主要有两个原因。一个原因就是汉人越来越有钱，这汉人有了钱之后，自己就不再愿意去打仗，于是就雇来一堆外族人去替自己打仗，守边关的是外族人，然后叛乱了，来平叛的也是外族人。再一个原因就是人口越来越多，耕地越来越少，原来大量用来养马的牧场都被开垦成了耕地，最后大家就只能去种地，才能有饭吃，但马就越来越没有地方养了。在古代，北方游牧民族打仗时最重要的就是马，包括蒙古人能横扫天下，也主要是骑兵厉害。在唐朝的时候，西域还能养点儿马，进贡给大唐，到宋朝的时候就剩那么点儿疆域，基本上就没地儿养马了。所以人地关系失调，把草原都开发成了耕地，人口增长导致没有马匹，也是打仗越来越不行的原因。所以后来是人越来越退化，再加上马也没了，这汉人是越来越不能打，到最后就只能被外族打败。

|大文豪托尔斯泰|

今天是伟大的文学家托尔斯泰去世的日子。托尔斯泰那些伟大的作品，包括《战争与和平》《安娜·卡列尼娜》以及后来的《复活》，我认为都是人类文学史上最伟大的作品。伟大的作家当然天才是第一位的，但是他所处的时代也让他拥有了他重大题材的源泉，一个天才作家可以是鸳鸯蝴蝶派，但是当你处在一个风起云涌的时代的时候，你的整个思想都会发生巨大转变。

托尔斯泰出身于一个大贵族的家庭，他成长的过程正是整个沙俄帝国走向没落、摇摇欲坠的时候，贵族要被打倒，革命风起云涌。托尔斯泰并不是一个积极的革命者。他是一个知识分子，办了好几十所学校，每次革命他都躲起来，一个人痛苦极了，心灵深处在不断地挣扎。但是那个时代让托尔斯泰发生了极大的变化。托尔斯泰从一个大贵族变成了一个非常节俭的人，吃素、穿破旧的衣服，约六千亩地的大庄园他也不要了，最后连他老婆都被他打得一塌糊涂，然后独自一人离家出走了。艺术家就是这样，后来就变得非常疯狂。他把自己弄成了这个样子，最后终于写出了伟大的作品。他的很多作品都被拍成了电影，其中最著名的《安娜·卡列尼娜》就被拍过很多次，很多著名的女星都演过这个人物，包括我的女神苏菲·玛索也演过安娜·卡列尼娜，即使不给钱也愿意去演，因为每个人都想去塑造自己心中的安娜·卡列尼娜。《战争与和平》和《复活》也都拍过那种巨型的大片，但是我必须特别认真地说，到现在为止还没有一部拍得非常好的，当然其中一个重要的原因就是电影的容量。正常情况下一部电影的容量差不多相当于一部短篇小说，或者稍长一点儿的短篇小说，中篇小说拍成电影都有点儿戴着枷锁跳舞的意思，因为电影有自己的节奏和段落。而这么厚的一部长篇小说要拍成一部电影，不要说托尔斯泰的作品，任何作品拍起来都会非常困难。大家看《达·芬奇密码》，我都替导演着急，不停地在其中穿插着口述的情节，光嘴说不行，还打字幕，因为时间实在是来不及了。你如果没看过小说，这个电影一点儿都看不懂，所以直到现在托尔斯泰的作品也没有哪一部电影能真正地把它的那种博大展现出来。纪念伟大的托尔斯泰！

11月21日

《晓松说——历史上的今天》来到了 11 月 21 日。在 1877 年的这一天，爱迪生宣布发明留声机；1949 年的这一天，北京市封闭一家妓院，成为消灭妓院制度的开始。

| 新中国决定消灭妓院制度 |

先来说一说 1949 年新中国成立之后百废待兴，有各种各样新的举措，其中重要的一项就是在 1949 年的今天，先从首都北京着手开始消灭绵延了数千年的妓院制度。就在新中国成立后的第五十二天，北京市第二届各界人民代表会议通过决议，当即封闭一切妓院。当晚由北京市人民政府下令执行。干部与公安人员共两千四百余人出动，将全市二百三十七家妓院全部封闭。四百五十名妓院老板等人被逮捕，送法院依法审讯。一千二百八十六名妓女被收容，并被送往专门的教养院，以帮助她们转行就业。首都北京如此彻底干净有效地消灭妓院制度，创造了一个奇迹！因为从西方到东方，妓院、当铺差不多都是最最古

老的生意，是人们最有需求的营生，其历史之悠久几乎跟饭馆差不多。大家知道中国各行各业都要供自己的祖师爷。戏院里供的是唐玄宗李隆基，因为这是唱戏的鼻祖。妓院里面供的是谁呢？供的是管仲。因为那时候管仲在齐国当权，他最先设立了官办的妓院，通过方便远道而来的客人，以达到繁荣齐国经济的目的，所以妓院里供的祖师爷就是管仲。管仲估计地下有知也会觉得奇怪，因为管仲还干了很多其他重要的事儿，但唯独这个建妓院的事情被后人记住了。

中国的妓院跟西方的有所不同，中国的妓院后来逐渐分化成了非常高级的青楼，以及下面比较低级的窑子，而西方到今天也是只有低级的妓院，而且在西方很多国家，妓院都是合法的。中国的妓院之所以会分化，有其历史原因。几千年来中国的儒家学说束缚了人性，大家不能去自由恋爱，娶老婆的时候都是掀开盖头才知道这新媳妇儿长啥模样。当年爱情这个很重要的东西是非常奢侈的，因为那时大家结婚时男子也就是十六七岁，娶一个十五六岁的姑娘，还懵懵懂懂不懂爱情。等到这男人二十八岁、三十岁博取了功名，考上了进士，开始当官，有了丰富的文化生活，但依然缺乏爱情。这爱情是人的一生中非常重要的东西，在这期间男人虽然可以娶妾，但这并不能取代爱情。那怎么办呢？什么东西有需求，什么东西就有市场，所以中国就产生了独特的提供爱情服务的地方，那就是青楼。青楼和妓院不一样，进去是要谈恋爱的，不是你随随便便拿钱就行，而且青楼女子是要挑你的，连皇帝进去都要被挑。我之前讲过，连宋徽宗化名赵乙去找李师师，还得在那儿展示半天才华，琴棋书画，然后在那儿打赏，一直到四更天，李师师才出来，结果弹了两下琴就又回去了。所以青楼这地方不是随随便便进的，而且要经过各种各样的选择，你得既有才华又有钱，谈吐也好，说白了你得成为大名士，才能在大的青楼里成为恩客，人家才跟你谈恋爱。唐朝的四大女诗人，两位都是青楼女——鱼玄机和薛涛。宋朝也有很多著名的青楼女，包括李师师。而到了明代晚期则有著名的"秦淮八艳"，柳如是、李香君、董小宛、陈圆圆等。这些青楼女都已经著名到跟国家兴亡有关了。大家都看过《桃花扇》，柳如是后来跟了大名士钱谦益。当国破家亡时，柳如是决定和钱谦益一起殉国，两人打算一起投水自尽，结果钱谦益大名士摸了一下水说："今夜水太凉，老夫体弱，不堪寒凉。"

到了清末的时候也有这种青楼大名女，北京著名的八大胡同中的赛金花、小凤仙等，都是跟国家的命运有关的。赛金花还会说德语，据说曾劝阻过八国联军对北京人民的屠杀。关于小凤仙的事迹大家在电影中都看过了，她掩护蔡锷逃脱袁世凯的迫害，使其终于成功地举兵护国。其实当时北京的妓院不止八大胡同，但八大胡同属于那种高级的青楼场所。八大胡同中最高级的叫清吟小班，进来以后主要就是喝喝茶、聊聊天，大家画幅画、弹弹琴、背背诗，然后谈谈恋爱；第二级的叫茶室，装修得也非常漂亮，雕梁画栋，进去也是喝茶，但是还可以喝点儿花酒。当时八大胡同还分成南班、北班，南班里都是南方姑娘，素质比较高。清吟小班和茶室里就全是南方姑娘，因为南方姑娘的素质高，琴棋书画都行。再往下才是北班的各种大美女，北方的美女很多，但是琴棋书画不如南方美女。当年这些大名士也好，达官贵人也好，其实他们家里都很有钱，也有丫鬟，还可以娶妾，所以他们到这儿来并不是来满足生理需求的，而是来满足精神需求的。

到了1949年这一天，新中国决定消灭妓院制度。当时妓院的老鸨抓起来是要判刑的，因为组织卖淫罪是重罪，到现在都是十年期的重刑。而那时候大家都认为妓女是受害者，政府做了大量说服工作，还为她们免费治病，因为很多人都染上了性病。当时正值朝鲜战争期间，中国抗美援朝，为了给这些妓女治性病，政府从给志愿军战士治伤的青霉素中拿出一部分，青霉素当时只能通过香港进口，一两黄金一支，这非常非常令人感动。这些妓女从此后洗心革面，大家服从政府分配，开始自食其力，在纱厂当女工等。从1949年开始一直到1952年，北京、上海最后终于都把妓院取缔了。这个蔓延了几千年，从春秋时期齐国管仲为相开始的这一套落后的、丑恶的社会现象，到了新中国被彻底消灭了。

| 爱迪生发明留声机 |

下面说一个跟我自己从事的营生——音乐息息相关的事情。在1877年的这一天，爱迪生发明了留声机，这可是伟大的发明。在有留声机之前，音乐只能存在于歌剧院中，你要听歌剧，那对不起，上维也纳、上萨尔茨堡，普通人民即使生活在维也纳，有几个能去得起歌剧院，那多贵啊！直到今天维也纳的普通老百姓想去那里的大歌剧院，大部分人也只能买站票。维也纳大歌剧院的后部是站区，大家都西装革履地站在那里，都觉得能来听歌剧特别神圣。而前面坐着的反而穿着各种 T 恤，两边最贵的包厢常常被日本人或中国人给包下来。在音乐只能去歌剧院听的时代，留声机的发明太重要了，音乐从此"长了腿"，可以走到千家万户去。不过一开始留声机还是很贵的，不要说留声机，后来磁带发明以后，一开始普通人家都买不起录音机。我记得我们家的第一个录音机还是我妈妈给全家开会，说："我们全家都会乐器，都热爱音乐，我想买一个录音机，大家商量一下要不要买，如果买的话大家从今天开始要少吃肉，要勒紧裤腰带半年！"当时一个工程师一个月才挣五六十块钱，最好的立体声录音机要七百二十块钱，在这种情况下，要不要买得全家开会决定。后来全家人一想，还是音乐比较重要，说："好！那就买这录音机！"最后全家人开始节衣缩食，买了一个录音机。所以当时虽然发明了留声机，但留声机也还是停留在贵族家庭当中，但是至少是把音乐普及到了更多的人中，虽然达不到千家万户，至少可以说是百家千户了。

留声机的发明更重要的一点是音乐可以保存了，过去最大的问题其实还不是音乐不能走路，而是这音乐没法保存，这个歌唱家唱得再好，他年轻的时候那么美的声音也没有留住。尤其在中国，这点更要命，西方不管怎么着人家还有谱子流传，中国那工尺谱人们也看不懂，大量的东西就失传了。我曾经说过《蝶恋花》传下了六万首词，可怎么唱都不知道，这首伟大的曲子能填六万首词，曲子得多经听啊，很可惜失传了。留声机发明标志着能开始记录音乐了，这是对音乐史最最重要的贡献。文字记录已经有了那么多年了，现在我们能记录声音，能记录音乐了，这个发明太伟大了。后来有了磁带，磁带的成本大幅度降低，这时候音乐真正走进了千家万户。后来有了 CD，再后来几乎零成本，在网上可以随便听。当然，对此音乐家们很生气，大家觉得为什么吃饭要花钱，淘宝上买东西要花钱，这些都是天经地义的事情，唯独上网听音乐不需要花钱，这太不公平了！

我还发现一个有意思的现象，就是在歌剧只能在歌剧院中演出的时期，这个世界可能一年产五百首歌，有十来首特别好听；而留声机、唱片诞生以后，这世界一年就能出产上千首歌，但是也还只有十来首好听，并没有因为载体的发明而导致好的音乐增多了。这说明虽然各种水平的音乐家多起来了，大家都想灌唱片了，但好听的歌还是那十来首；等磁带进了千家万户，一年差不多能产出五万首歌，但好听的歌还是那十来首。到今天网上可以全免费听歌了，一年可能产五十万首歌，可是好听的歌每年还是十来首。这个很有意思，从来没有出现过一年突然出来一百多首特别好听的歌，每三天来一首大金曲，每天都让人听得热泪盈眶，这可是从来都没有的。

这说明什么呢？我觉得说明了两点：第一，说明音乐是天赐，这十来首好听的歌就是老天把着你的手写出来的，今天老天点了你，把着你的手写出这样一首歌，你想再重复都不可能。我写得最好的歌也一样，想重复都重复不来，我想不起来当时是怎么写的，而那些烂歌我都记得是怎么写的，怎么就写不下去了。所以可见这个音乐，首先它是天赐的，这是我自己的信仰。第二，就是音乐其实并不适合大规模生产，有价值的好歌就这十来首，那些烂歌虽然你也花了钱去录了音，但是它没有任何价值。现在你要想做音乐，最起码得买两百五十万首的版权，可是人们真正听的，在卡拉 OK 里经常被点唱的，实际上不超过三千首。今天维也纳新年音乐会还是演奏当年的古典音乐，也没说咱们哪个作曲家刚写了一支伟大的交响乐，大家就拿去演奏了。我觉得这跟音乐的生产工具没有发展有很大的关系，从莫扎特时代起音乐创作用的就是钢琴跟吉他，今天用的依然是钢琴跟吉他，其他所有的设备都是做后期用的，生产工具并没有发展，生产力也没有发展，所以按照这个理论，好听的歌产量也没有增加，还是这么多。我觉得这是一个非常有意思的现象，跟大家分享一下。

11月22日

《晓松说——历史上的今天》来到了 11 月 22 日。1987 年的这一天，首届世界针灸学术大会在北京举行；1988 年的这一天，美国的 B-2 轰炸机首次亮相。今天还是大美女斯嘉丽·约翰逊的生日，生日快乐！

| 美国B-2轰炸机首次亮相 |

我们首先来说一下 B-2 隐形战略轰炸机，军迷们对此都非常熟悉，即使不是军迷，有两件关于 B-2 轰炸机的事情大家也都知道，这两件事儿跟我们中国都有关系。一是在吴宇森导演拍的电影《断箭》当中出现的就是 B-2 轰炸机。吴宇森导演作为一个华人，在美国拍电影能用上美国最尖端的轰炸机，可见他在美国电影界的地位。另外一件事儿也和中国有关，大家也都记忆犹新，就是在 1999 年以美国为首的北约空袭南联盟的时候，轰炸我们中国大使馆的也是这个 B-2 轰炸机。应该说 B-2 还是中国人民的仇人，它炸了我们的大使馆，炸死了我们的外交官和记者。而且那次还是 B-2 首次出动执行轰炸任务，就对中

国人民犯下了罪行。之前美国的 B-2 轰炸机已经服役了十年，但是一直没有出动，因为它根本就没有使用的机会。像 B-2 这种大型的轰炸机完全是冷战的产物，只有在冷战期间，美苏或者东西方拼命地搞军备竞赛才会花那么多钱搞出这种大怪物。B-2 轰炸应该说是全世界有史以来最最昂贵的作战飞机，一架 B-2 轰炸机按今天来算要二十四亿美元。这二十四亿美元，放在别的国家都够造艘小航母了，节省一点儿的话中型航母差不多都能造出来，而这只是美国造一架轰炸机的成本。美国的 B-2 轰炸机总共装备了二十一架，这二十一架也是全世界无双的，因为除了美国，没有任何一个国家拥有这种大型的隐形战略轰炸机。

　　美国的 B-2 轰炸机主要是用来搭载核武器，核武器的装备在一线大国通常被称为"三位一体"，什么叫三位一体？就是核武器有潜射的、陆基的，还有空军的——"海陆空三位一体"。潜射核武器就是装在战略核潜艇里的，由于受到潜艇吨位的限制，它的导弹不可能特别大，射程也有限，但是它的优势是非常隐蔽，可以从海底下发射上万公里的战略导弹，直接打你，你还找不到它在哪儿。接下来就是陆基核武器，通常要采用那种非常非常坚固的发射井，这种发射井能经得住敌人的第一轮核攻击而不被摧毁，陆基的战略核导弹或者叫洲际导弹就从这个发射井当中发射。陆基核武器的优点就是这个发射井想做多大做多大，所以可以发射巨型导弹，最大的就是俄罗斯的 SS-18 洲际导弹，里面可以装十枚大弹头。现在还有一种陆基的导弹是可以机动发射的，只在俄罗斯有服役的，就是导弹装在火车、大卡车或者汽车上，然后它不停地在移动，你也没有办法瞄准它、消灭它，但它可以随时找一个地方竖起来反击。另外一类就是空军的核武器，这种核武器搭载在战略轰炸机上，发射速度非常快，而且非常难打。目前除了美国和俄罗斯拥有能够搭载核武器的战略轰炸机，其他国家都没有，所以也不可能发射空中的核武器。英国原来还有几架火神轰炸机，但早就退役了，法国原来也有几架战略轰炸机，也早就退役了。中国始终没有远程的战略轰炸机，我们只是仿制过苏联的图-6，就是大家知道的轰-6 轰炸机。今天的轰-6 也不是战略轰炸机，只是个中程轰炸机，是绝对打不到美国本土的。所以二线国家通常都是装备潜射或者陆基的核武器，英法都是只有核潜艇的核武器，中国有陆基的，也有核潜艇的，但是没有这样的远程战略轰炸机。

俄罗斯的远程战略轰炸机被称为图-160海盗旗，能飞的应该就十二三架，剩下的大型战略轰炸机全都在美国。美国不但有比俄罗斯海盗旗先进一代的B-2战略轰炸机二十一架，还有跟图-160海盗旗差不多的轰炸机，美国的B-1B轰炸机和苏联的图-160海盗旗长得还特别像，也不知道是谁抄谁的，就是图-160稍微大一点儿，B-1B稍微小一点儿，但是美国的B-1B轰炸机有一百架之多。美国还有好几百架使用了数十年的B-52轰炸机，但新的精确制导武器的装备，使得美国这些非常非常老的轰炸机又获得了新生。

大家想想，美军拥有如此先进的装备，但这么多年来实际上美国根本就没有对手，也没有敌人，所以这些武器也没有派上什么用场。在1999年轰炸南联盟的时候，美国人说咱们把这些武器拿出去比画两下，试试吧，于是所有的轰炸机全部从美国本土起飞，直接飞到南斯拉夫去轰炸，当然也轰炸了我们的大使馆。由此也可以看出，美国的这个军事力量应该说已经完全超过它实际的需求，根本就不需要这么多武器装备，因为它也没有这么多对手。但是美国的国情非常复杂，美国大的军火商，包括制造B-2的格鲁曼公司等都有强大的游说集团，他们一天到晚在国会游说，说美国有这样、那样的敌人，所以必须花钱买这些武器……正是在这些军火商的绑架下，美国始终拥有着这么强大的军备，其实美国装备了那么多的核动力航母和大型的舰队，也并没有派上什么用场，可是这就是美国！

｜首届世界针灸学术大会在北京举行｜

1987年的这一天，首届世界针灸学术大会在北京举行。当年，中医针灸曾经跟着我们的朝贡体系，极大地影响了以中国为中心的一些国家，包括日本、韩国、越南以及东南亚的国家。在工业革命之后，东方国家被西方的坚船利炮打开了国门，之后大家就都认为西方的所有东西都是好的，赶紧学西方，这其中学得最彻底的就是日本。日本明治维新的一项重要举措就是"废除汉医"，直接使用西医，"汉医"就是日本人从中国学的中医。中国也开始非常努力地学习西医，当时有大量的美国教会在中国办医学院，包括协和医学院等，大家今天听说过的很多著名的医院都是当时的美国教会办的，所以西医也开始在中国大行其道。当然西医确实是有科学道理的，而且是非常有效的，当时中国的知识分子们也都不遗余力地推行西医。说起推广西医，最让人感动的就是梁启超。梁启超晚年患病，西医把他的片子拿反了，结果在肾脏手术的时候他被摘除了一个好肾，把坏肾给留下来了，这导致他手术后很快就去世了。在去世之前梁启超要求他的儿子梁思成和儿媳林徽因对这件事情保密，他说："不能让国人知道这件事儿，因为国人刚刚开始相信西医，如果知道这件事儿以后，国人对西方的科学、真理这些东西又会开始怀疑。"

中国人因为千百年来的传统，对中医还是非常信任的，现在很多情况下也都是中西医结合治疗。我个人就经常去看中医，当然看不看中医主要是看得了什么病，如果我胳膊断了，那我肯定会去看西医，胃疼我肯定会看西医。但是如果我觉得自己上火了，需要调理，这就没法看西医了。因为西医当中就没有"火"这东西，他们也不知道什么叫"上火"。大家知道美国人天天就吃肉，很少吃蔬菜，他们靠什么降火呢？后来我发现美国人就靠喝冰水，其实也就是去火，平衡一下。但是美国是承认中医针灸的，当然不是每个州都承认，至少我生活的加州是承认一部分中医的，尤其是针灸，我的医保就可以每个月看两次中医针灸，这些是给报销的。在北加州的奥克兰还有一所中医药大学是教中医药的，所以美国也并不是对中医、中药完全否定，到今天为止还是有很多地方是认可中医的。

当然西方对中医还是有很多争议，尤其是对中药的检测，这个争议非常大。虽然美国现在也有很多中药在卖，但是中药的数量非常有限，因为美国的药品检测非常严格，中药实际上确实有一些成分可能是有些问题的，很多中药都通不过美国的检查。如果把中医和中药分开说的话，中医还是有很多人信的，针灸在加州就是完全可以公开营业的，但是中药确实有很大的问题。在加州还发生过非常有意思的事情，就是奶奶在家里给自己的孙子扎了两针，孙子到学校里就跟老师说了，结果老师居然就报警了，警察就把他奶奶抓起来，说奶奶虐待儿童。奶奶说："我没有虐待儿童，这是中国的针灸。"结果发现这个罪更重，还不如虐待儿童，为什么呢？因为你要自己在家里扎针，这叫无照行医，在美国这个罪可比虐待儿童要重，所以还不如说我虐待儿童，这个很有意思。

|美国大明星斯嘉丽·约翰逊|

今天是新一代美国大明星斯嘉丽·约翰逊的生日，咱们就不说她是哪年生的了，反正她很年轻，生日快乐！她是美国纽约派大导演伍迪·艾伦捧出来的明星，她在成名之初就演了好几部伍迪·艾伦的电影，尤其是那部得了很多很多奖的《赛末点》(*Match Point*)，曾获得过戛纳最高奖。在这部影片中斯嘉丽·约翰逊开始崭露头角，接着一路演下去，可谓一帆风顺。大家知道很多明星都是需要经过很多的生活历练、挣扎，最后才能成名的。而斯嘉丽·约翰逊年纪轻轻地就有大导演捧，可以说是非常幸运，所以她的成名之路也是走得一帆风顺。斯嘉丽·约翰逊的身材特别性感，个子也不高，美国人管这种身材的人叫"炸弹皮"，很有意思。大美女生日快乐！

11月23日

《晓松说——历史上的今天》来到了 11 月 23 日。1936 年的这一天，美国著名的《生活》杂志创刊；1942 年的这一天，苏联红军完成对德军的合围，斯大林格勒会战进入最后阶段；1971 年的这一天，中国开始履行联合国常任理事国职责。

| 斯大林格勒会战进入最后阶段 |

首先来讲一讲斯大林格勒会战，1942 年的这一天，苏联红军完成对德军的合围，斯大林格勒会战进入最后阶段，这一天也成为"二战"重要的转折点。斯大林格勒会战也是"二战"中打得最最惨烈的战役，在这之前德军始终占有优势，在这之后苏军开始占优势，只有在斯大林格勒会战这个点上，苏德两军是势均力敌的，在这里进行了长时间的血战。苏军在两翼进行反击的部队在卡拉奇胜利会师，彻底合围了当时德军最精锐的第六集团军和坦克第四集团军部分兵力，总共约三十三万人。大家知道苏德战场是"二战"陆战的主战场，苏

德战场的搏斗从 1941 年 6 月到 1942 年 11 月 23 日，苏军对德军成功合围已经有一年半的时间了，这非常不容易，因为在这之前苏军被歼灭得太多太多了。人类战争史上如果算上合围战、歼灭战，排前十的有一大半都是德军歼灭苏军的大规模战役。苏德战争初期，德军在基辅合围全歼了苏联当时最庞大的西南方面军。西南方面军的司令基尔波诺斯被打死，七十万苏军被歼，六七十万人被俘，这是人类有史以来最大的一场包围战。德军在中路向莫斯科进军的途中，两翼前行突破，在后面会师后成功合围，将苏军歼灭，这也是德军惯用的手法。这一招看起来好像是挺容易的，在地图上一看敌军在这儿，然后从这儿画一条线过去，那边再画一条线过去，后边一合围就把敌人歼灭了。但在地图上画一画容易，要真打起来可就难了，只有素质非常高的、有铁一样纪律的，以及拥有过硬装备的军队才能做得到。

在这样的合围战中，当你突破进去的时候，你的前前后后都是敌人，其实相当于你也被敌人合围了，而且你的速度必须得快，"一战"的时候为什么从来没打过这样的战役？因为"一战"的时候，顶多有点儿骑兵，冲锋陷阵主要还是靠腿。在"二战"的时候，有了庞大的机械化部队，有了装甲兵、坦克兵，以及闪电战的理论，才可以打出这样的战役。所以"二战"当中，尤其是在苏德战场，在斯摩棱斯克、在明斯克，都曾经出现过大量围歼苏联的重兵集团，采取的就是两翼突破、后边合围的策略，然后将对方歼灭。苏军由于在苏德战争之前经过了一次大肃反，所以开始的时候战斗力是很弱的。在这次大清洗中，苏军的五个元帅有三个被杀，尤其是最能打的图哈切夫斯基元帅也被枪毙了，五十多个军长只有几个活了下来，剩下的全被枪毙，师旅级的将领也有百分之五六十以上被枪毙了，苏军受到了重创。所以苏德战争刚开始的时候，苏联红军很多部队都相当于政委在指挥，连师长、军长都没有，一遭合围就大量地溃散投降了。仅仅从 1941 年 6 月开战到年底的半年时间当中，通过这几次大的围歼战，苏军居然被歼了四百二十多万人。大家想想这是什么概念，当时德军进攻苏联的军队，再加上仆从国的军队，也就四五百万人，而歼灭的苏军就达到了四百多万，苏军的前线主力几乎被全歼。其中有一次合围战都已经打到莫斯科跟前了，这个地方叫维亚济马，之前的围歼都是在苏军纵深很长的情况下进行的，但这时候苏军的后面就是莫斯科，苏军觉得自己离莫斯科已经很近了，德军无论如何也不可能再围歼苏军了。但是德军居然在苏军如此浅近的纵深下，直接插到了维亚济马跟莫斯科之间，全歼了苏军在维亚济马几十万人的重兵集团。就是在这种艰难的情况下，苏军最终还是守住了莫斯科，那是因为日本南进了，苏军从远东腾出大量军队到了前线，守住了莫斯科。但是在这种情况下，苏军并没能围歼任何德军。

紧接着到了1941年的冬天，莫斯科天寒地冻，德军也打不了仗了，但即使这样，苏军也没能围歼德军。到了第二年春天，希特勒一想，干脆别打莫斯科了，往南面打吧，南面有顿巴斯的煤矿，有乌克兰的粮食，尤其是有高加索的石油，石油可是战争中最最重要的战略物资。于是德军就决定兵分两路向南，一路去打高加索，另一路向着斯大林格勒进发。如果斯大林格勒被攻占，就等于把高加索地区与苏联莫斯科一带核心地区的联系切断了。伏尔加河当时是苏联非常重要的航运通道，斯大林格勒就处在伏尔加河岸，它原来的名字叫"察里津"，大家一看这个名字里带一个"津"字就知道是一个港口。当时德军就想把斯大林格勒这个地方打下来，这样就能占领这个交通要道。而苏军在斯大林格勒进行了出人意料的极其顽强的城市防御战，和德军就在这里的每一条街道、每一幢建筑展开了惨烈无比的反复争夺，苏军打到最后的时候，居然还有余力发动战略性大反攻，这个是德军没有想到的。苏军包围了保卢斯最精锐的三十多万德军，当然只是包围，离歼灭还早着呢。在这当中又发生了很多激烈的战斗，军迷们称为"精彩的战斗"。包围圈中的三十多万德军，全靠空运补给。当时保卢斯元帅还说空运绝对没有问题，但最后不要说弹药难以保障，连突围的汽油空运都不够，粮食也难以保障。外面的德军为了救出包围圈中的德军，都差不多已经打到包围圈边上了，两边的炮火已经有了交集，包围圈内外的德军完全看得到对方发射的信号弹了。但最后外面的德军实在打不动了，里面的德军也没能力冲出去，因为当时实在是空运不进来那么多的炮弹、汽油，没有办法，而且伤员一大堆。大家知道被包围以后不光是士气的问题，正常情况下你的伤员可以送到后方，新的士兵可以补充上来，一旦被包围以后，伤员就送不出去了，任何一个军队都不可能丢弃伤员，你丢弃伤员那以后谁还愿意替你打仗？最后包围圈里的德军实在无力突围，大部分被歼，有九万多人投降了，其中包括保卢斯元帅本人。保卢斯原来是个上将，当时德军为了让他不投降，还特别授予他元帅军衔，而且刚把手杖给他空运过去，授予他元帅的手杖。可第二天，保卢斯就成了第一个向敌人投降的德国元帅，希特勒气坏了，说："如果早知道他会投降，根本不用升他当元帅。"因为德国之前就没有投降的元帅。最后这投降的九万多德军也很凄惨，之前因为德国对苏联战俘虐待得很厉害，所以苏联对德国战俘也非常凶狠，这九万多人徒步到西伯利亚，去当苦工等。当时德军除了二十多万人被歼在包围圈里，最后剩下的这九万多人绝大部分都死在了西伯利亚，或者死在劳改营中，或者死在了工地上，只有寥寥数人活着回来了。但幸运的是，就在这回来的寥寥数人当中，居然有一个人就是我妹夫的爸爸，我妹夫是德国人。

| 中国恢复在联合国的合法席位 |

下面说一下1971年的这一天，中国常驻联合国安理会的代表黄华、副代表陈楚首次出席联合国会议，中华人民共和国开始履行作为安理会常任理事国的职责。这是非常光荣的一件事情。大家知道联合国安理会不是一个不分大小国家讲究绝对平等的机构。只有在全体成员都参加的联合国大会上，才实行每个国家不分大小均为一票的表决办法，而且在讨论相关决议时大国小国都有时间来发言，讲究绝对平等。但是联合国大会通过的任何决议都没有法律效力，联合国有法律效力的东西都必须要安理会通过。安理会一共才有十几个席位，这五大常任理事国永远在安理会里待着，另外那十来席是非常任理事国轮番来，这世界上一百多个国家，大家想想得多少年才能轮到一回。所以为什么日本、印度和德国老想"入常"呢，它们也想当常任理事国，因为它们也想对国际、世界发表点儿看法，然后参与、管理这世界。这五大常任理事国不但永远在安理会坐着，而且只有这五个国家有一票否决权，就是不管你通过什么，我这五个国家当中的任何一个国家，比如说我中国如果不同意，我就可以一票否决。

从联合国安理会的设置就可以看出来，这个世界其实不是一个平等的世界，并不是大国、小国一律平等，我们中国作为五大国之一，也在联合国行使特权。当然了，应该说真正的平等其实只是一种理想，这个世界上并没有什么真正的平等，因为拥有平等的权利，还得承担平等的义务。这五大常任理事国虽然在权利上比别人多了一点儿，但义务也多，会费缴得比别人多得多，所以说这几个常任理事国首先就是出钱多。如果这世界真出事儿了，是那些小国去管吗？这儿被屠杀了，那儿搞种族灭绝了，那儿出现反人类罪了，那儿互相打起来了，伊拉克吞并科威特了，谁去管呢？当然还是要几个大国去管。但大国去管也有负面作用，那就是会有帝国主义的倾向出现，但是没办法，这个世界，或者说人类社会，总得有人多管些事儿。所以这五大常任理事国也承担着很多的责任。

1971 年中国终于恢复了自己在联合国的合法席位。当中国代表第一次走进联合国大会会场的时候，全场起立，热烈鼓掌。东方的所有大国，包括苏联、东德等，以及所有亚非拉国家都支持中国，持反对票的只是某些西方国家。中国在 1971 年正式回到联合国常任理事国，紧接着第二年美国总统尼克松又主动访问中国，接下来是和日本、整个欧洲都恢复了外交关系，中华人民共和国从此进入一个崭新的外交时代。

|美国著名的《生活》杂志创刊|

下面说一下美国著名的《生活》杂志，1936 年的这一天，《生活》杂志创刊。我记得我小的时候家里就有《生活》杂志，我最开始对国外的了解，尤其是对美国的了解，就是通过看《生活》杂志。《生活》杂志跟新闻式的杂志、评论式的杂志还不太一样，《生活》杂志中有大量的照片，它用照片把美国一个个的时代全部记录下来了，当年的《生活》杂志还有中文版。但是我想说的是，当年那么红的一本杂志，那么能记录时代的杂志，现在已经完全式微，就是因为记录时代的相机已经不是仅仅掌握在杂志以及记者手里了，而是掌握在千千万万的普通人手里。现在有了互联网，每个人都可以做自己的自媒体，每个人都能存储自己的影像，大量的社交媒体让人们可以互相沟通，可以互相交流这些照片，这种记录生活的方式已经完全替代了当年的杂志。所以，在互联网时代，很多伟大的东西，像曾经的柯达、曾经的《生活》杂志这些东西，都在我们面前消失了。

11月24日

《晓松说——历史上的今天》来到了11月24日。在1859年的这一天，达尔文的名著《物种起源》出版；1887年的这一天，德国"二战"中的名将冯·曼施坦因出生；2004年的这一天，香港大才子黄霑去世。

|《物种起源》出版 |

首先说说这个《物种起源》，1859年的今天，达尔文的名著《物种起源》出版。《物种起源》可以说是风靡全球，全世界所有的学校都要教这个东西，达尔文也是享誉世界，如果按全世界科学家的知名度排名，他至少排在前三名。但是有一点很有意思，就是到今天为止，大家主要还是称达尔文为博物学家，好像不怎么称他为生物学家或者哲学家之类的，为什么称他为博物学家呢？我觉得这就是说他知道的很多，他看到的东西也很多，他也确实"行过万里路，读过万卷书"。

关于达尔文的进化论，现在越来越多地受到各种各样的质疑，有各种各样的证据可以反驳进化论。大家知道自然科学和社会科学不一样，在社会科学中，如果我有一个理论，你可以举几个反例反驳我，没问题，因为这社会上什么人都有，总有点儿怪人，你要是一个反例都不让举，那社会科学就没法研究了，基本上有七成符合，这个社会科学的理论就成立了。而自然科学不是这样，自然科学的理论是穷举证明，一个反例都不能有，比如说万有引力定律，你要是能给我举出一个反例来，说有一棵树上的梨，它不往树下掉，直接就往天上走，那这个万有引力定律就不成立，就被推翻了。我在读大学的时候，曾经开过一个玩笑来反驳进化论。我说："按照进化论的说法——适者生存，优胜劣汰，那么当森林减少的时候，猴子当中最强的、最牛的和最厉害的会留下来，而那些特傻的、特弱的猴子就被淘汰出去了。那淘汰出去的猴子怎么办呢？这些猴子就来到了平地上，到了平地上怎么办？那就被迫直立行走，成了人。然后人再去把之前森林里那个特牛、特厉害的猴子给抓起来，把它们关在动物园里看着玩。所以你看动物园的猴子为什么脾气特别大，因为它们看出来了，你们人不就是当初那群被我们轰出森林的那些傻猴子、弱猴子吗，怎么你们倒进化成人了？"这就是我认为的进化论的悖论，当然我这是逗大家乐啊，逗着玩。

但是进化论确实有很多断点，有很多明显的证据证明进化论是有问题的。比如达尔文曾经提出一个中间物种的理论来证明他的这个进化论是连贯的，比如说鸭嘴兽从卵生的变成胎生的，卵生的鸭嘴兽是不吃奶的，变成胎生以后就要吃奶了，但有一种鸭嘴兽虽然是卵生的，孵出的小鸭嘴兽要吃奶，这就是鸭嘴兽的中间物种。达尔文就通过找出一些中间物种来证明他的这个物种起源，证明这个进化论是连贯的。但是缺乏证据的物种也有很多，比如说从不开花植物到开花植物之间，就缺少这样一类中间物种，证明物种的进化是连续的。而且关于人到底是不是猩猩变来的也存在很多争议，到现在其实我也不认为人是猩猩变来的，当然很多人也不这么认为。所以达尔文的这个理论应该说提供了一种思维的方法，但它到底是不是科学，我认为非常值得商榷，尤其是近些年来，反驳的声音、批判的声音越来越多。达尔文的理论后来还延伸到社会科学领域，称为"社会达尔文主义"，不过这不是达尔文发明的。社会达尔文主义简单来说就是把人当动物看了，说这个社会也是优胜劣汰，适者生存。但是这样一套理论，已经完全过时了，人类今天无论如何，追求平等是第一位的。

达尔文晚年写的最后一本书也很有意思，是关于蚯蚓的，这本书叫《腐殖土的产生与蚯蚓的作用》（ *The Formation of Vegetable Mould Through the Action of Worms* ），写于1881年，对数量生态学做了开创性的研究。之前大家普遍认为蚯蚓是个害虫，蚯蚓把土地都弄坏了，把树根都弄松了，达尔文用了各种各样的证据来证明蚯蚓不是害虫，而是益虫。他证明就是因为蚯蚓的作用使美洲的土地变得肥沃，尤其是蚯蚓的粪便，蚯蚓起到了不断翻松土地而且施肥的效果。我觉得这西方人确实很有意思，就是这么一条蚯蚓也能写出一部著作。其中很有意思的就是写到很多物种原来美洲大陆都没有，大家看到很多印第安人骑马，以前美洲大陆并没有马，那是后来欧洲人把马引进到美洲的，美洲大陆以前也没有牛也没有羊，蚯蚓也没有。那蚯蚓是怎么传到美洲的呢？很有意思，在世界历史中有一个观点叫作"哥伦布大交换"（Columbian Exchange），什么意思呢？就是说按照这个理论，哥伦布最大的贡献不是发现了美洲，因为其实早有人发现过美洲，美洲大陆上本来就有人居住，好几百万人住在那块大陆上，凭什么说是你发现了美洲。他最大的贡献是把这个世界上各大陆之间互相隔绝的、完全不同的生物体系，进行了大规模的交换。欧洲大量的牛、羊、马、蚯蚓都跑到美洲去了，当然欧洲的病毒和细菌也跑到美洲去了，这也导致美洲一年之内有大批的人死亡，其中90%都不是因为被杀，而是因为美洲人对这些病毒、细菌等实在没有免疫力。其中达尔文写到，蚯蚓来到美洲之后，大量地繁殖，这也成为美洲土地肥沃的一个重要原因。所以说物种交换以及整个生态的交换，实际上对整个人类的历史起到了更大的决定性作用。

|香港大才子黄霑|

下面来说一下霑叔，2004年的这一天，香港大才子黄霑去世。黄霑是每一个音乐人都非常敬仰的，是音乐行业的前辈，他写的那些脍炙人口的歌曲至今传唱不衰。黄霑所处的年代，是粤语歌曲的光辉岁月。我记得那时候在上海，每一个人都会唱粤语歌，不像现在大陆很多年轻人都不大知道粤语歌曲这个东西。在粤语歌曲的巅峰时代有几位著名的歌手，黄霑就是其中之一，他写出了当时全中国最流行的粤语歌曲，像"浪奔，浪流，万里滔滔江水永不休……"这是《上海滩》的主题歌，还有《沧海一声笑》，也是大家非常熟悉的粤语歌曲，这都是霑叔的作品。

黄霑是一个多才多艺的艺人，在那个年代，香港娱乐业蓬勃发展，仅次于好莱坞，排名世界第二。那时候几乎人人都是多面手，差不多每个演员都会唱歌，每个歌手都会演戏，甚至能再去导两部戏、开个电影公司等。黄霑也不例外。当时香港有四大才子——金庸、倪匡、黄霑、蔡澜，其中黄霑当过主持人，又是笑星，又是演员，还会填词、作曲等，什么都干。黄霑和香港一个才貌双全的女作家林燕妮谈恋爱的时候，他们俩还成立过一个广告公司，有一句著名的广告语是"人头马一开，好事自然来"，这就是黄霑的广告作品。

黄霑大才子最后是因为抽烟抽得太厉害，得了肺癌，不幸在 2004 年的这一天去世了。我迄今犹记黄霑的盛大葬礼，大家都去纪念霑叔。

在香港被称为"叔"，那是香港人对你最大的尊重。之前我们讲邵逸夫的时候，就说到邵逸夫在香港被称为"六叔"，一提到"六叔"，大家都非常敬仰。一提到霑叔，人们也是非常敬仰，黄霑所处的那个光芒万丈的粤语文化年代，粤语电影、粤语歌曲，粤语的一切一切影响全中国的那个时代，也是永远值得纪念的。

|德国"二战"名将冯·曼施坦因|

最后来说一说德国"二战"中的名将曼施坦因元帅，1887 年的这一天，冯·曼施坦因出生。德国"二战"中有著名的三大将领，就是曼施坦因、古德里安和隆美尔，这三大名将也应该算是"二战"中最主要的陆军名将。德国在"二战"中虽然不是正义的，但是打仗确实很厉害，我觉得在这三位名将当中，如果论统帅的才能，应该是曼施坦因排第一。古德里安最大的贡献实际上是对军事理论的贡献，他提出了闪电战，而且提出了一整套闪电战理论，包括如何利用坦克兵、装甲兵等，但在真正的战争实践当中，古德里安并没有独当一面，也没有打出很多漂亮仗。而且更重要的是在形势逆转以后，古德里安又失势了，不受宠，所以没有机会来表现他在逆境中间如何独当一面。还有隆美尔，通常大家都认为隆美尔并不是那种大帅才，而只是个将才，指挥一个师、一个军最好，但是作为独当一面的战略家还是差了一点儿。

相比之下曼施坦因则比较全面，他既在战术上指挥过十分漂亮的硬仗巧仗，又在战略上制定过非常杰出的作战方案。曼施坦因有点儿像苏军的朱可夫将军，就是哪儿的仗难打就上哪儿，其中最为人称道的有以下两大战绩，都载入了"二战"的史册。一是在1940年的法兰西战役中，曼施坦因制订了一个大胆而又凶猛的计划。先佯攻比利时，把英法联军吸引过去，再让德军主力越过防守最薄弱的阿登山区，实施致命的中间突破。这一出人意料的凶猛打击，不仅一举突破了法军的防线，还抄了英法联军的后路，从而迫使英军不得不从敦刻尔克狼狈撤退，而法军则不得不举着白旗投降。如果说由曼施坦因制订的作战计划使号称世界第一陆战强国的法兰西迅速战败投降，赢得了"一战而定乾坤"的声誉，那么由曼施坦因指挥的1943年的哈尔科夫战役，则起到了"挽狂澜于既倒"的作用。哈尔科夫战役的重要性在哪儿呢？这在我们的历史课本当中也很少写。在斯大林格勒会战之后，除了罗斯托夫和高加索那边一小部分德军被隔开，整个南线已经没有什么德军了，几乎被全歼，几百公里的边防线洞开。当时苏军几乎可以直驱罗马尼亚，"二战"在那个时候就差不多能结束了。但就是曼施坦因率领了一支人数非常少的孤军，不但在苏联红军大部队向西的洪流中左冲右突，而且收复了哈尔科夫，歼灭了已经冲到哈尔科夫以西的苏军重兵集团，一下子把德军的防线稳定在了哈尔科夫。而且还形成了一个突出部，这个突出部进行了最后一次德军进攻战，叫作库尔斯克战役，这些都是因为曼施坦因在斯大林格勒会战后力挽狂澜，维持住了整个苏德战场的南线。如果没有曼施坦因在哈尔科夫战役中做出的巨大的努力和贡献，"二战"提前两年就已经结束了。所以曼施坦因在顺境中、在逆境中，以及在进攻战中和防御战中都表现了高度的军事天才，应该算"二战"中德军的第一大名将。

"二战"结束之后，在军事法庭审判战犯的时候，曼施坦因作为国防军将领也没有受到很严厉的处罚，因为"二战"中的暴行主要是纳粹、党卫军这些人干的，德国陆军将领只是在执行任务，在打仗。曼施坦因一直到1973年才去世。他曾经写过一本回忆录叫《失去的胜利》，有机会大家可以看看，写得很有意思。

11月25日

《晓松说——历史上的今天》来到了 11 月 25 日。1921 年的这一天，澳门赌王何鸿燊出生；1950 年的这一天，毛岸英在抗美援朝战争中牺牲；1970 年的这一天，日本作家三岛由纪夫自杀。

| 日本作家三岛由纪夫自杀 |

首先来聊一聊三岛由纪夫，在 1970 年的这一天，著名作家三岛由纪夫自杀。三岛由纪夫是日本战后的文学大师之一，曾三度入围诺贝尔文学奖的候选名单，也是著作被翻译成英文等外语版本最多的日本当代作家。三岛由纪夫被称为"日本的海明威"，属于那种硬汉型的人物，他的著名戏剧《鹿鸣馆》、小说《假面的告白》在这方面都有很深刻的反映，大家有时间可以去看一看。

说到三岛由纪夫，大家首先想到的就是他最后的自杀，其实这跟他的经历有着直接的关系。三岛由纪夫的青年时代实际上是在战争环境中度过的，但是由于他的学习成绩非常好，他并没有真的当兵走上战场，但他目睹了整个战争过程。三岛由纪夫曾在东京贵族学校就读，"二战"时期在东京的工厂劳动，战后在东京大学攻读法律，1949年后走上了专业写作的道路。三岛由纪夫出身于武士贵族家庭，从小深受祖母的影响，他身上有着日本传统的武士道精神，受军国主义的影响非常深，再加上他本身就有各种偏激的性格，后来就变得越来越偏激。

三岛由纪夫是1925年出生的，1970年的时候他四十多岁，这一天，他带了几个信徒，跑到自卫队的一个基地，鼓动大家发动政变，恢复军国主义，还政于天皇。他在阳台上向自卫队的年轻军官们发表了慷慨激昂的军国主义演讲，本来按照日本军国主义的传统，底下就应该有各种人跟着高呼口号，大家就跟着干起来了。但是这些年轻军官都很冷漠，不但没有人响应他，他还遭到了很多军官的大声嘲笑。

从这点也可以看出来，美国对日本的改造非常成功，今天虽然在日本还有一些右翼的势力，但是军国主义基本上已经被消灭了。三岛由纪夫受到了大批年轻军官的大声嘲笑跟侮辱，说他有病，是疯子，都什么年代了，还在那儿宣扬军国主义。三岛由纪夫非常愤怒地退进了屋里，他感到自己受到了极大的侮辱，于是就按照日本武士道的仪式，切腹自杀。武士道的仪式咱就不具体讲了，非常残酷。但是这套仪式有一点大家不太了解，就是光靠自己切腹很多时候死不了，或者死得很慢，所以在切腹自杀的时候通常会有一个步骤叫"介错"。也就是切腹者旁边站一个人，在这个人切腹之后，就拿刀把切腹者的头砍掉，以让切腹者更快死亡，免除痛苦折磨。给三岛由纪夫在旁边做"介错"的这个信徒也是个文人，他砍了三岛由纪夫好几刀，居然因为手软都没把头砍下去。三岛由纪夫确实是个硬汉，就跟海明威一样，最后他还在那儿说："加油，动手，砍！"最后是三岛由纪夫的另一个信徒接过刀，才把他的头砍下来。

三岛由纪夫在那儿发表的演讲惊动了日本文学圈，在他发表演讲后就有大批的作家赶过来，第一个赶到的就是日本的第一个诺贝尔文学奖获得者川端康成。川端康成赶到的时候，川岛由纪夫的头刚刚被砍下来，川端康成一开门就看见了这个血腥场面。这一幕让川端康成大受刺激，而且川端康成坚持认为三岛由纪夫的死跟自己有关，他觉得可能就是因为自己得了诺贝尔奖，而三岛由纪夫没得到，所以才导致三岛由纪夫的性格越来越偏激。就在三岛由纪夫切腹自杀一个月以后，川端康成也口含煤气管自尽了。从这点可以看出，日本人的性格有时候确实很难让人理解，两个当时日本最大的文学大师，一个切腹自杀，一个在他之后一个月口含煤气管自杀了，这两件事儿震惊了文坛。

日本这个民族确实是有两极性格的民族，一方面清淡如菊，非常隐忍；一方面又拔刀见血，非常残暴。这个民族隐忍到什么程度，日本这个国家自古就没有城墙，房子没有烟囱，卧室里没有床，厅里没有椅子，他们认为一切物化的东西，一切外在的、张扬的东西都不好。日本民族认为一切都要有道，插花有花道，喝茶有茶道，下棋也不大砍大杀，要追求棋道。所以日本人一方面是这样一种清淡如菊、谦恭隐忍的性格，一方面居然又把性和生命都不当回事儿，日本人的性极为开放，把生死也置之度外。日本人每次打仗，旗子上写的是"祈战死"，这让全世界都看傻了，因为全世界的都是"祈战胜"，不战而屈人之兵才最好。而日本不是，日本人出去就"祈战死"，至于胜不胜没关系。所以日本民族就是这样一个有着极端性格的民族，这一点非常值得研究。

| 毛岸英牺牲在抗美援朝战场 |

1950 年 11 月 25 日，毛主席的长子毛岸英在抗美援朝战争中牺牲。这时候抗美援朝战争才刚刚开始，中国人民志愿军 10 月才开始入朝，所以毛岸英刚刚在入朝几十天以后，在第二次战役中就牺牲了。毛岸英的牺牲让全国人民非常震惊，这也显示了我们的领袖多么伟大。毛主席把儿子送到第一线，和普通老百姓一样去参加战斗，领袖的儿子居然能做到这样，我觉得非常值得肯定。毛岸英之前还参加过苏德战争，在"二战"苏德战争的末期，毛岸英从苏联伏龙芝军事学院毕业以后，担任过苏军的一个坦克连的指导员，也就是党代表。伏龙芝军事学院是当时苏联最好的军校，也是全世界最好的几大军校之一。在苏德战争的后期去参军作战还是非常危险的，毛岸英参加了苏军进攻波兰、捷克这些战役。苏联在最后一仗的柏林战役中牺牲了三十万人。

毛岸英和弟弟毛岸青的身世都比较凄惨，毛岸英是毛泽东和第一任妻子杨开慧的孩子，杨开慧是毛泽东老师的女儿，才貌双全。大家都知道杨开慧后来是为了毛泽东在长沙被反动军阀处死的，毛主席后来还写过"我失骄杨君失柳，杨柳轻飏直上重霄九"的诗句来纪念她，"骄杨"说的就是杨开慧。毛泽东当年一直投身革命，走南闯北，很少回家，所以毛岸英在童年时实际上很少见到父亲。八岁的时候，毛岸英和母亲一起被抓到狱中，他目睹了母亲的牺牲，小小的心灵受到了很大的震撼。最后毛岸英被保释出来，送到了上海的党中央。1930年的时候苏区还非常艰苦，党中央还在上海。毛岸英到上海以后，只读了一阵子的正规幼儿园。紧接着位于上海的党中央就因为顾顺章的叛变而不停地遭到破坏，最后不得不搬到位于江西的中央苏区。毛岸英本来被寄养在上海的一个红色牧师的家里，后来由于党中央没有了经费，最后没办法，只能和弟弟毛岸青流落街头，讨过饭，推过黄包车……总而言之，童年非常非常艰苦。一直到1936年长征都结束了，中国共产党与张学良联合抗日的局面已经形成，毛岸英和毛岸青兄弟俩才又被找回来，后来托东北军的将领送到了苏联。毛岸英在苏联开始以红色子弟的身份留学，那时候他见到了周恩来、邓颖超……

直到1946年"二战"结束，毛岸英回到延安才又见到了毛泽东，大家算算，这前后至少已经有十九年没见过自己的父亲。毛岸英当时只在延安和父亲一起待了两天，毛泽东就要求他说："你要跟所有的人一样，补上劳动这一课，跟劳模学种地，参加土改……"于是毛岸英就到了一个工厂参加劳动，直到有一天他在家里遇见了彭德怀，才知道抗美援朝由彭德怀挂帅，毛岸英就主动请缨。后来彭总说："毛岸英是中国人民志愿军里的第一个志愿兵。"当时还没有把中国人民解放军改名中国人民志愿军，毛岸英就开始第一个主动请缨，所以说毛岸英是人民志愿军里的第一个志愿兵。毛岸英牺牲在朝鲜以后，就葬在了朝鲜人民志愿军的烈士公墓里，2009年温家宝总理访问朝鲜的时候还曾经去看过毛岸英的墓。在这里纪念抗美援朝的先烈！

｜澳门赌王何鸿燊｜

最后说一下澳门赌王何鸿燊，1921年的今天，何鸿燊出生。何鸿燊是澳门赌王，也是澳门巨富，澳门差不多一半以上的产业都是由他和他的家族控制的。

在澳门正式开放博彩业之前的很多年里，全澳门就只有他一家赌场，所以就他一个人发财。2002 年，澳门的博彩业开放，在美国拉斯维加斯能见到的各大赌场全都来了，大家都纷纷领到了赌博执照，加入了澳门的赌博业。这时候澳门的博彩业才开始有了竞争，但是何鸿燊的葡京大赌场和皇宫赌场依然是澳门最大的赌场之一。而且澳门开放赌博市场以后，也正赶上中国内地的经济以极快的速度腾飞，很多人飞快地致富，致富以后大量的钱就砸到澳门的赌场去了。这也使得澳门每新开一家赌场，差不多九个月就能收回本钱。

大家知道赌场是花巨资才能开得起来的，首先这个执照是最值钱的，一张执照就要花费数十亿美元，然后还要盖起那么辉煌的大楼等，但是每开一家九个月就能回本，大家想想这利润有多大。在前几年的时候，澳门赌场的整个赌博收入已经是号称"世界赌城"的拉斯维加斯的四倍。2013 年澳门的博彩业更上了一个大台阶，澳门整个赌博业、博彩业的收入是拉斯维加斯的六倍。大家想想这是一个多么可怕的数字！而且这么多的收入中 70% 来自 VIP，这确实是一个令人触目惊心的数目。博彩业的高收入也使得澳门现在变成了世界上福利最好的地区，人民非常幸福，什么都免费，政府发养老钱，每年还给大家分红。

前几年，何鸿燊因为重病，也传出各种家产风波。何鸿燊有四房太太，这几房之间因为家产闹出了很多纠纷。霍英东也有四房太太，但是霍家把四房管理得比较好，大家至少没有在争夺遗产上到了这么公开化的地步。而何家这几房太太打得有点儿厉害，何鸿燊已经把自己的整个赌博公司的股权清零了，因为他已经老了，退休了，现在他的四太太掌握着大量的股权，变成了新的澳门赌王。何家还传出二太太的女儿在医院趁他病重的时候逼他签字立遗嘱，然后出来又反悔等各种各样的传闻。总而言之，这几房太太之间的关系处理得不是很好。

11月26日

《晓松说——历史上的今天》来到了11月26日。1876年的这一天，空调的发明者威利斯·开利出生；1941年的这一天，美国人民度过了以法令形式确定其日期后的第一个感恩节。

| 美国确定感恩节假期 |

关于感恩节，要跟大家说一下，全世界就只有美国和加拿大有这个节日，感恩节是要感谢上帝，但是最重要的是感谢印第安人。加拿大的感恩节跟美国的感恩节不是同一天，但它跟美国的哥伦布日是同一天，所以加拿大的感恩节那天美国也是公共假日。我觉得这挺好，在北美大家协调起来，要放假就一起放假，要上班大家一起上班，这样更方便。美国节日的时间很有意思，除了圣诞节是12月25日，因为耶稣他老人家就是那天生的，还有国庆节是7月4日，剩下的绝大部分节日都是以几月的第几个星期几来定的。这就是美国人聪明的地方，咱们中国的假日不一定赶到星期三还是星期五，于是就来回来去地倒休，经常是上三天班休三天，然后上两天又休一天……简直快把人搞疯了。而美国大部分只休一天的假日都放在某月的第几个星期一，比如说它的劳动节、哥伦布日等都在星期一，这样正好跟星期六、星期日连在一起，相当于一个大周末。而感恩节定在11月的第四个星期四，因为感恩节要放两天假，这样接下来还有一个周末，所以一共放四天假，有的地方还可以放五天。美国这样的假日规定是非常聪明的，避免了政府每年得重新安排大家怎么倒休。希望我们以后也能借鉴一下，看怎么放这个假更合理。

美国人民一年当中最盛大的节日就是感恩节和圣诞节，11月有感恩节，12月有圣诞节，所以美国人到了年底的时候，就一直在忙着过节，先是感恩节，然后是圣诞节和元旦的长假，人心浮躁，大家都不想工作了。这跟中国的春节前后也一样，从元旦开始，紧接着就该到春节了，一到这时候，大家也是都觉得最美好的时光来了。每年到年底的时候，也都会掀起美国人的购物狂潮，年底几个月美国的商品零售额能够占到全年的一半以上，就是因为这两个大节大家都在疯狂地购物。

美国的感恩节是怎么来的呢？这个感恩节和我之前讲过的著名的"五月花"号有很大的关系。"五月花"号是一艘当年移民者来到美国时乘坐的船。乘坐"五月花"号船的都是从欧洲逃出来的清教徒，他们为了逃避宗教迫害，先从英国逃到荷兰住了十多年，然后又从荷兰往外逃，最后乘坐"五月花"号逃到了美洲大陆。在船上，他们就商量说："我们要到一块新的土地上，那里没有皇帝，也没有贵族，没有那些压迫我们的东西，我们一定要平等。"最后船上的几十个家庭的户主们共同签订了《五月花号公约》，这也成为美国立国最重要的基础纲领。在这个约定中有两条最重要，一是将来如果我们需要一个政府，那这个政府必须是我们选出来的，而绝对不能是一个来压迫我们的政府；二是如果将来我们需要法律，那必须是我们制定的、有利于我们的法律，而不是用别人制定的法律来约束我们，所以"五月花"号对于美国立国的贡献是巨大的。"五月花"号的另一个贡献就是给美国人民提供了一个大假期。在11月的时候"五月花"号就已经停靠到了马萨诸塞州的波士顿附近，但马萨诸塞州在10月就进入了冬天，已经非常冷了，大家即使从船上下来也没有东西可吃，要等到第二年开春才能种东西。于是"五月花"号船上的人们就非常艰苦地度过了这个冬天，船上的一小半人没有熬过去，很多人都饿死了。第二年春天到来的时候，"五月花"号船上活着的人们来到了陆地上，大家开始耕种，百废待兴。

就在他们最艰苦的时候，居然有个会讲流利的英文的印第安人来找他们，要给他们帮助。这个印第安人已经在美洲大陆生活了很多年，大家知道哥伦布在1492年的时候就已经发现了美洲，所以到了1620年"五月花"号船上的人们在这里登陆的时候，实际上已经有人来到美洲大陆一百多年了。

这个要帮助他们的印第安人为什么能讲流利的英文呢，我们来看看他的经历。当年这个生活在印第安部落中的印第安人曾被英国人给绑架到英国当用人去了，他做了很多年用人，学会了讲流利的英文，后来这个人又被西班牙人掠去当了工人，又在西班牙生活了一些年。总而言之，这哥们儿也算是命途多舛，最后终于逃回了故乡，这时候他发现自己部落的印第安人已经全都死了，当然主要是病死的。之前我跟大家讲过，哥伦布的物种大交换导致大批的外来物种进入了美洲，像牛、羊、马等，都是通过哥伦布大交换进入美洲的，但同时欧洲的病毒和细菌也来到了美洲，比如天花、疟疾等，而美洲的人们根本没有任何免疫力，所以这些病毒一下子横扫了美洲大陆，印第安人有90%死于天花、疟疾等欧洲传来的传染病。等这哥们儿回到家乡一看，自己反而成了幸运者，原来部落里的印第安人已经全部死光了，所以他就去跟另外一个部落的人生活在一起。但是他对清教徒还是很有感情的，所以当他得知"五月花"号上的这帮清教徒来到美洲，就赶紧跑过来给他们当翻译，介绍他们跟印第安人交朋友。

所以，在美国历史上，早期的清教徒跟印第安人相处得很好，不然也不会有后来的感恩节。美国真正屠杀印第安人是在美国立国以后，差不多在19世纪初的时候才爆发了大量的跟印第安人之间争夺土地的大战争，而在17世纪的时候，大家还是非常和平地相处。这个会说英文的印第安人教会了"五月花"号上的这些清教徒很多东西，最重要的是教会他们种植玉米。大家知道玉米这东西欧洲本来是没有的，在哥伦布物种大交换当中，各国所得到的最大好处就是从美洲传入了高产的旱地作物玉米与番薯，靠这两种东西养活了大量欧洲人。后来玉米和番薯又随着欧洲人的大航海来到了中国。中国在明代之前，实际上人口数量是有限的，因为中国人当时主要种植水稻，而水稻在旱地根本种不了。明朝时也没有袁隆平式的科学家，水稻产量也难以得到明显的提高。当时就是因为没有足够多的粮食，中国人口每次到了一个峰值就开始下降。但是自从美洲的玉米跟番薯经西班牙人之手辗转传到中国以后，中国的人口数量开始有了明显的增长，所谓的康乾盛世正是由于大航海时代传过来了番薯、玉米这些东西，过去难以利用的大量贫瘠的旱地山丘都可以种植高产的作物了。这就为清代人口的剧增提供了粮食供应方面的可能。到了1851年的时候，中国的人口达到了四亿三千万人。

当时印第安人就开始手把手地教这些新移民种玉米，并且教他们如何在玉米和玉米之间种南瓜、种番薯，就是靠这些东西，才养活了这些新移民。在1621年的时候他们获得了大丰收，为了感谢印第安人，这些清教徒就准备请几个会说英文的印第安人过来，包括酋长在内，大家一起开个宴会，结果没想到来了有将近一百人。印第安人带着大量的鹿、火鸡等美食，欧洲人做了南瓜派之类的各种派，大家欢宴三天，庆祝丰收以及感谢印第安人的帮助。后来就变成了每年大家都要在丰收的时候一起庆祝，参加的人也越来越多，于是马萨诸塞州这个地方就变得越来越热闹。在独立战争的时候，华盛顿总统还下令庆祝过几次感恩节。那时候的感恩节不是一年一次，是高兴了就过一回，有时候春天、夏天、秋天、冬天各来一回。当时还没有国会，而是大陆会议，也建议大家一年过四次感恩节，反正就是找机会吃喝玩乐。直到林肯总统时代，才开始基本上定下来每年过一次感恩节，但到底是哪天，也没有特别地确定下来。直到1941年的这一天，罗斯福总统才建议国会通过立法，确定每年11月的第四个星期四为感恩节。

在感恩节的时候是一定要全家团圆的，美国有两个最重要的全家团圆的节日，一个是感恩节，另一个就是圣诞节，在这两个节日大家要回到故乡团圆。感恩节的时候全家人要在一起吃火鸡，每年感恩节，总统都要抱着一大盘火鸡出来给大家分，而且还要到什么伊拉克等这样的地方去慰问，要到军人中间去表明我跟你们在一起，而且总统每年还有权赦免一只火鸡，这都是美国感恩节的传统。感恩节的火鸡制作很有意思，在火鸡肚子里塞一大堆东西，甜的、咸的全都塞进去，有土豆泥、梅子等各种各样的东西。然后由一家的男主人把火鸡切成一片一片的，再由女主人拿出去分给所有人。感恩节还要吃南瓜派，搞南瓜赛跑，每个人拿一个勺子，这勺子越小越好，然后推着一个圆圆的大南瓜往前跑，谁先把南瓜推到终点谁赢。感恩节还有一个更有意思的传统，就是所有这些吃喝玩乐完毕以后，大家不睡觉，直接去梅西百货排队。因为感恩节的这个星期五，通常所有商场的商品都打一折到两折，这也是全年最便宜的时候。所以大家就形成了一个习惯，就是在星期四吃喝玩乐完以后，全家出动到百货商场外面排队，一直排到第二天早晨。一开门所有人就冲进去，见什么买什么，狂买，感恩节也成为每一年最大的消费日。

|空调发明者威利斯·开利|

　　下面说一下空调的发明人威利斯·开利，1876 年的这一天，威利斯·开利出生。要说在全世界那么多灿若星辰的科学家、发明家当中，威利斯·开利应该不能算特别重要的，今天讲威利斯·开利，主要是因为想到了我自己的经历。大家知道我在清华读书的时候学的是工科，无线电系雷达专业，说心里话那时候我还是挺爱科学的。我动手制作过各种各样的小东西，包括遥控潜艇模型，这比漂在水上的那种航模要难做，因为它在水下，你还得遥控它。

　　我以前还很有发现新事物的眼力。我记得当时看了一部电影，就是乔治·库克拍的《煤气灯下》，英格丽·褒曼演的。当时我就发现电影里冰箱用来制冷的竟然是煤气，我觉得这事儿好神奇，原来煤气竟然可以用来制冷。我就想如果煤气可以制冷的话，那用煤气做空调不也可以吗？当时还请教了我外公，我外公是中国发明协会会长。我问他："我能不能发明一个用煤气来制冷的空调？"为此我跟我的一个同学还查了很多资料、图纸。结果外公说："那多危险啊，万一爆炸了怎么办？"我说："那可以做成中央空调，不做家家户户民用的那种挂窗户上的，放在大厦的地下室里能保证安全，那得省多少电啊。您说为什么美国没有用煤气的空调？"我外公说："美国那么多电用都用不完，怎么能用煤气呢？"我说："正好中国煤气多电少，那我就发明个煤气空调。"他说："应该没戏，你就别弄了。"后来过了好几年，我突然才发现中国出现了一个新的公司，一个大型上市公司，也是湖南最大的公司，叫远大空调，做的就是当年我想到的煤气制冷的中央空调。后来远大空调发了大财，还买了直升机。你看，当年我还是有眼光的。要不是外公阻止了我，那直升机就成我的了。

后来我还发明过一个插卡电表，这个电表做得很小，插的是磁化的条形卡，当时样子都做出来了，结果又被我外公制止了。我外公说："这东西一定没有市场，你不要申请专利。"我说："为什么呢？"他说："你觉得政府会这样想着人民的钱吗？政府能让人民还没用电就先把钱交上来吗？"我说："这不是一大块利润嘛，人家还没用电，你先拿到钱，拿着这钱干什么都可以，多好啊！"我外公说："你觉得政府会这么做吗？政府会这么麻烦人民吗？人民用电还得先去买卡，然后没电了还会停电，你觉得政府会这样做吗？你这个东西会有市场吗？"就这样硬生生地把我这插卡电表给打回去了。结果后来发现人们果真开始用插卡电表了，全国人民都要先去买电卡再用电，这都是我当年的预言。后来我还跟外公开玩笑说："您虽然是一科学家，但是您这远见确实不行，把我这个煤气空调以及插卡电表两项小发明、小专利全给破灭了，最后逼得我只好弹琴卖艺，成了现在这样。"

11月27日

《晓松说——历史上的今天》来到了 11 月 27 日。1895 年的这一天，诺贝尔在巴黎立下遗嘱，创建诺贝尔奖；在同一天，小仲马去世。今天是那英姐的生日，老那，生日快乐！

| 诺贝尔奖设立 |

咱们先来说一下威震世界的诺贝尔奖，1895 年的今天，诺贝尔在巴黎立下遗嘱，设立诺贝尔奖。这个世界上不知道诺贝尔奖的人是很少的。大家知道美国人最不关心外面的事情，很多美国人可能连威尼斯电影节都不知道，戛纳电影节知道的人也不是很多，但是你要是问知不知道诺贝尔奖，那大家都知道。诺贝尔奖已经设立了上百年，现在成了世界上最大、最有权威以及最有影响力的，而且奖金也最高的一个奖。

诺贝尔本人不但是一个大发明家，而且是一个大企业家，他在二十多个国家拥有数十家公司，他的发明当中最重要的是用硝化甘油做炸药。大家知道火药是我们的四大发明之一，但是我们发明的火药是黑火药，那个火药跟后来诺贝尔发明的这个真能打仗的炸药硝化甘油完全不是一回事儿。我们发明的火药做鞭炮还凑合，但要去打仗的话不行，不然我们最后也不会被船坚炮利的欧洲列强打败。诺贝尔是一个和平主义者，他发明炸药本来是为了用于工程建设，但后来诺贝尔很痛苦地发现自己发明的炸药，竟然被用来打仗杀人。

诺贝尔没有结过婚，也没有孩子，他在1895年的这一天，在巴黎立下著名的遗嘱，在死后捐出他的大部分财产，成立了诺贝尔基金会，这个基金有数千万克朗，相当于几百万美元，那时候是一大笔钱。

大家知道西方有很高的遗产税，所以西方很多人选择身后捐钱也是因为遗产税，与其身后交大笔的遗产税，还不如干脆把钱捐了算了。前几年我看到很多媒体上也在纷纷谈论关于中国的遗产税的问题，我们的遗产税设计得好像有点儿低，有的方案说八十万元人民币就开始要缴税了，这个有点儿太低了。我觉得遗产税应该是只有极少数富人才缴的，占人口绝大多数的穷人或者中产阶级干一生，好不容易给孩子留点儿东西，是不应该缴遗产税的。美国2012年是五百一十二万美元以上才缴遗产税，美国大多数地方很好的房子也就是五十万美元，五百多万美元的起征点也就是说只有极少数富人需要缴遗产税。但我看到有中国人不知道出于什么目的在那儿写文章说，美国一开始的遗产税征缴的门槛也很低，1916年美国五万美元就要开征遗产税了，好像我们现在的八十万人民币相当于人家当年的五万美元，大家可要知道1916年的五万美元值多少钱，那时候八十美元就可以买辆汽车，那五万美元可以买到六百二十五辆汽车，这可是一大笔数目惊人的钱。所以不能以美国那时候五万美元就开征遗产税，来证明我们这儿几十万人民币开征遗产税就是对的。

但对诺贝尔来说，他捐钱并不主要是因为这个遗产税，我觉得他还是出于自己的理想。当时诺贝尔基金会一共设立了五个奖项，哪五项呢？就是诺贝尔物理学奖、化学奖、生理学或医学奖、文学奖以及和平奖。著名的诺贝尔物理学奖大家最熟悉，因为有六位华人先后得过物理学奖，包括大家熟悉的杨振宁、李政道等。诺贝尔物理学奖和化学奖属于自然科学奖，都是由瑞典皇家科学院来颁发的。我外公生前是瑞典皇家科学院的外籍院士，他还出席过诺贝尔奖的颁奖仪式，当时我外婆已经去世了，外公出席颁奖仪式时就带上了我妈妈。我妈妈后来还跟我讲过当时的颁奖仪式，在颁奖仪式之后还有一个舞会，瑞典皇家科学院的院士们可以邀请瑞典王后跳舞，这是典型的欧洲宫廷的礼仪。

在诺贝尔奖当中经常会引起争议的是诺贝尔和平奖，这个奖不是由瑞典来颁发的，而是由挪威议会指定的诺贝尔和平奖委员会来颁发的。什么人能得这个奖，什么人不应该得这个奖，每个国家、每个地区、每个党派、每个政治人物的态度都不一样，所以引起的争议是最大的。诺贝尔和平奖曾经提名过希特勒、墨索里尼等，这些人都是曾经发动过战争、犯下过反人类罪行的人，竟然也被提名诺贝尔和平奖，所以可见这个奖引起的争议有多大。美国总统奥巴马也曾经获得过诺贝尔和平奖，他当时刚刚上任两个星期，大家都质疑他凭什么可以获得这个奖，产生了很多争议。这个奖不但曾经颁给很多备受争议的人物，还会遗漏掉一些举世公认的和平人士，如诺贝尔和平奖就没有颁给甘地，我觉得这是一个非常大的疏漏。大家知道甘地不但是印度人民的"国父"，而且甘地倡导的是"非暴力不合作"抗争，而不是那种血腥的暴力起义。所以印度独立运动在甘地的带领下，没有产生大规模的革命、起义，没有血流成河。但就是这样一位伟大的和平主义者，这样一位"圣雄"，却没有得到诺贝尔和平奖，我觉得这是一个非常值得争议的地方。

诺贝尔物理学奖也有一个特别有争议的地方，就是爱因斯坦居然没有因为相对论获奖，这让全世界大跌眼镜，因为相对论那简直是物理学最重要的突破。当然牛顿发现万有引力定律那会儿还没有诺贝尔奖，所以牛顿没得过奖。相对论完全不亚于牛顿对物理学的贡献，但是居然没有得到诺贝尔物理学奖，这是非常值得争议的。十几年以后，爱因斯坦才因为光电效应的发现于1921年获得了诺贝尔物理学奖。

大家非常熟悉的诺贝尔文学奖，也经常引起争议，但是没有和平奖争议那么大。我个人觉得诺贝尔文学奖还算公平，那些堪称大师的人基本上都获奖了，而且有两位华人也得过奖。

在诺贝尔奖获奖者中获奖最多、最光荣的家族就是居里家族，其中居里夫人两次获得诺贝尔奖，其中一次是在1903年因研究辐射现象而与她的丈夫一起获得物理学奖。另一次是在1911年获得了诺贝尔化学奖，因为她发现了钋（Polonium），用她的祖国波兰的名字来命名，并提炼出了镭。她女儿与她女婿朗之万也在 1935 年一起获得过诺贝尔化学奖。她的孙女是一写书的，没有得过奖，但是她的孙女婿曾代表获得诺贝尔和平奖的机构——联合国儿童基金会，去领过诺贝尔奖。所以居里和居里夫人夫妻俩二次获奖，女儿与女婿一次获奖，再加上孙女婿又来一回，这是全世界最骄傲的诺贝尔奖家族。

华人获得最多的是诺贝尔物理学奖，其中包括跟我们家世交的杨振宁先生。我曾经有一次在美国给他当司机开车，他还跟我聊起过。他说："我拿到那个诺贝尔奖的奖金以后，就交给了一个理财公司帮我打理这笔钱，每年都有百分之十几的收益。"当时我就说："您太会理财了。"当然了，杨先生最后表示，他将来还是会把这笔钱捐出去的。全世界获得诺贝尔奖最多的还是美国，美国有三百多人得过诺贝尔奖，其中有一百三十多人是犹太人。华人虽然跟犹太人在世界各名族的智商排名中并列第一，但犹太人得奖的人数是华人的十倍都不止。在各个诺贝尔奖项中美国的获奖人数基本上都排第一，但有一个是例外，就是诺贝尔文学奖，这个奖是法国人排第一，因为文学、艺术方面还是法国比较厉害。

除了上面说的这五个奖项以外，在 1968 年，瑞典国家银行在庆祝成立三百周年的时候，捐出大额资金给诺贝尔基金，增设"瑞典国家银行纪念诺贝尔经济科学奖"，这个奖从 1969 年开始首次颁发，人们习惯上称这个额外设立的奖项为"诺贝尔经济学奖"，这个经济学奖的获奖人数也是美国排第一，可见美国的综合人才还是世界其他国家不能比的。德国、英国紧随其后，在两个最重要的科学奖上，物理学奖和化学奖上都是德国排第二，其他几个奖，像经济学奖、生理学或医学奖，是英国排第二。诺贝尔奖的奖金也不断地提高，2009 年调整到差不多一百四十万美元，这个奖金数额也算是各个奖里面最高的了。这个奖金的来源不光是诺贝尔基金会的收益，还包括来自瑞典政府、瑞典银行等的大笔捐款，再加上这个基金投资有方，所以基金数额越来越大，我们的莫言老师得到的诺贝尔文学奖的奖金也是一百四十万美元。

|法国大作家小仲马|

1895 年的这一天，法国大作家小仲马去世。他的作品《茶花女》不管是小

说也好，还是歌剧也好，大家都耳熟能详。这部小说的中文译本的作者是民国初期的大翻译家林琴南先生，但实际上林先生并不懂外语，翻译家不懂外语这个事儿很有意思。在民国初期的时候，有好几位大翻译家都是这样。大家知道，翻译不但需要懂外语，还得中文好，可是那时候懂外语的人并不多，从里面再挑出中文好的就更是凤毛麟角。当时林琴南先生在翻译《茶花女》的时候就是找了一个懂外语的人给他讲这部小说，一段段地给他讲，林琴南先生文笔好，再由他来改写成中文，我觉得这种组合在当时那个时代也无可厚非。

|歌坛"大姐大"那英|

今天是那英姐的生日，生日快乐！那英姐是一个非常可爱、非常快乐的人，在我们圈子里是大家公认的大开心果，也是大姐大。我迄今犹记和那英认识的那一天，当时是中国第一次颁发流行音乐奖，我作词作曲的《同桌的你》获得第一名，获第二名的就是那英的《雾里看花》，第三是郑钧的《灰姑娘》。领完奖以后大家坐在那儿吃饭，因为互相谁也不认识谁，大家都非常尴尬。那英特别可爱，她站起来就说："我先来自我介绍下吧，我是中国著名歌星那英。"我就坐那英旁边，于是我就说："那我是中国著名词曲作家高晓松。"那边郑钧站起来说："我是中国著名摇滚歌手郑钧。"当时还有窦唯、张楚、高林生、林忆莲等。大家自我介绍完以后，那英就说："我宣布中国流行音乐圈今天正式成立了。"大家还照了合影，从那时候开始真的是有了流行音乐圈，一直到今天，一晃二十多年过去了。祝那英姐生日快乐，永远那么快乐！

11月28日

　　《晓松说——历史上的今天》来到了 11 月 28 日。在 1943 年的这一天，著名的德黑兰会议召开。今天是陈可辛导演的生日，可辛大哥生日快乐！

|"二战"中著名的德黑兰会议|

　　首先说一下著名的德黑兰会议，1943 年的这一天，德黑兰会议召开。德黑兰会议是第二次世界大战中，美、英、苏三国首脑罗斯福、丘吉尔和斯大林在伊朗首都德黑兰举行的一次重要会议，在这之前，美苏两个大哥斯大林和罗斯福都没见过面。之前我讲过，德国在"二战"中弄了个"猪一样的队友"意大利，老是拖后腿，好不容易有一个能打仗的盟友日本吧，还不跟它一条心。希特勒本来应该采取的战术是让德、意、日这几条恶狼先一起咬死苏联这个大狗熊，然后再一起去扑美国，这样才能最终战胜对方。无论是古代中国的春秋战国时代，还是欧洲的古罗马时代，凡是双方结盟打仗都得采取这种战术，才能打败对方。但是这仗打着打着就变成了只有德国咬住苏联，打得不可开交，而其他两个队友就在那儿看。在1941年夏德军大举入侵苏联时，曾一再要求日军立即出兵，以收东西夹击之功，这样苏联肯定招架不住，但日本就是按兵不动。到1941年冬德军兵临莫斯科城下时，日本没有配合从东北一起进攻苏联，而是单独去咬美国，集中精锐部队去袭击美国的珍珠港。结果导致两大后果，一是让苏军把原本对付日本的几十个精锐的西伯利亚师立即西调，一举击败莫斯科城下的德军，使希特勒从此丧失了战胜苏联的可能。二是导致美国跟所有的轴心国都开了战。德国本来并没有招惹美国，可美国突然向德国宣战，而且美国宣战以后，实行的是先欧后亚的政策，就是主力军队先向欧洲开去。其实美国早想跟德国开战，但就是没有理由，结果日本跑去帮德国招来了这个大敌人，于是就变成了两匹狼各自咬住两只大老虎。这就从战略上决定了德日两国必败的历史命运。

1943年11月的时候，太平洋上的美军正以压倒性的海空优势发动进攻，日本已经完全不能抵挡。苏联红军在1943年的2月至8月先后取得了斯大林格勒会战与库尔斯克战役的伟大胜利，使德军彻底丧失了战场主动权，使其从此陷入了被动挨打的境地。这些大老虎就想坐下来好好聊一聊这接下来的仗该怎么打，当时由美国总统罗斯福提议，由中、美、英、苏四大国的领导人坐下来商量一下后面的作战策略。罗斯福之所以提出让中国也参与进来，是因为当时中国的抗日战争也是"二战"的主要战场之一，虽然日军的精锐都已经调到太平洋战场前线去了，但至少还有百万大军在中国，中国拖住了日本最多的部队。但俄国人一直歧视东方的亚洲民族，对中国人、日本人都非常歧视。这时候斯大林展示了他一向的傲慢，坚决不同意会见蒋介石。斯大林傲慢地说，蒋介石也能算大老虎之一吗？中国也能算四大强国之一吗？

所以从这儿也可以看出，美国相对来说还是比较亲华的，在罗斯福时代美国给了中国大量的支援。美国当时之所以支持中国、支持各个反法西斯国家，其实也有自己的战略，就是希望各国都多出点儿力、多出点儿兵，美国自己多出点儿钱、少死点儿人，这也是美国最重要的战争策略。所以美国国会在"二战"初期通过了《租借法》，送给了英国几十艘军舰、数十艘航空母舰，送给了苏联几万辆坦克、装甲车、卡车以及大炮、飞机等，就是为了让各国都去打法西斯。

但斯大林坚决不见蒋介石，最后罗斯福说："那这样吧，我先见见蒋介石，和他谈一下。"所以就在德黑兰会议之前的一周，1943 年 11 月 22 日，中、美、英三国先在埃及召开了开罗会议，确定了对日作战的基调。在开罗会议上，中、美、英三国宣誓一定要打败日本，开罗会议结束后发表了《开罗宣言》。《开罗宣言》明确宣告要让日本无条件投降，并且日本必须将东北三省、台湾地区和澎湖列岛归还给中国，使朝鲜独立。开罗会议结束以后，蒋介石马上回到中国，《开罗宣言》的发表极大地提高了中国的声望。

　　开罗会议之后，美苏两国的元首先来到了德黑兰。在正式开会之前，斯大林溜达到了罗斯福的住所。谁先去谁那儿这事儿在国际外交礼仪中是非常重要的，这表明了一个重要的态度，就是斯大林更需要罗斯福。因为是斯大林穿上元帅服，别好了勋章，自己走到了罗斯福住的地方，而不是罗斯福摇着轮椅去找斯大林（罗斯福年轻时得过小儿麻痹症，所以平时行动都要靠轮椅）。美苏两巨头非常友好地在德黑兰见面了，然后才把英国首相丘吉尔叫来一起开会，这里也可以看出当时大英帝国已经衰落了，实际上就是美苏两个国家在谈。但英国的首相丘吉尔是老奸巨猾的一个人，这个人是极端反共、极端仇视共产主义的，像"冷战""铁幕"这些词都是丘吉尔发明的，丘吉尔跟斯大林在会场上争吵得非常厉害。斯大林要求在西欧开辟第二战场，因为当时苏联独自顶着德国的压力，如果能开辟第二战场，把几百万德军吸引到西线去，那苏联的压力会减轻很多。当然对这一点丘吉尔坚决反对，他要求从意大利、巴尔干打到中欧去。后来罗斯福在自己的回忆录里就提到："其实在整个会议室里的每一个人都知道首相（指丘吉尔首相）要干吗，每一次首相争辩，要从巴尔干打到中欧去，大家心里都非常清楚首相为什么要这样做。"大家知道，如果英美军队从西欧的法国那边打过来，而苏军从东边打过去，那么当双方在德国会师时，位于东欧与东南欧的各个国家都会被苏军占领。事实上，后来，这些国家确实成了华约组织的成员，都变成社会主义国家，变成共产党领导的国家，去跟北约对抗。丘吉尔预见到了这一点，所以坚决要求从巴尔干地区，也就是从欧洲东南部往北打，而不从西边往东打。因为这样距离近，就能快速抢占南斯拉夫、罗马尼亚、匈牙利，甚至抢占奥地利、捷克，不让这些国家落到苏联手里。但是斯大林坚决不同意，坚持要求英美军队在西欧的法国开辟第二战场。其实斯大林当时也在打这个主意，你们都别跟我抢这个地盘，苏联牺牲这么多人，这些都是我的势力范围。而罗斯福总统的想法特简单，就是尽量少死美国人，打败德国人就行。

丘吉尔和斯大林都是那种非常傲慢的人，丘吉尔是一个傲慢的英国贵族，斯大林是个极为傲慢的苏联商人，只有民主党的罗斯福是属于自由派的那种人，最招人喜欢。最后罗斯福充当了一个调停者的角色，丘吉尔跟斯大林在那儿吵，罗斯福总统坚决地说："我们还是从西欧进攻，因为那样最快，而且我们都准备好了。"在罗斯福的调停下，最终还是决定从西欧进攻，因为丘吉尔说怎么进攻那根本就没用，那些海军、空军的百万大军全是美国的，英国自己要能干早干了，英国也登陆过一回但被全歼了。所以最后在罗斯福的坚持下，决定从西欧进攻，不晚于1944年的5月在诺曼底登陆，斯大林很满意，当然，实际登陆是6月6日。

之后大家又讨论了有关波兰的问题，大家知道"二战"的开战是苏德同时进攻波兰，将波兰进行了瓜分，斯大林坚决要求在"二战"初期瓜分到的一半波兰土地归他，这事儿就不要谈。但罗斯福坚决不同意，罗斯福觉得，这怎么行呢，波兰一下子少了一半，作为世界大国的美国绝对不能同意。这时候丘吉尔就表现出他很阴险的一面，丘吉尔说："我有个办法，干脆从德国弄一大块地，来补偿波兰不就完了吗？这样相当于波兰整个国家向西移了，这块给了苏联，然后德国补一块。"可见丘吉尔老奸巨猾。斯大林很满意，说："好，就这样，我同意。"罗斯福最后也只好同意，但是罗斯福说："这件事先不要公布。"因为美国马上要举行总统大选，美国有好几百万波兰裔的美国人，他们的选票很重要，这事儿最好别在选民投票之前说出去，如果大家知道罗斯福偷偷摸摸地出卖了波兰，那肯定不选他做总统了，所以罗斯福只要求保密就好。

接下来大家就开始谈怎么处置德国，也很有意思，美国是坚决要求拆分德国，说只要胜了以后就把德国拆成五个国家，而丘吉尔说要把德国拆成两个国家，只有斯大林坚持说我们打败希特勒就行了，德国咱还是保留。实际上最后的结果又被丘吉尔预见到了，所以说丘吉尔非常老奸巨猾。德国最后确实分成了两个，一个东德，一个西德，直到1990年才又重新统一。

最后一件事情是讨论苏联加不加入对日作战，斯大林同意对日宣战，但是斯大林提出，因为苏联在远东地区没有深水不冻港，所以大连、旅顺港都得归他。他说："大连和旅顺得归我，变成国际自由港。"对于这个要求，英、美都同意了。英、美前两天才刚跟蒋介石谈过，这时候居然就背着他出卖了中国的利益。罗斯福为了让苏联赶快出兵日本，美国可以少死几个人，就同意了斯大林的要求。

所以德黑兰会议的结果，第一是美、苏、英三国决定了开展诺曼底登陆，开辟第二战场；第二是双方对有关波兰的边界在哪里的问题进行了妥协；第三就是有关怎么处置德国大家没有达成一致，直到后来雅尔塔会议时才达成一致。

┃香港大导演陈可辛┃

今天是陈可辛大哥 Peter 的生日，生日快乐！我跟陈可辛大哥也比较熟，而且我最最喜欢的香港电影如果说排前三名的话，就包括陈可辛大哥的《甜蜜蜜》。《甜蜜蜜》已经修复了胶片，在内地进行了公映。这部电影我非常喜欢，而且我认为这也是黎明演得最好的一部电影。在我们这个行业经常说这样一句话，就是"没有坏演员，只有坏导演"，有一个好的导演，每个演员都可以焕发出光彩。黎明在这部电影中的表现就非常好，电影中的音乐也极为动人，而且当我看到由张曼玉扮演的女主角，最后看着黎明的背影，拿脑袋一磕那个方向盘，"嘀"一声喇叭响了，接着"Goodbye my love，我的爱人……"的主题曲唱起来，我的眼泪当时就掉下来了。大家有机会要去看看这部电影。可辛大哥生日快乐！

11月29日

《晓松说——历史上的今天》来到了 11 月 29 日。在 1899 年的这一天，著名的巴塞罗那足球俱乐部成立；1974 年的这一天，彭德怀元帅去世；1977 年的这一天，我国首次播出外国电视剧《巧入敌后》。

|彭德怀元帅去世|

先说一说彭老总，在缔造我军的过程中诞生的这些大帅中，能被称为"老总"的人是很少的，彭老总就是其中之一。在 1955 年授衔的时候，彭老总在十大元帅中排名第二，仅次于朱德元帅。朱老总也是我军最重要的缔造人之一，从这个排名大家就能知道彭老总的地位是多么重要。1955 年的这次授衔还不是彭老总第一次被授衔，彭德怀在国共联合抗日战争期间就被国民政府授予过中将军衔，抗战胜利后还被授予过抗战胜利勋章，所以彭德怀同时得到过国民政府的勋章以及新中国的勋章。当时每个元帅都有三个大勋章，一个叫作"八一勋章"，这是授予抗战前第二次国内革命战争时期的主要领导人的勋章；另一个叫作"独立自由勋章";第三个是解放战争时期的"解放勋章"。这是每个元帅都有的三个大勋章。

彭德怀是我军最早的主力部队的缔造者之一。在南昌起义失败之后,朱德果断地率领起义军余部两千多人转战各地,在陈毅的协作下上了井冈山,和毛泽东同志领导的秋收起义失败后的部队会合,组成了"红四军"。1928年7月,彭德怀同志发动了平江起义,组成了"红五军"。后来彭德怀率领"红五军"上了井冈山。"红五军"后来发展成中国工农红军第三军团,始终是中央红军的半壁江山。从湘江突围开始,彭德怀在多次的激烈战斗中表现出了坚定的大将风范。毛主席还专门给彭德怀写了一首诗,叫"山高路远坑深,大军纵横驰奔。谁敢横刀立马,唯我彭大将军","彭大将军"的叫法就是从这儿开始的。在遵义会议上,彭德怀坚定地支持毛主席,他还骂过共产国际派来的德国顾问李德。当时李德在那儿瞎指挥,要求大家打正规战、阵地战,可红军根本没条件跟国民党打这种正规战、阵地战,结果红军伤亡极大,才被迫长征。彭德怀就当着李德的面大骂,说他"崽卖爷田不心疼",意思就是你做儿子的卖你爹挣来的田,一点儿都不心疼,这都是大家的心血。大家知道一方面军长征出发时还有10万人,其中8.6万人随军出发长征,最后长征到陕北的时候,毛泽东率领由一、三军团组成的红军陕甘支队只剩下了几千人。整个长征消耗掉了一方面军几乎所有的主力。最后保留下来的就是整个红军最精锐的部分。这支精锐部队包括了十大元帅当中的七个,除了二方面军的总指挥贺龙、四方面军总指挥徐向前以及当时留在苏区的陈毅三位元帅以外,其余七位元帅都在一方面军长征到陕北的这几千人中间,还包括七位大将、三十多位上将。

彭德怀曾经发动了我军在抗战中间最大规模的战役——百团大战,当时动用了一百零五个团,二十多万人,震惊中外。因为大家没想到当时我军已经有了这么多部队,这也是后来彭德怀受批判的原因之一,毛泽东当时批评他过早地暴露了我军实力,导致了日本对华北根据地的大扫荡,牺牲了很多人民,主力也被迫转移,后来导致我军非常被动。到了"文化大革命"的时候,"勾结国民党抗日"成为彭德怀的罪状之一。但彭德怀元帅还是坚定地认为他这么做是对的。实际上在百团大战当中,彭德怀在指挥上也有过失误,关家垴战斗中就由于他强硬的指挥,导致我军伤亡很大。彭德怀不是刘伯承、林彪或者粟裕那种战术家，他就是一个将领，在那儿坚定地要求大家给我打，一定要给我打！当时刘伯承劝他他不听，陈赓劝他他不听，还差点儿把刘伯承、陈赓都撤了职，最后导致我军非常被动，这是我军抗日战争中少有的一次败仗，当然彭德怀因此被批判了很久。

新中国成立以后，彭德怀担任中国人民志愿军的司令员兼政委，奔赴抗美援朝一线。这应该说是中国自鸦片战争以来第一次独立地打败了敌人。从这一刻起，帝国主义在中国的海滩上架起几门大炮就可以打败中国的历史彻底结束了，中国人虽然付出了很大代价，但确实是扬眉吐气。当然在这次战争中，美国也说他们最后打胜了，因为美国参战的时候南朝鲜只剩釜山一个城市了，最后在 1953 年停战的时候是在"三八线"附近，所以美国说他们胜了。我们这方说中国人民志愿军参战的时候，北朝鲜已经几无寸土，北朝鲜主力由于美军参战的仁川登陆，在整个南朝鲜全部被隔断、歼灭了，我们参战的时候联合国军已经推进到鸭绿江了，所以也完全可以说我们打胜了。中、美都可以说自己打胜了，最后那就算打了个平手吧。所以最后美国签字的总司令克拉克将军，在签字的时候长叹一声，说："我是第一个在没有战胜的停战协议上签字的美国将军。"中方是彭德怀元帅拿毛笔在停战协议上签的字。我在韩国的首尔还专门看过那个停战协议，上面有彭德怀元帅的签字，北朝鲜的大将以及美军将领都签了字。但那个停战协议最有意思的是，南朝鲜也就是现在的韩国没有签字，到今天韩国也没有在这份停战协议上签字。其实从法理上来讲，到今天韩国还处在战争状态，只是没有对手，因为另外三家都已经签了停战协定，这事儿挺有意思。

彭德怀是一个非常耿直的人，1962 年，彭德怀给毛主席上了一封八万言书，他怀疑"大跃进"有问题，"放卫星"有问题，觉得一亩地产十万斤粮食不可能，因为彭老总也是穷苦农民出身，他就觉得这个不太对。他还认为这样全国上下大炼钢铁也有问题，等于是对党的政策提出了批评。于是在那个时候，党中央错误地批判了彭德怀，把他打成了"彭、黄、张、周反党集团"的首要分子。

还有一件事儿值得讲一下，就是在 1958 年的时候，以彭德怀为代表的军内的一批人错误地批判了粟裕大将。实际上彭德怀和粟裕并不熟悉，粟裕大将没有参加过长征，他曾任红十军团参谋长，后来红十军团战败之后，他自己打游击，一直坚持到组建新四军。后来粟裕大将任新四军第一师师长兼政委与中国人民解放军第三野战军代司令、代政委，并没有和彭德怀有太多的交集。但彭德怀对粟裕始终有一些情绪，也不能说是妒忌，反正彭德怀始终对他有一些不满。当时粟裕给毛主席写的报告，彭德怀就非常不满，粟裕大将也很有策略，每个报告都要写上"彭副主席转主席阅"。彭德怀就把那个报告一扔，说："我是通信员吗？你凭什么让我转。"然后粟裕大将就直接写"毛主席收"。他又说："你什么意思？你越级汇报啊，我在你中间，我是军委副主席，你凭什么直接写'毛主席收'？"所以搞得粟裕大将写彭副主席转也不是，不写也不行。最后在彭德怀主持下给粟裕捏造了一个"里通外国"的罪名批判了他。粟裕大将背着这个"里通外国"的冤案，一直到去世十年之后才被平反，而且平反的过程非常令人唏嘘。

就在彭德怀把粟裕大将打成"里通外国"的第二年，彭德怀自己也被打成了"里通外国"，后来到了"文化大革命"时期，彭德怀元帅遭遇了更加残酷的批判。大家看到很多那种历史照片，彭老总被摁着跪在地上，挂着大牌子被红卫兵打，在一次批斗会上多次被打倒在地，最后非常悲惨地死去。彭德怀元帅临死前，想见下被迫跟他离婚的夫人浦安修，结果也没能如愿。最后彭德怀元帅是浑身生着褥疮，疼痛难忍，也没有人管，没有药治疗，在1974年悲惨地死去。1978年的时候彭德怀元帅得到平反，又给他补了一个盛大的追悼会。这就是彭老总彭德怀的一生。

| 译制剧《巧入敌后》首次出现在中国荧屏 |

下面说一件对我们这一代人来说很有意义的事情，在1977年的这一天，中央电视台第一次播出了南斯拉夫译制剧——《巧入敌后》，这对我们当年的震动是非常大的。当时我已经八岁了，第一次看到外国电视剧，看到了外国人出现在电视上，觉得好神奇、好震撼，而且觉得那个电视剧简直太好看了。为什么呢？因为当时"文革"刚刚结束，大家能看到的还都是那些样板戏式的东西，第一次看到电视剧中竟然有人谈恋爱，简直太神奇了。《巧入敌后》讲的也是游击队的故事，也是主旋律，但是欧洲人拍主旋律的东西总要把女人、爱情这些

放进去，这些我们压根儿就没有看见过，所以第一次在《巧入敌后》里看到游击队员抱着他的情人，从一个山坡上的草地上滚下去，两个人在那儿高兴地哈哈笑……这个镜头我记得特别清楚，当时在电视机前简直都看傻了，我说："这游击队员怎么能这样呢？怎么能抱着女人在草地上滚呢？"但是我心里又特别高兴，觉得这电视剧太好看了。

当时还从南斯拉夫引进了很多好看的电影，像《瓦尔特保卫萨拉热窝》等，都给中国人民留下了深刻的印象，这部电影我至少看过三遍。以至于到很多年以后，北约空袭南联盟的时候，当中国人民看到这位老演员，就是瓦尔特的扮演者，带领南斯拉夫民众走到桥上向北约抗议，都不由自主地从心理上开始支持南斯拉夫。南斯拉夫的电影始终都保持了非常高的水准，包括后来得了无数国际大奖的电影《地下》，其实讲的还是德军入侵南斯拉夫时的故事，但是讲得非常有意思，而且非常艺术，我就不跟大家剧透了。大家有机会一定要去网上或者买 DVD 看一下这部电影，《地下》是我看过的最好的欧洲电影之一。

| 伟大的巴塞罗那足球俱乐部成立 |

在 1899 年的这一天，伟大的巴塞罗那足球俱乐部（昵称巴萨）成立。巴萨队到今天已经是天下无敌的大强手。我喜欢的很多球星，像马拉多纳、罗纳尔多，包括今天的梅西都来自巴萨队。一直以来，巴萨队给人的感觉就是："这才叫踢足球！"像那些猛冲猛打、长传冲吊的进攻怎么看都不舒服，你怎么看都觉得像巴萨这样的队踢的才叫足球，看他们的球才叫享受，只有这样的球队才值得大家买票去看。在这儿祝巴萨，这一百多年的"百年老店"，生日快乐！

11月30日

《晓松说——历史上的今天》来到了 11 月 30 日。1968 年的这一天，美国正式实行电影分级制将"满月"。

▏美国实行电影分级制▕

我们先来说一下美国的电影分级制，1968 年的 11 月 1 日，美国正式实行电影分级制。中国电影人、中国电影公司也多次呼吁电影分级制，有很多影视界的政协委员也在提出政协提案，希望中国也搞电影分级制。但是对于什么是电影分级，老百姓可能并不太清楚，电影分级制并不是针对"黄色"电影。之前很多人都对电影分级制非常敏感，一说电影分级制，大家可能想到的就是三级片，于是电影分级制在中国就总是被否定。实际上电影分级制跟三级片没有关系，电影分级就是根据电影导演的创作、手法等方面来确定这类电影适合哪个年龄阶段的观众看，是否适合儿童看，是不是适合青少年看，还是只适合成年人看。

我觉得电影不采用分级制，其实对于创作方和消费者两边都有伤害。一方面对于电影创作者来说会受到很多束缚，因为电影不分级那就是采用一刀切的审查制度，就是这个片子要么过、要么不过，这对于电影创作来说当然是一个很大的伤害。另一方面电影不分级对观众也有伤害，很多人带孩子看电影的时候就得考虑这个片子适不适宜儿童看，像我带我女儿在国内看电影的时候，就得去想这部电影适不适合我女儿看。现在我们差不多有一半票房的电影都是进口大片，这些进口大片在美国都是经过分级的，很多电影被分为 PG-13 级或者 R 级，这样的电影实际上是不适合十三岁以下的儿童观看的。但是由于我们这儿不分级，到了我们这儿只有两个结果，要么让放、要么不让放。所以每次我带女儿去看电影的时候，我还得先去看一下这电影在美国是怎么分级的，一看属于 PG-13 级的，那我就不让女儿看了。所以我觉得分级制度不是简单的能放还是不能放，这种制度对家长、孩子，对电影的创作人、制作方都有好处，电影不可以一刀切，观众也不是一刀切的。

美国的电影分级制从 1968 年开始，这当然也是经过长期斗争才获得的战果。美国的许多事情都是经过大家斗争、妥协，然后再斗争、再妥协才得来的，这在美国叫 "check and balance"。大家知道美国联邦政府的权力很小，它不可能成立一个什么联邦的电影审查委员会，但美国地方政府的权力很大，而且美国各地区的宗教信仰也是千差万别，有的地方信新教，有的地方信天主教，新教还分了很多派别。有些地区非常开放，大家看纽约就好像很开放，而美国的中南部地区非常保守，恨不能高中毕业舞会以后大家就都订婚了，有些大学像圣母大学，学生婚前都没有性行为。所以美国是一个差别非常大的国家，那有关电影让不让放这个事儿，实际上就由美国的地方政府来决定，结果差异也非常大。哪怕是一个小镇，它都有权决定说，你这个电影不能在我这个小镇当中放，因为这个小镇是信摩门教的，而你的电影里有讽刺我们摩门教的镜头，那我们就有权不让你放。于是美国所谓的电影审查其实就是各个地方政府在做，而各地又有完全不同的政策和完全不同的方式。

有一部著名的电影叫《天堂电影院》，讲的就是关于电影审查的故事。这部电影也是我最喜欢的大导演托纳多雷导演的三部曲之一，另外两部是《海上钢琴师》和《西西里的美丽传说》。《天堂电影院》里有一个特别动人的情节，电影的主角是一个电影放映员，叫阿尔弗雷多，他所居住的那个小镇能不能、放不放一部电影完全是由一位神父来决定，所有的电影在放映前要先由那个神父来看，神父只要一看到接吻的镜头就摇铃，神父一摇铃，阿尔弗雷多就得在胶片上的那个位置插一个条儿，神父又摇铃，他就又插一个条儿。等神父都看完以后，阿尔弗雷多就得把那些插条儿的镜头全都剪掉，然后把那些胶片都扔在一边。影片中还有另一个男主角，他当时是个小孩，后来当了电影导演，他就把阿尔弗雷多剪掉的那些胶片都收集了起来，藏在了一个片盒里。三十年以后，阿尔弗雷多死了，这个小孩也已经四五十岁了，并且成了一名电影导演，他又回到了当年的那个小镇，和全镇的人一起来给阿尔弗雷多送葬。最后他又回到了当年那个已经废弃的电影院，把以前攒的所有被神父禁放的接吻镜头拿出来看，全都是一对一对的恋人在接吻。他一边看，一边想着自己整个的人生，其实这就是那个时代的变迁。看到那儿我觉得特别感人，眼泪都掉下来了，那些美好的瞬间就那样被剪掉了。

后来这些电影人就不停地诉讼，只要你不让我放我就诉讼，最后在大规模的诉讼下，美国联邦最高法院终于出现了一个判例，就是任何禁止电影放映的行为必须以诉讼达成，以后不允许美国任何一个小镇、一个县、一个市、一个州，成立一个委员会就说这个电影不能放。如果你不允许这部电影放映，那你就得去地方法院诉讼它，如果对方不服那就可以再上诉。大家知道美国联邦大法院的判例就相当于法律，在每个判例之后都要写明宣判原因，这个宣判原因要由九大法官之一来写，他在后面写的东西的权威性其实就相当于美国的法律，其他的案例就要照着做。在这个判例出来以后，美国绝大多数地区的类似电影审查委员会的机构就都撤销了，因为原来也没有这笔预算，以前就是大家坐在这儿说这个不让放，或者那块儿剪掉就行了。现在根据联邦大法院的这个判例，你如果不让这部电影放映，那就得诉讼，大家想想那一年下来得诉讼多少部电影。而且很多地方政府根本也不拨这笔预算，所以这些委员会都纷纷解散。当然作为回报，电影行业内部也规定，一部片子不能没有经过审查就到处去放，如果出现了烂电影、三级片，或者暴力、黄色的片子，最后大家都来诉讼你，那也不行。

最后电影公司就说，既然你们都把审查委员会撤销了，那我们行业内部也得自律，我们自己成立一个叫 MPAA（The Motion Picture Association of America）

的组织，就是美国电影协会。美国电影协会最初由当时的七大电影公司——哥伦比亚（索尼电影公司的前身）、环球、华纳兄弟、派拉蒙、20世纪福克斯、迪士尼，以及米高梅——组成，如今又增加了一个梦工厂，成为八大电影公司。这个委员会由这几大电影公司——组成，但可不是由他们派人来审片，而是由他们出钱来资助这个委员会。这个委员会的委员都是什么人呢？第一必须不能是电影行业的从业者，第二得有孩子，是由这样一帮人来审片子。这就像美国法庭上的陪审团，陪审团的成员必须是没有当过律师，没有当过检察官，没有任何法律经验的人，说白了就是一帮法盲去当陪审团，因为这样比较公正。美国的分级制度是非常严格的，所以我觉得引进分级制度其实挺好，因为这种分级制度其实比我们现在一刀切的审核要严得多。美国基本上到现在还是维持了这个分级制度，我觉得这是个非常健康的制度，这使得电影创作可以自由进行，也能保证孩子们看不到那些不应该看的东西。所以分级制是一个双赢的事情，不分级才是一个双输的事情。

美国的电影分级制中，最低的一级叫G级，这G级的意思是全家都能看，从刚生下来的小孩到老头、老太太都能看，这种电影基本上就是最低龄的动画片。但动画片也只有少数是G级的，只有极其低龄的动画片才能被评为G级。然后就是PG级，PG级的意思就是建议学龄后儿童去看，像五六岁以下的低龄儿童最好就别看了。但这都是建议，并没有强制要求，这个PG级，包括大多数的动画片，像《爱丽丝梦游仙境》《功夫熊猫》等，以及少数真人演的特别低龄的电影，比如《憨豆先生》《少年派的奇幻漂流》，其实《少年派的奇幻漂流》成人是完全可以看的，但在分级中属于PG级。然后就是PG-13级，就是适合十三岁以上的人看。如果是十三岁以下的，得由家长陪着才能看，所以家长要谨慎地判断。因为十三岁在美国是一个重要的年龄，美国的孩子成熟比较早，相当于我们的十五六岁，美国孩子十三岁差不多就开始有早恋的了。这个级别当中就会有动作片了，比如007系列电影等，就属于PG-13级。但有一部电影我觉得很奇怪，它也划在了PG-13级，这部电影叫《搏击俱乐部》，是特别震撼的一部电影，我二十岁的时候看，心灵特别受打击。电影原著的那位作家写的东西是关于人内心深处的东西，包括那种精神分裂以及残酷感等，这本身就少儿不宜，但这部片子居然给划在PG-13级，我觉得有点儿问题。

更厉害的一级叫 R 级，十三至十七岁的未成年人要去看得由父母或成人陪着，我国的动作片出口到美国以后基本上都被划到 R 级了，我觉得这稍微有一点儿歧视，是不是我们的拍法人家有点儿受不了。像他们的动作片《搏击俱乐部》都打成那样了，还是 PG-13 级，而我们的动作片，包括《太极侠》《南京！南京！》《功夫》等，都是 R 级电影。但是实际上有多少家长有时间陪孩子去看电影呢？实际上这个级别基本上就相当于十七岁以下的观众就别看了，只不过并没有强制禁止。

最后一级相当于是能够通过审查的最高级了，叫 NC-17。这种片子严禁十七岁以下的观众观看，李小龙的大部分电影都被分在了 NC-17 级，这个级别还包括一些非常残酷的、暴力的电影。其实美国的 NC-17 级电影并不多，因为投资拍这种电影的就不多，青少年都不让看，拍了也是赔本。像暑期档、最大票房的档、圣诞档，都是给放假的孩子们看的，所以 NC-17 的电影是很少的，基本都是进口电影。

除了上面说的这些被分级的电影，剩下的就是不让上映的电影，但这些不让上映的电影有些独立的影院也在放，但是是极少数，比如洛杉矶就没几家，它不是院线。我们的大量功夫片出口到美国实际上还是能分级上映的，包括我本人的《大武生》也都是在 AMC（美国经典电影有线电视台）主流院线上映。但是中国有很多艺术片，到了美国根本还没到分级那步就被禁止发行了，为什么呢？因为美国的电影分级是最后一步，前面需要出版方提供大量的版权证明，比如你电影里面每一个露脸的人，你是不是有人家所有 ID 的授权书，也就是肖像权。大量的中国艺术片，在美国根本上不了主流院线，就是因为连最基本的版权，像肖像权、音乐版权等都提供不出来，所以也就谈不到分级了。

12月

12月1日

　　《晓松说——历史上的今天》来到了12月1日。1922年的今天，溥仪在北京紫禁城举行大婚仪式；1927年的同一天，蒋介石与宋美龄在上海举行结婚典礼。今天还是我最崇敬的知识分子导演伍迪·艾伦的生日。

|美国导演伍迪·艾伦|

　　因为我是文艺工作者，所以王侯将相且放一边，咱们先讲讲导演伍迪·艾伦。伍迪是我以及大量的文艺青年最崇敬的知识分子型导演，他属于纽约派导演。纽约派导演在美国有特别独特的地位，他们多年以来一直鄙视好莱坞，也看不起什么奥斯卡奖，但很多人后来又会以特别高的价钱去跟好莱坞合作。像著名的伍迪·艾伦导演、李安导演、大卫·林奇导演，以及以前的马丁·斯科塞斯导演，都是纽约学派的大导演，他们在鄙视了好莱坞多年之后，又先后都去跟好莱坞合作。马丁·斯科塞斯后来还成了好莱坞重量级大导演，得了无数的奥斯卡奖；李安导演在跟好莱坞合作以后也得了两次奥斯卡最佳导演奖；伍

迪导演到七十岁才开始跟好莱坞合作，他最近拍的几部电影，像什么《午夜巴黎》《午夜巴塞罗那》《爱在罗马》等，都是跟好莱坞合作的。

在美国，20世纪70年代是激烈的革命年代，以纽约派为首的左派知识分子是极度鄙视好莱坞的。到了20世纪80年代、90年代，好莱坞也开始拍一些更有思想、更有建树的电影。当然纽约派导演也需要更多的钱，因为后来的电影制作花销越来越多，于是也就导致了双方的融合。当然我觉得导致这种融合的更重要的原因还有一点，就是那些大明星在拍了大量的好莱坞商业电影以后也开始觉得烦了，怎么老是拍那种打打杀杀、不深刻的、给小屁孩儿看的电影？那咱们去纽约，找纽约大导演拍几部深刻一些的电影吧，不赚钱也行。总之，这些原因加在一起，大家慢慢地开始融合，现在的美国电影已经很难再严格区分成纽约学派电影和好莱坞电影，但在之前那可是泾渭分明的。

伍迪·艾伦当年还专门拍过讽刺好莱坞的电影，其中有一部叫作《好莱坞式结局》。伍迪之前拍的大部分电影都是自己亲自出演，直到最近的几部不再自己演，因为觉得自己岁数大了才不演了。在《好莱坞式结局》中伍迪·艾伦饰演了一个失明的好莱坞导演，他就是想讽刺好莱坞其实是工业化、流程化的模式，一个失明的导演根本什么都看不见，然后还在那儿拍电影，就因为他有名。这个失明的好莱坞导演有一个中国摄影，所以他需要一个翻译，那个翻译负责他和摄影之间交流，每次一演完他就问那翻译演得怎么样，翻译还要去告诉摄影怎么拍。其实电影想表达的意思就是好莱坞电影根本不需要导演去拍。就靠一翻译就能拍，他就是这么讽刺好莱坞的。现实中，伍迪·艾伦也确实用过一个中国摄影，这个中国摄影叫赵非，他和伍迪合作了很长时间，后来赵非回到国内，成为中国顶梁柱式的大摄影。除了《好莱坞式结局》，伍迪还拍了《子弹横飞百老汇》等，这些都是讽刺好莱坞电影的。

伍迪·艾伦本人是犹太人，他自己写过很多非常典型的左派知识分子的书，讽刺美国的各种各样的制度，其中有　本叫《门萨的娼妓》，这本书大家应该买来看看。门萨是最受美国所谓的上流社会追捧的一个俱乐部，门萨俱乐部就相当于高智商俱乐部，要想进门萨首先得通过智商测验。那些进了门萨俱乐部的人会一天到晚地把门萨挂在嘴边，开口闭口都是门萨怎么样怎么样，以显示自己的身份和与众不同。伍迪·艾伦就专门写了一部小说《门萨的娼妓》，来讽刺这些东西。

　　伍迪·艾伦多才多艺，他不光能拍电影、演电影、写小说，他还能表演舞台艺术，是一个非常优秀的喜剧演员。他早年在纽约，一会儿在舞台上说单口相声，一会儿又吹萨克斯，很有意思。我之前在讲鲍勃·迪伦的时候说过，鲍勃·迪伦刚到纽约的时候在酒吧演出，他曾经换过好几个酒吧，伍迪·艾伦就曾经和鲍勃·迪伦同在一家酒吧演出，上半场是鲍勃·迪伦弹琴、唱歌，下半场是伍迪·艾伦说相声，当时这两位大师还都没有成名。这家酒吧简直太厉害了，两个大师上、下半场轮流出场。一直到现在伍迪还不定期地在纽约的酒吧里吹萨克斯，就是因为他喜欢演奏，七十多岁了，有时候还会跑到酒吧里去过把瘾。应该说只有大师的年代才能诞生这样的人才吧，在今天这样的年代，穷尽一生去干一件事儿都不一定干得好，像伍迪这样多才多艺、在每个领域都非常出色的人是非常少的。

　　伍迪是作品最多的美国导演之一，他的每一部电影的票房和DVD销量都非常稳定，原因就是那些伍迪迷，只要是伍迪的戏每部都看。而不喜欢伍迪的那些人就觉得像伍迪这样的纽约知识分子的那一套东西，会弄出各种隐喻，看不懂，也就根本不看。美国的左派知识分子都非常清高，看不起那些庸庸碌碌的人，觉得大部分人都是为了钱，为了蝇营狗苟的生活在奔忙，所以他们到处讽刺这讽刺那，讽刺资本主义。而伍迪在七十岁以后，明显就变成了那种俯视众生的左派知识分子。最近几年我明显地感觉到伍迪的创作风格变得柔和了，尤其是他近几年在欧洲拍的几部电影，像《午夜巴黎》等，表现的就是对欧洲当年那些大知识分子的崇敬，感觉人一下子就柔和了很多。

| 溥仪在紫禁城举行大婚 |

　　1922年的今天，溥仪在紫禁城举行大婚仪式。稍微跟大家说一下前因后果，清帝溥仪是和平退位的，不是通过革命下台的，民国政府对清帝、清室有优待，每年划拨四百万大洋，然后这帮人还住在紫禁城里。这样做的法理基础就是把退位的清帝当作外国皇帝常驻北京来优待，这在当时是非常高的政治智

慧，在其他国家也没有出现过，因为其他国家很少出现皇帝不是本族人的情况。具体而言，紫禁城内的前三殿（太和殿、中和殿、保和殿）已归民国政府所有，后三宫（乾清宫、交泰殿、坤宁宫）仍由溥仪他们居住。至于紫禁城内由历代帝王所收藏的那些奇珍异宝，民国政府也都没有动，还暂时都算是皇家的。其实这些宝贝也都是中华民族的珍贵遗产，那不管了，先暂时在那儿搁着。实际上我觉得民国政府的考虑是对的，因为花这点儿钱和平过渡总比战争要好，一打起仗来那就得花真金白银，战争的成本是极高的。

所以当时溥仪就一直就在紫禁城里待着，1922 年的今天，溥仪在紫禁城里还举行了大婚仪式。溥仪举行的是那种传统的"皇家婚礼"，但是没有留下来任何影像资料，所以咱也不知道具体是什么样的，但一定是那种很保守很保守的皇家婚礼。当然幸亏他在这一年结的婚，如果再晚两年他的婚礼也不可能在紫禁城办了，因为到 1924 年冯玉祥发动北京政变之后，鹿钟麟就跑到紫禁城里把溥仪给轰出去了。后来溥仪还到天津去当过寓工，再后来又跑到伪满洲国，这就不多讲了。

|蒋介石与宋美龄在上海举行婚礼|

1927 年 12 月 1 日，蒋介石与宋美龄在上海举行婚礼，但迄今为止还存在争论的是，这个婚礼究竟是在大华饭店还是在理查饭店举行的。我觉得这件事儿也很有意思，咱们这么多人考据历史，就连先秦那时候的事情都能考据出来，但是不到一百年前的事情，这个婚礼到底是在哪个饭店举行的也没考据出来，反正这两个饭店都说是在自己那儿举行的。当时婚礼留下的影像资料是一个完全西式的婚礼，据说其实后半段还有中式婚礼，但是中式婚礼并没有被拍下来。

在 1927 年那个时候，举行西式婚礼的还不是很多，蒋介石穿上了西装，宋美龄穿上了白色婚纱，这也使白色婚纱开始风靡中国。大家今天看到蒋介石留下来的绝大多数照片不是穿军装的，就是穿长袍马褂或者是其他中式衣服的，很少见蒋介石穿西装。而宋美龄几乎就是一美国人，中文说得远远没有英文好，她们姐几个写信都是拿英文写，因为全是美国名校毕业的。蒋介石跟这位信基督教的洋范儿大小姐结婚，就完全采取了西式婚礼。当时宋美龄的父亲已经去世了，宋美龄身着白色婚纱，由她的大哥宋子文挽着走出来，蒋介石身着西装，双方交换戒指等，举行了一系列的仪式。

当时蒋介石为了和宋美龄在一起，还把他的前妻陈洁如给抛弃了，他对外宣称自己和陈洁如并没有结婚，其实事实并不是这样的。据桂系的一位大佬李宗仁回忆，李宗仁当年和蒋介石互相拜把子的时候，有一个仪式叫金兰换帖，换帖的时候一定要把夫妻两人的名字都写上去，蒋介石换给李宗仁的帖子上就写着"妻陈洁如"。那个年代很多人在农村都有妻子，蒋介石实际上在农村还有另一房妻室，就是蒋经国的母亲毛氏，但那个时候蒋介石已经顾不了这么多了。新时代来了嘛，不管是谁，知识分子也好，军人也好，大家纷纷都要跟上时代，所以蒋介石就又娶了一个洋大小姐，举办了西式婚礼，我觉得这个挺有意思。

今天中国的婚礼已经完全中西合璧了，婚庆公司自己创造了一种婚礼，你要穿婚纱，也要交换戒指，也有咬苹果的仪式，然后还要做各种各样中式婚礼的游戏，甚至有些地方还要闹洞房，彻底中西合璧。听说南方的婚礼习俗和北方不太一样，我还听说上海是黄昏结婚，其实黄昏结婚符合中国最古老的婚礼习俗，因为"婚"这个字与"昏"同音，意思就是阳去阴来，所以才有黄昏时候新郎迎新娘的仪式，因为新郎是"阳"，新娘是"阴"，黄昏的时候正好是阳去阴来。可是在北方就是早晨去迎娶新娘，可能是因为北方人太能喝酒吧，这要是在晚上举行婚礼，弄不好得喝到第二天早晨去，所以北方现在都是早晨迎新娘，中午喝点儿酒。我在北京参加的婚礼全部都是中午举办婚礼，这已经不太符合中国过去"婚"这个字的意义了。

12月2日

《晓松说——历史上的今天》来到了 12 月 2 日。今天有两位皇帝"登基"，这两位皇帝还是叔侄，一个是 1804 年这一天，拿破仑举行登基加冕仪式；一个是 1852 年的这一天，拿破仑三世登基，成为法兰西人民的皇帝。1972 年的这一天，武术大师叶问去世。《霹雳娇娃》的主演刘玉玲在今天出生，生日快乐！

|拿破仑三世登基成为法兰西人民皇帝|

我们今天来讲一讲拿破仑三世。拿破仑一世咱就不讲了，因为太熟了，大家从各种历史、各种野史中都了解了很多，咱们来讲一讲大家不太熟的拿破仑三世。和拿破仑一世比起来，大家总觉得拿破仑三世就是 ·"废物"，马克思、恩格斯曾经严厉地批判过拿破仑三世，当然了，如果要以社会主义观念以及工人阶级观念来看，拿破仑三世确实可以批判，实际上历史上的每一个皇帝都可以批。但实际上在拿破仑三世做皇帝的近二十年当中，发生了很多大事儿，拿破仑三世在这些事件中的表现我觉得还是应该稍微说一说。

拿破仑三世的名字叫路易·拿破仑·波拿巴，他们家都姓波拿巴，因为波拿巴家族出了个名人拿破仑，大家就特别以拿破仑为荣，所以全家的名字中都有拿破仑。拿破仑三世的大哥叫拿破仑·路易·波拿巴，那意思是得让人知道咱是拿破仑家的孩子。我觉得拿破仑三世并不是一"废物"，应该说还是很有能力的，甚至可以用"雄才大略"来形容，他能登基做皇帝这事儿就说明了这点。拿破仑三世其实并不是法兰西排序第一的继承人，大家知道这拿破仑是有儿子的，而且后面还有好几个顺序继承人，但后来皇帝还是轮到了拿破仑三世来做。拿破仑三世的父亲是拿破仑的小弟弟，当年他父亲的婚姻是拿破仑的夫人亲自安排的，因为拿破仑一直没有生孩子，所以就希望弟弟这儿有一个继承人，拿破仑夫妇还专门主持了弟弟的婚礼。后来拿破仑三世的父亲生下了他哥哥和他，可是在这之后不久拿破仑自己也生了一个儿子，就是从来没有登过基的拿破仑二世，这很有意思。拿破仑二世就是罗马王，但他并没有登基，拿破仑战败以后，拿破仑二世就住在维也纳。在拿破仑去世以后，他的皇位继承人首先应该是这个罗马王拿破仑二世，也就是拿破仑的儿子，但拿破仑二世也去世了。然后按照欧洲贵族的继承顺序，顺位的继承人就是拿破仑三世的大伯约瑟夫·波拿巴，接下来应该是大伯的儿子继承，再往下还有拿破仑三世的爸爸以及他的大哥等，但是他们中谁都没登基，最后拿破仑三世成了皇帝。

所以我觉得拿破仑三世这命特好，这皇上就该着他当，最后实际上拿破仑三世也并不是"继承"了皇位，而是靠政变以后通过选举上台当的总统。法国那时候比较乱，拿破仑失败以后，先是波旁王朝复辟，之后波旁王朝被推翻，又出现了一个新的王朝，路易·菲利普自己跑上来当了国王，结果不久又给推翻了。法国那个时候充满了革命气氛，大家看那个时代雨果的小说《悲惨世界》等，经常是每隔几年大家就在街上弄街垒，就开始战斗，一会儿推翻这个，一会儿推翻那个，后来就成立了法兰西第二共和国。拿破仑三世之前一直住在瑞士，这时候他回到了法国，他讲的法语还是带着德语味的，不是特正宗的法语。但是拿破仑三世特别会宣传自己，他不光说自己是拿破仑的侄子，他还宣传自己的各种追求、各种思想等。他还支持工会，就跟今天为了拉选票一样，拉拢了各种各样的人支持他，包括拉拢天主教徒、拉拢工会等。最后在 1848 年的总统选举中，拿破仑三世以绝对的优势获胜，他得了五百五十多万张选票，而他的竞选对手只得了一百多万张，所以说拿破仑三世是以高票当选总统的。

拿破仑三世当选总统以后，当时的议会中还有波旁王朝的余孽，以及各种各样的反对派，这些反对派闹得一塌糊涂。最后拿破仑三世发动了政变，修改了宪法，才得以连任总统。最后拿破仑三世又让议会公投，议会以还有二百万的弃权票的通过率同意他当法兰西人民皇帝。但是大家要注意，拿破仑三世这个皇帝跟当年的拿破仑皇帝不一样，拿破仑皇帝叫"法兰西皇帝"，拿破仑三世叫"法兰西人民皇帝"。拿破仑三世当了"法兰西人民皇帝"以后，把经济发展的任务放在了第一位，这在欧洲所有的元首或者统治者当中也算是第一个。拿破仑三世采取的是相当自由主义派的经济政策，就是大量地借钱发展经济，今天还有很多人认为这是一种很好的经济政策，就是政府用赤字带来了投资，最后的收益远远大于最初的赤字。

拿破仑三世在法兰西的对外扩张中也起了很大的作用，他1848年当总统，1852年当皇帝，一直到1870年在普法战争中被俘，这期间他在欧洲进行了各种各样的合纵连横，一会儿对抗英国，一会儿对抗普鲁士，一会儿又去跟奥地利和意大利干……后来又跟英国联合起来，在克里木战役中打败了沙俄。当年拿破仑被打败以后，法国已经开始衰落了，但是在拿破仑三世手中，法国又重振雄风，一跃又成为一流大国。后来法国在拿破仑三世的率领下，又开始进军亚洲，由越南、柬埔寨、老挝所组成的印度支那地区这一大片地方都成了法国殖民地。之后法国又开始瞄向了中国，1860年的时候英法联军火烧圆明园，这都是拿破仑三世干的。当然对中国人民来说，这是帝国主义的侵略，法国就是强盗。但是对法国人民来说，在拿破仑被打败的情况下，在法国奄奄一息的情况下，拿破仑三世连续地干出了很多漂亮事儿。法国打败了沙俄，攫取了大片的亚洲殖民地，然后又跟英国一起打败了中国，火烧了圆明园……所以实际上在拿破仑三世统治期间，整个法国又从拿破仑战败以后的谷底重新得到了一个重大的回升。

每个统治者都是这样，当你连续胜利、连续赌赢的时候，你就越来越想玩大的，希特勒是这样，日本军国主义是这样，拿破仑三世也是这样，他又把目光投向了普鲁士。当时普鲁士在铁血宰相俾斯麦的治理下，也是远交近攻、合纵连横，然后迅速崛起。普鲁士先是战胜了奥地利，然后由普鲁士王朝的一个亲王去继承了西班牙的王位——欧洲的贵族之间的关系非常复杂——这使得法国相当于腹背受敌，前面一个普鲁士，后边一个西班牙。于是法国就开始跟普鲁士正面叫板了，先是要求西班牙必须把国王王位给撤掉，而且要签一个东西，保证永远不能有普鲁士王族来当西班牙国王……这时候法国相当于彻底地和西班牙翻脸，开始叫板普鲁士。于是普法战争于 1870 年爆发，拿破仑三世战败被俘，他的好日子也由此到头了。

|武术大师叶问与华人女星刘玉玲|

今天是武术大师叶问去世、华人女星刘玉玲出生的日子，这两位我觉得有点儿关系，两人都是华人中比较著名的。有关叶问的电影大家这都非常非常熟悉了，而刘玉玲可能中国的观众还不太了解，但她应该算是美国观众最熟悉的华人演员之一。刘玉玲演过《霹雳娇娃》《杀死比尔》等。在《杀死比尔》当中，她饰演一个穿着和服、拿着日本战刀的特别凶悍的日本女武士。刘玉玲在美国出生长大，不会说中文，我觉得她在美国观众中的知名度应该比杨紫琼还高，片酬也更高一点儿。有一点很有意思，在《杀死比尔》中那样一个日本式的女武士，却找一个华人演员刘玉玲来演。还有一部著名的片子《艺伎回忆录》，这部片子不是动作片，纯粹讲的是日本传统文化，居然三个女主角都是华人演员——杨紫琼、巩俐、章子怡，我觉得由中国人来演日本人非常神奇。这里面的原因可能并不是说华人演员的演技比日本演员好，我觉得主要还是因为日本演员的英文太差，日本人的整个英文水平跟华人是不能比的，所以才导致好莱坞每次要演日本人的时候，就找华人去演了。在这里纪念叶问大师！刘玉玲生日快乐，我应该说玉玲姐，生日快乐！

12月3日

《晓松说——历史上的今天》来到了 12 月 3 日。1943 年的这一天，抗日战争中常德失守；1910 年的这一天，在巴黎汽车展上霓虹灯首次亮相。今天是我其中一个最好最好的朋友的生日——老狼，生日快乐！

| 常德失守 |

1943 年的这一天，持续了三十来天的常德战役结束，常德失守。在抗战当中曾经发生过无数次这种守城战，今天为什么把常德战役拿出来说呢？有这么几个原因。抗战一开始的时候，日本人先是从北边开始打，然后从东边打，接着沿铁路南卜、溯长江西进……打过各种大规模的会战，其中就包括淞沪会战、徐州会战、武汉会战等。之后抗战进入了相持阶段，相持阶段的主要战场是在湖南，这个很有意思，实际上当时在河南、江苏以及敌后的很多地方都有我们的军队，但最后就是在湖南打得最激烈，这是为什么呢？我觉得有这么几个原因，一个是地形的原因，湖南的地形对防守非常有利，湖南到处都是山，大家

看过《湘西剿匪记》，那地方的地形非常复杂，剿匪都非常困难。另外就是湖南有江、有湖，可谓"鱼米之乡"，能够供养大量的军队，所以可谓"天时、地利"。还有一点叫"无湘不成军"，湘军一直都是骁勇善战的代表。正是在这些因素的共同作用下，湖南曾经爆发了多次大的战役，其中有著名的"三战长沙"，第二次跟第三次打得尤其精彩。当时整个反法西斯战场，在欧洲与太平洋等地都一片溃退的情况下，我们居然在长沙屡次战胜了日军，而且还出现了全歼日军小股空降伞兵与快速部队的亮点。

常德战役虽然没有"三战长沙"的规模大，但是它是一场很重要的战役。当时正好蒋介石去了开罗，这也是中国领导人第一次以四大国的名义跟英美领导人谈判，虽然斯大林不愿意去见蒋介石，但是美、英、苏、中作为反法西斯的盟友，各国也都在奋战。蒋介石在去开罗前就说："常德一定要坚决守住，如果常德这时候失守，那我在开罗面上无光。"所以我军就在常德奋勇地守了三十天。这三十天的守城在中国抗战的守城史上是很少出现的，常德守军74军57师是我军最最精锐的部队，74军被称为"虎贲"之师，也叫"御林军"，是国民党的"五大主力部队"之一。57师的师长余程万率八千子弟一直坚持到最后，打到弹尽粮绝，几乎全部牺牲在常德。这场守城战打得非常英勇，常德之战在八年抗战史中也是一个重要的亮点。

常德战役之后，中国抗战史上还发生过一次守城时间最长的战争，就是衡阳保卫战。衡阳保卫战是1944年的时候在国民政府军全线溃退的情况下打的一场战役。当时世界反法西斯战争的形势已经越来越好，日本的主力精锐部队都已经调到了太平洋战场去跟美军打，留在中国的部队表面上看人数并没有减少，而且还有所增加，但是已经不是最开始那些最精锐的日军了。相当于日军以二线部队在发动进攻，但是国民政府军却出现了全国大溃败。日军主力从华北南下先后攻占了河南、湖南与广西等省的大部分地方，部分日军甚至一直打到了贵州独山，最后在广西南宁和从越南北上的日军会师，打通了大陆交通线，史称豫湘桂战役。在国民政府军出现如此大溃退的情况下，衡阳保卫战是豫湘桂战役中唯一的亮点。国民政府军在方先觉率领的第十军的英勇守卫下，竟以区区一万七千多人，抵挡十几万日军的疯狂进攻长达四十七天之久，至少毙伤敌军近两万（这是日军公开承认的数字，实际伤亡人数要远远超过此数），最后方先觉率军打到弹尽粮绝，在实在没有办法的情况下只能投降了。由于这场保卫战打得确实是非常英勇，最后虽然是投降了，但是后来方先觉回到我方之后还是继续受到了重用。

所以湖南在整个抗战当中是非常值得骄傲的，"三战长沙"、常德之战、衡阳守城战，以及我军对日本的最后一次大规模战役，这些重要的战役都发生在湖南。这最后一战就是 1945 年 4 月在湖南湘西芷江一带爆发的战役，被称为雪峰山战役，或者叫湘西战役。这场战役国民政府军打得是痛快淋漓的，先通过层层阻击把敌人引入深山幽谷，再对陷入重围的日军穷追猛打，到 6 月初而告战斗结束，共歼敌两万余人。所以湖南在整个八年抗战中的表现都值得记入中华民族史册。

霓虹灯首次在巴黎汽车展上亮相

下面来说说 1910 年的今天在巴黎汽车展上首次亮相的霓虹灯。其实在这儿我主要不是想讲霓虹灯，而且我也不明白这个霓虹灯跟汽车到底有什么关系，为什么在汽车展上这个霓虹灯突然亮相了，我到现在也没搞明白。我想说的是关于"霓虹灯"这个词的翻译。

中文中有些词属于外来词，这些词的翻译是读音很漂亮，意思上也很漂亮。当然在那么多词的翻译当中，这种译得非常漂亮的也是凤毛麟角，今天就跟大家讲几个翻译得非常好的词。像这个"霓虹灯"我觉得翻得就特别好，霓虹灯的英文叫"neon"，翻成"霓虹"，让人感觉这个灯好像一下子就高级了很多，而且这种灯的工作原理还确实跟霓虹有点儿像，所以这个词翻译得是读音又漂亮，意思又很好，我觉得这是一个特别漂亮的翻译。

类似的翻译还有这么几个，我给大家介绍一下。有一个词叫"雷达"，我在清华读书的时候学的就是雷达，这个"radar"本来就是一个缩写，意思就是无线电波的电磁怎么反射、怎么接收。中文翻成"雷达"，雷就是电磁波，然后反射回来就叫雷达，今天不管多高级的雷达，其实基本原理就是我发射一个电磁波，遇见障碍物反射回来被接收到。所以雷达翻译得非常好。还有一个词就是

"rifle"，翻成"来复枪"，我觉得也很有意思。"rifle"本身就是"膛线"的意思，但是那种枪实际上就是枪机往复，再加上里面有这个来复线、膛线，被翻成"来复枪"，非常恰当。

还有林语堂先生翻译的"humor"这个词，他翻译成"幽默"，我觉得也很好，因为这就把"humor"的一个很高级的意思翻出来了。"humor"不是那种很低级的笑点，随便给你洒狗血，大家哈哈大笑，不是这样的。"humor"是一种比较高级的笑话，林语堂先生把"humor"翻译成幽默，意思是说这种笑话是比较安静、比较冷的，翻得很有意思。"好莱坞"这个词翻得也很有意思，大家知道"坞"在中文中的含义就是一个大棚子，什么船坞、花坞等，那好莱坞是干吗的呢？好莱坞就是一大堆大摄影棚，大家在那摄影棚里拍戏，我觉得比香港翻的"荷里活"要有意思得多。还有"Paramount"翻成"百乐门"也很好，一看这词就知道这地方是干吗的了，就是去乐呵嘛，那就到这门里去，所以叫"百乐门"。

还有大师徐志摩笔下的"翡冷翠"，也就是"佛罗伦萨"，"Florence"实际上是英文当中的叫法，意大利人管这个城市叫"Firenze"，徐志摩把它翻译成"翡冷翠"。我在去佛罗伦萨之前还没觉得"翡冷翠"这个词翻译得好，我以为这就是多愁善感的诗人自己想象出了这样一个词。结果我一到佛罗伦萨看到那些教堂，非常震惊，大家知道意大利的教堂是最辉煌的，每一个意大利城市都会有一个巨型的大教堂，佛罗伦萨的标志性建筑就是那个发出绿色荧光的教堂，它的窗户、玻璃全是绿色的，从远处看起来就像一个巨大的翡翠建筑。翻译成"翡冷翠"，不但音译非常漂亮，而且又把佛罗伦萨最中心的地标性建筑给翻译出来了，我觉得非常非常有智慧。

还有一个地名的翻译也非常有意思，叫作"枫丹白露"，这是法国巴黎大都会地区里面的一个小镇"Fontainebleau"。"Fontainebleau"这个词本身并没有什么特殊的含义，就是个地名，但是翻译成"枫丹白露"一下子感觉这个地方特别美，给人的感觉是那地方有枫叶、有白露，枫叶红了，露水白了，美极了。这个翻译极大地促进了它的旅游业发展，你到那地方一看，全是中国人在那儿旅游。还有法国的"香榭丽舍大街"翻译得也很好，巴黎的主大街叫"Avenue des Champs-Élysées"，翻成"香榭丽舍"，给人的感觉美极了，这就是"色香味"

俱全的翻译。还有很火的"达人秀",这个翻译也很有意思。我做过《中国达人秀》三季的评委,这个"达人秀"的英文叫"Talent Show","秀"是从"Show"翻译过来的,"Talent"是指有才华的人,翻译成"达人",我觉得很好。可惜这么有意思的翻译是凤毛麟角啊!

| 我的好朋友老狼 |

今天主要来说说我这位好朋友,在娱乐圈当中,我最好的两个朋友就是老狼跟黄磊,今天先说说老狼。老狼是著名的歌手,当时老狼和黄磊出道唱歌的时候,中国的卡拉OK还不普及,现在你看歌手的水平普遍明显比那个时代要高,但是最高水平其实不如那个时代。那个时代因为没有卡拉OK,就得自己弹琴、自己创作,这些事情都得自己来弄,大家在草地上一起唱歌。所以那个时代就培养出了一些特别特别好的歌手,比如说崔健、罗大佑、齐豫、老狼等。现在人人都可以在歌厅里唱歌,卡拉OK锻炼出了大量的歌手。你看参赛的歌手经常有几百人,大家都唱得还不错,但是像当年那么好那么好的,却非常非常少了。

当年我给老狼录音,听着他的歌声我经常热泪盈眶,像老狼那种清淡的、悠远的,不用大喊大叫就能打动你心灵的声音,今天是越来越少了。这可能也是社会环境的原因,大家现在都紧张,一唱歌都是那样使劲儿喊。一直以来我都认为老狼是中国最好的声音之一,为什么这么多年我一直都跟他合作,就是因为找不着第二个人能如此准确地演绎出我内心想表达的那种东西,而且老狼还能唱出我没写出来的东西,因为每个人写出来的东西都是打折扣的,但是这些打折扣的东西老狼都能表现出来。每次我给老狼录音,都觉得这歌不是我写的,而是他写的,因为我们俩实在是太像了。我们俩的成长经历很像,都出生在那种知识分子家庭里,他爸爸也是科学家,就不说是几院的了,也是中国重要的总工程师,他妈妈是搞音乐出身的,这个我们家没有。我们俩也都上了北京最好的中学,我上了北京四中,他上了北京八中,然后我们俩学习还都挺好。

老狼、黄磊和我都是那种北京孩子,北京孩子之间有一种外人所不能理解的惺惺相惜的东西，而且北京人都比较懒散。这个懒散导致北京人在做其他事儿的时候都不行，比如说做官老做不大，做生意也老做不大，成为科学家的也不是很多，因为大家都比较懒散嘛，但是做艺术却不一样，不同的性格会做出不同的东西。不懒散的人、激进的人，像四大天王在那个黄金年代的时候，每年出四张唱片，老狼，以及我的另外两个歌手朴树、小柯，还有叶蓓，都是北京人，大家差不多要十年八年才出一张唱片，都比较懒散。但是这种懒散会使得你在做艺术时很有特点，你歌唱的时候不会那么急功近利，你出的每张唱片，都是认认真真一点儿一点儿地磨出来的，这个是我特别喜欢的特质。现在很多歌手都很急，一张口就是我怎么能红啊，我现在就要红，我说："你能不能装作热爱音乐，跟我说你热爱音乐，你怎么能一上来就说我要红呢？"我身边的老狼、朴树等全是那种特别平淡的歌手，我经常跟老狼说，别人那是在唱歌，你是在歌唱。老狼唱歌时不是在用嗓子使劲儿地喊，而是特别地平淡，我给老狼录音的时候从来很少说话，我不用说你这么唱那么唱，因为他太理解我的歌曲中想表达的东西了，我基本上坐在那儿欣赏就行了。有时候我会觉得自己特别幸运，我天生没有一副好嗓子，但是能有老狼这样一个人把我内心所有的东西都表达出来，这是一种莫大的幸福。

我和老狼的相识也很有意思，当时我们的重金属摇滚乐队——青铜器乐队找不到合适的主唱，有一个女歌手就跟我们推荐了老狼。后来我们就约在了北京的一个建筑设计院的门口见面。到现在我都记得，他戴一顶草帽，穿一身军装，那时候北京孩子特爱的那种打扮，还穿一双拖鞋，特别懒散地在那儿待着。他当时是和他女朋友一起去的，当时的女朋友现在已经成了他的老婆。这个时代我们大多数人都被改变了，包括婚姻、爱情，大家都是一会儿干这个，一会儿干那个，而老狼是我们这个时代很少有的没有被改变的人。老狼从小就平平淡淡唱歌，爱着一个女孩，到今天我们两个已经认识了二十六年，这个女孩还在他身边，变成了他的太太，他还是那样唱歌，就和二十六年前没什么区别。他的物欲也很低，大家很少看到老狼出来做什么宣传，做什么节目，他要么在家看书，要么就是一个人背起小包出去走穴。老狼也是非常少见的没有经纪人的歌手，偶尔我的经纪人会帮他谈一些事情，大部分时候他就自己接电话，自己谈，然后背起小包就去走穴了。身边有这样的人其实对我是很重要的，我以前写过一篇文章，就是说老狼跟黄磊，我说：什么叫时光，就是我的成长叫"时"，你们就是"光"，因为你们在我身边，因为你们一直没有被时代改变，因为你们一直的那个样子，让我在名利场上滚打的时候，不至于迷失，我才不至于完全忘记自己的初衷……

12月4日

　　《晓松说——历史上的今天》来到了 12 月 4 日。在 1110 年的这一天，是十字军第一次东征占领西顿的前一日；在 1864 年的这一天，美国南北战争中北军的"向海洋进军"正在进行中。

|十字军东征占领西顿前一日|

　　我们先说一下十字军东征占领西顿，这个虽然不是什么大事儿，但是我借这个机会来跟大家讲一讲十字军，因为咱们已经说到了 12 月，可是一直都没有讲到过十字军的问题。十字军作为欧洲历史以及世界历史上重大的事件之一，我觉得应该找机会跟大家讲一讲。在今天人们的印象中，欧洲代表的就是文明、强大，这是一直以来欧洲给大家的一个很深的印象，以至于当时的美国总统小布什有一次居然在演讲中说漏嘴，当然小布什也确实是各种历史知识都不丰富。在 "9·11" 事件之后，他说我们要再组织 一次十字军如何如何，然后被大量的美国媒体批评，才改口说："对不起，是我口误。"这也说明在小布什以及保守的共和党人这种宗教性很强的人们的心目中，十字军还挺好的。但实际上关于十字军的问题连教会都已经道过歉，十字军在整个的西方历史中应该是一次失败、一次耻辱、一次教会的赤裸裸的贪婪和落后的展现。到21世纪，教皇保罗二世对十字军东征这一事件正式道歉，当然时隔这么多年才正式道歉也确实让人遗憾。

在这儿我讲两件重要的事情。一是当时的欧洲处于蒙昧时代，在罗马帝国被蛮族灭掉之后，整个西欧就进入了黑暗时期。当时的欧洲除了少数僧侣会读《圣经》之外，几乎没什么人识字，生产力落后，也没有出现大知识分子，希腊时代那些欧洲伟大的文明都失传了，整个西欧处在一片蒙昧中。所谓的骑士除了少数有财产继承权以外，其他大量的也成为教徒，因为除了长子能继承财产以外，后面的一大堆孩子都叫"光头骑士"，就是一个称号，什么财产都没有。而当时的穆斯林实际上拥有世界上最繁荣、最强大、最发达的文明，不但拥有强大的军事力量，强大的战争艺术，而且还拥有高度的文明与繁荣的经济，在很多图书馆里都藏有大量当年被翻译成阿拉伯语的希腊典籍。

我们再来看看十字军东征，这十字军东征实际上就是一群蒙昧的、野蛮的暴徒去打"高帅富"。他们找了一个什么理由出征呢？就是要收复圣城耶路撒冷。耶路撒冷是位于巴勒斯坦中部犹地亚山的一座举世闻名的历史古城，直到今天它都是世界上很多冲突的焦点。中东的冲突，包括埃及、以色列、叙利亚、伊拉克、伊朗等，以及"9·11"事件，这一切冲突的缘起都围绕着耶路撒冷。大家知道，耶路撒冷是一个宗教圣地，三大宗教都集中在这里。耶稣虽然不是出生在耶路撒冷，但是他的墓是在耶路撒冷，他在那儿殉难，所以耶路撒冷当然是基督教的圣地；对犹太教来说，公元前10世纪，大卫的儿子所罗门继位，在耶路撒冷城内的锡安山上修建了一座犹太教圣殿，是古犹太人进行宗教和政治活动的中心，耶路撒冷当然被犹太教视为自己的圣地；而对穆斯林来说，先知穆罕默德是在耶路撒冷"登天"接受天启的地方，耶路撒冷自然也是穆斯林的圣地。

耶路撒冷地区其实在很多年前就被穆斯林占领了。在西罗马帝国于476年被蛮族灭了以后，耶路撒冷便属东罗马帝国统治，但到了638年它就被阿拉伯人占领了。整个中东北非地区不久后都被纳入了阿拉伯帝国的版图。当地的绝大多数人口开始信仰伊斯兰教，成为穆斯林。那时候的穆斯林还是比较宽容的，他们和犹太人之间也没有现在这么大矛盾，犹太人愿意来朝圣就来朝圣，基督教的愿意来也来，天主教的愿意来朝圣也能来朝圣。

这时候穆斯林也一直在进攻东罗马帝国，特别是1071年大败罗马军队后，占领小亚细亚，威胁君士坦丁堡。岌岌可危的东罗马帝国于是就开始向教皇以及神圣罗马帝国的皇帝求援。那个时候的天主教会是非常贪婪的，在人民那么穷的情况下教会还是那么富有，盖了很多富丽堂皇的大教堂。教皇一看东罗马帝国来求援，想这不是一个好机会嘛，正好到东方去，把宗教扩张扩张，再掠夺点儿财富。于是教皇就开始大肆在宗教大会上演讲，按今天的话说就是煽动造谣。他造了各种各样的谣，说穆斯林怎么侮辱我们的教徒，不让我们去朝圣等，说得大家群情激愤。这个演讲稿到今天还保留着。教皇于是就鼓动大家去参加十字军，并说只要你参加了十字军，那就赎了你所有的罪。赎罪这件事情在宗教时代可是非常重要的，我们曾经讲过直至宗教改革时还在卖赎罪券。这教皇为了让人给他卖命，可以说是无所不用其极。当时有一道命令，就说如果你参加了十字军，就发给你一个十字架，那你就已经赎罪了。于是在教皇的煽动下，那些落魄的贵族、无地的骑士、因为饥荒而导致生活贫困的农民，各个阶层的人都加入了十字军，教皇总共组织了十万大军冲向了东方。

历史上的十字军东征一共进行了九次，只有第一次取得了胜利，后来十字军就再也没有取得过真正的胜利。在第一次十字军东征中，因为穆斯林没有防备，突然十万暴徒冲了上来，于是十字军占领了耶路撒冷。之后十字军在耶路撒冷进行了残酷的大屠杀，有记录说，一万人躲在一个避难所里，全部被十字军屠杀，耶路撒冷的血已经没到了膝盖。为了找黄金，十字军把这些穆斯林的肚子剖开，看他们有没有吞了黄金，后来因为尸体太多，就把所有的尸体拿去焚烧，烧完以后从灰烬中找黄金。这就是第一次十字军东征，完全就是打着宗教的名义进行残酷的掠夺战争。之后穆斯林开始反应过来："原来这些欧洲的暴徒是真的要跟我们来打仗，那就来吧！"于是从第二次开始，十字军连续地被穆斯林打败。那时候穆斯林的军事战术以及装备都比西欧强，十字军就是一帮想去抢东西的亡命徒，所以在后来的每一次东征中，十字军都被打得屁滚尿流，连德国国王也被淹死了，法国国王也被俘了，十字军在那之后就经历了各种各样的失败。

那个时代的穆斯林还有一位雄才大略的领袖叫萨拉丁，萨拉丁可以说是文武全才，而且还宽宏大量。十字军被打败以后，经常会有几个落魄的伯爵之类的人物跑到萨拉丁这里，来恳求萨拉丁能把他们留下来，说："你就别让我们回去了，你赏我一块地，我臣服于你，我就在这儿待着吧……"萨拉丁非常宽宏大量，也就接受了这些人的要求，而且到最后也没有把耶路撒冷的那些天主教教堂都摧毁。而反观这十字军，他们什么样的事儿都干得出来，走到哪儿都是烧杀抢掠，无恶不作。

但是十字军东征实际上后来对西欧也产生了很大的影响，很多参加东征的十字军老兵在回到欧洲以后就开始讲他们的所见所闻。十字军当年占领了穆斯林的城市，他们看到了穆斯林的图书馆，看到了图书馆中大量的用阿拉伯语翻译的希腊典籍，才知道原来世界上还有这些古老、优秀的文明，还有伟大的希腊文化，他们回到欧洲以后把这些告诉了大家，这也造成欧洲人在后来一直有那种心向远方的欲望。由此想到了中国，其实中国在很长的时间里闭关锁国，就是缺少走出去以后再回来讲故事的人，当年下南洋做生意的人仅集中在福建、广东，没有那么多的人回到家乡给大家讲外面世界是什么样的。欧洲正是因为出现了这样一批讲故事的老兵，才让大家知道了外面的世界，所以欧洲后来一直是对外开放的，出现了大航海、大探险以及后来的海外贸易及侵略战争等。

十字军东征还有一个重大的影响，就是这次战争，使得火药、耕种方法、纺织等各种各样的技术，开始传到西欧。当时穆斯林的文明程度确实要比西欧高，而且中东一带又是联结东西方的要冲，穆斯林大量地跟中国接触，所以很多东西是先从中国传到了中东，再传到了西欧。在这两百多年的战争当中，天主教会丑恶的面目以及教会的贪婪，都彻底暴露在人民面前，最明显的例子莫过于第四次十字军东征，1204 年时竟然去攻打同样信仰基督教的东罗马帝国。在占领君士坦丁堡后大肆烧杀抢掠，完全撕下了自己的宗教伪装。所以教会就开始慢慢地衰落了，黑暗的宗教时代结束了，后来就出现了伟大的文艺复兴，出现了宗教改革，出现了大航海，等等，导致了欧洲后来巨大的社会变革。

南北战争中北军"向海洋进军"

十字军的故事讲完以后,顺便给大家讲讲美国南北战争期间"北军"的罪恶。在 1864 年的这一天,北军仍在向海洋进军中,一路烧杀抢掠。在南北战争期间,南北军的主力战场一直都在北方,主要在弗吉尼亚、宾夕法尼亚州等地,即从里士满到华盛顿再到费城之间这一带,所以当时"南军"的后方实际上并没有什么军队。"北军"的所谓"向海洋进军",其实就是对南方人民进行的烧杀抢掠,一路把南方的各个地方都烧光、杀光、抢光,让南方失去支撑战争的能力。著名的电影《飘》当中就有这样的镜头,包括火烧亚特兰大等。当时负责指挥"北军"向海洋进军的是一位叫谢尔曼的狂人,他率领着"北军"到处烧杀抢掠。"北军"的两位主要将领,也是二战前美国授衔史上拥有最高军衔的两个人,是两位上将,一个是酒鬼格兰特,另一个就是这个狂人谢尔曼。所以在美国内战史上,如果按人品方面讲,"南军"将领都是绅士,而"北军"将领,尤其这两位,获得的正面评价不多。

12月5日

《晓松说——历史上的今天》来到了 12 月 5 日。1904 年的这一天，日俄战争中日军成功占领"203 高地"；今天是日本著名的艺术家奈良美智的生日，生日快乐！

| 日军攻占"203高地" |

1904 年的这一天，日军攻下了"203 高地"。"203 高地"是日俄战争中旅顺争夺战的西线制高点，是日俄双方争夺的重要阵地。今天大家如果去旅顺旅游的话，可以到那儿去看一看，那个地方已经变成了一个旅游区。在"203 高地"旅游区内植被繁茂，黑松成片，山下种植着樱花，景区内还有各种各样的表演，给大家一派和平、美好的感觉。但是在 1904 年的这一天，以及这一天之前的数十天里，"203 高地"是全世界最残酷的杀戮战场。

日俄战争的性质咱们先搁在一边，从军事角度来讲，这场战争可以说是世界上第一场大规模使用机枪的战争。在日俄战争之前，全世界大规模的战争就只有美国内战，也就是南北战争比较有规模地使用枪炮，当时还没有大规模地使用机枪，而是双方开炮，然后双方列阵，到了近处以后再互相开枪、冲上来捅刺刀等。在美国的南北战争中，南北双方的伤亡非常惨重，我曾经讲过当时整个美军的死亡人数是七十五万人，这个数字可能超过了美国后来经历过的所有战争中的死亡人数，包括"一战""二战"、越南战争、朝鲜战争在内，死亡人数加在一起可能都没有南北战争的多。可见南北战争那个时候，虽然大炮、机枪、步枪等热兵器开始普及，但是整个战争艺术、战争科学还没有跟上，用这些武器到底怎么打大家还没搞清楚，基本上还是靠以前那种勇敢，以及所谓包抄、包围的这种战术，恨不能上溯到《孙子兵法》时期的那套东西。所以在日俄战争之前，世界上战争的整体状况就是科学在前进，武器在大幅地改进，但是整个战争艺术并没有跟上。

在这儿我要说一个特别残酷的话题，战争艺术可不是几个人坐在屋里，对着地图说咱制订一个战术吧，绝对不是。战争艺术就是靠在战场上真刀真枪地去拼，靠牺牲大批士兵的生命才让指挥者醒悟过来，哦，原来这样打是不行的，于是战术才不断地向前推进，但是每次推进之前付出的代价都是巨大的。日俄战争就是在大规模地普及了机枪、铁丝网的情况下进行的一场惨烈的战争，当然这场战争是非正义的，甭管你日本、俄国之间因为什么打仗，你们都觉得这是为自己的国家而战，但问题是这场战争是在中国的土地上打的，大量的中国人民被涂炭，整个中国东北都跟着遭殃，这种战争就是不正义的战争。

大家再看看这1904年是个什么年头，在此整整十年前，中日之间爆发了甲午战争，日本拿自己的国运跟中国赌。甲午战争时期其实日本的实力还远远不如中国，但是甲午战争以中国失败而日本胜利告终，日本从中国拿到了两亿三千万两白银的赔款，这相当于日本政府数十年的税收。日本拿出其中将近一亿两白银扩充了海军，所以日本海军的装备当时已经是世界一流。日本海军在日俄战争中几乎是全胜，在两次黄海海战中大胜俄国太平洋舰队，后来俄国把自己最精锐的波罗的海舰队改名为"第二太平洋舰队"，这个舰队几乎绕了地球一圈，一直到了非洲南部，然后北上，但最后还是被日本海军全歼在对马海峡。

而相比之下，日本陆军远没有日本海军赢得那么轻松。这个"203高地"争夺战就发生在黄海海战之后，当时日本海军已经胜了俄国太平洋舰队，俄舰不得不龟缩在旅顺港里，波罗的海舰队正在来支援的路上。如果俄军的波罗的海舰队到了，而日军还没有攻陷旅顺，会导致什么结果呢？结果就是还留在旅顺港里的俄国太平洋舰队残部和远道而来的波罗的海舰队主力会合，这一会合将会导致日本丧失制海权，然后就会导致数十万在东北的陆军丧失后退的基地，想退都退不回去。所以当时日本人也是拼了，那边俄国的波罗的海舰队已经航行在支援的路上，这边日军必须拼命进攻旅顺。旅顺最重要的制高点就是这"203 高地"。"203 高地"的得名就是因为它的海拔是 203 米，这个高地是俯瞰旅顺港最最重要的一个堡垒，如果攻陷了"203 高地"，旅顺就被攻陷了。

俄国在 1898 年的时候就已经从中国强行租借了旅顺，俄军用了六年的时间在旅顺建了大量的堡垒、壕沟等，还配备了大量的大炮和机关枪。但当时日军，包括全世界的陆军其实还都没有什么崭新的战术来对付这些东西，那就只有靠士兵来强行冲锋。当时日军的统帅是号称"军神"的乃木希典。其实乃木希典也没有什么别的战术，就是靠"人海战术"，靠冲锋，日军专门为他组成了第三军，后来都不叫"人海战术"了，就是"肉弹战术"。俄军的幸存者在回忆录里曾经写过：眼看着日军就像肉弹一样冲了过来，前边一拨被打死了，紧接着又来一拨，就是踏着尸体冲锋，不停地被机枪扫倒，被大炮打倒。进攻的第一周就有三万日军死在阵前，而防守的俄军才伤亡了三千多人。当时日军的状况是惨不忍睹，伤兵哀号，尸体都拖不回去，日军的士气都快崩溃了。在日本国内也爆发了大规模的抗议活动，乃木希典就收到两千四百多封信，要求他剖腹谢罪，说他怎么能这么拿别人家孩子的性命去赌呢？其实不光是别人家的孩子，乃木希典自己的两个儿子也都战死在阵前，就残酷到了这个地步。

为了能够攻占这个高地，日本继续从国内调来大炮、调来军队，到最后日本国内仅剩的一个师都被调了出来，只剩下了一些老弱病残，以及还没有经过训练的新兵，就为了这样一个"203 高地"。日本海军的联合舰队司令长官，也是日本所谓的战争英雄，后来在对马海峡全歼了俄国舰队的东乡平八郎，还专门给乃木希典写信：你要赶快把"203 高地"攻下来，如果再不攻陷旅顺，俄国大舰队进了印度洋以后，南北夹击，我就没法儿封锁旅顺了。如果我再无法封锁旅顺，日本海军舰队一撤，那十几万大军留在旅顺就会进退失据。而这个时候俄军通过西伯利亚铁路也在大量地向东北增兵，所以如果打不下旅顺，那日本的陆军和海军全会腹背受敌，整个战争日本就全盘皆输。最后乃木希典没有办法，在休整了一段时间之后，继续强攻。日本敢死队出发的时候，乃木希典说："最后一个冲锋队由我亲自带队，一定要把'203高地'攻下来。"最后除了继续依靠人海战术，不停地发动冲锋外，还辅以三项重大措施：一是调来280毫米的重型大炮以猛轰俄军的坚固工事；二是挖掘坑道堑壕以逼近俄军前沿阵地，然后再发起冲锋以减少伤亡；三是在冲上俄军阵地时大量使用当时的新式武器手榴弹以杀伤对手。这样终于在1904年的今天，日军攻陷了"203高地"。当日军最后终于占领了"203高地"和最大的棱堡的时候，里边只有一个俄国人还活着。日俄两军在这次战争中都伤亡惨重，日军总共有约六万人阵亡。"203高地"被攻陷以后俄军的形势就急转直下，高地上的大炮都掉转炮头。俄国太平洋舰队再也没法儿做到里应外合，后来在过对马海峡的时候，还没有回到俄国的海军基地海参崴，就被日本海军司令官东乡平八郎指挥的联合舰队全歼。

日俄战争实际上应该说是日本打胜了，日本最后把中国东北、朝鲜等这些地方都占领了，把俄军轰走了，但日本为此也确实付出了极为惨重的代价。大家知道中国在甲午战争中失败以后，赔给日本两亿三千万两白银，而且割让了土地，而日俄战争结束的时候，俄国并没有像中国那样割地赔款，最后只是把在中国东北的利益出让给了日本。当时俄国沙皇就跟自己的谈判代表说："你们告诉日本，我俄国一个卢布也没有，一寸土地也没有，日本要停战就停战，不停战咱们从欧洲出发继续打，我俄国还有的是人，只不过没有运过去。"日本最后也没有办法，谈到最后说，咱也不能像欺负中国一样，要那么多赔款，要那么多土地，就把你俄国在中国东北的这些东西让给我就完了。所以最后俄国也没有赔款，也没有真的割让俄国的土地。日俄这两个强盗为了抢东西而打得死去活来，最后只有中国的东北成了真正的牺牲品。

|日本著名艺术家奈良美智|

今天是日本著名的艺术家奈良美智的生日，生日快乐！奈良美智是西方非常熟悉的日本艺术家，大家最熟悉的就是他创作的那个头大大的小人，他画的那个小人风靡全世界。这两年美国有一个家庭喜剧叫 *Modern Family*（《摩登家庭》），都已经上演七季了，这个家庭喜剧不但收视率居高，而且在美国每一年的电视奖"艾美奖"中都能获奖。这部剧讲的是一个大家族的故事，在这个家族中有一个弟弟是同性恋，后来他跟他的男朋友领养了一个越南裔小孩儿，这个越南裔小孩儿长到三岁，就换了一个演员来演。等这个小演员一抱出来，大家一看全乐了，这不就是奈良美智笔下那个小孩儿吗？这也说明了奈良美智在美国的影响力，美国人都熟悉他创作的那些小人的形象，所以大家觉得这个《摩登家庭》中的亚裔小孩儿的形象就应该是这样的。这就跟之前我给大家讲过的阿凡达的形象是一回事儿，这阿凡达的形象最后用的就是埃及法老图坦卡蒙棺材上面雕着的那个人的样子，因为这个形象美国人民最熟悉。所以从这儿也可以看出，美国是个极端商业化的国家，当他们做一个作品的时候，电影《阿凡达》也好，一个美剧也好，他们首先想到什么形象美国人民最熟悉。这个亚裔小孩儿用奈良美智设计的这个形象为原型，从一个侧面就说明美国人民对奈良美智，甚至对很多很多的日本艺术家都很熟悉。

虽然在今天所谓的国际艺术品市场上，中国有一些大画家的作品价钱比日本画家要高得多，但是你真的去问美国人这幅画是谁画的，哪怕是知识分子阶层，估计也没有几个人能说出来。所以这个艺术品市场是一回事儿，真正的艺术家对人民的影响是另外一回事儿。现在艺术品市场实际上已经变成了土豪们的游戏，你说卖一亿元的画，真正有几个人能看到，对人民、对时代有什么影响？无非就是在这个土豪家里挂一阵子，再卖给那个土豪，或者到博物馆里挂一阵子，也就是这样。所以我觉得日本的艺术家跟我们有一个很大的不同，就是他们几乎已经完全融进了这个时代的整个世界，而我们的艺术家还停留在一定要画我们之前的那些创伤、我们那些独特的艺术形态，其实对西方人来说，他买你的东西有很多猎奇的成分，或者是土豪们之间的炒作。

日本大批的艺术家对西方是有非常大的影响的，以奈良美智为首的画家，以坂本龙一、久石让为首的音乐家等对西方都产生了重大的影响。有机会再跟大家讲日本的艺术，日本的艺术家在这方面是非常值得我们学习的。

12月6日

《晓松说——历史上的今天》来到了 12 月 6 日。在 1877 年的这一天，《华盛顿邮报》创刊发行。今天是我另外一个最好最好的朋友——黄磊的生日，生日快乐！

|《华盛顿邮报》创刊发行|

先说说《华盛顿邮报》，1877 年的这一天，《华盛顿邮报》创刊发行。《华盛顿邮报》属于那种比较保守的报纸，它是美国右派报纸的旗帜，就像《纽约时报》属于左派的旗帜一样，因为纽约当时集中了大量的左派知识分子。《华盛顿邮报》已获得过几十次普利策奖，这是美国最重要的报纸之一。不管是保守派还是自由派的报纸，都比较喜欢揭露美国政府的各种行为。对美国新闻界来说，《华盛顿邮报》最重要的功绩是它曾经第一个刊发了越战的那些悲惨的故事照片，这些照片惊醒了美国人民。再有就是"水门事件"，"水门事件"是美国历史上最重要的媒体影响政治的事件，也引发了很多媒体对道德等问题的讨论。

关于美国各家报纸发行量，很多机构对其有不同的排名数据，此处就我自己的了解和感受，说一下。《华盛顿邮报》的发行量其实不是美国最大的，在美国发行量大概只能排到第五名，但是它的影响力还是很大，而且很多时候发行量跟影响力并不完全等同，关键还是看谁在看这个报纸。美国发行量最大的报纸是《洛杉矶时报》，但《洛杉矶时报》的内容主要还是影评、娱乐类的内容，虽然也有一些政治的内容，但是没有东岸的报纸政治化那么强。发行量第二大的报纸是《纽约时报》，而《华尔街日报》是美国发行量第三大的报纸。还有一个叫《今日美国》（USA Today）的报纸，主要刊载的都是那种很平民、很娱乐的内容，它的发行量已经居美国第四。接下来排第五的才是《华盛顿邮报》。虽然它的发行量没有那么大，但是影响力还是巨大的。

| 我的好朋友黄磊 |

今天来说一下我最好的两个朋友中的另外一个——黄磊。黄磊是个优秀的演员，但他唱歌也很好。

前面讲过，老狼一直没变，黄磊也是，黄磊也是始终没有改变，除了"帅"。黄磊当年是帅得一塌糊涂，我们一起吃饭，我们俩还长时间住一屋里，我经常看着黄磊的脸都看呆了，不是因为我有什么倾向，因为他确实长着一张特别特别精致的脸。当时我们给黄磊起一个外号，我们说别人是"追星族"，你是"摘星族"，那时候有无数的女明星扑向黄磊。黄磊不但长得帅，而且又非常有文化，他自己是硕士，读书又非常多。他和老狼有一个特别大的共同点，就是我刚才说的两个人都不是特别爱这名利场，不会在这里面挣扎。但是其实他俩这样也有点儿浪费，尤其是老狼也偷偷在家里写一些歌，而且写得相当好，我经常跟他说你为什么不出版啊，他说："哎呀，别让人家说寒碜嘛！"黄磊也是，黄磊不光是个演员，他还是个非常优秀的教师，同时对电影、对整个行业在艺术上都有很好很好的理解。我看过黄磊排的舞台剧，排得非常非常好，他导演的电视剧《似水流年》也很好。其实黄磊每年都会跟我谈起至少一两部我觉得特别打动我的剧本，但他就是不拍，我说："为什么不拍呢？"他跟老狼一样，就这北京人的性格——"眼看他起朱楼，眼看他宴宾客，眼看他楼塌了"，所以北京人有一种旁观者的性格，就是不愿意自己冲上去。我说："人家拿着比你的烂得多的剧本，都到处找投资拍了，而你为什么不拍？"他就老觉得拍电影这事儿应该水到渠成，就不应该整天拿着剧本到各个电影公司去陪着老板喝酒什么的……他自己内心深处非常有那种知识分子的情怀，包括他多年不拍戏，而是踏踏实实地在学校教书，还当班主任，大家知道班主任的工作是非常非常辛苦的。他教过一个97班，我还被他邀请讲过课，他经常会把朋友们叫来给他的学生讲课。偶尔有人找他演戏，他就说："那我得带着我的学生，让学生们有出头露面的机会。"你要是找我演戏，我可以不谈钱，但是你得让我带上几个学生。

　　到现在为止，黄磊以及他同班的另外几个同学，像姜武等，对他们的老师——电影学院齐士龙教授，始终都保持着中国自古士大夫阶层的那种对老师无限的崇敬和热爱。到今天他们都已经四十多岁了，还经常一起去看齐士龙老师，老师那里有任何事儿他们都义无反顾。我记得特清楚，有一次老师要排一部话剧，所有人就都把片约推掉，齐刷刷地去排老师的戏。在今天这个时代，很少看见这样的人，老师要排话剧，所有的学生都不接戏也要先排老师的作品。我还记得有一次黄磊他们班罢课，就是因为齐士龙老师被电影学院一个剧场的看门的给欺负了，齐士龙老师要排话剧，结果那个看门的就是不给开门，然后全班同学罢课，把桌子、椅子都搬到操场上，在那儿大声朗诵《榆树下的欲望》，说："学校不处分那个欺负齐士龙老师的人，我们就不上课。"

　　他们就属于这样的一群人，这在今天已经很少见了。所以我经常说他们很像旧时代的老男人，值得爱，值得尊敬。相比之下，我就是一个比较躁动的人，然后有点儿飞扬跋扈，但是有他们俩在旁边把持着，我到今天也还没有走得特别远，我还能记得我来这个行业的初衷和对这个行业的热爱。谢谢你们！

12月7日

《晓松说——历史上的今天》来到了12月7日。公元208年的这一天，孙刘联军打败曹操，获得赤壁之战的胜利；1941年的这一天，日本帝国联合舰队袭击了美国太平洋舰队，太平洋战争爆发。今天是林夕的生日，还是另外一位小朋友——我女儿的生日，生日快乐！

| 赤壁之战 |

先来说说大家都耳熟能详的赤壁之战吧，这个著名的历史事件，已经被人们用各种艺术手法表现过了，有大量相关的戏剧、京剧、评书等。当然，我们在一些评书演义里看到的赤壁之战，里面的很多人物在历史上是确有其人的，比如黄盖、诸葛亮、周瑜，但是周瑜是不是真像小说里描写的那么帅就不一定了，而且评书里说的一些故事，什么"周瑜打黄盖""诸葛亮借东风"等，就不一定有历史依据了，可能只是后人们的一些想象。我们今天就不再讲赤壁之战的历史细节了，今天把我一直在想的一个问题拿出来跟大家聊一聊。一说起赤

壁之战，大家就想到曹军八十三万，气势汹汹地来了，然后孙刘联军这一派特别弱小，一共只有几万人，在这种实力对比悬殊的情况下打了这一仗，结果孙刘联军还打胜了。我自己不仅是个军事迷，还是一个历史迷，对这场著名的以少胜多的战役非常感兴趣。当然，不光是我，很多历史学家也对这个记载有专门的研究。

首先就是这场战争中人数的记载是否合理。大家知道，过去打仗是有很大的局限的，最重要的就是后勤问题，也就是士兵们的吃喝拉撒怎么解决，古代毕竟不像今天，有火车、汽车、轮船、飞机这些先进的交通工具。其实不仅是过去，就是现代的很多战争里，后勤问题也是很重要的。大家看"一战"和"二战"中的一些战役，也经常出现因为后勤跟不上导致最终失败的例子，包括朝鲜战争我们为什么只能打到"三八线"，打不到"三七线"等，也是因为供给问题。在现代运输这么强大的情况下，后勤还屡屡出现问题，那个落后的时代后勤怎么解决？其实当时的办法也简单，就是派人推着车去送粮食，送的还不仅仅是军队的粮食，还要加上送粮食的人这一路上的口粮。所以大家稍微算算账，一个人最多能推多少，几十万大军，那得需要多少粮食，需要多少送粮食的人啊？这还是在路上比较顺利的情况下，如果碰到了山地这样的恶劣环境，那还得打点儿折扣。而且，我们现在就算一个人能推几百斤粮食，还要考虑距离的问题，从长江边上的赤壁到曹操的根据地，也就是黄河流域，这路程得有多远！大家知道黄河流域的产粮区主要是河北、山东、河南，从这些地方开始，在那个时代的道路条件下，一个人推着几百斤粮食，一小时最多走几公里，一天也走不了多远。而且问题是战争还不是只打一天，可能一年都不止，因为我在看《资治通鉴》的时候，讲到赤壁之战，说今天战线推到哪儿了，然后就去讲别的事儿了，过了好久才说，今天又在哪儿打了一仗。那么这赤壁之战整个打下来，几十万大军消耗的粮食量是巨大的。本地粮食肯定是供不上，而后方补给的粮食，几个人运送的粮食才够养一个兵。除了粮食的问题，大家还可以再算算，三国时候魏国有统计的人口是六十多万户，蜀国统计的人口（非赤壁之战发生时的数据，但可作为参考）大概是二十多万户，这样的情况下，他怎么可能征到八十三万士兵，还能找到两百万人来运粮食？所以实际上在这场战争里，魏国一方的参战人数是不可能有这么多的。

还有一点值得大家思考的就是当时战场为什么会选在赤壁，为什么会选淝水、官渡等这样的地方。其实选择在水系的交叉点打仗，最重要的原因就是方便运粮和运兵，只有在这样一些大港口打仗，才能从水上运一部分粮食过来，减少陆上运粮的压力。而且军队人数太多了也不一定能派上用处，因为古代打仗的时候通信指挥的系统根本跟不上，真正打仗时，指挥就是靠目视距离，就是看主帅旗，主帅旗一倒，整个军队的士气就崩溃了。亚历山大打败大流士三世的时候也是这样，本来亚历山大的军队人数和大流士三世的波斯军队相比是处于明显劣势的，结果最后大流士三世跑了，大流士三世一跑，整个波斯军队就崩溃了。淝水之战也是，九十万大军一退，后边的人就开始造谣，说前秦军败了，搞得风声鹤唳，草木皆兵，最后军心大乱。

　　其实古代打仗是有临界点的，所谓临界点就是到底多少人能摆上战场，能够在整个组织控制之内，然后打成什么样就一定会崩溃。这个问题我还仔细研究过，请教过各种军事专家。古代打仗若是在野外进行交战就不像今天一直要打到弹尽粮绝才能分出胜负，古代列"阵"而战就不用打到这个时候，在这之前就有一个临界点，这个临界点一过，对方的指挥系统没有了，大家群龙无首，军队也就崩溃了。所以古代打仗若是在野外作战而非攻城战，那就一定要列"阵"。"阵"就是用来指挥的，打仗时摆出的阵形也是事先商议好的，你带一部分兵力在这儿，我带一部分在那儿，我们的阵形怎么移动，这些都是事先决定的。因为真正上了战场之后，随机应变已经来不及了，那时候没有即时的通信工具，命令的传达也需要时间，等传令的人拿着这命令到达的时候，战局可能已经又变了，所以将领其实是无法在战场上指挥的，大家只能按照事先约定好的这个"阵"来打，不可能出现太大的变化。因此你只要敏锐地发现敌人阵形出现的问题、弱点，攻击他的弱点，让他的整个阵形不能再按原来约定的那样去行动，那么对方的布局基本上就失败了。所以古代打仗为什么特别容易出现以少胜多的情况，一个主要原因就是在这儿。从亚历山大打败波斯大军，到我们的赤壁之战，其实以少胜多并不稀奇，就是你只要真正地突击到对方的软肋，就能掌握胜机。像当年赤壁之战的大火一烧，虽然不可能把曹操的大军全都烧死，但是对方的阵形一下子就乱了，这才导致了曹军最终的失败。

　　所以大家以后看古书的时候，千万不要被那些夸张的描写迷惑，什么八十几万人的大军。而且尤其不要相信那种"两军对阵，各自派出了一员大将在阵前单挑……"，这是绝对不可能出现的，真正的战场上，主将绝对不可能这么打仗。以上就是跟大家分享一下我对古代战争的一些思考。

|著名词人林夕生日|

今天还是林夕的生日，夕爷生日快乐！林夕应该到今天都是词人巅峰一样的存在，虽然很多人说"香港有林夕，台湾有方文山，大陆有高晓松"，但是我心里知道长短，我和他们相比只能说有一个优势，就是词曲都能写。我的词写得还不错，有自己的风格，但是和夕爷相比，我就只能高山仰止了。夕爷是什么风格的词都能写，他给陈奕迅写的时候可以是《谢谢侬》这种搞怪的风格，但给王菲写的时候就可以写成《你快乐所以我快乐》那样的风格。而且夕爷在写词的时候，敢于押我们都不敢押的韵，就比如说"e"这个韵，在十三韵里"e"这个韵只有十几个字，不像江阳韵都有几百个字，所以我听到夕爷的作品里这几句"你眼睛红了""你快乐于是我快乐"的时候都傻了，我就想夕爷押这韵就那么几个字，那后面那几个字要从哪儿来。结果听到最后一句，"由我来重蹈你覆辙"，当时真的被惊到了。大家知道干这行的人就是手艺人，一伸手就知有没有，有很多庸才写的词，就只是追求押韵，但是押韵也只是第一步，真正好的词人还能在这个基础上把他的意思特别巧妙地写出来。所以你看夕爷这最后这一句，"由我来重蹈你覆辙"不仅押上了这个最难的韵，其实也把王菲对爱情的理解写了出来，大家如果了解王菲，就应该能明白这里与她爱情观的契合。

还有我最喜欢夕爷的两句话，上句是"我就是我，是颜色不一样的烟火"。其实要是单单看这一句，可能像我、方文山等几个人大概都能写，但后边接上一句"天空海阔，要做最坚强的泡沫"，这就给人一种海阔天空的感觉。林夕从写《皇后大道东》开始，就是香港一枝独秀的词人。我个人觉得，这和他开始追随罗大佑也有很大的关系。罗大佑到香港发展的时候，因为自己不会写粤语，所以林夕就开始追随罗大佑，为他写了很多歌。林夕写的："皇后大道西又皇后大道东，皇后大道东转皇后大道中，皇后大道东上为何无皇宫，皇后大道中来

|194|

人民如潮涌……"用粤语唱出来很好听，而且已经体现了林夕那种宽广的胸怀以及视角。

林夕大概也创下了我们整个华语乐坛发表作品最多的纪录，他写过的词，据不完全统计应该有几千首，这个数量跟大诗人陆游有一拼。在这儿祝夕爷生日快乐，希望您能继续写出更多好的作品。

12月8日

　　《晓松说——历史上的今天》来到了 12 月 8 日。1980 年的这一天，英国披头士乐队的灵魂人物约翰·列侬被刺杀；1974 年的这一天，希腊通过全民公投废除了君主制。

|约翰·列侬遇刺|

　　每年 12 月 8 日这一天，全世界数以百万计的乐迷都会举行活动纪念约翰·列侬。我自己在读大学的时候，每年都会参加这样的纪念活动，大家就集中在中央戏剧学院，然后把宿舍里的笤帚拿出来点上火，举着火把，在中戏的院子里转两圈，用这种方式来纪念他。人们穿的 T 恤也都要印上列侬的头像。

　　约翰·列侬和他所在的披头士乐队，应该算是 20 世纪影响最大的音乐人物了。有说人类有史以来发行唱片总量排名第一的就是披头士，遥遥领先于其他任何一位著名歌手或乐队，排第二的迈克尔·杰克逊，都还差得很远。披头士的灵魂人物就是约翰·列侬，尤其约翰·列侬在前期还是一个流行音乐家，到后期娶了日本的著名艺术家小野洋子，自己又参加反战的活动，总之，因为一些人文方面的成就，他的整个人生有了一个质的飞跃，成为一个真正的艺术家。

披头士乐队最早是由约翰·列侬创立的。约翰·列侬十五岁的时候就自己组建了乐队，十六岁的时候他认识了保罗·麦卡特尼，约翰·列侬跟保罗·麦卡特尼的合作可以说是 20 世纪最伟大的合作，没有他俩的合作就没有披头士的一切。披头士的歌曲创作主要就是他俩完成的，其中主要的旋律都是保罗写的，词则是保罗和列侬一起创作，大家听到的那些最流行的、流传最广的披头士的歌，几乎全是保罗写的曲子，词也有很多是他写的。比如说 *Yesterday*（《昨日》），几乎奠定了披头士在流行音乐史上的地位，这首歌的词曲都是保罗与列侬写的。还有比较有名的像 *Hey Jude*（《嘿，祖德》），*Let it be*（《顺其自然》），也是保罗与列侬写的。应该这么说，保罗写的歌旋律比较流行，很好听，而约翰·列侬写的歌旋律比较怪，所以列侬的歌通常都是放在专辑里后几首的位置。但是约翰·列侬的歌词写得更好一点儿，他更像一个诗人。

后来，保罗的朋友乔治·哈里森，也就是披头士另一个灵魂人物加入乐队以后，披头士就基本成形了，他们几个人在二十岁出头就已经很出名了。那个时候他们到纽约去演出，去接机的歌迷就有数十万人，飞机的轰鸣声都镇不住歌迷的欢呼。这也是英国的乐队第一次在美国完成了"不列颠逆袭"，从披头士开始，很多著名的英国乐队都开始风靡美国。当然披头士那时的风头是没有任何人能盖过的，他们当年在美国发行的专辑，创下了无人能及的纪录：一九六四年，披头士有三十首歌曲列入该年"佳曲 100首"行列，他们的三张专辑垄断专辑排行榜之首达三十周之久。他们的专辑在销量榜上连续三十周都是冠军。后来歌迷为他们疯狂到了什么地步——连他们住的酒店的地毯，都被疯狂的女歌迷拿走，要把他们的脚印拿回去收藏。很多歌迷花很多钱买票去看他们的演唱会，看了没多久就激动得晕倒，就到了这种程度。披头士乐队四个成员的发型，就是那种乖乖男的盖儿头，这种发型当年也风靡世界，所以我们的翻译也很有意思，就把它翻成了"披头士"。我和郑钧、小柯、宋柯，还曾经组过一个乐队，我给乐队起名叫"劈头盖脸四"，四个被生活打得劈头盖脸的人，也是向披头士致敬。

后来披头士实在太火了，什么奖都拿过了，爵士的荣誉、女王的大勋章也都有了，在乐坛可以说是高处不胜寒，再无敌手了，所以到后来大家都觉得没什么意思了。刚好在这个时候，从十几岁就跟他们在一起的经纪人布莱恩因为安眠药服用过量去世了，这件事儿对他们打击很大。那时约翰·列侬又认识了小野洋子，两人还一起出了唱片，这张唱片也引发了一些争议，为此列侬与他当时的妻子离婚，又与小野洋子结婚。婚后他就离开了乐队。其实对于很多披头士迷来说，小野洋子就是一个令人痛恨的女巫，不仅是因为她俘获了列侬的心，而且在很多歌迷的心目中，披头士就是因为她才最终解散的。披头士解散以后，单飞的约翰·列侬依然风头不减，后来又发行了他最重要的唱片，就是全世界歌迷都会唱的 *Imagine*（《想象》）。在这张唱片发行以后约翰·列侬本人也有一个很大的升华，成为当时世界上一位重量级的文化人物，远超过披头士其他成员的成就。

最后的事情大家都知道，1980 年 12 月 8 日的这一天，在纽约的中央公园，约翰·列侬被一个叫查普曼的歌迷开枪打死了。全世界都为此震惊，直到现在，每年 12 月 8 日美国歌迷还会去中央公园悼念他。中央公园专门有一个以他的歌名 *Strawberry Fields Forever*《永远的草莓地》命名的广场，就是马赛克地面的中央镶嵌着 "IMAGINE" 字样的草莓地小广场。但约翰·列侬去世的时候，因为小野洋子性格比较怪异，拒绝举办葬礼，于是约翰·列侬离去时并没有葬礼。但当时对他的悼念活动也是创下了人类史上的纪录：西方各大电视台、电台停播十分钟，向约翰·列侬致敬，美国总统去世都没有过这种待遇。唱片公司为此也发了大财，他的唱片、录像，甚至包括排练时录的小样，所有的东西都卖疯了。全世界的歌迷还在那年的 12 月 14 日，全体上街默哀十分钟，为他送行。

如果要评价约翰·列侬的地位，应该这样讲，在整个音乐史上，到今天为止也无人能与他比肩。你可能会说迈克尔·杰克逊是"流行音乐之王"，但他毕竟还是个流行音乐家，如果比较社会地位、历史地位的话，确实没有人能跟约翰·列侬相提并论。后来到了 2005 年，也就是他去世二十五周年的时候，全世界又掀起了一股纪念他的高潮，很多人都来翻唱他的歌，七十二岁的小野洋子还登台演唱约翰·列侬的歌。关于约翰·列侬的生平，我看过一个拍得很好的纪录片，大家如果感兴趣可以找出来看看。这部片子里有一个非常有趣的地方，就是在结尾的时候，列侬穿着一身白衣，坐在白色的钢琴前弹那首 *Imagine*。因为他曾经说过自己有这样一个梦想，就是有一天能坐在一间白色的屋子里，弹着白色的钢琴，然后小野洋子穿着一身白衣，把窗帘一个个拉上，这样一直到他死。导演在片子里巧妙地把他的这个梦想表现出来了，非常感人。

｜希腊废除君主制｜

下面来讲 1974 年的这一天，希腊通过全民公投废除了君主制。自 1792 年法国率先废除君主制以来，在此后的一百八十多年间，俄、奥、德、意等许多欧洲国家先后跟进，而希腊成为这波历史浪潮中的最后一个国家。希腊之后的四十多年间，欧洲也没再出现废除君主制的国家。虽然到现在欧洲只剩下英国、荷兰、瑞典、挪威与西班牙等国仍实行君主制，但是在法国大革命之前欧洲所有的国家都是君主制的，因为大家实在想不出来，除了君主制还能有什么其他的体制。美国是世界上第一个非君主制的国家，由人民自己成立政府，而欧洲一直都是采用君主制。我曾经跟大家多次在各种各样的题材里聊起过，欧洲这些皇室成员的血统非常混乱，彼此通婚的情况数不胜数。包括我们今天要讲的这位希腊国王，他的家族也有各种血统，甚至还有英国维多利亚女王的血统。我曾经讲过，在"一战"开战的时候，英王是维多利亚女王的亲孙子，德皇是维多利亚女王的亲外孙，俄皇是维多利亚女王的亲孙女婿，希腊国王则是维多利亚女王的另一个孙女婿。现在的西班牙国王费利佩六世的母亲，也是一位希腊的公主。所以整个欧洲的王室，除去我曾经说过的那个短暂的波拿巴王室之外，几乎各国之间都有或远或近的亲缘关系。2013 年秋季开播的一个收视率很高的美剧《风中的女王》，讲的就是苏格兰玛丽女王，年轻的时候她嫁给了法国国王，后来回到英国，又被她表姐伊丽莎白女王囚禁在伦敦塔里等一系列故事。

关于王室的封号，还有一个有意思的事儿。在君主制废除之后，国王虽然不再是国家的实际统治者了，但是他的那些头衔还保留着，依然是这个国家的国王，下边依然有伯爵、公爵等这些封号，这些爵位是可以买卖的。所以后来很多人有了钱以后就想去给自己买一个贵族的头衔来，尤其是欧洲人，因为他们是比较重视自己的身份的。这些已经退了位的皇室家族，因为很多已经没有土地和收入了，自然也乐意把那些伯爵、公爵的封号卖出去挣点儿钱。所以大家以后如果在欧洲遇见什么伯爵、公爵，还要仔细区分一下，这个人的爵位是买来的还是世袭的。其实很好区分，因为如果是买来的，他们家的姓氏和伯爵的头衔就不一样，比如一个人虽然顶着温莎伯爵的头衔，但是自己不姓这个姓，那就是买来的。

关于欧洲王室还有很多趣事儿，因为篇幅有限，这里就不跟大家多讲了。总而言之，现在君主制国家是越来越少了。如果不算英联邦共推英国女王为君主，全世界应该还剩下约三十个君主制国家，如果把英联邦的那些国家，包括澳大利亚、加拿大、新西兰等十几个国家都算在内，那还要更多一些。

12月9日

《晓松说——历史上的今天》来到了 12 月 9 日。1941 年的今天，中国对德、意、日三国正式宣战；1958 年的这一天，黄河三门峡截流工程结束。

|中国对法西斯正式宣战|

我们先来说一下 1941 年的 12 月 9 日，这一天中国正式对德、意、日三国宣战。很多年轻人可能会觉得奇怪，不是 1937 年七七事变爆发，到八一三淞沪抗战时中国就已经跟日本全面开战了吗，怎么到了四年之后，八年抗战已经打了一半多的时候才对日宣战？其实这就是历史有意思的地方，"对日宣战"和单纯的"抗日"意义是不同的。这场战争在 1941 年之前，一直叫抗日战争，就是日本侵略我们，我们抵抗，但是我们的本意是并不打算和他打仗的，所以中国对日本就一直没有宣战。因为一旦宣战，那就要和对方打到底，如果日方撤军，我们还要追到日本去，这就叫全面战争。再加上日本当时已经是世界一流强国了，依我国当时的实力确实没有办法和日本打，所以我们一直寄希望于国际调停，希望能借助其他的一些力量来停止这场战争。所以一直也没有对日本宣战，就是咬着牙坚持抗战。

结果我们正抗战的时候，突然发生了一件事儿，就是在 1941 年的 12 月 7 日，日本偷袭了珍珠港，这件事儿我以前多次跟大家提过，在这儿就不再讲了。美国被袭击，其实对于我们来说是个天大的好消息，因为美国人参战了，大家当时悬着的心就基本放下了。明白人都看得出来，日本要打美国，那是必败无疑。日本人自己其实也是清楚的，所以当时山本五十六才会用偷袭的方式，就是希望能速战速决。而对美国来说，日本这是不宣而战，美国人民对此极为愤慨。美国是一个有骑士精神的国家，它认为要打仗就一定要宣战，一定要堂堂正正地打，这种偷袭的行为是绝对无法容忍的。德国打波兰的时候也没宣战，也是先偷袭波兰，然后英国、法国才向德国宣战。而日本比较狡猾，它觉得可以提前两分钟宣战，这样既不会有偷袭的嫌疑，还能让美国这边来不及反应。所以日本其实是事先准备了一个特别长的对美国宣战的电报，由日本驻美大使拿到美国国务卿赫尔那儿，但是可能因为路上耽误了一点儿时间，电报送到的时间稍微迟了几分钟。日本是又想当婊子又要立牌坊，它把华盛顿和夏威夷的时差都算好了，你在华盛顿的国务卿正好看完这个宣战，夏威夷那边就开始袭击，美国即使知道，也完全来不及准备。结果这信送得晚了，赫尔还没看完就接到电话，说珍珠港被偷袭了。于是这日本人成了"聪明反被聪明误"，就变成不宣而战了。赫尔非常气愤，当场就把日本大使怒斥一顿。第二天罗斯福总统就在美国国会发表了慷慨激昂的对日宣战演讲，国会对此也表现出了空前的一致，两党也不吵不闹了，最后几乎以全票通过了对日宣战的决定。

实际上美国只要对日本一宣战，就是大局已定了。世界各国心里也都很明白，接下来这事儿该怎么玩了。大家就开始争先恐后地宣战，当时的新闻多得报纸都已经登不下了，其中重要的一条就是"中国向德、意、日正式宣战"。至此，我们终于从抗日战争变成了国际反法西斯战争中的一个重要战场。当时不仅是中国，还有一大批美洲国家，包括巴西、墨西哥、古巴等，都跟在美国后面，大家纷纷地开始向德、意、日宣战。德国一看这情况也没办法了，只好也对美国宣战，然后匈牙利、罗马尼亚、保加利亚这些法西斯仆从国，也一起跟着德国向美国宣战。最后终于演变成了又一场世界大战。

说起世界大战，其实之前的"一战"在美国参战之前，完全不能叫世界大战，就是一些欧洲国家自己在打，其他地方即使有战争，也是因为那儿是欧洲国家的殖民地，是被波及的。后来美国参战，也不能完全叫世界大战，因为热点战役基本都是在西线。东线，就是俄国这边，基本没什么特别能打的国家。但是"二战"的时候可就不一样了，"二战"期间在世界的每个角落几乎都爆发了激烈的战斗，有苏德战场、北非战场、中国战场与太平洋战场等，世界各地的人民都在为反抗法西斯奋勇作战，所以"二战"才能被称为真正的世界大战。

　　其实从美国宣战的这一天开始，法西斯就注定要失败了。因为一个国家在支撑战争的几个最重要的因素中，没有谁能跟美国相比，尤其是整体的经济实力，美国在全世界遥遥领先，德、日、意三个国家加在一起都比不上。德国虽然工业能力很强，但是和美国也完全不能比。德国侵略苏联的军队号称"有史以来最强大的陆军"，有五千辆坦克、五千架飞机，而美国开战之前只有大概一千架飞机，坦克也没有几辆，但美国在战时的管理非常有序，宣战后美国国会很快就通过了一部战时动员法，把一切私营的经济纳入国家的计划中。所有的私营企业在战时要听从国家指挥，国家不让你生产的东西你必须停产，要把所有战略物资全都用来生产军事装备，反应非常迅速。在三年零十个月的时间当中，美国一共生产了二十九万七千架飞机，而日本的产量则还是七万架。当然这要是在别的国家，生产这么多飞机也没用，因为没有那么多合格的飞行员。大家知道培养一个飞行员周期是很长的，至少也需要一两年的时间，而美国在平时就有数十万人有飞机驾照，飞行员的储备非常充足。所以为什么战争打到最后，日本只能用神风自杀机，因为那些飞行员一共就只有十几个小时的飞行经验，根本没法儿在空中正面作战，只能进行这种自杀式的袭击。

　　而且美国制造的这些军用物资，不仅是给自己的军队用，还给其他同盟国提供支援。战时美国光是支援苏联和英国的飞机就有数万架之多，还有大量的坦克、卡车等。海军方面，为英国军队护航的美国航母就有三十余艘。在珍珠港事件之前，美国和日本两方都有六艘航母，这两个国家的海军当时已经是世界上最强的海军了。结果美国参战后，在三年零十个月的时间内生产了一百五六十艘航母，其中还包括几艘数万吨重的超级航母，这个数字太惊人了。

而反观日本这边，除了这六艘偷袭珍珠港的航母，日本国内也在拼命生产，整个二十天的时间一共生产了三艘，结果这三艘航母后来都是刚下水试航，就被美国击沉了，根本没有对战局起到什么实质性的作用。

"二战"期间，当时最大的一艘航母刚下水试航二十多小时，就被美军发射的鱼雷击沉了。这艘航母就是日本生产的"信浓"号，其实就是把原本建到一半的战列舰改造成了一艘巨大的六万多吨的航母，结果它也创造了世界上最短命的航空母舰纪录。所以到了"二战"后期，美、日的海军实力已经有了很大的差距，海上已经完全没法儿打了。再加上美国的官兵素质又高，因为美国本就是一个尚武的民族，这个传统还要追溯到最早那些来自欧洲的殖民者，骨子里就有那种攻击性和扩张的意识，所以美国是军队素质高、生产能力也强。有个著名的海报描述了当时的生产状况：两个美国造船工人下班之前在交谈，一个人看看表，说还有两小时下班，咱们再造一艘吧。非常形象。美国的制造水平就是这样，每天都能有一艘驱逐舰下水，每一小时就有一艘万吨的自由轮下水。而且美国的造船厂遍布东、西、南、北海岸，东西海岸紧临太平洋、大西洋，南海岸挨着墨西哥，北边虽然不是海岸，但是有五大湖，还修了直接通到海边的运河，水运也非常便利。总之，当时美国举国上下全都开动起来，为战争做准备。可以这么说，美国的加入，大大加快了法西斯灭亡的速度。

| 黄河三门峡截流工程结束 |

下面再来说一下1958年的这一天，就是在"大跃进"时期，三门峡截流工程结束。"大跃进"其中一项重要的工程就是在三门峡把黄河截流，在这个工程之前，黄河还从来没有被截流过，也没有建过这种大坝、水库。这是黄河有史以来的第一次，自然在截流过程中会产生很多问题。著名的水利学家黄万里先生，当时是清华大学教授，也是我们家的老朋友，就坚决反对。他认为这个工程会产生很多问题，包括泥沙淤积会堵住泄洪口、会把发电机的机组弄坏、会改变气候，等等。黄万里先生曾经在多国留学，在水利方面的知识是非常渊博的，但是他的意见在当时并没有被采纳，他本人也因此被打成了"右派"。于是

这个项目就坚持上了马，结果后来果然出现了黄万里说的这种情况，造成了三门峡水库里因黄河泥沙大面积的淤积而抬高水位开始淹没关中平原，各种各样的问题都出现了，最后只能被迫又炸了一部分已经建好的大坝。

实际上这个事情也暴露了水力发电的很多弊端，西方国家过去也曾经大规模地利用水电，大家知道比较著名的工程有美国的胡佛大坝，尼罗河上也有著名的大坝。用水来发电短期内看起来确实非常好，不用烧煤，还节约了很多能源，但是它也有很大的问题，最主要的问题就是对环境的长期影响。所以西方国家大概在"二战"之后，就不再做大坝这种大型的水电工程，而是转做核电了。当然核电也有它的缺陷，因为 2011 年 3 月 11 日东日本大地震造成的日本福岛核电站的事故，现在当地核电的一些工程都停掉了，又回到那种传统的方式，用煤来发电。水电还有一个问题，就是受河水周期性的限制太强，大家知道一条河有枯水期、丰水期。枯水期是无法发电的，而丰水期又可能会出现电力过剩导致浪费的情况。水电的这种周期性，就导致了它没办法真正形成电力的持续供应。

后来三峡工程上马的时候黄万里先生已经被打成"右派"了，当时我们家也有人去参加了邹家华副总理召集的论证会，会上大家几乎是一边倒地投了反对票，也是因为这个问题。三峡大坝的水位差太高，在落差这么大的情况下，万一因为某种原因溃坝，那整个华东地区一直到上海——中国最繁华的地区之一，全部会被淹掉。再加上泥沙沉积的问题，因为长江的泥沙跟黄河一样，是靠流速带到海口的，水的流速一旦减弱，泥沙就会沉积下来。所以原来有三峡大坝之前，长江的流速是很快的，能把泥沙一直带到下游，从上海带走。但是一旦建了大坝，这里的河道突然变宽，水的流速自然会减弱，泥沙沉积下来，就没法儿把泥沙带出来了，所以淤泥的高度就会每年往上升，说不定有一天会把这个发电的口、泄洪的口堵塞。不仅如此，建大坝对整个上游气候还会有巨大的影响。

但是毕竟，每个国家是处在不同的发展时期的，所以水电的利弊问题不能一概而论。欧美国家当年经济起飞，急需大量电力的时候，也建过大量的水电站。而对我们国家而言，我们的水力资源确实很丰富，有很多建水电站的便利条件，而且我们目前也处在快速发展的阶段，水电工程也能带来很多好处。但是未来，我想我们也会像发达的国家一样，慢慢减少水电工程的使用，因为长远来看，它的负面作用就会逐渐显现出来。

12月10日

《晓松说——历史上的今天》来到了 12 月 10 日。公元 220 年的这一天，汉献帝禅位给曹丕。

| 汉献帝禅位 |

公元 220 年的这一天，汉献帝禅位给曹丕。关于汉献帝的故事大家应该很熟悉，因为有各种各样的演义、正史、野史、戏曲等，都记载过他的故事，在这儿我只讲一些大家可能不太熟悉的趣事。历史上真实的汉献帝，并没有小说《三国演义》或者一些戏曲、评书里讲的那么庸庸碌碌，但是那时候汉朝确实已经到了气数将尽、大厦将倾的时候，权臣把持朝政，当政的除了太监就是外戚。到后来汉献帝再有能力也没有办法了，但汉献帝又是个很聪明的人，他知道即使江山不保，命还是要保的。所以在这个时候他选择禅让，这是一个非常明智的举动，他找到了一个最恰当的时机，既保全了自己的性命，又维护了皇室的尊严。他如果要早禅让其实也没有意思，要是再晚自己

的命也没了，因为那时正好是曹操去世之后，曹家兄弟争位。曹操本人确实没有当皇帝，他一生还是很聪明的，不想给后人留下篡位的话柄，所以虽然曹操掌握了实际的权力，但是面子上的功夫还是做得很足。有什么重要的事情，比如委派官员，还要象征性地报告汉献帝一下。曹操去见皇帝的时候，依然要执臣子礼，这样既掌握了权力，还保全了名节。至于当皇帝的事儿，就留给他的儿子了。

曹操的这几个儿子当中，最能打的是曹彰，《三国演义》以及很多影视作品里都描写过他。曹彰是一员猛将，他觉得自己在前线浴血奋战，立了这么大的功劳，怎么能把皇位让给曹丕呢！这曹彰自然很不甘心，于是就带兵回朝，结果就在他拼命往回赶的时候，汉献帝禅位给了曹丕，曹丕当上了皇帝。这下曹彰就没办法了，因为曹丕的皇位是皇帝禅让给他的，等于他现在已经是名正言顺的皇帝，曹彰就是再不情愿也没法儿争了。所以汉献帝在这个关键时机禅位，让曹丕对他非常感激，也为自己免去了杀身之祸。

虽然我国古代早就有禅让的传说，但其实汉献帝才是历史上第一个真正禅位的皇帝，他跟尧、舜、禹还不一样。尧、舜、禹那个时代其实还是原始部落，部落的酋长本来就应该禅位，或者其实都不能叫禅位，部落酋长的选举方法本来就是这个酋长死了，大家再选个新的酋长，而且在部落的时代实行世袭制也不可能，因为大家都是把生存放在第一位的，自然要选一个最强的人做首领。再有，尧、舜、禹的禅让本来也是传说，谁也没有亲眼见过。

所以历史上第一个真正禅位的皇帝是汉献帝，而且他在禅位后还能得善终，这是很不容易的。大家知道很多情况下，即使你禅位了，大多数新皇帝还是不满意的，因为毕竟还有这么一个貌似正统的人在旁边，总会有一些流言蜚语，所以历史上很多禅位的皇帝最后都没能善终，早晚都会被下毒，或者被用别的手段谋害而死。但汉献帝由于在这个关键的时刻禅位，所以曹丕一生都非常感谢他，不但没杀他，还一直让他住在他自己的山阳城内。而且在汉献帝和曹丕两个人互相通信的时候，汉献帝也不必称臣，这是极少见的。因为古代不像今天这么民主，不称臣这事儿是很多皇帝都难以忍受的，哪怕是后来赵匡胤发动陈桥兵变，篡了柴家的天下，是谋反在先，柴家最后也得向他称臣。所以曹丕能做到这一点也是极其难得的，最后汉献帝去世的时候，是曹丕的儿子曹叡在当皇帝，大臣们不知道该办什么规格的葬礼，就去请示皇帝。曹叡想了想说，还是以大汉皇帝的礼节下葬吧，不但如此，最后曹叡还亲自为汉献帝扶棺。这倒不是因为他的胸怀真有多宽广，主要还是因为汉献帝自己比较聪明，知道如何明哲保身。

从之前汉献帝对付袁术的策略也能看出汉献帝的聪明之处。大家知道袁术、袁绍都是野心勃勃的人，尤其是袁术，江南一带本来是袁术的地盘，汉献帝知道袁术也有称帝的野心，于是为了分化袁术，就专门把孙策封到江东，所以后来孙策的弟弟孙权就在江东立足，袁术反而被灭。这都是汉献帝非常聪明的决断。其实如果生在一个太平盛世，他也可能成为一个有经韬纬略、济世之才的好皇帝，可惜生在那个大汉气数将尽的时代，也没有办法发挥自己的才智。而且纵观历史，那么多末代皇帝当中，有好下场的真没几个。汉献帝算是非常会审时度势的人了，所以他的子孙后代也没有被赶尽杀绝，一直到了魏晋南北朝时期还是很有势力的。这说明一个人的明智在乱世时期是多么重要，否则像李煜那样，虽然自己才华横溢，但是稀里糊涂地把江山献给了别人，最后还是被人家毒死了。从这里我们还能联想到另一位末代皇帝溥仪，这位被迫退位的皇帝最后也没有太好的下场，就是因为他没有准确的眼光，在乱世中做了很多错误的选择，包括还想借着日本人的力量复辟，就属于没有看清形势，犯了不自量力的错误。

再跟大家讲一个有意思的事儿，是关于三国时期的刘备。刘备是个很不诚实的人，他为了给自己正名，就欺骗天下人，造谣说自己是汉献帝的叔叔、中山靖王之后。这种说法完全没有任何考证，我也不相信他是中山靖王之后。而且不仅如此，刘备还到处谎称自己有汉献帝的衣带诏，其实根本就没有。康有为也曾经声称说，自己出逃的时候带了光绪皇帝的衣带诏，但是大家让他拿出来，他又不肯。可见历史上关于衣带诏的一些事情，大部分都是假的。最后刘备也等不及了，汉献帝还没去世，他就自己找人伪造了汉献帝已死的传言，自己登基当上了皇帝。

12月11日

《晓松说 —— 历史上的今天》来到了 12 月 11 日。公元 316 年的这一天，匈奴汉国将领刘曜攻陷长安，西晋灭亡；1936 年的这一天，英王爱德华八世退位；2001 年的这一天，中国正式加入世贸组织；今天是两位非常优秀的前辈歌手谷村新司和黎明大哥的生日，祝他们生日快乐！

| 刘曜攻陷长安 |

公元 316 年的这一天，匈奴汉国将领刘曜攻陷长安，西晋灭亡。我们先来说一下这时的历史大背景，从三国到隋朝的这两百多年间的历史比较乱，一开始是三国，三国之后是西晋，实际上是西晋统一了三国。之后我国北方境内的少数民族起兵灭了西晋，晋室不得不南渡金陵建都，史称东晋，统治着中国的南方。而北方五个少数民族（匈奴、羯、羌、氐与鲜卑）与汉族先后建立过十六个地方政权，史称"五胡十六国"。后来北魏统一了北方而后又分裂为东魏、西魏与北齐、北周。而南方则由东晋变为宋、齐、梁、陈这四个朝代统治。

最后隋朝先取代北周，再灭了北齐与陈朝，结束了南北朝的分裂局面，统一了中国。所以这两百多年基本上就是"分久必合，合久必分"的动乱时期。

现在我们再来讲讲这位匈奴汉国将领刘曜，刘曜本来是个匈奴人，历史上各种匈奴人的名字音译过来咱都记不住，但这刘曜不一样，他给自己改了个汉族名字。当年刘曜攻陷了长安，之后建立了前赵，他就认为中原文化好，觉得自己是应该继承汉朝的正统，所以就改名叫刘曜。这刘曜在家都祭什么呢？他祭的是创立汉朝的几位开国皇帝，就是创立西汉的刘邦，创立东汉的光武帝刘秀，以及建立蜀国的刘备，虽然刘备后来跑到成都去称帝了，但是他也是个汉皇帝。刘曜在建立前赵之后就觉得自己不是匈奴人了，而是正统的汉人，并且开始学习"四书五经"，衣服也穿成汉人的样子。

在我们国家的整个历史当中有一个非常有意思的现象，就是我们始终没有真正地用血统来划分自己的民族和地域，我们跟西方的大多数国家以及东方的日本、韩国都不一样，它们都是以血统来划分的。比如日本就是单一的民族国家，只有大和族是日本人，不是大和族的那就是"夷"，哪怕你融入日本多少代都不行，所以日本就是以血统论。韩国当年因为被日本殖民，有很多代韩国人都留在了日本，这些韩国人都姓了日本姓，韩语也不会说了，但这么多年以来他们依然融入不到日本社会中，日本人管他们叫"韩国后裔"。这些"韩国后裔"在日本特倒霉，像日本首富孙正义——软银集团的总裁，就是一个韩国后裔，到现在日本年轻人还都在骂他，说这个韩国后裔怎么能成了我们日本的首富呢？日本人就是受不了。在西方也一样，比如犹太人，两千年了，依然得不到欧洲人的认同。

唯独我们中华民族是不一样的，我们有一个大优点，就是你只要加入了我的文明，认同了我的文明，你读了"四书五经"，你穿起了长袍大褂，你长啥样都没有关系，咱们都可以融合在一起。大家可以仔细看看我们国家的版图，中华民族从黄河流域诞生，之后逐步发展壮大，其实没有几块地方是靠战争得来的，我们靠的就是自身文化、文明的吸引力，因为大家都觉得我们发展起来的那一套东西才叫幸福的生活，皇帝有皇帝的生活，老百姓也有老百姓的过法。所以我们那套东西也不能叫汉化，因为汉族就是多民族融合起来的。当然我们也学习别人优秀的东西，我们从战国时期就学胡服骑射，但实际上更多的是我们的文明在向外扩张，我们的文明在向外渗透。我们始终坚持以文明来融合各个民族，而不是以血统把大家分隔开来，所以我们的国民实际上掺杂了各种各样的血统，像唐朝的皇帝就有鲜卑血统，可是我们从来也没觉得他有少数民族血统就歧视他。包括绝大多数汉人都觉得康乾盛世也挺好，清朝统治者实际上是满族，但是只要加入我们这个文明的体系，认同我们的文明，那我们就是同一民族，就是同一个国家。

| 英王爱德华八世退位 |

今天要讲的一位退位国王，其实也是大家非常熟悉的——英国国王爱德华八世。1936 年的这一天，英国国王爱德华八世退位。其实爱德华八世是一位雄才大略的英明君主，才能远远超过他的弟弟——后来的乔治国王。《国王的演讲》那部电影就是以乔治国王为原型的，那里面他还有点儿结巴，连说话都说不利落。当时爱德华八世爱上了一个美国的平民女子，还是已经离过婚的。当然在今天王室与平民通婚已经很正常了，但是那个年代还比较传统，王室成员如果不娶王室成员就是大逆不道，而且这位国王娶的不光是平民，还是一个离过婚的寡妇，所以其他王室成员就坚决不同意。但是爱德华八世自己很坚定，最后国王也不当了，就把王位让给弟弟，自己退位，离开英国，带着妻子远远地躲到西班牙去了。

当然他的弟弟乔治国王，有一点还是很明白的，就是虽然自己替哥哥当这个国王，但是等他去世之后，皇位的继承还是不变的，就是依然要传给哥哥的孩子。爱德华八世自己也非常满意这样的安排，就非常高兴地退了位，娶了那位美国寡妇。但退位之后他毕竟还是贵族，结果给他封爵的那些人可遇到了难题，因为英国历史上从来没出现过这种神奇的事儿，所以也不知道该给这位退位国王什么爵位好，最后就给他封了一个不能世袭的温莎公爵，因为温莎就是王室的姓。历史很有意思，大家都有很多创意，溥仪退位以后，北洋政府就给他外国元首的待遇，还能常驻北京。这位温莎公爵就离开了祖国，有说一辈子都没再回来，一直到去世，才回国以国葬的规格下葬。

但是最后，他的这个弟弟乔治国王也没有实现当初对哥哥的承诺，并没有把王位传给哥哥的儿子，而是在去世的时候，把皇位传给了自己的女儿，也就是现在的伊丽莎白女王。我们国家的宋朝其实也有类似的事儿，宋太宗去世之前，按常理应该传位给他哥哥的儿子，但是他也不乐意，最后还是把皇位传给了自己的儿子。于是宋太宗死后，往下传的就不是宋太祖这一支了，但这事儿也不能做得太绝，最后宋太宗还是给了哥哥的后人很好的待遇，于是才有了评书里说的什么八贤王、八千岁拿着铁锏上朝等那些故事。所以后来北宋就一直是太宗这一支往下传，直到北宋灭亡，南宋的开国皇帝赵构禅位给宋孝宗赵昚之后，宋朝的皇位才重新回到宋太祖这一系。乔治国王后来把他当年对哥哥的承诺全都忘到了脑后，把王位传给了自己的女儿伊丽莎白女王。这伊丽莎白女王也继承了他们家的长寿基因。现在的皇室家族已经是四世同堂了，女王连重孙子都有了。因为英国实行的是顺位继承制，只有直系继承人这一系全都没人了，才能轮到另一系继承，所以爱德华八世他们家族的继承顺序现在已经排得越来越靠后了。

|中国加入世界贸易组织|

2001 年的今天，卡塔尔财政、经济和贸易大臣卡迈尔手中的槌子落下，中国正式加入世界贸易组织，成为世贸组织第 143 个成员国。这个槌子对中国人民来说是弥足珍贵的，现在这个槌子就保存在国家博物馆，大家有时间可以去参观一下。进入新世纪，我们国家在不断地融入世界，后来我们把奥运会办成有史以来最大规模的体育盛会，把世博会办成有史以来最大规模的一届博览会，中国从以前孤立地、远远地冷眼旁观这么一个状态，到现在来到世界舞台上表演，还是怀着特别特别认真的心态，非常努力地融入世界这个大家庭里去的。今天外贸已经是中国经济最重要的方面之一，经过多年的发展，中国现在已经成为世界工厂。

但是中国以前对外贸的态度和现在完全不同，最开始我们觉得没什么要和别人进行贸易的，我"天朝上国"什么都有，你拿什么跟我贸易呀？连西方人自己都自卑。那时候西班牙已经拥有美洲了，墨西哥总督还给西班牙国王写信说，从美洲到西班牙本土，我们确实没有一样东西拿得出手能跟中国贸易，中国人什么都不需要。所以中国自古就觉得我"天朝上国"什么都有。当然如果

|212|

今天到一个非洲与世隔绝的原始部落里，或者到密克罗尼西亚的一个小岛上，他们也可以说：我什么都有，我这几千年的生活也挺好，只不过没汽车、没电灯而已。到宋朝的时候，中国依然还是全世界最繁荣、最文明、最发达的国家。宋朝之前还没有形成持续性、成规模的海上贸易，是因为大家也没法儿航行那么远，像日本等海上邻邦只能派些人到唐朝来学习学习。后来到明朝的时候中国开始与西欧国家有了海上贸易往来，而中国又不愿意和国外保持与发展这种贸易往来，除了西欧人拿不出什么中国人必需的大宗商品外，另外一个重要原因就是大航海时期在美洲发现了大量的白银，这些白银涌进中国，导致民间开始通货膨胀。当时美洲的白银多到什么程度？把全世界所有国家的金属货币加在一起，与其相比，美洲的白银等于它的三倍。这些在美洲发现的白银一半运回了西班牙，一半运到了中国。中国原来银子非常少，一两银子能买很多东西，十两银子就能过一年，而且能过很好的日子。但是中国的一两银子当时相当于一个墨西哥鹰洋（虽然它只含白银六两多），而这一个鹰洋在墨西哥就只能买俩玉米，所以这欧洲人就喜欢把银子弄到中国来买东西。

为了避免通货膨胀，清政府消极地采取了闭关锁国的政策，把全国的外贸往来限制在广州一口进行。等到鸦片战争后被迫打开国门时，欧美各国已经迈入近代工业社会，而我国仍然停滞在传统的农业社会，因此在对外贸易中，除了生丝、茶叶、猪鬃、桐油等农副产品外，反而没什么东西能出口，全是进口人家的东西。那些大宗的工业品、原油等都得进口，最后把经济搞得一塌糊涂，社会生活也因此变得动荡不安。好在我们终于迎来了新中国的建立，特别是改革开放以后，我们主动打开国门，积极招商引资，鼓励对外贸易，促进生产发展，尤其是在2001年的时候正式加入世贸组织，我国的对外贸易与商品出口有了突飞猛进的增长，成为经济全球化的最大受益者。只经过短短十几年时间，我国就一跃成为全球第二大经济体，实现了国人向往已久的富国梦想。

| 日本音乐的旋律 |

今天还是谷村新司、黎明的生日，生日快乐！如果大家不熟悉谷村新司的

话，可以去听黎明的歌，还有四大天王的歌，他们的很多歌都采用了日本音乐的旋律。其实港台歌曲，尤其在 20 世纪 80 年代的时候，大部分歌曲用的都是日本音乐的旋律，像邓丽君的歌、四大天王的歌很多都是。大家有机会拿过去的老唱片看看作曲那一栏，会大吃一惊，原来这么多歌都是日本歌，包括谷村新司作曲、谭咏麟演唱的《星》，还有大家耳熟能详的《你这样一个女人》《花心》，以及刘若英的很多歌曲等，都是日本歌。在世界乐坛上，大家都知道非洲重节奏、欧洲重和声、亚洲重旋律，实际上这个重旋律说的就是日本的音乐。我觉得这跟日本的语言有关系，因为日语比我们多了好多音节，比方说"我爱你"，他们要唱两句半才能把"我爱你"这三个字唱完。当歌词当中能容纳的内容极少时，你的旋律必须得非常好听，人家才会去听你的歌。日本音乐的旋律是非常好的！

12月12日

《晓松说——历史上的今天》来到了 12 月 12 日。每一个中华民族的儿女都记得这一天，1936 年的这一天，西安事变爆发；1937 年的 12 月 12 日，南京失守；1911 年的这一天，英属印度首都迁到了新德里。

| 印度迁都 |

首先来讲讲 1911 年的这一天，英属印度的首府从加尔各答迁到了新德里。当时加尔各答并不是印度真正意义上的首都，它只是英属印度的首府。在 1911 年的时候，印度还不是一个独立的国家，只是英国的殖民地。加尔各答当时是印度东部最大的城市，印度西部还有一个非常繁华的地方叫孟买。孟买这个城市就相当于我们国家的上海，是印度最繁华、经济最发达的地方，而且也是一个重要的港口，而加尔各答大致相当于中国的广州。

印度的古代历史非常复杂，这里就不跟大家多讲了。印度当年实际上因为历史原因分成了很多个邦，直到现在为止，一些邦与邦之间语言也不通，很多传统习俗也不一样。我以前总觉得很奇怪，印度号称一年能拍八九百部电影，电影产量居然这么高，这有点儿不可思议。后来有一次去了印度我才明白，他们每拍一部电影，剧本都要用六种语言来写，每个剧本还要请不同邦的明星来演，比如给锡克教徒看的剧本得讲旁遮普语，那就得请旁遮普邦的明星，这一个剧本就得拍六个电影，分别在六个邦上演，所以它的电影产量才这么高。大家知道孟买有"宝莱坞"之称，就是因为过去在英国占领时期，殖民地的英国人把孟买叫作Bombay，印度独立之后，人民觉得咱们不能还沿用殖民地时期的名字，于是又重新起了名字，现在叫Mumbai。但过去的名字Bombay跟好莱坞结合起来，就是"宝莱坞"。

大家如果去印度的话就会发现，孟买这边的人长得明显比加尔各答人好看得多，主要就是因为印度西边的穆斯林比较多，这些人大多长得很好看。很多穆斯林的女性出门都要用面纱蒙着脸，她们的相貌非常有轮廓感，很有立体感，而且身材也都很好。还有一个原因就是孟买这边的人很多有波斯血统。大家看过《倚天屠龙记》，里面的四大护法中最漂亮、武功也最高的一位，叫紫衫龙王，她就是波斯拜火教的人（拜火教又称祆教）。而明教又叫摩尼教，也是从波斯传入中国的一种宗教。孟买人很多长得漂亮，就是因为过去伊斯兰教向前推进的时候，波斯拜火教有很多人遭到了这些穆斯林的迫害，被迫长途迁徙来到了孟买这一带。所以孟买的姑娘长得很漂亮，而且这里的人还很有商业头脑，很会做生意。他们有一个专门的名字，叫"帕西"商人。加尔各答那边的人相对来说长得就没这么好了，有点儿像孟加拉人、缅甸人。而印度现在的首都新德里就在正中间。加尔各答现在是印度所谓的"硅谷"，软件产业非常发达，而且非常集中。

我在印度待过一段时间，这个国家给了我很多的感动。当然如果比较现代化程度，印度和中国还是有一定差距的。2003年我去印度的时候，印度还没有超市，高速公路也基本没有，到现在它建设的高速公路也很少。我们中国高速公路的建设程度现在已经仅次于美国，有数万公里。所以从这一件事就能感觉到印度和中国有很大的差距。而且印度的贫民窟面积非常大，去往孟买的飞机在降落之前，有几分钟的时间都在飞越一个世界上最大的贫民窟，我当时在飞机上都看呆了。它的一个贫民窟住的人大约有三百万，有乞丐、公务员、工人和白领阶层，里面的道路非常狭窄，救护车和救火车都开不进去。飞机场也大多建在这里，因为富人觉得声音大，所以飞机场不能建在富人区附近。在首都新德里，你随处都能看到动物在街上走，大象在街上溜达，孔雀站在树梢上，牛也能随便在街上走……牛在印度还是圣物，司机开车如果遇到牛，谁都不敢冲它按喇叭，只能在后面慢慢跟着，表示尊敬。而且我在印度坐出租车的时候还发现，那里的出租车打表用的都是非常大的机械表，表上伸出一根蜗杆，一直连到外面的车轮上。那怎么计价呢？就是车轮每转一圈，蜗杆就跟着转一圈，通过这样一个传动系统把行驶的距离记录在计价器上，就是这种非常落后的方式。

不过说真的，虽然这些贫民窟这么落后，生活设施也不完善，确实存在着各种各样的问题，但是如果你在这里住上一段时间，就突然会有一种好像和自然、天地都融在一起的感觉，和那种生活在大城市的钢筋混凝土中的感觉完全不一样，这里的生活非常有意思。我当时住在一个很好的酒店里，那儿的床单都是直接在楼下的河里清洗的，虽然我们看了可能很不习惯，但是人家确实就这样生活。而且那里的人性格也都非常平和，女人都非常勤劳，反而是男人有时候懒散一些。这种生活状态和我们过去认知的那种贫困还不一样，就是它虽然贫穷落后，但是有一种宗教熏陶出来的平和、淳朴的民风，走在街上，能看到很多人对你善意地微笑，这在我们的北京、上海这种大城市是很难见到的。

印度有近80%的人信印度教，12%左右的人信仰伊斯兰教，还有一小部分信仰基督教、锡克教等。宗教对这个国家的影响真的非常大，这种影响不仅体现在一些生活习惯上，还有对人心灵的深层影响。举个我见到过的例子，在德里的皇宫外面，有一个巨大的露天市场叫月光市场，人们摆摊卖各种各样的东西。有时候在人们正在那儿讨价还价的时候，突然皇宫里传来音乐，上万人就会停下手头的事情，全部匍匐下来祈祷，那个场面真的给了我很大的震撼，感觉就像是在滚滚的红尘俗世之中有这么一片净土，所有人都在虔诚地祈祷。然后等到音乐结束，商人们也祈祷完了，就站起来对那些准备买东西的外国人说："不跟你讨价还价了，就按你说的价钱卖了。"整个人的心灵立刻就变纯净了。我很喜欢印度这个国家，今天在这里跟大家多聊两句,有机会的话大家也可以去印度看一看。因为一直以来,我们好像对远处的一些欧美国家了解很多,对印度这样的近邻,反而很多中国人都不是很了解。

| 西安事变爆发 |

今天也是西安事变爆发的日子,1936年的这一天,西安事变爆发。这个历史事件中国人民都非常熟悉,我在这里就说两个西安事变里我觉得有意思的小细节。这两件事在历史书里通常不会有太多记载,所以在这儿跟大家讲一讲。

一个就是在西安事变发生的前几天,陕西发现了失传已久的《乐经》。大家都知道"四书五经",儒家其实最早有"六经",包括《诗经》《书经》《礼经》《易经》《乐经》《春秋》等。《乐经》据说是由孔子亲自编订的,但后来失传了。一直到两千多年以后,就是在1936年的时候才重新被发现。时任陕西省主席的邵力子是一个文人,他非常清楚这个发现的价值,本来非常高兴,正要去看一看,结果就在这时候爆发了西安事变,邵力子作为蒋介石手下也被抓起来关了一段时间。后来等到西安事变和平解决,邵力子被放出来以后,这本珍贵的《乐经》又不知所终了,到今天为止,也没有再次发现过。这是个让人感觉很遗憾的事情。

另一件事儿就是因为西安事变,中央军被大量地调往前线。当时中央军已经开进潼关,有一个说法是说,当时主战派的何应钦曾想轰炸西安,把蒋介石炸死,自己取而代之。不过这个说法我觉得不太靠谱儿,因为做这种事儿也要有动机,对你有利才做,就算蒋介石被炸死,国民党还有很多高官在那里,汪精卫、胡汉民、林森等,何应钦当时只是他所谓的"八大金刚"之一,怎么也轮不到他当总统,军权也不可能直接交给他。

有一个事实是,中央军在过了潼关向前推进的时候,东北军奉命南调,抵抗中央军。东北军一方在西安事变之前就已经和共产党这边建立了比较好的关系,大家联合起来准备一起抗日,后来,东北军从延安撤离,共产党的指挥中心就从陕北的保安迁到了这里,才有了后来的革命圣地延安。

|南京失守|

1937 年的今天是南京失守的日子。说起这件事儿就要提到唐生智，这个人的功过还真是很难评价，你说他不爱国也不对，毕竟人家还是临危受命，指挥了南京保卫战；说他爱国吧，可是最后导致了那么惨烈的后果。

在淞沪战役结束的时候，我们的军队几乎是全线崩溃，江浙一带已经遍布散兵游勇，军队的秩序已经完全乱了，撤退的时候也发生了很多烧杀抢掠的事，对当地的经济、民生破坏非常大。撤到两条预设国防线的时候，本来可以借助这里的一些钢筋混凝土的工事和碉堡，停下来抵抗一段时间，但是这时候军队的士气已经完全崩盘，在一片混乱中，大家都来不及撤进碉堡，也没能组织什么有效的防御。在那种情况下，全体将领都跟蒋介石建议说，南京不可守。结果这个时候唐生智出来了，其实这个人原本是湘军的统帅，在几次反蒋失败之后，早已离开军队，但是在这个节骨眼上，他的爱国热情突然上来了。他在讨论防守南京的军事会议上振臂高呼："总理的陵寝就在这里，这是我们的首都，怎么能不守？"还当场表示自己的决心，誓要与南京共存亡。蒋介石一听大喜过望，就把当时南京附近仅存的一点儿精锐部队交给了唐生智，说那就由你来守南京。这些军队虽然号称中央军最精锐的部队，但是经过了淞沪战役三个多月的鏖战，到这个时候已经筋疲力尽了。所以南京保卫战只打了短短几天，南京就失守了。仅仅在失守的这一天，国民党的军队就牺牲了大批优秀的将领。

12月13日

《晓松说——历史上的今天》来到了 12 月 13 日。1937 年的这一天，爆发了震惊世界的南京大屠杀；1996 年的这一天，安南当选为联合国秘书长；2003 年的这一天，美军俘虏萨达姆。

| 安南当选联合国秘书长 |

先说说 1996 年的这一天，安南当选为联合国秘书长。我以前还有点儿奇怪，觉得这联合国的秘书长怎么尽是来自小国家的，五大常任理事国在联合国里都有一票否决权，为什么不是这些大国的人当联合国秘书长呢？后来我仔细研究了一下才发现，这五大常任理事国为了表明自己在联合国已经有那么多的特权了，已经能一票否决了，那这秘书长就不再当了。再加上当年处于冷战时期，这五大常任理事国还分成了两拨，这边中国和苏联是社会主义国家，那边英国、美国、法国是资本主义国家，两边一直在冷战，你说到底是这边的人当秘书长好，还是那边的人当秘书长好？反正哪边当都会有矛盾，所以后来这五

大常任理事国就决定主动放弃秘书长这个职务。因此，联合国秘书长一直都不是来自"五常"国家，甚至不是"五常"之外的大国的人来当，而是由来自小国的人来当。这样秘书长就会比较中立，就不会那么明显地倾向于五大常任理事国中的某一方了，尤其在冷战时期，这一点很重要。所以大家看联合国秘书长最早是挪威人来当，后来还有缅甸人、奥地利人、秘鲁人等，再后来就是由非洲来的安南来担任，现在联合国秘书长是韩国人潘基文。

联合国秘书长在不召开联大的时候权力还是很大的。大家知道联大召开的时候会有轮值主席，而不召开联大的时候，联合国秘书长的角色就显得非常重要了。在有重大的原则性问题的时候，联合国秘书长当然得向五大常任理事国来询问，但是他偶尔也会去谴责一下谁、去发表一个谈话等，这在全世界还是有很大影响力的。所以联合国秘书长通常是由五大常任理事国都能接受的小国的政治家或者外交家来担任。

说到现在的联合国秘书长潘基文，韩国人民很有意思，他们觉得大韩民族最骄傲的并不是这个联合国秘书长，他们的第一骄傲是鸟叔，第二才是这个潘基文。鸟叔自己在接受采访时说："在韩国我比潘基文还火。"而且鸟叔的英文说得比潘基文好，潘基文讲英文的时候口音特别重，而鸟叔因为曾在美国读书，所以他的英文讲得很地道。

| 美军俘虏萨达姆 |

下面来说一下 2003 年的这一天，美军俘虏萨达姆。我记得当时我正在看电视，突然说大新闻出来了，萨达姆在一个地洞里被抓住了，萨达姆出来的时候胡子拉碴、蓬头垢面……当时我还在想萨达姆这种人怎么能被人活捉呢？正常情况下是宁死也不能叫人活捉，被活捉有什么好处，难道经过美军审判能活下来吗？这个独裁者萨达姆最后居然是被俘的，还有利比亚的独裁者卡扎菲最后也是被俘后跪地求饶，这些都令人大跌眼镜，因为这些人看起来都是最不像会被俘或求饶的人。尤其是卡扎菲，他在求饶完以后还受辱，受辱之后就被乱拳打死，这实在是让我难以理解。

我看过一个新闻，说在莫斯科机场发现了四百亿欧元的现金，有人怀疑这是萨达姆当时从伊拉克运出来的，因为萨达姆死了，所以这钱就没人认领，等等。当时我看到这个新闻觉得不太可能，四百亿欧元的现金，那可不是一个机场能装下的，所以我觉得现在的新闻有时候也是非常不靠谱儿。萨达姆的钱会有一部分藏起来，但是绝对不会有四百亿欧元的现金在莫斯科机场被发现，无人认领，这绝对不可能。

当时美国打伊拉克的理由是怀疑伊拉克有大规模杀伤性武器，但最后并没找到大规模杀伤性武器。美国不管出于什么原因去打伊拉克，实际上在对伊拉克发动战争的时候，美国人民是非常反对的，美国人民为了伊拉克战争也付出了很多。我生活在加州，加州全体人民为了伊拉克战争都勒紧了裤腰带，因为每个月美国在伊拉克要花一百亿美元，加州当时为了省钱，连老师的粉笔都限量。伊拉克战争最终花了美国纳税人七千多亿美元，牺牲了四千多名美国军人的生命，这场战争到底有什么意义？全体美国人民非常愤怒："这伊拉克战争不就是我们全体美国人民在给犹太人埋单吗？"大家知道美国有六百万犹太人，美国人民认为是这些犹太人得罪了穆斯林，是这些犹太人得罪了拉登，是这些犹太人得罪了所有阿拉伯国家的人民，而美国政府支持以色列、支持犹太人。但这也没有办法，因为犹太人有钱，犹太人把持着美国的媒体、把持着美国的大银行……但是最终花的这七千多亿美元还是全体美国纳税人的钱。美国人民非常不高兴，说："我们又没招惹穆斯林，我们又没招惹阿拉伯人，政府凭什么拿我们纳税人的钱，还让我们四千多儿女牺牲在伊拉克战场上？我们就为了给六百万犹太人埋单！我们坚决抗议！"

|震惊世界的南京大屠杀|

最后说说在 1937 年的这一天爆发的震惊世界的南京大屠杀，其实这是我很不愿意提起的，因为一说起这个心里就会非常沉重。南京大屠杀到任何时候都是翻不了案的，因为铁证如山，永远都是日本军人、日本军国主义犯下的滔天罪行。大屠杀发生的时候有大批外国的传教士与记者在南京，他们都公正、客观地记录了那次惨绝人寰的大屠杀，包括后来得了诺贝尔文学奖的赛珍珠也是这段历史的见证者。占领南京的日军总指挥松井石根后来虽然企图谢罪，但因犯下了这种滔天罪行，最后还是被东京远东军事法庭判处了绞刑。南京大屠杀的具体执行者是日军第6师团的官兵，最后都在菲律宾被美军歼灭了。下令大屠杀的第6师团师团长谷寿夫也被我们抓了回来，在南京进行了审判，最后在雨花台被枪决。谷寿夫的双手沾满了南京人民的鲜血，真是死有余辜。

在南京大屠杀的时候还有两名令人发指的"百人斩"，这两个日本人比赛杀中国人，看谁杀得多。他们在到南京之前就开始了杀人游戏，到南京时已经各自杀了五六十个中国人，最后，两人一个杀了一百零五个中国人，一个杀了一百零六个中国人，号称"百人斩"。但他们两人后来居然逃过了战争的惩罚，都活了下来，而且都回国了。后来我们一位非常年轻的法官在看了大量的南京大屠杀的资料以后，在日本一份非常非常不起眼的报纸上，看到了对这两个日本人的报道。当时是日本记者在前线采访这两个人，为他俩歌功颂德，采访稿登在了日本的报纸上。这位年轻的中国法官发现这份报纸以后，立即就向国内报告。国内马上指示他和驻在日本的美国占领军各方面联系，一定要把这两个人找出来。最后经过各种曲折，终于找到了这两个日本恶魔，将他们押送到南京审判，并在雨花台处决。

再多说一句有关日本教科书对侵华历史记录的问题，我去日本时，也曾向很多日本人了解了他们对侵华历史的看法。应该说，绝大多数的日本人民是能够正确看待那段历史的，只是这些罪行是他们祖辈犯下的，战争已经过去了七十年，大家都觉得应该向前看。日本的多任首相曾经为日本犯下的罪行道过歉，绝大多数的日本中学课本里都承认日本对中国、朝鲜等进行过侵略，犯下过罪行。只有极少数的教科书会否认南京大屠杀等罪行，但这些教科书很长时间都一直只有几所中学在使用，日本有十几万所中学，所以当时这些教科书使用的比例是极低的。后来中日关系变得紧张起来，到现在再去统计，使用否认南京大屠杀教科书的日本中学占学校总数的很小部分，比原来的几所中学多了一些。但是绝大多数的日本中学使用的历史课本都是承认南京大屠杀的，而且这些年的历史课本写得还比以前更详细了。一开始是为了模糊日本天皇的责任，关于南京大屠杀的记载就只有四行字。后来，日本年轻的知识分子、学生不断抗议，那么重要的一段历史，日本的命运在那时候都发生了改变，为什么只有短短的四行字？后来关于那段历史的记录才越写越多。现在历史课本中关于那段历史的记载大概有四页纸，写得越来越详细，包括南京大屠杀、侵略战争等。当然日本存在右翼，这是不容否认的，但是绝大多数的日本人是厌恶战争的，绝大多数的日本人也能正确认识当年的那段历史。

12月14日

《晓松说——历史上的今天》来到了 12 月 14 日。1408 年的这一天,《永乐大典》编纂完成;1819 年的这一天,亚拉巴马州成为美国第二十二个州;1911 年的这一天,人类首次抵达南极。

|《永乐大典》编纂完成|

1408 年的这一天,著名的《永乐大典》编成。《永乐大典》是一个篡位的皇帝——永乐皇帝编的,这咱们以前也讲过,在各种穿越电视剧、各种文学作品里也经常讲到这段历史。当时因为找不到建文帝,所以这个篡位的永乐皇帝就永远心里不安,他想让方孝孺写个登基诏书,这方孝孺还不写,于是他就下令灭人十族。后来永乐皇帝一想干脆改历史书得了,这来得快,所以他就弄了个《永乐大典》,把各种各样的书都按他的意思编出来。这个《永乐大典》的主编解缙也是明朝的大才子,编完《永乐大典》以后,最后被以"无人臣礼"这样莫须有的罪名投入了大狱。"无人臣礼"意思就是你做人臣的礼数不够,你不

懂怎么做人臣，后来解缙凄惨地死去。

　　以前我曾经讲过，明朝的知识分子非常悲惨，跟诸葛亮齐名的刘伯温也是被毒死的，很多时候大案只要一发，经常会杀死很多知识分子。明朝的知识分子经常会因为一些莫须有的事情，被太监侮辱，拉出宫门去打一通——廷杖，被打得屁滚尿流，最后打到肉都掉下来，还要回家做成腊肉吊到房梁上，这还是轻的。重的被太监组成的东厂、西厂给弄起来，还要下大狱，很多人连自己是怎么死的都不知道。咱不跟元朝比，元朝的统治者是蒙古族人，不光是知识分子，整个汉族人都被压在最底层，咱们只拿明朝跟敬畏知识分子的朝代去比，这明朝对待知识分子是有史以来最差的。自古以来每朝每代都敬畏知识分子，即使处死知识分子也都是赐死，朝廷想要处死他的时候也会先告诉他，就是想让知识分子仍保有尊严，请你自杀。而到了明朝的时候，知识分子却被太监肆意地凌辱，被太监打屁股，被太监下狱，被太监弄死。

　　明朝知识分子的待遇也是最低的，因为朱元璋完全不识字，完全是最最最底层出身，所以他最痛恨这些"高帅富"，于是给了整个中国历史上最低最低的知识分子待遇。明朝知识分子的工资低到如果你不去贪污就吃不好、穿不好，像海瑞这样的，只有妈妈过八十大寿的时候才能买两斤肉。而你只要贪污，被发现以后各种酷刑就都来了。中国在唐朝、宋朝的时候，这些知识分子官员，一年平均有一百来天的假，在汉朝的时候是五天一休，有各种各样的假期，待遇都非常好。但是到了明朝，一开始人们还请示朱元璋："咱这些知识分子、这些官员一年放多少天假？"朱元璋说："他们干吗要放假啊？"最后朱元璋大笔一挥，全体明朝官员一年只有三天假。所以知识分子到了明朝简直就是赶上了最悲惨最悲惨的年代，这些知识分子宁可在元朝被杀了，也不愿意再被太监侮辱。如果大家要穿越，知识分子一定要穿越到唐、宋，或者春秋，如果太监的话那就穿越到明朝，因为明朝的太监那是位高权重，连每一支军队的监军都是太监，收税的是太监，特务机关东厂、西厂也是太监。明朝太监可以肆意侮辱大臣。在别的朝代太监都是奴、都是用人，而在明朝太监可不是，魏忠贤、王振、刘瑾那都是大太监，刘瑾位列世界有史以来十大首富之列，就连下西洋的郑和都是宫中的大太监，所以太监可以穿越到明朝去，知识分子咱还是躲着点儿明朝吧。

|亚拉巴马州成为美国第二十二个州|

　　1819 年的今天，亚拉巴马州成为美国第二十二个州。亚拉巴马州是个非常典型的南部州，亚拉巴马州的口音很有特色，大家看《阿甘正传》，阿甘的口音就是亚拉巴马州的口音。不过饰演阿甘的演员汤姆·汉克斯演得也确实是非常厉害，他居然能让阿甘说一口跟自己完全无关的口音，说得还特别像。

　　亚拉巴马人的口音特别侉，每句话后面都加一尾音，很有意思。现在在微博上有很多教人说英语的，但水平确实是良莠不齐，有人竟在微博上说十大最好学的美国口语中亚拉巴马排第一。我当时都看傻了，阿甘说的这个亚拉巴马口音，走到哪里都是被美国人民笑话的，是特别可笑、特别土的口音，大家学英语怎么能去学这样的口音呢！在《阿甘正传》中，为了表明阿甘是一个非常纯朴的人，才让他说的话带着亚拉巴马口音。其实《阿甘正传》这部片子并不是在亚拉巴马州拍的，而是在乔治亚州的萨凡纳拍的。萨凡纳这个地方特别美，可这乔治亚州的口音也不太好听，大家去看电影《飘》，英国来的演员费雯·丽，也是学了一口纯正的南部的乔治亚州的那种特别侉的口音，当时看得我哈哈大笑。再说一遍，大家千万别跟阿甘学那个亚拉巴马口音，那口音极其极其土！

　　亚拉巴马州在美国给人的感觉基本上就是保守、落后，亚拉巴马州没有什么大城市，最大的城市就是伯明翰，但这个伯明翰并不是英国著名的工业城市伯明翰，虽然它日后也成了一个工业城市。亚拉巴马州位于美国的南部，美国南部的各个州最初都是以农业为主的，亚拉巴马州主要种植棉花。我之前讲过，美国的每个州都有一个绰号，而且这个绰号是要写在车牌子上的，比如加州的车牌子写的就是"Golden State"——金州，纽约州的车牌子写着"Empire State"——帝国州，这亚拉巴马的车牌子上就写着"State of Cotton"——棉花州。所以亚拉巴马州实在没有什么值得说的，就是一种棉花的州，而伯明翰也是到很晚才发展成为一个工业城市。

亚拉巴马州的首府也是一个小城市，叫蒙哥马利。我之前曾经讲过，美国绝大部分州的首府都是一个极小的城市，美国人选州的首府的时候很有意思，他们就认为，你不是想当官吗，那对不起，你离开大城市，离开这些灯红酒绿的地方，上那穷乡僻壤去。大家看加州有那么多大城市，洛杉矶、圣弗朗西斯科等，却把东北部山区的一个小城市萨克拉门托作为加州首府。纽约州也有很多大都市，像纽约市等，可是纽约州的首府在北边一个山里头，叫奥尔巴尼。伊利诺伊州的首府也不是大城市芝加哥，而是一个特别特别小的地方，叫斯普林菲尔德（Springfield）。这亚拉巴马州的首府蒙哥马利很有历史，当时亚拉巴马州非常歧视黑人，但是从 20 世纪 60 年代起，美国最早的民权运动就从亚拉巴马州开始发展起来了。当时有一个黑人妇女坐在公共汽车上，不给白人让座，导致了严重的种族冲突。于是在蒙哥马利的一个教堂里当牧师的马丁·路德·金，就发动了蒙哥马利市的全体黑人拒坐公共汽车，天天走路、骑自行车，最后黑人终于获得了跟白人平等地坐公共汽车的权利。

｜人类首次抵达南极点｜

1911 年的今天，人类第一次抵达了南极点。人类一直在地球上以及外太空不停地探索，到 1911 年的时候终于把旗帜插到了南极点。当时有两支探险队在互相竞争，看谁能第一个把旗帜插到南极点。这两支队伍一支是挪威的阿蒙森探险队，一支是英国的斯科特探险队。最后在两支队伍你追我赶的过程中，阿蒙森率领的探险队率先到了南极点，所以挪威人获得了第一个到达南极点的荣誉。当然了，如果从地理上来说，挪威人肯定比英国人更懂得如何在冰天雪地生存，因为挪威这个国家就处在北极圈里。英国人斯科特率探险队在一个月之后也到达了南极点，但是一看这儿已经插上了旗帜，挪威人已经来过了，所以大家非常扫兴。而且更不幸的是，在英国探险队返回的途中遇到了几天几夜的大风暴，最后在离补给站只差十几英里的地方，这一部分探险队员全部遇难。队员们在遇难前写了详细的日记，记录下来了他们所经历的一切，也记录了南极的各种各样的状况，这些记录就相当于一本科考日记。我觉得这些探险家特别值得尊敬，他们为了自己热爱的事业冒着巨大的危险，而且最后为自己所热爱的事业付出了生命，应该说这也是为人类的探索、为人类的进步做出的牺牲。这些探险家非常值得纪念!

12月15日

　　《晓松说——历史上的今天》来到了 12 月 15 日。1161 年的这一天，金代的海陵王完颜亮被杀；1915 年的这一天，英国停止实行志愿兵役制；1944 年的这一天，美国建立五星上将军衔。

| 海陵王完颜亮被杀 |

　　首先说一下金代的海陵王完颜亮，1161 年的这一天，完颜亮被杀。完颜亮生前是金代的第四位皇帝，由于他残暴至极，最后被自己人杀死。完颜亮被杀之后连皇帝的称号也被剥夺了，降为海陵王，后来又被降为庶民。海陵王完颜亮在中国历史上所有的皇帝当中，算得上首屈一指的残暴、淫乱，他的残暴和淫乱到了令人发指的程度。在《金史》中，记载者就直接引用了《史记》里描写商纣王的那一套语言来形容完颜亮，说他"三纲绝矣"。首先完颜亮为了篡位杀了皇帝金熙宗；第二就是他对自己的母亲有意见，后来他把自己的嫡母皇太后徒单氏也杀了；第三是他夺人妻，这世界上所有人的老婆只要被他看上了，他都要睡，包括他自己亲戚的老婆，他强奸了他嫂子，强奸了他弟妹，强奸了他外甥女……他说："我人生有三大愿望：第一，国家大事全听我一个人的；第二，灭掉南宋，一统天下；第三，我要睡遍天下所有女人。"他还弄了一个大乐队，他在宫中淫乱的时候，还要让大家围观。而且他要看上谁的老婆，那人要能活下来就是万幸。他看上了自己妹妹的侍女，他妹妹稍有微词，他就把自己的妹妹也杀了。不管是谁，只要他觉得不合适，都要被杀，皇太后也杀，姐妹也杀。要不是这个海陵王还算是有点儿才华，汉学学得不错，那大家就觉得这人完全就是一个精神病。完颜亮有一种妄想症，他听说自己的妃子会喜欢另一个人，他就会气得说不出话来。他觉得："论才华有人能跟我比吗，我文武双全；论身份有人能跟我比吗，我是皇帝。你为什么会喜欢别人？"他不理解天下女人怎么还会爱上别人，他觉得都应该爱他。他认为自己风流倜傥，其实是残暴成性。

自从完颜亮看到了柳永的词，他就对杭州充满了想象。完颜亮当政时北宋已经灭亡了，只剩下南宋，于是他画了一幅画，然后把杭州 PS 上去，他还写了一首诗，其中有两句叫"提兵百万西湖上，立马吴山第一峰"，可以看出他对杭州、对南宋极为向往。在残暴、淫乱之余，他还要南征去打南宋，结果在南征途中，完颜亮在采石矶横渡长江时，被自己人杀了。

关于这个采石矶我要多说几句，采石矶是一个重要的渡口，历来是兵家必争之地。因为在汉字里"矶"就是水边突出的岩石，而"津"就是渡口，所以我国古代在取地名时，那些既靠近水边又有岩石的地方就叫某某矶，如"燕子矶""采石矶"，而那些有渡口的地方就叫某津，如"天津""孟津"。后来在我们翻译外国地名时也会把这些词用上，尤其是民国时期很多翻译都很有意思。我所生活过的这个城市"洛杉矶"就是这么翻出来的，音译也挺有意思，但是意译过来，这个洛杉矶确实是一个三面环山一面依海的城市，它既近水边又有岩石。还有"Oxford"翻译成"牛津"也很有意思，"ox"就是牛的意思，因为牛津正好是个渡口，所以就把它翻译成"牛津"。

当时这个海陵王完颜亮就是在采石矶渡江的时候，被自己人杀了，因为金国由上到下，对他已经是完全不能忍受了。海陵王应该算是中国有史以来的帝王中最最残暴、淫乱的一位，唯一的一点儿小贡献，就是他为了玩，把金国的首都从黑龙江迁到了燕京。燕京就是现在的北京，所以北京城作为正式的国都实际上是完颜亮最先开始建的。大家看看北京那些很土的地名，你就能想到这些金人刚来的时候，因为没文化就乱起名，当然后来都被汉人慢慢改了。像原来有的地方叫"驴屎路"，现在改叫"礼士路"；原来叫"鸡爪胡同"，后来改成"吉兆胡同"……现在北京还有很多以屯命名的地儿，这些地方就是当年屯兵的地方，像什么三里屯等。

|英国停止实行志愿兵役制|

1915 年的今天，英国停止实行志愿兵役制，1916 年开始实行征兵制。征兵制跟募兵制的区别，也可以说是义务兵制跟志愿兵制的区别，募兵制就是我花钱，你志愿来，所以叫志愿兵；征兵制就是不管你愿意不愿意都必须得来，不来就是犯法，在中国古代这叫服兵役，在西方这叫征兵制，在美国叫 draft。大家知道英国在整个欧洲永远属于比较保守的国家，一般不愿意做出改变，到现在也是，人家欧洲的其他国家都用欧元了，就他还用英镑；人家二十六个国家都加入了申根协定，就他不加入，所以英国一直都是一个保守的国家。到了"一战"的第三年，英国才开始正式实行征兵制，就是你必须得来当兵。原来英国就靠募兵制，由国民志愿来当兵，但是"一战"的伤亡实在是太大了，"一战"之前的所有战争都没有这场战争这么可怕，一上来就死了这么多人，最后英国光靠募兵制已经不行了，人们给多少钱都不去当兵了。和平时期当兵吃粮当然好了，上战场牺牲的概率小，顶多是去打打印度人，到南非去参加布尔战争，打打南非的土著白人，当兵的伤亡概率很小，拿钱还挺多。但现在是"一战"，对不起，一天给一两黄金也没人去，因为这一上去命就没了，所以最后只好实行征兵制。英国在欧洲实行征兵制算是比较晚的，其中一个重要原因是英国隔着大海，以前几乎没有什么人来进攻英国，英国的皇家海军非常强大。皇家海军采用的就是募兵制，能进入皇家海军那是无上光荣的事情，海军军官一退役回到家乡，几乎全镇的姑娘都想嫁给他。但英国的陆军始终不是很强大，英国也没想把陆军弄得特别强大，因为根本就没有多少人来威胁他，所以英国就一直没采取征兵制。

中国自古采用的就是征兵制，适龄青年必须服兵役，这服兵役不但是强制进行，而且晚到了都不行。当年陈胜、吴广为什么揭竿起义？就是要征你去当兵，服兵役是给国家尽义务，实在服不了兵役那就得去服劳役，去修长城。服兵役的时候要求这些人哪天哪天到哪儿报到，晚到一天就会被斩首，当时陈胜、吴广在路上遇到了大雨等各种恶劣天气，实在是赶不到了，就琢磨咱到那儿也是个死，还不如起义跟他拼了得了，王侯将相宁有种乎？于是陈胜、吴广就举旗起义了。可见中国古代这个服兵役、征兵制是多么厉害。

法国是欧洲第一个采用征兵制的，法国之所以能在大革命时期，或者叫拿破仑时期打遍欧洲无敌手，就是因为它采用了征兵制。采用征兵制以后，法国的兵源一下子就充足了起来，整个战争的动员能力非常强大，所以当时法国打遍欧洲无敌手。紧接着就是继法国之后崛起的普鲁士，最后普鲁士打败了法国，使德国统一。普鲁士之所以能取得这样的胜利，也是后来实行了征兵制，再加上普鲁士本身就有军事贵族的传统，姓冯的这一大票军事贵族，在铁血宰相俾斯麦的治理下，使普鲁士迅速崛起，所以征兵制是很重要的一个体制。

欧洲古代为什么没有采取中国古代一直采用的征兵制呢？因为中国古代就有国家的概念，国家要征你去当兵，你就必须得去。但欧洲不一样，欧洲一直采取的是封建制，很晚很晚才有国家的概念，之前只有领主的概念，你是我这领地上的人，那就是我的人，打仗的时候我给你点儿钱你就去跟着打，平时你就种你的地，所以欧洲一直采取的就是募兵制。而且欧洲当时分成了各个小国，也没办法去大规模征兵，在十字军时期军队的规模还算可以，但也就十万人左右。结果眼看着法国因为征兵强大，横扫欧洲，紧接着普鲁士也采取了征兵制，然后也跟着强大起来，横扫法国，统一了德国。"一战"开始的时候，英国采取的还是那种传统的志愿兵模式，所以根本就适应不了战争的形式，所以英国也实行了征兵制。

到现在为止全世界很少有国家采取纯志愿兵制，我国现在还是主要采用征兵制，但是在慢慢地采用义务兵和志愿兵结合的方式。义务兵就是你有义务为国服兵役，尤其是战时，服兵役是适龄青年的义务。而志愿兵就是义务兵已经服满两年兵役，但由于有特殊的技能，就转成了志愿兵，这志愿兵就像一份工作，相当于过去募兵制下的兵。中国自古只有宋朝跟其他朝代不一样，宋朝实行的是募兵制，我给你钱，你来当兵。大家知道宋朝的时候中国有很多自然灾害，但农村起义极少，不像明朝那么容易起义，宋朝顶多是宋江水泊梁山来两下，方腊来两下，为什么宋朝起义少呢？就是一有饥荒的时候，朝廷就把你都招募来当兵，相当于给你工作，给你饭吃，所以就没有出现那种大规模的叛乱、农民起义等。宋朝的募兵制还有个好处。大家知道如果采取征兵制，该服兵役时要服兵役，服完兵役后就回来种地，其他人再去服兵役，所以就没有职业军人，士兵都是短时间服役。而宋朝的时候就有志愿兵，成为职业军人，一辈子就在这儿当兵，所以那时候出现了大量的武术流派。今天大家看到的很多武术流派，其源头几乎都是宋朝，金庸的武侠小说也特别爱写宋朝，像《射雕英雄传》《神雕侠侣》讲的都是宋朝发生的故事，就是因为那时候各路武林高手众多。

　　到了明朝的时候其实还是义务兵，当时叫军户，军户世世代代有义务当兵。清朝最开始的时候也是义务兵，叫作"八旗军"，当时满族人太少，所以人人都得来当兵，包括后来的绿营等都属于义务兵。清朝从什么时候开始募兵呢？就是太平天国来了以后，以前光靠这些义务兵，结果八旗腐败了，绿营也腐败了，这仗根本就没法儿打，最后朝廷只好下令大家各自去募兵吧，所以才有了团练、湘军。曾国藩去募兵，募来的湘军跟着曾国藩干；李鸿章去募兵，募来的淮军跟着李鸿章干。募兵制跟征兵制的最大区别是，征兵制有国家的观念，要为国去效力、服役，为国去奋战，为国去死；而募兵制就是谁给我钱听谁的，相当于公司管理，所以募兵制就会迅速出现军阀这种东西。欧洲古代本身就有军阀、贵族，而中国自从开始募兵制，才出现了湘军、淮军这些大军阀。募兵制从清末开始一直延续到了民国。我记得吴思写过一本书，叫《血酬定律》，意思就是流血拼命所得的酬报，体现着生命与生存资源的交换关系。民国的时候天天打仗、内战，民不聊生，如果去当兵，那每天都能吃饱，但死亡率是50%；如果去当匪，是有一顿没一顿，吃饱的概率是50%，可是死的概率也是50%；如果当民，那每顿都吃不饱，但是死的概率只有10%。大家都说民国时代非常美好，那指的是知识分子，而底层人民的选择就是上面这三样，所以民国这个募兵制才导致了大家全都到处去募兵，才出现了像冯玉祥那样的大军阀，"我生是冯家人，死是冯家鬼"，你给我钱，我就为你服务。到了抗战时期牺牲的人太多，就没有办法再去募兵了，因为兵源实在是跟不上，再加上当时所有军阀都参与到抗战中，大家共赴国难，也就不再分山头了，于是政府才开始强制征兵。大家看到很多文艺作品都有抓壮丁的镜头，抓壮丁就是征兵。而现在我们在逐渐地变成普通士兵加志愿兵的制度。

美国以前也是采用志愿兵制度，到南北战争的时候才开始采用征兵制。大家知道美国在独立战争的时候，没有一个联邦政府，也没有议会和法律，也没有办法去征兵，所以当时美国实际上都是民兵，民兵就是志愿兵。美国要独立，就号召美国人民站出来，跟英国人拼了，于是大家为了自由而战。到美国内战的时候，美军的伤亡太大了，南北双方都是百万大军上前线打仗，于是就开始draft，也就是征兵。不过在美国内战的时候还有拿钱买替身的，我曾经讲过克利夫兰总统，他花了一百五十美元，让村里的一个人替他去当兵了，他就免了兵役。"二战"之前美国陆军一共才十几万人，突然发展到一千多万人，这要靠募兵可募不来这么多人，美国从"二战"的时候开始就正式采取了强制征兵制。美国有非常非常严格的战时动员法，即使是私营企业在战时也不能想生产什么就生产什么，你必须得听国家的，国家让你生产什么你就得生产什么，让你转产你就得转产，让你停产你就必须停产。所以那时候已经没有什么自由平等了，而且征兵法规定，如果这个地方适龄来当兵的人跑了没来当兵，那这个地方负责征兵的人要一起被关监狱，这就是"连坐"。我们以前讲过克林顿竞选总统的时候，大家就说克林顿曾逃避服兵役，烧了兵役证，兵役证这个东西就是征兵制的一种证件，限你哪天去报到，兵役证直接就发到你手里。美国在越战的时候又实行了战时动员法，采取了征兵制，在越战之后又变成了志愿兵制。所以美国的兵役制度始终都是和平时期采取志愿兵制度，大家当兵是一项工作，拿钱也挺多，死亡率也很低，但到了战争时期就会实行征兵制。现在大多数国家都采取这种兵役制度。

世界上还有少数几个国家和地区采取的是"全民皆兵"的制度，就是每个男人都必须服兵役，包括以色列、韩国，以及中国台湾地区，大家最熟悉的就是韩国和中国台湾地区，很多大明星突然就跑去当兵去了，当年小虎队也是都去当兵了。在瑞士男人只要到了岁数，也都得去当兵，而且每年还要拿出一定的时间来训练。瑞士全民皆兵到什么程度？就是武器和弹药都发给大家拿回家，只要一打仗，所有人就立刻拿着武器和弹药上战场了。以色列也是，以色列能做到四十八小时之内全国所有的男人都上前线。

|美国建立五星上将军衔|

下面说一下 1944 年的今天，美国国会正式推出了对军人最高的犒赏，建立了五星上将军衔制度。大家知道对军人来说，最重要的不是金钱，而是荣誉，所以在战争中经常会给出越来越高的军衔，这就是对军人的一种封赏。自古以来中国、西方都一样，政府要打仗用人，要让你玩儿命，那就会给你更高的荣誉，美国国会在战争期间就推出了一个新的军衔，叫"五星上将"。按照苏联的军制，一颗星是少将，两颗星是中将，三颗星是上将，四颗星是大将，大五星和国徽是元帅。美国的一颗星是准将，两颗星是少将，三颗星是中将，四颗星叫上将。

独立战争时期美军中军衔最高的就是华盛顿，他拥有三颗星——中将。

到南北战争的时候，联邦政府授予了两个上将军衔，这是美军历史上第一次出现上将军衔，格兰特将军四星上将，谢尔曼将军四星上将。到了"一战"的时候，联邦政府授予了美军统帅潘兴将军第一个六星上将。到现在为止，美国的六星上将只有两个人，一个就是"一战"时期的潘兴将军，一个是在美国建国两百周年的时候，追授"六星上将"的华盛顿将军。这六星上将跟五星上将在英文里就差几个字母，六星上将叫"General of the Armies"，五星上将叫"General of the Army"，就差一个复数。

1944 年的时候，美国授予了四位陆军将领、四位海军将领以及一位空军（当时的陆军航空兵）将领五星上将军衔。其实对于军人来说，六星上将不是一个真正的崇高的荣誉，五星上将的军衔才是最高的。陆军的四位五星上将都是赫赫威名的大帅，包括欧洲战区总司令艾森豪威尔将军、西南太平洋战区总司令麦克阿瑟将军，这两位是名副其实的战区大帅。还有一位是从下面脱颖而出的布雷德利将军，在北非登陆的时候他还是巴顿将军的下级，是跟着巴顿将军混的，后来到打意大利的时候他就已经升上去了，再到欧洲登陆的时候，他已经是集团军群总司令，全体美军的地面部队都归他指挥，巴顿变成他下面的第三集团军总司令。布雷德利将军升迁之快也说明在战时没有论资排辈，谁能打谁上。其实巴顿将军也很能打，但是巴顿将军经常会整出些事儿，比如士兵装病在医院里藏着，他就打人一耳光引起轩然大波；在美苏共同打纳粹的时候，发表各种反共言论，影响了美苏之间的关系。巴顿将军虽然能打仗，但是政治上不够正确，所以五星上将就没有他。除了这三位在前线指挥的大帅，还有一位在后面运筹帷幄的陆军参谋长，就是马歇尔将军。之前我讲过马歇尔将军是这几位陆军五星上将当中，唯一不是西点军校毕业的。

海军的五星上将有两位来自前线，一位是太平洋舰队的总司令兼太平洋战区的总司令尼米兹将军，还有一位是亲临一线的海军悍将——第三舰队的司令官哈尔西。哈尔西当年叫人在珍珠港竖了三块大牌子，上面写着"杀日本人、杀日本人、杀日本人"。哈尔西率领的第三舰队当年一路打到日本，打到东京湾，打过整个太平洋。人类历史上最大的海战——莱特湾海战也是他指挥的，所以哈尔西被授予五星上将也是实至名归。还有两位海军五星上将，一位是海军参谋长莱希，另一位是海军作战部长金将军。金在珍珠港的防御上曾经犯了点儿小错误，他居然也能成为五星上将，原因其实特简单，就是陆海军的平衡问题。美国跟日本都出现过类似的问题，就是陆海军互相掐得特厉害，从分配资源、分配指挥权限开始天天掐。所以到评五星上将的时候，如果陆军的五星上将是四个，那海军就必须也得是四个。海军这四个想来想去，最后就把海军作战部长金也给拉进来了。所以金也算是沾了陆军的光，混了一个五星上将。

空军也就是当时的陆军航空兵，也授予了一个五星上将——陆军航空兵司令阿诺德。所以美国一共有九位五星上将，也是美国到现在为止唯一的九位。有人说美国总共有十位五星上将，实际上这是把潘兴算进去了。潘兴不是五星上将，他跟华盛顿一样是六星上将。

12月16日

《晓松说——历史上的今天》来到了 12 月 16 日。公元 755 年的这一天，安禄山起兵造反，安史之乱爆发；1598 年的这一天，李舜臣指挥中朝联合海军击败日本；1773 年的这一天，波士顿倾茶事件爆发；1835 年的这一天，安徒生继 5 月出版了第一部童话集后，又出版了他的第二部童话集。

今天要讲的这三件事儿，虽说发生的时间距今很遥远，时间跨度也很大，但是它们中间有一些很微妙的联系。学历史就是这样，每当你把不同历史时期和不同的国家发生的事情联系起来的时候，你会觉得很有意思。

| 安禄山起兵造反 |

关于安史之乱这段历史，大家在各种各样的文学作品、影视作品中经常看到，甚至有各种桃色事件被装进来，像安禄山和杨贵妃之间的私情等，怎么编的都有。在这儿我只讲一个关于安史之乱的很有意思的点，就是当时中国的少数民族。当时起兵的安禄山是来自西域的少数民族，而平定安史之乱时，也是

借助少数民族回纥的军队帮着郭子仪这些汉军将领打。可见那个时候汉人已经开始不是很能打仗了，而中国的少数民族却非常善战。大家知道秦汉的时候汉军非常强大，后来就逐渐逐渐地变成文人的民族，再慢慢到宋以后，这种文人化就更明显了。这时候少数民族开始慢慢地融入到中华文明当中，最开始的时候是把他们的姓改成中国姓，但是还是能看出来他们的渊源。大家看到姓安的，就是当年从安国来的，还有姓石的、姓康的，都是西域的少数民族改过来的姓，这就是著名的"昭武九姓"，名为康、安、曹、石、米、何、史、戊地及火寻，这九个国家，都属月氏部落，原居甘肃祁连山北昭武城，汉时为匈奴所逼，西迁至今乌兹别克斯坦一带。为不忘本，月氏部落所建这九国皆以昭武为氏，故世称昭武九姓。当这九国的人从西域来到内地后，自己的国名就成了自己的姓名。如来自米国的就姓米，来自史国的就姓史了。还有姓马的，就是当年姓穆罕默德的那些外族人来到中国以后改的姓，当时觉得"穆罕默德"这姓有点儿拗口，于是大家就改成姓马。还有姓李的，有些也是来自西域的少数民族，因为立有战功等原因，而被唐朝皇帝赐姓为李。

|李舜臣指挥中朝联合海军击败日本|

我们再说说这个"李"姓，西域少数民族中也有姓李的，后来西夏的皇族就姓李，东边朝鲜族也有姓李的，今天咱们要讲的这个李舜臣就是朝鲜人。1598年的今天，李舜臣指挥中朝联合海军击败日本。朝鲜姓李的人很多，比如说抗美援朝的时候南朝鲜的总统李承晚，还有韩国著名的棋手李昌镐等。李舜臣是朝鲜人民最尊敬的一位民族英雄，现在他被供在韩国的各个地方，韩国最大、最精锐的战舰也用这位海军英雄的名字命名，叫"李舜臣"号。

1598年是明朝万历年间，这一年是中国跟日本第三次交手，在唐朝的时候中日第一次交手，元朝的时候第二次交手，这次是第三次交手。1598年的前几年中日先是在陆上打，打得不分胜负，中间歇了几年，然后到1598年的时候又开始打，结果日本海军大败，丰臣秀吉也死了，于是日军就撤了。当然这场海战打得也很艰苦，虽然这次战争中中国取得了全胜，但中朝海军的将领李舜臣也在这次露梁海战中光荣殉国。这次中日战争爆发的原因其实就是中国和日本在争夺朝鲜，结果双方跑到朝鲜去打了一仗。中、日各胜一场，在海战当中中方占优。

从这场战争中也可以看出来很多中日的差别，其中有一点关于双方兵器的差别，很有意思。实际上在16世纪20年代的时候，葡萄牙就把西洋的枪和炮传到了中国，那时候还是那种火绳枪，到16世纪40年代的时候这些枪和炮也传到了日本，但是中日由于民族性格以及整个国情的不同，大家都各自选了一样学。中国只学了大炮，没学那个火枪，或者叫火铳，因为中国觉得我堂堂上国，有大炮就够了，而且中国觉得自己有骑兵，射箭什么的还是很厉害的。而日本是一个资源极少极少的国家，所以日本干什么事儿首先想到的是一定要最节约资源，于是什么东西都是做得越精巧越好。因此，日本就没学炮，觉得炮太浪费了，这一炮打出去顶多也就能打死几个人，而这枪一枪打死一个效率更高。所以在"一战"和"二战"的时候，日本其实能做出冲锋枪，但是日本不做，他非要做"三八大盖"，一发子弹打死一个敌人，他觉得这样最好。这一点就像中国发明了园林，日本发明了盆景，这两个国家最大的区别就是中国有地儿、有树，所以中国可以弄园林，而日本没地儿、没树，但是又渴望这些东西，所以就弄出个盆景来。

在这场战争中，因为中国有炮，所以在平壤第一次攻坚战中中国就大胜日本。而紧接着中国在追击日军的时候，因为炮移动起来太慢，所以就靠骑兵、弓箭什么的在那儿追击，结果在汉城以北的一座小山丘上的一个叫碧蹄馆的驿馆附近，中国军队被日军伏击。因为日军手里有枪，就是这种火绳枪，而中国的弓箭敌不过这枪，于是中国在碧蹄馆大败一阵。

| 波士顿倾茶事件爆发 |

说到中日差别，还要讲到今天的第三件事儿，就是1773年爆发的著名的波士顿倾茶事件，或者叫波士顿茶叶事件，这件事儿看似跟中日差别没有什么关系，但是实际上还是跟中日的文化差异有关。这个事件在英文当中就叫"The

Boston Tea Party",意思就是波士顿茶党,如果把它翻译成"波士顿茶党事件",大家可能就更能理解为什么2013年美国政府会出现停摆事件。这"茶党"在共和党内部是非常厉害的一个派别,谁也不敢惹它,它首先表明两点:第一就是我爱国,我爱美国;第二就是我遵循美国传统。这"茶党"非常强硬,不管三七二十一就和殖民统治者干,先把茶倒了再说。

这次波士顿倾茶事件,实际上是美国独立战争的重要的前奏。当时英国对各殖民地国家的剥削越来越严重,其中最重要的就是这么几件事儿:一个是殖民统治者突然要向美国人征收印花税,这是因为当时实在想不出再去征什么别的税了,于是就想出了个"印花税"的由头,这印花税事件导致美国人非常愤怒。还有就是要求英国东印度公司专卖中国的茶叶,而且要直营,这又导致美国的茶商非常愤怒。对于印花税,美国人民就坚持一点,叫"无代表不纳税",就是在英国议会里只要没有美国代表(当时还叫北美殖民地代表),那就坚决不纳税,这就叫权利和责任要对等,美国人民那时候就有这觉悟。但是英国坚决不给北美殖民地在议会里的代表权,所以美国人民就开始闹。比较高潮的就是这一次,当时东印度公司开来了七条大船,其中有四条开到了波士顿,一条开到了纽约,一条开到了查尔斯顿,一条开到了费城,大家知道美国从北往南,像波士顿、纽约、费城、查尔斯顿等都是非常重要的港口,东印度公司装着中国茶叶的船开到了这些港口。结果当时纽约和费城就坚决不接收,实际上那时候美国人民并没有联合起来,也没有互相通气,但是大家同仇敌忾,对英国殖民主义者对殖民地的迫害非常愤怒。所以东印度公司的船到了纽约港和费城港以后,当地人民拒不接收,不让进港,于是这两艘船就只能开回去了。而到了查尔斯顿港的这条船也被查尔斯顿人给扣在那儿了,扣了两三年,直到美国独立战争爆发了,才把那条船上的茶叶卖了当军费。而东印度公司有四条船开到了波士顿,波士顿的 Tea Party,也就是"茶党",弄了好几十人,深夜里化装成印第安人,潜入到这四条船上,把茶全都扔海里去了。这就是著名的波士顿倾茶事件。

波士顿是美国最有革命传统和象征的城市,到今天波士顿也是美国东岸的左派革命中心。波士顿的大学很多,著名的哈佛大学、麻省理工学院等都在波士顿,所以这个地方思想激进,非常左倾。大家如果去波士顿的话,会看到

Tea Party 在那儿有很多纪念物。波士顿港还有两个非常重要的东西，一个是以1：1的比例制作的"五月花"号船的模型，"五月花"号船代表着"美国精神"的由来；另一个就是邦克山纪念碑，虽然独立战争的第一枪是在列克星顿打的，但是当时战争并没有真正打起来，后来北美殖民地的民兵和英国殖民军真正的第一战是在邦克山打的。现在波士顿又新建了一个波士顿大桥，把"五月花"号那个帆船的绳索和邦克山完全结合在了一起，特别有意思。波士顿是美国有悠久革命历史和传统的城市。

在这里还有件事儿要跟大家讲一讲，大家知道中国人喝得最多得是绿茶，可是中国茶叶出口到全世界的却主要是红茶，以英国为首的这些国家基本上都是喝中国的红茶。为什么会这样呢？这里有一个传说很有意思，说中国的绿茶运出去的时候本来是绿的，但因为长途航行，船在海上要漂泊很久很久，漂着漂着绿茶就发酵了，于是到了英国茶叶就变成红茶了。多年以来我也一直都相信这个说法，而且到处在跟人讲，说你看这就是大航海导致了物种交换，导致了文化的不同。可是后来有一天我见到了一位茶叶大师，我和茶叶大师聊到了这个问题，茶叶大师说："我给你点儿绿茶你试试，别说搁俩月了，你搁多长时间它也不可能变成红茶，因为这茶叶一炒过以后就不可能变了，绿茶就是绿茶，红茶就是红茶。"茶叶大师解释说："为什么英国人就喝红茶呢？一个重要的原因就是绿茶放很短的一段时间以后就没味了，但是红茶因为是发酵茶，所以它可以保存很长时间，而且味道不会消退。"开始的时候可能是绿茶、红茶都出口，结果绿茶等运到英国的时候已经没什么茶味，变成树叶了，而红茶到了英国还能保持原来的味道，所以慢慢地大家就开始喝红茶。

有关大航海、海上贸易的传说还有很多，很有意思，其中还有一个是说中日瓷器运输方法的差异。中国和日本当年都出口瓷器，中国是当年出口瓷器的最大国，那中国人怎么保证瓷器不碎呢？我觉得这个事儿要跟大家分享一下。中国人真是聪明极了，当时采取的方法比今天的包装方法还聪明得多，现在的包装用的都是石化产品，那些包装物到最后当垃圾处理起来都非常麻烦，还不能随便焚烧，因为烧了以后会污染环境，而埋在地底下七十年才能消化掉。中国人当年往那瓷器中间撒黄豆，然后泼水，船出海以后这黄豆就开始发芽，然后这黄豆芽就紧紧地把瓷器包住了，不管海上怎么颠簸，这瓷器都不会碎。等到了目的地以后，瓷器拿出来扔在地上都碎不了，中国人聪明啊！而当时日本人出口瓷器时是用印刷品包装。为什么日本的浮世绘对西欧的影响那么大，而中国的国画却没有那么大的影响？传说就是因为日本出口瓷器的时候是用印有浮世绘的那些印刷品包着瓷器，到了欧洲以后，欧洲人打开瓷器一看，这包装物上的花画得挺有意思，于是日本的浮世绘就极大地影响了欧洲的印象派画家，像莫奈、凡·高等这些人都受到浮世绘的影响。但是我觉得这只是一个传说，我不相信日本那时候有那么多印刷品、有那么多报纸用来包瓷器。

中国的山水画也影响了欧洲，据说这也跟瓷器的出口有关。荷兰本来是最早将瓷器从中国运往欧洲的国家，当年被称为"海上马车夫"。可是中国后来只允许广州一口对外通商，并对商品的出口进行限制，这就阻碍了中国瓷器对欧洲的正常输出。于是荷兰只好自己弄点儿窑，在那儿山寨中国瓷器。但中国瓷器上面有山水画，于是荷兰人就开始在这些仿制的瓷器上画山水。问题是荷兰人之前画的都是油画，全都是画人、画脸，以及画宗教当中地狱或者天堂的景象，真实的山水以前在欧洲的画里是没有的，于是荷兰人就只能用西方的绘画技巧在瓷器上学着画山水。据说欧洲山水画派就是从这儿开始的，后来欧洲油画当中才有了大量的山水画出现。

所以今天跟大家讲的这三件事儿其实还是有一些微妙的联系的，仔细琢磨一下，很有意思。

｜安徒生出版第二部童话集｜

1835 年的今天，丹麦童话作家安徒生出版了第二部童话集。这么多年以来，安徒生的童话陪伴过无数人度过自己美好的童年，包括我自己。至今我还记得小的时候躲在被窝里，把《海的女儿》那张钢笔速写的插图，贴在嘴上不停地吻，觉得这样的女人、这样的爱情简直太美好了。安徒生童话永远是我们美好的记忆！

12月17日

　　《晓松说——历史上的今天》来到了 12 月 17 日。1763 年的这一天，美国国父本杰明·富兰克林访问布雷博士同人会在费城资助的慈善学校，并说他对黑色人种的天赋的看法比他以前任何时候所持的看法都高；1896 年的这一天，抗日名将薛岳出生；1994 年的这一天，"魔岩三杰"创造红磡传奇；1996 年的今天，香港著名导演李翰祥去世。

|美国国父本杰明·富兰克林|

　　先来说说美国国父本杰明·富兰克林。美国国父不管是三个人、五个人，还是七个人、八个人，富兰克林都绝对是其中之一。富兰克林的头像被印在美国的百元钞票上，他是美国国父中唯一没有当选总统的一位。美国开国时最大的几件事儿富兰克林都是参与者，这在美国的开国历史上是绝无仅有的，富兰克林曾经亲自签署了三份美国最重要的立国文件，这三份文件分别是《独立宣言》《巴黎和约》和《美利坚合众国宪法》。签署《独立宣言》时，富兰克林是

代表宾夕法尼亚州签字的。签订《巴黎和约》时，富兰克林是作为美国驻法国的代表签署的。后来富兰克林又起草和签署了《美利坚合众国宪法》。富兰克林是唯一一位在这三份最重要的立国文件上都签过字的人物，而且他对这三大文件的诞生也都有过重要影响。《独立宣言》在起草的时候，富兰克林起了至关重要的作用，《巴黎和约》的签署也是在富兰克林的不懈努力下促成的。后来富兰克林又作为美国具有最高威望的人之一参与了宪法的起草。其实在富兰克林以前写的很多小册子里，就已经出现了《美利坚合众国宪法》的雏形，所以他是最当之无愧的国父。

虽然富兰克林在美国威望极高，但他最后并没有当上总统。富兰克林年轻的时候主要靠出卖心灵鸡汤，写那种人生箴言、人生格言来生活。到现在为止，很多中学生还在引用富兰克林的格言。其实那些格言都是富兰克林编出来的，那时候他才刚刚二十出头，也没有经历过人生，结果他在那儿编出了一大堆心灵鸡汤。但是人民永远需要心灵鸡汤，草根也永远需要心灵鸡汤，不然草根根本就不知道自己该怎么生活。富兰克林就是靠卖心灵鸡汤发财的。他又会演讲，又能写东西。他自己办了印刷社，还办了报纸。富兰克林一辈子干的事儿非常多，他的头衔写出来得有两行，什么美国政治家、发明家、科学家等一大堆。他研究了自然界电的现象，曾在有雷电时放风筝做实验，并由此发明了用于建筑防护的避雷针，这在我们的中学课本里也提到过。富兰克林还有好多的发明，比如可远近两用的眼镜，还发明了很多种乐器，改进了印刷机，发明了方便高效的炉子。他发明的东西也不成什么体系，就是想起什么就发明什么，只有那个时代才会出现这种全才大师。

美国的第一家公共图书馆也是他建立的，因为他喜欢书报、喜欢印刷。他先是弄了印刷社，这书印着印着印多了，就弄了一家图书馆，而且是美国第一家公共图书馆。美国第一支消防队也是他筹建的。当时他就觉得为了城镇的安全应该建立一支消防队，于是就说服动员大家一起凑钱来办成此事儿。他还协助创办了一家大学，就是现在美国最著名的常春藤名校之一——宾夕法尼亚大学。还有就是在英国殖民统治美国的时候，英国向美国人民强征印花税，这印花税征得其实是没有道理的，美国人民非常愤怒。富兰克林就代表美国人民去和英国谈判，和英国女王、英国议会斗争了半天，抵抗印花税，最后美国人也没有胜利，这印花税还是要征收。但是因为富兰克林口才好，招人喜欢，所以他跟这些英国上层人物交上了朋友。印花税的斗争失败了，他却帮英国人介绍了一个总代理。他说："我有一哥们儿做这事儿特合适，你们可以把他做这印花税的总代理。"结果这印花税不但没取消，他还利用自己的关系把最好的哥们儿弄成了北美殖民地的代表。这种事情一传出去，对一个政治人物的声誉会产生致命性的打击，给他造成了一个巨大的终生的污点。他虽然立了那么多功，在做驻法代表的时候促成了美法同盟，促进了美国的独立，同时又起草了《独立宣言》《美利坚合众国宪法》以及《巴黎和约》，但就是因为上述的问题，这么重要的国父最后也没能当上总统。

虽然富兰克林没有当上总统，但是他的头像却被印在了美元的百元大钞上，而那些当过总统的人只印在了五元、十元的钞票上。当年这些国父之间也是互相掐得一塌糊涂，在这几位国父当中，只有华盛顿不折腾别人，属于高风亮节的那种类型，所以最后大家也就没人去折腾他了。知识分子之间就是爱互相斗，这几位国父当中的知识分子，包括富兰克林，以及第二任总统亚当斯、第三任总统杰弗逊，他们都起草过《独立宣言》和《宪法》等，但是互相极为看不上，恨不得对方死了才解恨。我曾经跟大家讲过一次，亚当斯和杰弗逊这两任总统是同一天死的，两个人一直以来就互相诅咒，诅咒到最后，两个人在美国建国五十周年国庆那天，间隔了几个小时都去世了。一个死之前的遗言还说："他怎么还没死啊？"另外一个知道死讯后说："太好了，他死了，那我也可以安心地走了。"当时就是这么极端。大家看看这些美国国父虽然对美国做了很大贡献，但是他们也没都像华盛顿那么高风亮节。

|抗日名将薛岳|

我用几句话简短地和大家聊一聊抗日名将薛岳。首先就是抗日的时候，从单独一个将领的角度来看，薛岳应该是打得最好的。他三战长沙，不但战胜了日本，而且保住了长沙。另外在武汉会战中，他指挥的万家岭战役曾经几乎全歼过日军整整一个师团，共毙伤敌人万余人，给予敌一〇六师团以毁灭性打击。

这在整个八年抗战当中都是极少见极少见的。薛岳在北伐的时候就是名将，孙中山身边的这几个警卫营长薛岳、叶挺、张发奎，到后来都成为名将，他们都是说广东话的粤军出身。薛岳后来又成为蒋介石最得力的大将，因为他虽然是粤军出身，但他在北伐的时候就是第一军的副师长。当然了，在围剿红军的时候，薛岳也是一直追着我们中央红军跑，但在抗战中他也立下了不朽的功勋，在所有的国民党将领中，应该说他的战绩最好。但到了解放战争的时候，他守海南岛，解放军登陆时他几乎就没做什么抵抗，当时完全就是摧枯拉朽一般。可见在抗日和内战的时候，军人们表现出来的那种勇气跟热情是完全不同的，薛岳在抗战和内战中就有完全不同的表现，这个值得提一下。

| "魔岩三杰"与香港导演李翰祥 |

下面来说一说今天很有关联的两件事儿，一件事儿是 1994 年的今天，"魔岩三杰"的演出轰动香港红磡体育场，另一件事儿是 1996 年的今天，香港导演李翰祥去世。为什么我觉得这两件事儿很有关联呢？大家知道内地跟港台之间文化、娱乐的关系是此消彼长，当年李翰祥导演拍《垂帘听政》和《火烧圆明园》的时候，刘晓庆是主演女一号，在剧组中她和香港演员比起来就非常受歧视，连酒店的房间也不给她开，她只能睡在两个香港女演员房间的地上，那两个女演员还是演配角的。大家看看当时我们的女一号，就因为是内地人，就如此受歧视，而且这电影还是在北京拍的。后来内地发展得特别牛，刘晓庆也当了大老板，她拍《火烧阿房宫》的时候还专门请李翰祥导演来拍。我还讲过，当年刘晓庆在演《垂帘听政》和《火烧圆明园》的时候，李翰祥的老婆给过她一个红包，里面是一千元港币。后来刘晓庆雇李翰祥来拍《火烧阿房宫》的时候，李翰祥在片场去世，刘晓庆给了李翰祥太太一个巨大的大红包。

再联系到这个"魔岩三杰"在红磡体育场的演出，那是 1994 年的时候，香港人第一次知道内地还有流行音乐。那个时代别的咱们不说，至少在流行音乐、电影这些娱乐文化上，台湾、香港根本就不把我们放在眼里。你想想当时刘晓庆还是影后呢，都得睡地上，别人就更不放在眼里了。当年这"魔岩三杰"在红磡体育场演出的时候，在现场引起了很大的轰动。"魔岩三杰"可能年轻人不知道，指的是窦唯、张楚、何勇，这三位是当年第一批签约台湾唱片公司的，他们签的是滚石唱片下面专做摇滚音乐的"魔岩唱片"，所以三人并称"魔岩三杰"。也是因为魔岩唱片是个台湾唱片公司，再加上滚石唱片强大的品牌影响力，他们才有机会在红磡体育场演出。我记得"魔岩三杰"演出的时候，窦唯非常受欢迎，他表现得特别好。另外两位何勇、张楚直接把水往头上浇，撸胳膊挽袖子上去，还说脏话，何勇还在台上骂了四大天王。香港人见惯了"四大天王"那种类型的演出，没见过玩摇滚的，媒体第二天就采访四大天王，说："内地来了一个唱摇滚的何勇，说四大天王你们怎么怎么着，他竟然敢说这个，纯粹是'萤烛之火敢与日月争辉'，他也太张狂了吧？"我还记得当时"四大天王"中只有张学友回应说："他们是在山洞里唱歌的。"那时候港台就觉得你们玩的这东西根本就拿不到台面上，你们全得听我们的歌，全国人民都会唱粤语歌，不用看字幕也能看懂粤语电影。那个时代是被香港电影和香港的流行音乐垄断的时代。

1994年正好是我出道那一年，正是在那一年内地的流行音乐第一次到了香港。那一年在香港的流行音乐界发生了两件事儿，一件就是我们刚才说的"魔岩三杰"在红磡办了演唱会，第二件事儿就是有史以来第一首内地流行歌曲，在香港排行榜中获得冠军，这首歌就是鄙人写的《同桌的你》。我记得那一年内地这边特别欢欣鼓舞，因为我们终于有首歌能够在香港排行榜上获得冠军。1994年可说是黄金的一年吧，从那一年开始，内地的民谣和摇滚一起开始发力。经过短短的二十几年，大家看看发生了多大的变化，现在所有能战斗的香港的导演全移师北京，所有的演员也都捋直了舌头说普通话，而且都开始拍内地的现代题材了。以前香港演员只能拍古装戏，现在已经开始拍《中国合伙人》等片子，完全就是本土戏。

香港的电影业这些年来也一直在衰落，之前一年能拍几百部电影，仅次于好莱坞，到现在一年也就拍十部电视剧，许多香港导演都是到内地这边找合伙人。大家知道台湾多年来电影业一直不发达，所以台湾的明星，像林青霞什么的也得去香港发展。但是台湾的唱片业极其发达，台湾有强大的滚石唱片、福茂唱片、飞碟唱片等，所谓的港台文化是音乐在台湾、电影在香港，可是现在所有香港还能开工的导演全来北京了，台湾所有还能开工的音乐人也几乎全移到北京了。这些港台演员最后连北京话说得都很牛，包括大哥大李宗盛。李宗盛大哥一口的北京口音，说得标准极了。现在大陆的明星，到香港、台湾也是一样红，从当年演小燕子的赵薇开始，到现在的章子怡，去台湾、去香港一样是狗仔队天天追。过去那个时代，香港、台湾四线的明星都能到内地来淘金，而内地的一流明星到香港，狗仔队根本不会理你，因为这些消息登上报纸也没人看。现在完全不一样了，内地演员也一样可以创造票房奇迹，像 2012 年的第一大票房电影《泰囧》，从导演到演员，一个港台明星都没有，也创下了十几亿元的票房。短短二十几年的时间，港台和内地的娱乐业发生了巨大的变化，我自己身为一个从业人员，也入行二十年了，目睹整个沧海桑田的变迁，非常感慨。

12月18日

《晓松说——历史上的今天》来到了 12 月 18 日。1939 年的这一天，昆仑关反击战开始；今天是电影大师斯皮尔伯格的生日，生日快乐！今天还是大帅哥布拉德·皮特的生日，布拉德·皮特生日快乐！

|昆仑关反击战|

1939 年的今天，抗战中的昆仑关反击战开始。从 1937 年七七事变爆发，到 1938 年 10 月广州、武汉相继陷落，是历史所公认的战略防御阶段（中国抗战的第一阶段）。中国军民以十五个月的奋勇抵抗，粉碎了日军三个月灭亡中国的迷梦。日军虽然占领了中国大片国土，但伤亡惨重、士气下降，不得不放弃大规模的战略进攻。中国抗战由此进入第二阶段，即战略相持阶段。为什么中国军民会如此顽强不屈？日本当局为此伤透了脑筋。他们看到了中国在失去上海、广州等沿海港口后，仍可通过河内—南宁、河内—昆明、仰光—昆明这三条路线取得外援，便认为源源不断的外援补给是中国坚持抗战的重要原因。于是日军大本营便决定于 1939 年 10 月发动攻占南宁的作战，以达到切断外援路线迫使中国投降的

目的。日本陆军作战部长甚至认为攻占南宁"是中国事变的最后一战"。

为了切断河内—南宁这条重要的运输线，日军调集了第五师团。这个第五师团是日军最精锐的一个师团，也是日军侵华最重要的急先锋。当年第五师团的侵华战事从进攻南口开始，先后参加过忻口战役、台儿庄战役这些重大的战役，一直到攻打南宁。日军要进攻广西南宁，最好的作战方式就是登陆战，而日本海军当时是世界一流。日军统帅先让第五师团从大连旅顺南运到海南岛三亚港，再让台湾混成旅团由广州到三亚，然后在航母巨舰的掩护下于11月13日在广西钦州湾强行登陆，于11月24日攻占南宁，再乘胜北上攻占天险昆仑关。这样一来不仅切断了中国重要的对外联络通道，还将危害作为抗战大后方的西南各省。

日军欲占据南宁必须固守昆仑关，中国军队要收复南宁亦必须先夺回昆仑关。所以昆仑关便成为敌我双方争夺的焦点。当时我军的士气还是非常高的，大家知道在1939年9—10月的第一次长沙会战中，我军取得了胜利，而且保住了长沙，这个是很难得的。以前我们也打过很多胜仗，但都没保住这些地方，台儿庄战役胜利了我们没保住徐州，忻口战役、平型关战役应该说打得也不错，但是这些地方都没保住，而这次保住长沙极大地鼓舞了蒋介石的士气，或者说中国军民的士气。所以蒋介石在开会的时候就说过："长沙会战之后，我们有点儿信心了，今后我们要开始向日军进行一些反攻。"正是在这样的形势之下，昆仑关战役的序幕拉开了。

那么为何日军登陆钦州湾后能一路北上轻易拿下南宁与昆仑关呢？这与当时地方军阀派系之争有关，从桂系到粤军，从中央军到东北军、川军全都上了前线，大家说要共赴国难、团结抗日，但是这些队伍来自不同的地方，真正打到别人的地盘上，还是会有很多问题。当战事打到了广西境内之后，桂系觉得这是我的地盘，在这儿得听我的。当时在广西钦州湾海防前线的是桂系的第十六集团军。大家知道桂系最精锐的主力军七军、四十八军在淞沪战役中受到了重创。而第十六军团是1938年冬由广西民团匆忙组建而成的，装备差，缺乏作战经验，再加上又误判日军登陆地点为广东湛江附近，所以使日军能乘虚而入。更糟糕的是这个时候桂系内部由于钩心斗角，桂系的大将夏威被调到了别的地方去当集团军司令，而粤军的蔡廷锴被调过去任桂系的总司令。当时夏威也不去赴任，假装说母亲去世了就在家待着，而蔡廷锴也根本不敢上任，一个粤军的将领去当桂系的集团军司令怎么可以，于是桂系群龙无首。桂系最重要的指挥官白崇禧又在重庆开中央全会，所以整个桂系军队根本没人指挥。这时候日军一下子登陆，势如破竹，很快就把南宁都占领了。南宁失守震动了国民党当局，蒋介石赶紧跟白崇禧说："这中央全会你别开了，赶紧回去指挥去，也别让蔡廷锴当那桂系集团军司令了，还是让夏威赴任。"

当时为了打昆仑关战役，还调集了中国唯一一支机械化部队——第五军来作为主力参战。第五军军长杜聿明就是在昆仑关战役中一战成名的。当时的第五军有五十四辆苏制坦克，一百多辆德制装甲车，好几百辆美国制卡车，十八门150毫米的大炮，二十多门山炮、战防炮与高射炮，武器配备已经超过了日本的一个精锐师团。另外还有从衡阳、桂林、昆明机场起飞的一百多架飞机助战。第五军全部精锐主力都拉上了前线，这里面将星闪烁，包括荣誉第一师师长郑洞国、第二百师师长戴安澜，还有新编第二十二师副师长廖耀湘等，这些抗战后期的名将几乎都是在昆仑关战役中第一次亮相，当时他们都在杜聿明指挥的第五军的序列里面。

昆仑关战役的具体细节就不讲了，最重要的是这场战役几乎全歼了在日俄战争中号称"钢军"的日军第五师团的中村旅团，打死了旅团长中村正雄，歼灭日军四千人。这个旅团除了少数残部突围逃窜外，基本上被歼灭在昆仑关。中国军队虽然在十四天的血战中付出了伤亡一万六千多人的代价，但终于夺回了昆仑关。这是武汉会战后的一次重大胜利，也是中国军队第一次以飞机、坦克、炮兵与步兵诸兵种协同攻坚作战取得的重大胜利。不过，这一仗并未改变敌强我弱的总体态势。1940年年初日军在增兵之后又很快夺回了昆仑关。直至1940年秋，因为法国向德国投降，日军乘机进入越南，彻底切断了河内—南宁、河内—昆明的交通线后，主动从广西南部后撤，中国军队这才收复了南宁。这也预示着中国抗战的战略防御阶段将是一个相当漫长的过程。

| 电影大师斯皮尔伯格 |

今天是斯皮尔伯格大师的生日，生日快乐！电影导演可以分为艺术片导演

和商业片导演，这两派导演通常都是互相看不上。艺术片导演会说："你这不算什么，你这商业片纯粹是哄小孩儿的，我这搞艺术的才令人骄傲。"商业片的导演会说："你这片子根本不行，这种片子有几个人去看？就是骗骗几个评委而已，而我的片子是为广大观众服务的。"甭管是在中国，还是在美国，这两派导演一直在斗。但是两派导演一旦到了斯皮尔伯格面前，那就都没话可说了，因为斯皮尔伯格是要什么有什么，你说票房，全世界迄今为止所有的导演都包括在内，据估计，斯皮尔伯格创造的票房都是第一位的，达到了八十五亿美元，差不多五百亿元人民币，第二名连这一半都没有。你再说得奖，他两获奥斯卡最佳导演奖，一部电影是感动过千百万人的《辛德勒的名单》，另一部是《拯救大兵瑞恩》，那完全就是艺术片。他获的奖太多太多了。

1994 年的奥斯卡拿奖最多的两部电影，一部是《辛德勒的名单》，把艺术片所有的奖全得了，另一部是《侏罗纪公园》，把商业片所有的奖几乎全得了，这两部电影都是斯皮尔伯格导的。那一年的奥斯卡颁奖礼几乎成了斯皮尔伯格一个人的舞台，因为每一项奖不管是《辛德勒的名单》得了，还是《侏罗纪公园》得了，都是他上台领，他恨不得就在台边站着不停地上去领奖。颁奖过程中全场观众一直起立给斯皮尔伯格热烈鼓掌，斯皮尔伯格一生得奖无数，但在这次颁奖礼上他潸然泪下，我觉得让他激动流泪的原因是他作为一个导演，终于有一天为自己的犹太民族拍出了这部伟大的电影——《辛德勒的名单》。

斯皮尔伯格在十二岁的时候就拍过一个短片，这个短片还得了奖，十三岁他又拍了一个中短片，再次得奖。他上中学时曾经有一次花了四百美元拍了一个小电影，居然在学校里卖票卖了五百美元，还赚了一百美元。他二十出头就到了好莱坞，拍的第一部电影就获得了几百万美元的票房，成了一个年轻的票房导演。1975 年，在斯皮尔伯格二十九岁的时候，他拍了《大白鲨》，创下了四亿多美元的票房，那个年代买辆汽车也就三千美元，当时的四亿美元相当于现在的四十多亿美元。这个票房纪录保持了很多年，直到后来他自己拍的 E.T.《外星人》才破了这个票房纪录，再后来是他拍的《侏罗纪公园》再次打破票房纪录。这有点儿像后来的詹姆斯·卡梅隆，詹姆斯·卡梅隆是用《泰坦尼克号》创下了美国的票房纪录，过了几年又用自己拍的《阿凡达》创下新的票房纪录，后来这个票房纪录一直由詹姆斯·卡梅隆导演保持。斯皮尔伯格还拍了艺术片《紫色》，这部片子把黑人妇女的那种艰苦、那种精神全都表现了出来，这部片子也获了奖。在他屡创票房纪录，同时又得奖无数之后，他就想要为自己的犹太民族拍一部电影，这就是后来著名的《辛德勒的名单》。这部电影一开始并不想当商业片拍，当时好莱坞的全体犹太老板就说："为了感谢斯皮尔伯格给大家赚了钱，你想拍成什么样就拍成什么样，钱也随便花吧。"斯皮尔伯格最后拍了一部黑白片《辛德勒的名单》，结果《辛德勒的名单》不但得了无数的奖，感动了千百万人，而且这部片子又大卖。说实在的，以色列在全世界面前能一直有这样的形象，《辛德勒的名单》也起了很大的作用，大家觉得犹太人那个时候确实经历了太多的苦难。所以那一年斯皮尔伯格在颁奖礼上流泪，我觉得并不是因为他的两部电影都得了奖，而是因为他对自己的民族有着太多太多的热爱。斯皮尔伯格是一位堪称伟大的导演。

|大帅哥布拉德·皮特|

好莱坞男星布拉德·皮特是个大帅哥，一开始的时候他饰演的都是各种帅的角色，后来他觉得自己应该做演技派演员，于是就开始演各种丑的角色，还演过一百岁的老人，妆都化成了那个样子。布拉德·皮特是个美国人，但他还专门去找英国的盖·里奇这样的艺术片导演，去演一个英国那种特市井、讲着谁都听不懂的那种英文的小市民（电影《偷拐抢骗》）。他自己为了摆脱偶像派的标签也做了各种努力，自己还成立了电影公司，去投资非商业片，很多人都看过的电影《通天塔》就是他自己的制片公司投资的。布拉德·皮特是一个典型的靠帅成名，挣了钱以后又有艺术追求的优秀演员。好莱坞有很多这样的靠帅出名最后成为演技派的演员，包括他的前辈马龙·白兰度，马龙·白兰度就是一大帅哥，最后把自己的脸都弄成那样去演《教父》，还有汤姆·克鲁斯大帅哥，把自己弄成刀疤脸去演《香草天空》。从他们身上，大家看到一个优秀演员的奋斗就是从帅开始，一直到成为演技派，再到追求自己的电影梦想。

关于布拉德·皮特跟安吉丽娜·朱莉的故事，咱们只讲一件事儿，就是他们俩生的这对双胞胎一生下来，狗仔队们都快疯了，因为当时谁要是能拍到一张这双胞胎的照片，就能卖出几百万美元的高价。狗仔队都恨不得去他们家挖地道，用火箭卫星也要拍到这双胞胎。最后布拉德·皮特和安吉丽娜·朱莉的经纪人出来跟媒体说，你们也不用费劲儿了，你们给钱，我们给你一张照片不就完了嘛。最后有杂志出了上千万美元买到了双胞胎的照片，据说刊登着孩子照片的那期杂志卖了四十万份。可见布拉德·皮特和安吉丽娜·朱莉在美国是多么受欢迎。他们两个人在一起这么多年，向世间展现了他们的爱情，不但生了自己的孩子，还领养了三个世界各地各种肤色的孩子。这是一对充满了爱的银幕情侣，在生活中他们也充满了爱，生日快乐！

12月19日

《晓松说——历史上的今天》来到了 12 月 19 日。1998 年的这一天，大师钱锺书去世。

|大师钱锺书|

1998 年的这一天是钱锺书大师去世的日子。今天有很多人自称为"大师"，连算算命、跳跳大神的都号称"大师"，"大师"这词用得确实有点儿泛滥。其实真正的"大师"称号不能在人在世的时候获得，"大师"要经得起时间的检验，要从历史的角度回过头去再看。今天回头看钱先生的一生，应该算是两岸知识分子都比较公认的西学"大师"。在那个"大师"辈出的民国年代，钱先生的西学应该排第一，但他的国学功底也很深厚。他从五七干校被召回来以后，专门去翻译《毛泽东诗词》《毛泽东选集》，这可必须得是文学功底极好的人才能干的事情。钱锺书先生是学比较文学的，搞比较文学你必须得懂各国的语言，你看人家的书的时候不能都去看中译本，文字一经翻译就打折很多了。如果你看的都是各国作家的中译本，翻译再稍微有点儿问题，那你写出来的文章最后就会贻笑大方。钱先生不光是英文极好，法语、德语、意大利语、西班牙语、葡萄牙语、拉丁语、希腊语都精通。所以钱锺书看的都是原文，他看过两千多位作家的原文著作，这才是真正的学术大师。

钱先生的母校是清华大学，钱锺书先生也是我的母校清华大学的骄傲。当时清华大学外文系最令人骄傲的有两位，一位是钱锺书先生，另一位是曹禺先生，曹禺先生后来成为剧作家。钱先生是外文系的学生，是当年清华特招进来的，因为他数学只考了15分，完全是偏科的类型。特招进外文系以后，钱锺书先生年年都考第一，最后他通过庚款留学到了牛津大学。说到这儿还有一件趣事儿。钱先生一到牛津大学，就特别激动，你想外文系的学生，那牛津大学自然就是他心目中的泰山北斗。到了牛津大学一进校门，钱锺书先生就激动得扑到地上去亲吻牛津大学的土地，结果不小心把门牙磕掉两颗，血流如注，这是真事儿。于是赶紧找了一个同宿舍的同学，这同学是学医的，帮他把牙拔了，最后装上了两颗假牙。所以钱先生年纪轻轻门牙就是假的，就是因为亲吻牛津大学的土地导致的。

钱先生属于那种典型的江南知识分子，非常刻薄。他的很多作品都透着这种风格，《围城》这部作品就显露出这种尖酸、刻薄的风格，但是钱先生有两部书我觉得还是非常值得看的。我曾经说过民国时代修了中国两千年的文化史，中国过去只有王侯将相史，不修文化史，民国时代的大师们修了各种各样的中国文化史，其中包括钱先生修的两部书，一部叫《谈艺录》，另一部叫《管锥编》。《谈艺录》是民国时代修的，应该是中国诗词方面的集大成者。《管锥编》是钱先生在20世纪70年代初的时候修的，当时钱先生已经被打倒了，身边就是一张桌子，睡觉也睡在桌子上，就是在这种环境下写出了《管锥编》。《管锥编》可以说是比较文学史，但它稍微难了一点儿，是用古文写的，这部书称得上是"中国集大成的著作"，不但收录了中国各种各样的经典著作，还和西方的很多作家做了对比。

说钱先生是西学"大师"，大家都很认可，但如果说钱锺书是一位文学"大师"，我倒觉得这种说法值得商榷。不能因为只写了一本小说出了名就被称为大师，虽然钱先生也写了一些别的作品，但真正有影响力的、特别火的就是《围城》那一部著作。不过钱先生确实称得上西学"大师"和学术"大师"，在中国的诗词史上，在中国古典文学史上，以及在中国文学、世界文学的比较文学史上，钱锺书先生都应该称得上无出其右的大师。

钱先生的夫人杨绛先生现在还在世，杨先生已经一百多岁了。他们的女儿也已经去世了，女婿在"文革"期间也自杀了。杨先生把自己的经历写成过一本特别感人的书，叫《我们仨》，记述的就是她和钱先生、女儿之间的故事，这本书成了畅销书。看完以后我流泪了，我觉得知识分子还是有一种比较永恒的情怀，是非常值得我们纪念的。纪念钱先生！

12月20日

《晓松说——历史上的今天》来到了 12 月 20 日。公元 753 年的今天，鉴真抵达日本；1722 年的今天，康熙大帝去世；1950 年的今天，傅斯年去世；1999 年的这一天，葡萄牙将澳门主权移交中华人民共和国。

| 鉴真东渡 |

关于鉴真东渡，在我们的历史课本中有很多的记述。大家知道佛教分很多宗，律宗是持戒最严的一宗，鉴真是律宗大师，后来的弘一法师也属于律宗。鉴真东渡不光给日本带去了律宗佛教，而且帮助日本校对了经书，促进了日本佛教的发展。日本的很多佛经都是从朝鲜弄去的，经过翻译之后有很多错误，鉴真到了日本以后，帮助校正了经书中大量的翻译错误。鉴真出身于医学世家，他还精通医术，自己就是一个医学大师，他为日本带去了医学知识，治好了日本天皇跟皇后的病，这很神奇。鉴真还带去了王羲之、王献之父子的书法，掀起了日本的书法热，到现在为止日本还保存着这些书法作品。后来日本在中国书法的基础上，发展出日本大和民族的书法。鉴真还影响了日本的建筑，至今日本留存下来的最精美的唐代风格寺庙群建筑，就是鉴真和他的弟子建起来的，所以鉴真对中国文化向日本的传播起了巨大的作用。

日本在鉴真到来之前主要是通过中国的古书来了解中国，他们就觉得中国怎么老是改朝换代，改朝换代看起来好像很容易，于是就想出去跟中国比画一下，看看他们能不能也让中国来个改朝换代。唐朝初期663年时，我们正在朝鲜作战，日本派出水军进行对抗。中国和日本的舰队就在白江口进行决战，这是一场著名的水战。在这一战中三万日军被唐军全歼，四百余艘日舰被击沉与焚烧，烟火冲天，血流成河，鲜血染红了白江口。日本这个民族是不打不服的民族，日本被打以后马上开始学习，你看现在日本对美国崇敬成那样，也是被打的。白江口一战的失败让它明白了中国不是好欺负的，虽然看古书上说中国改朝换代容易，但真跟中国比画起来，发现自己完全不是对手。于是日本就派出了大量的遣唐使去中国学习，同时请中国的大师去日本。当时鉴真去日本就受到了整个日本朝野的盛大欢迎，鉴真坐在日本皇宫中给日本的天皇夫妇讲经，日本的八十大臣一起受戒。所以日本到现在为止，都觉得唐朝是中国最美好的时期，说到什么都是"唐"，以至于到后来日本人见着外国人就叫"毛唐"，就是长了毛的"唐"。唐朝的各种各样的东西，日本都学，连长安城日本都照中国的原样建起来，唯独就没建那城墙。

日本学东西很聪明，它不是全盘学，而是有选择性地学。刚才说日本建城是不建城墙的，日本没建城墙的原因跟它的地理位置有关系。之前说过全世界大概20%左右的地震和海啸都发生在日本，这城墙建了之后一遇上灾难，不但容易倒塌，而且逃难的时候跑都没地儿跑，所以日本没有建城墙。日本选择性地学了中国大量的东西，文化、艺术、制度等，但有两样东西没学，一个是没学科举的制度，一个是没学太监的制度。这也导致这么多年传承下来，日本民族和中华民族形成了完全不同的民族性格。

大家知道科举制度对一个大帝国来说有很多好处，其实就是一种通过考试来选拔官员的制度，其关键在于我考什么你学什么，我考忠孝礼义廉、考忠君、考四书五经，那你就得十年寒窗苦学。中国作为一个大帝国始终没有分裂也和

头来见。"于是傅友德出门就把两个儿子斩了，斩了以后提着两个儿子的首级上殿，朱元璋又批评傅友德说："何忍也！"那意思是你怎么那么残忍啊！傅友德心想你到底让我怎么办，你批评我儿子，我替儿子谢罪不行，你让我杀儿子我就去杀了，如果不杀我就是抗旨，我杀了你又说我不是人、我心太狠。最后傅友德自刎在朱元璋面前，临死之前说："你不就是想杀我父子吗，你就杀好了，你还在这儿侮辱我们，逼我亲手杀儿子，太残忍了！"所以我觉得朱元璋这个人内心极其扭曲，有很大的心理问题。傅友德当庭自刎，等于把这个宴会给搅和了，于是朱元璋又非常生气，把傅友德全家发配到辽东、云南这些最偏远的地区。傅友德也是朱元璋大杀功臣当中的一个，最后所有人一个也没逃掉，除了汤和、常遇春等少数病死外，剩下的全被朱元璋用各种方式给杀了。

|傅斯年去世|

1950 年的今天，曾经的北大代理校长，后来的台大校长，傅斯年先生去世。大家知道我们的很多大学在台湾建校大部分还都用原名，比如我的母校"清华大学"到台湾还叫"清华大学"，"交通大学"到台湾还叫"交通大学"，"中央大学"到台湾还叫"中央大学"。台湾的另一所著名大学是台湾大学。国民党迁台后，台大的第一任校长是傅斯年，只不过没多久，傅斯年就去世了。傅斯年是民国时代重要的知识分子，曾任中央研究院历史语言研究所所长，是一位重要的学者。

|澳门回归|

先说这件让中国人民人心振奋的事情，在新千年将至之际，先是香港在1997 年回归，紧接着澳门在 1999 年回归，进入新千年的时候，中国人已经扬眉吐气地站在了世界舞台上。当年澳门的割让原因和香港还不太一样，香港是因为鸦片战争战败了而被屈辱地割让给了英国，而澳门最开始的时候并没有受到什么屈辱。大家都知道西班牙人航海，环游世界，然后发现了美洲。实际上葡萄牙的航海比西班牙开始得还早，葡萄牙人达·伽马最早绕过了好望角，发现这边还有个印度洋，可以通往印度与中国。只不过葡萄牙不像西班牙那样有那么强的军事力量，所以葡萄牙到了各地以后也只是去跟大家做些贸易。

当时葡萄牙人航海到了中国以后，就开始在中国做贸易，但是做贸易总得有个落脚的地方。那时候的船跟现在的不一样，船上艰苦极了，货经常会被打湿，也需要找个地方晒晒。所以最开始葡萄牙人到了中国以后，就跟广东地方政府，也就是当时的香山县政府来谈，那时候澳门是香山县的管辖地，现在香山县没有了，改名叫"中山"，就是因为孙中山先生是香山人。葡萄牙人就跟香山县政府申请说："让我们在这儿落个脚，晒点儿东西吧。"香山县政府说："那就给你一块地，你就晒吧。"关于这件事儿还有一传说，很有意思，葡萄牙人当时说："我们就要'牛皮'那么大的一块地就行。"那县政府说："这'牛皮'能有多大，你就拿这牛皮盖块地，你能盖多少那就拿多少。"这叫"吹牛皮"。于是这葡萄牙人就把一块牛皮剪成了特别特别细的线，然后把这些细线连在一起，澳门是个狭长的半岛，葡萄牙人用这细线在那儿一拦，说我们这牛皮这么大，于是澳门这一小块地就由葡萄牙人出钱租下了，主权仍然属于中国所有。葡萄牙人就开始在那儿搞起了长途海上转运贸易，然后慢慢地开始有葡萄牙人定居到澳门。

正是由于葡萄牙人的到来，香山县成了中国最早能见着很多外国人的地方。早在明朝嘉靖三十三年，也就是1553年的时候，澳门就已经有葡萄牙人开始在那儿做买卖了。香山人那时候就开始不停地见外国人，跟外国人比画、学外语等，以至于后来中国最早到美国、欧洲、南洋去的很多都是香山人。中国在鸦片战争以后大规模开放，我们开始跟世界各地通商，这时候就急需会外语的买办人才。在上海开埠的时候，上海著名的"四大买办"全是香山人，他们是帮助兴办江南制造局、轮船招商局、上海电报局与机器织布局的莫仕扬、唐廷枢、徐润、郑观应。进入民国以后上海沿着南京路建起了"四大百货公司"（先施、永安、新新与大新）。这四大百货公司的老板也都是香山人。可见这澳门在当年中国闭关锁国时期确实起了很大的作用，培养了一批懂外语、懂贸易的人。

实际上澳门在历史上从未成为葡萄牙的领土或者葡萄牙的殖民地，一开始葡萄牙就是租借澳门这块地方，在鸦片战争之后世界列强入侵中国，这时葡萄牙其实已经很弱了，它是跟着这英、法、俄、美、日等一起来瓜分中国的。1887年葡萄牙逼着清政府通过订立《中葡和好通商条约》，使得葡萄牙可以"永居管理"澳门这块地方。17世纪末18世纪初，葡萄牙曾经被西班牙灭国七十年，但是澳门始终没有投降，一直效忠着这个已经灭国的葡萄牙政府，所以葡萄牙复国以后对澳门非常非常好，分给澳门各种各样的东西。"二战"期间，香港在太平洋战争爆发以后就被日本人占领了，所以香港被搞得一塌糊涂。而澳门相对来说就比较幸运，当时葡萄牙是中立国，而且日本跟巴西有非常复杂的感情（巴西原为葡萄牙人殖民地，又有大量移民在那里），所以日本对澳门并没有入侵，而是把澳门当成了一个保护地，进行间接控制，所以澳门在这动荡的岁月里就这么比较安全地生存下来了。

12月21日

　　《晓松说——历史上的今天》来到了12月21日。2012年的今天就是玛雅预言的世界末日，这一天大家记忆犹新，很多人都惶惶不可终日；1940年的这一天，美国著名作家菲茨杰拉德去世；1992年的这一天，大秦铁路全线开通。

|玛雅预言的世界末日|

　　首先说一下2012年全世界最大的一件事儿——世界末日。12月21日，这一天我记得特别清楚，不光是中国，全世界的年轻人都在那儿说，世界末日来了我们的日子要怎么过，是不是要把钱花光，是去结婚还是去离婚呀，各种各样的事情。虽然其实没有几个人真心相信这世界末日的事情是真的，但是有这么一件事儿会让大家反省一下自己的人生，反省一下我们的生活，我觉得也挺好。我自己那时候也仔细想了一下，如果这一天就是世界末日了，那我们生活的意义在哪里？我记得很多人那天夜里都没有睡觉，我也是，过了那个晚上还赶紧发微博说："太好了，我们活下来了！"

在全世界的每个民族、每个国家都有各种预言，欧洲有，亚洲也有。预言这事儿很多时候其实就是胡说八道，到处骗人，很多人就是靠预言去生活的。咱们这儿也有很多预言，各种大师有号称能开天眼的，有号称能改变基因的……但是大家为什么相信玛雅这个预言？首先是因为玛雅文明特别神秘而古老，而且它的预言成功了好几次。比如说它预言1519年会有白皮肤的神来到玛雅，而1519年正好就是西班牙人来玛雅当总督的时候，这个西班牙人当然不是哥伦布，哥伦布当时是去了北边的，这个预言的准确让大家都非常震惊。玛雅人还曾精确预测过日食、月食发生的时间。玛雅文明差不多在西班牙登陆以后几乎就灭亡了，但是四百多年以后的日食玛雅都预言准了，所以大家都觉得玛雅预言很神奇。玛雅是有文字的，而且它是整个美洲文明里唯一有文字记载的。玛雅文明是一个特别畸形的文明，天文、数学、艺术、宗教这些方面都高度发达，所以它会准确地预言日食等。

后来欧洲人发现了这个地方，西班牙人在玛雅登陆，这些西班牙人其实就是一群草根与无赖，还把欧洲的传染病也带来了，90%的玛雅人因为传染了欧洲来的天花、霍乱而死亡，玛雅民族和其他印第安民族一样就因为这些可怕的传染病而几乎灭绝了。西班牙人到了玛雅以后一直在推行残酷的殖民统治，也没把玛雅文明的灭绝当回事儿。玛雅文明是在西班牙入侵之后的几百年才被欧洲人在荒无人烟的丛林当中发现的。被发现之后所有人都被震惊了，玛雅的天文、数学、艺术等居然到了这么高度发达的程度。可是这玛雅文明的畸形也表现出来了，很多大家觉得人类文明中特别特别基本的东西，几乎在所有的大河文明中都有的一些共同点，在玛雅文化中却不存在。大家知道最早的文明都是从有河流的平原起源的，像非洲北部的尼罗河流域、中东地区的两河流域、古印度的印度河流域和恒河流域、中国的黄河流域与长江流域等。在这些地方的古代文明都有一些共同点，比如说最基本的，人类最早使用的是石头，后来金属、青铜器、铁器等这些东西开始发展起来了。再比如说大家都知道圆的东西能滚，圆的轮子推起来省劲儿，人们据此发明了车辆。但是这些最基本的东西玛雅文明当中都没有。而且玛雅文明并不是农耕文明，而是高度发达的城市文明。世界上大部分的民族都是从石器时代开始农耕，然后慢慢地才有城市，而玛雅文明不是，它是高度发达的城市文明，玛雅城市的人口密度曾达到比较高的水平。

　　玛雅文明中没有金属的工具，连青铜器都没有，更别说铁器了，所以他们没办法去砍树，但是玛雅文明中有"火"，玛雅人采取的办法就是用火去"烧"。玛雅人的这个"烧"特别有意思，是把树烧完以后作为肥料，然后等老天爷下雨，下完雨以后才能耕种。玛雅人种这一块地，短的时候是三年种一次，长的时候要六年种一次，因为种完庄稼以后就收了，收完以后就没有肥料了，玛雅人就只能在那儿等树长出来，然后再烧，烧完以后又等雨，等雨下来以后这才有肥料，然后再种。当年西班牙人发现玛雅人种的玉米特别好，于是就把玉米传到了欧洲，后来也传到了中国，玉米曾经养活了全世界十亿以上的人。

　　玛雅文明中也没有畜牧业，猪、牛、羊、马都没有，这在其他的文明当中都是不可想象的，农耕水平也非常落后，玛雅文明总的来说就是一个城市文明。大家在城里干什么呢，就是每天算算数，算算历法，然后就是冥想神的事情。玛雅人的文字是东西方文字的结合，那是他们自己发明的，玛雅文字是方块字，既能象形表意，同时也能表音节，这在全世界是极少见的，这种文字后来居然被德国人认出来了。

　　玛雅人留下了大量极为精美的壁画、雕塑等，这些都是玛雅人重要的文化遗产。当然这里面也有很多讹传的东西，大家知道在世界很多著名博物馆里都曾经有过叫"玛雅人水晶头骨"的东西，还曾经拍过电影，讲人们怎么去抢一个玛雅人水晶头骨的故事。可是近两年，随着科学的发展，人们仔细地研究了保存在大英博物馆、德国博物馆、法国博物馆里的"玛雅人水晶头骨"，最后发现这些所谓的头骨其实都出自德国的一个小镇。在19世纪的时候，德国这个小镇的人做了好多印第安人头骨，然后偷偷地一会儿拿出一个，假装发现了玛雅人头骨，一会儿又拿出一个……其实这东西全是他们自己做的，他们欺骗了全人类。实际上大家再回头想想，玛雅人连金属都没有，他们怎么做水晶头骨？

　　玛雅文明就是这样一种长板非常长，而短板非常短的文明，这很有意思。人类在成长的过程中，会出现各种各样有意思的事儿。我自己的感觉就是，老天爷是公平的，给了你这个，可能你就会缺了那个，没有一个民族是全能的。如果真的有一个民族是上天最眷顾的民族，是一个全面的、什么都有的民族，那这个民族就会统一世界了。但是实际上并没有这样一个民族能统一全世界，每个民族都有自己的长处和短处。

｜美国大作家菲茨杰拉德去世｜

下面来说一说美国历史上的大作家之一菲茨杰拉德，1940年的今天，菲茨杰拉德去世。2013年因为他的一部著名的小说《了不起的盖茨比》被搬上了银幕，菲茨杰拉德又重新被全世界认识了一次。这部电影由莱昂纳多·迪卡普里奥主演，在中国也上映了，但在中国的票房不是很好，因为这部片子既不是动作片，也不是童话，它是由一部伟大的文学名著改编的。对于那个时代的美国，中国人确实不是很了解，所以很多人也不太明白菲茨杰拉德为什么要写一个盖茨比这样的人物。其实盖茨比的原型就是菲茨杰拉德本人。当时的"一战"给人类带来的震撼太大了，"一战"之前的工业文明一路向前走，但"一战"中突然有上千万人被人类自己发明的大炮、机枪、毒气等杀害，于是人类进入了一个大规模反思的时期，在这种时期就出现了很多像菲茨杰拉德一样的大师。

菲茨杰拉德就是那一代大师的重要代表，当然还包括他的好朋友海明威等，他们都生活在巴黎。后来我看过一本书叫《流放者的归来》，讲的就是全世界的这些大师都汇集在巴黎。伍迪·艾伦后来拍了一部电影叫《午夜巴黎》，讲的就是一个知识分子穿越回一九二几年的巴黎，他在一个酒馆里看见了海明威，看见了菲茨杰拉德，看见了各种各样的大师。菲茨杰拉德描写的就是在那个颓废的年代，很多人追求享乐，追求各种颓废的生活，被称为"迷茫的一代"。盖茨比就生活在这样的年代，他完全被自己的才华和金钱淹没了。菲茨杰拉德的作品非常好，但他在美国的地位总也没有海明威和马克·吐温高。我以前讲过，美国不是知识分子立国的国家，而是移民国家，美国人是军人立国的民族，美国四十三个总统当中有很多个是军人，美国人不爱选知识分子当总统。美国人喜欢的作家也是那种硬汉型的，海明威是硬汉，马克·吐温也是硬汉型的，他们都喜欢这样硬朗的作家。而菲茨杰拉德就相当于中国典型的鸳鸯蝴蝶派，他写的东西都是那种纸醉金迷的生活，他本人也是这样的一个人，所以他在美国的地位并没有这种硬汉作家高。

据说菲茨杰拉德当时是美国作家中稿费最高的，但是最后他居然挥霍到一贫如洗。菲茨杰拉德给报纸写短篇小说，稿酬高到一篇四千美元，大家知道 20世纪三四十年代的美元跟今天的价值可不一样，那时候几百美元就能买一辆汽车，他的稿酬金居然四千美元一篇，那是非常高的。所以菲茨杰拉德当时过着那种极为奢华的生活，而且每当人家问到他的短篇小说，他就会说那些东西都是狗屎、垃圾，我就是为钱写的。菲茨杰拉德真正有价值的作品是五部长篇小说，其中最有名的就是这个《了不起的盖茨比》。如果大家能够理解那个年代的颓废，能够理解那个年代从巴黎回到美国的那些作家，理解他们的生活、他们的经历，再回过头去看《了不起的盖茨比》，感触会非常不一样，大家就会真正理解那一代人的迷茫。

12月22日

《晓松说——历史上的今天》来到了 12 月 22 日。1808 年的这一天，贝多芬的《第五交响曲》在维也纳首演。今天是二十四节气中的冬至，我们来聊一聊关于冬至的民俗。

| 贝多芬《第五交响曲》在维也纳首演 |

1808 年的今天，贝多芬的《第五交响曲》，也是贝多芬九大交响曲中最著名的一首——《命运交响曲》，在维也纳首演。在贝多芬的九大交响曲中有标题的其实只有三个，就是《第三交响曲》《第五交响曲》和《第六交响曲》。《第三交响曲》原来是献给拿破仑的，因为贝多芬年轻的时候正好赶上法国大革命，所以他心中充满了对自由、平等、博爱的热爱，于是就把自己的《第三交响曲》命名为《拿破仑·波拿巴大交响曲》，来歌颂拿破仑领导的法国大革命。结果后来拿破仑突然称帝了，贝多芬非常愤怒，于是就把这《第三交响曲》的名字改成了《英雄交响曲》，说明这不是献给拿破仑的，是献

给所有的英雄的。还有就是《第五交响曲》叫《命运交响曲》，《第六交响曲》叫《田园交响曲》，其他的交响曲就没有标题了。不过在贝多芬的《第九交响曲》中有一段合唱叫《欢乐颂》，大家也经常把《第九交响曲》称作《欢乐颂》。现在《第九交响曲》还是欧盟的盟歌，由此可见贝多芬在欧洲的地位之高。在两德统一、柏林墙倒塌的时候，向全世界进行了直播，当时也用了《欢乐颂》的背景音乐。德国这个骄傲的民族有无数令他们骄傲的人，但贝多芬是他们最大的骄傲，所以在德国统一的时候是一定要播送《欢乐颂》的。

贝多芬的出身非常贫苦，他跟莫扎特不一样。莫扎特的童年特别幸福，家庭环境也好，莫扎特从小就显示出音乐等各方面的天赋，所以莫扎特从小是在万众瞩目中长大的。而贝多芬出生在非常贫困的乐手之家，他的爷爷是个乐手，父亲是个男高音歌手。在那个时代，欧洲的音乐家也就是给贵族们娱乐一下，挣点儿小钱，所以都很贫穷。贝多芬的母亲是一个厨师和女佣的私生女，他母亲先是嫁给了一个男佣，后来两人离婚，然后又嫁给了贝多芬的父亲。贝多芬的父亲不但没钱而且还经常酗酒打人，打他的妻子、打贝多芬。贝多芬的母亲在他十七岁的时候去世了，贝多芬从小在特别困苦的情况下长大。贝多芬的父亲为了让他去挣钱，就伪造年龄，在他八岁的时候说他是六岁，为了表明他是神童，带着他到处去巡演挣钱。虽然贝多芬到处去演出，但是他的家庭依然非常贫穷。

最开始的时候，贝多芬的音乐是跟那些特别贫困的旅行音乐家学的，这些音乐家在旅行时路过贝多芬家居住的小镇，然后留下来在贝多芬的家里住了一阵子，于是就教了他一些音乐。后来贝多芬到了维也纳，莫扎特在听了他的演奏之后，就断言说这个孩子将来必成大器，贝多芬的音乐才华由此被发现。大家知道古典交响乐时代，或者说从古典音乐到浪漫派音乐过渡的伟大时代，有著名的"维也纳三杰"——莫扎特、海顿和贝多芬，其中前两位都是贝多芬的老师。贝多芬后来师从莫扎特、海顿等学习作曲，这在当时简直太幸福了。今天大家如果想学音乐，有谁能有机会找莫扎特、找海顿这样的大师去学？但是贝多芬很幸运，所以他在维也纳发展得还不错。但是贝多芬后来聋了，在他二十六岁时就已经开始听力下降，出现了耳鸣的现象，但他不敢跟别人说，自已默默地坚持着，到三十岁的时候贝多芬已经基本听不见了。这期间他到处找医生去治，但都治不好，在三十岁的时候他才告诉大家他的听力出了问题，只能用写字跟大家交流。到四十岁的时候，贝多芬就一点儿声音都听不见了。但是最神奇的是贝多芬在三十岁听力几乎丧失的时候开始写交响乐，在当年的所谓音乐神童的时代，这已经是很晚很晚的了，据统计，莫扎特在十岁之前就已经写了两部交响乐，在三十岁的时候已经写了四十部交响乐，这都是属于神童级别的。而贝多芬跟莫扎特完全不一样，他真的不是神童，但是他有非常强大的内心，大家知道一个音乐家最重要的就是这耳朵，但是他在三十岁就已经基本上听不见的情况下，开始创作交响乐，最后创作了九部伟大的作品。

从贝多芬的创作经历来看，我觉得这首先说明音乐是来自人的心灵，来自灵魂深处，跟外界一点儿关系都没有；第二，我觉得外界这些乱七八糟的声音越少越好，我后来写不出好的东西，也是因为自己身处的环境太嘈杂，在各种嘈杂的社会名利场里混，无法进入一种安静的创作状态。贝多芬因祸得福，他虽然听不见了，但这也正好让他进入了特别安静的状态。贝多芬在听力丧失之前创作的东西，现在流传还比较广的就是《月光奏鸣曲》，除了这部作品以外，贝多芬的大量作品，包括他的九部伟大的交响乐，全是在他听不见的情况下创作的。当然痛苦对于艺术家来说也是必须的，尤其对伟大的艺术家，只有经历了痛苦和磨难才能创作出伟大的作品。贝多芬一生没有结婚，也没有孩子，他曾经在三十岁的时候爱上了一个姑娘，那时候他已经快听不见了，最后也没有能够追求到这个姑娘。那时候贝多芬非常贫穷，以前没有唱片，也没有版税，音乐家也不能靠卖乐谱挣钱，所以艺术家都很穷。当时舒伯特也非常穷，曾经为了一顿早餐在菜单后边给人写出了一个乐谱，后来这首曲子成了流传千古的音乐作品。贝多芬追了半天也没追到自己喜欢的姑娘，这姑娘最后嫁给了一个伯爵，你说贝多芬一个搞音乐的人怎么能跟伯爵去比呢？贝多芬那时候还自杀过，还写过遗书，他生活得非常痛苦，但是大家在他的音乐里听到的是很多光明的东西，这是贝多芬非常伟大的地方。贝多芬的《第三交响曲》特别光明，《第五交响曲》也很光明，《第九交响曲》就更不用说了，《第六交响曲》也就是《田园交响曲》依然非常美好，一个人的生活这样糟糕，但是写出来的东西是这样的美好，真的是让人敬佩。

我小时候曾经被逼着听卡拉扬版本的贝多芬的所有交响乐，记得听《田园交响曲》，演奏第二乐章时声音几乎没有了，当时我一听，怎么没声了，还以为是音响坏了。后来走到跟前才听见有特别细小的弦乐在那儿铺底，就是因为这第二乐章通常都是比较弱的，然后到第四乐章声音再起来。大家知道贝多芬也好，莫扎特也好，他们都是演奏家，贝多芬不但是个天才演奏家，他的作品首演都是由他亲自来指挥的，但我们无法知道他指挥的时候对这作品的诠释是怎样的，因为那时候没有录音设备，要是当时能录音就好了，多么多么想听到他们自己指挥演奏的音乐。不过虽然这是古典音乐的遗憾，但其实这也是古典音乐的魅力，不像今天的流行音乐，你翻唱人家的东西，人家很容易就拿来做对比，说你这是翻唱的，你看人家是怎么唱的。古典音乐可没有办法去对比，谁也没听见过当时的演奏。比如说就在这一天，12月22日，贝多芬在维也纳指挥演奏了自己的作品《命运交响曲》。大家知道乐谱中在很多地方只是说渐慢，但是并没说到底怎么渐慢，尤其是这个比例，只是在那儿画几个渐强渐弱的符号，但是这东西可有千差万别的，渐强强到什么程度，渐弱到底有多弱，这都很难去量化。在六十多人的演奏队伍当中，管乐和弦乐所有这些声部之间，到底有怎样的比例，这个都没有准确的规定。所以正是这样，也体现出了古典音乐的魅力，演奏中全靠指挥不同的理解，同样都是贝多芬的乐曲，这个指挥心里想的和呈现出来的是这样，那个指挥心里想的和呈现出来的是那样，不同的指挥指挥出来的乐曲相当地不一样。所以指挥最大的贡献不是在台上表演，最重要的是在排练的时候，指挥要把自己对作品的理解告诉所有的乐手。等最后真正上台表演的时候，这之前已经排练了很多次，上台以后指挥基本上就是在旁边看着，在那儿比画一下，因为他在排练的时候已经完全地把他对贝多芬、莫扎特的理解给了这些乐手。这是古典音乐的重要魅力所在。

贝多芬的头上有无数的头衔，其中有一个称呼叫"乐圣"，就跟咱们称杜甫为"诗圣"一样，而且他号称是从古典主义到浪漫主义的音乐转型中贡献最大的一个，今天其实贝多芬几乎已经相当于古典音乐的代名词了。大家今天提到古典音乐，脑子里第一个蹦出来的就是贝多芬。所以贝多芬的成功非常值得大家去思考，就是什么样的人能够成为音乐中的灵魂，什么样的人能够成为大师。贝多芬一生贫困潦倒，他父母在他很年轻的时候就去世了，后来他的弟弟也去世了。他曾经想争夺他弟弟儿子的抚养权，也是因为没有钱，诉讼了半天官司失败了。他爱的女人又嫁给了伯爵，最后贝多芬死的时候一个亲人也没有，非常痛苦地离开了这个世界。但令人欣慰的是他下葬的时候，还是有两万乐迷前来送葬，维也纳当时所有的学校都停课纪念。

纪念这位伟大的音乐家！

|冬至的民俗|

今天是冬至，现在冬至已经变成了一个关于美食的节日，尤其是咱们广东人、福建人特别讲究吃东西的时令，什么时候进补什么东西，什么时候应该喝什么汤，都很有讲究。对于这个时令食品我不是很懂，只知道北方冬至主要就是包饺子。但是在中国古代，冬至是最最盛大的节日，是整个国家最大的节日。民间最重视的节日可能是上元节，就是元宵节，"蓦然回首，那人却在，灯火阑珊处"，说的就是元宵节。元宵节是民间老百姓最欢乐的时候？但是冬至是皇帝最重视的节日，为什么呢？大家知道夏至是这天是最长的一天，日照最长，黑夜最短，夏至以后日越来越短，夜越来越长。这时候皇帝就很不高兴，因为皇帝觉得"我就是太阳，我就是日，我越来越短，黑夜越来越长，那就是阴越来越长，阳越来越短"。但是到了冬至，这一天黑夜最长、白天最短，这就是阴最盛阳最衰的一天，过了冬至，日越来越长，阳开始盛，阴开始衰，所以这一天是皇帝觉得最重要的一天，"从这一天开始，我又开始兴盛起来了"。所以每年的冬至这天，皇帝都要大宴群臣，宴会从天不亮就开始了，所有人为皇帝歌功颂德，这一天也是最宽松的日子，大家喝点儿酒，评价评价皇帝的这个那个都行。

冬至前后通常是古代最长的假期，古代也有黄金周。从汉唐开始，官员四天一休，相当于周末。中国古代的时候只有"旬"的概念，一旬是十天，一个月有上旬、中旬、下旬，没有星期的概念，星期是从西方传来的。其实"星期"

跟日期本来也没什么关系，就是西方人要做礼拜，他们每个星期做一次礼拜，后来慢慢用"星期"来记日子。汉朝的时候五天放一天假，后来唐、宋、元三朝是一旬放一天假，但是一到冬至，通常会放一到七天的假，全国人民狂欢，官员跟皇帝吃完、喝完以后也放假了，就是为了庆祝冬至的大节日。我曾经讲过，在明朝时期朱元璋痛恨知识分子，不给知识分子放假，但冬至这天能放三天假，可见冬至在中国古代是个非常非常重要的节日，祝大家节日快乐！

我曾经写过一首歌叫作《冬至》，这是我写的组曲《春分·立秋·冬至》中的一首，大家有空可以听一听。

12月23日

《晓松说——历史上的今天》来到了 12 月 23 日。1404 年的这一天，永乐大帝正式命名"天津"；1880 年的这一天，丁汝昌率兵赴英国接收军舰；1947 年的这一天，人类发明了晶体管。

|永乐大帝命名"天津"|

首先说一下天津，过去人们对北京人、天津人和保定人有一种俗称，就是"京油子、卫嘴子、保定府的狗腿子"，当然这并没有什么歧视的意思，只是说明三个地方的人各有特点。这"卫嘴子"是指天津人嘴好使，特会说。北京人虽然也能说，比如像我这北京长大的，但是跟天津人的嘴还是不能比的。大家知道相声是天津的艺术，相声段子里逗人乐的地方，有好多都是用天津的方言说出来的，相声艺术讲究的就是说、学、逗、唱，天津出了很多相声艺术大师，像侯宝林、马三立等都是天津人或长期在天津生活，还有今天的郭德纲，也是天津人。天津人站在街上讲话就像跟人说相声一样，天津人讲话要是不逗俩乐子，就觉得这话白说了。所以天津是个特别有意思的地方，北方语系的人到了天津都能听懂天津话，天津话特别好玩。

天津原来叫"直沽"，"天津"这个名字是在1404年的这一天命名的，现在天津还有用"沽"命名的地方，像大沽口、塘沽等。大家知道永乐大帝明成祖朱棣的皇位是篡来的，当时明朝的都城在南京，朱棣在北京做燕王，明朝的皇帝是他的侄子建文帝。当年朱棣篡位的时候从北京出兵，在"直沽"渡河，直袭沧州，然后南下南京，最后篡了权。篡权以后，朱棣就觉得再在南京待下去非常难受，觉得那儿到处都是建文帝的灵魂，于是就决定将都城迁回他的封地北京。他又想起来直沽这地儿好像挺好，在这儿一渡河，一路大胜打到南京，于是就给直沽起了一个名字叫"天津"，"天"的意思就是"天子"，"津"的意思就是"渡口"，所谓天子渡河之处，就称为"天津"。

明成祖朱棣是武士出身，文化程度比较低，他爸一个字不识，他比他爸稍强点儿，但也认不了多少字儿。武士出身的人虽然文化程度不高，但都极其重视防御，所以朱棣当时在防御上做了两件事儿。一件事儿是他跑到北京来，已经到边关了，"明粉"老说什么"天子守国门"，其实朱棣也不是为了守国门，就是他在南京待不下去了，所以回了北京。还有一件事儿就是朱棣下令修长城，著名的明长城就是永乐年间修的，而且在海上建了一些卫，天津因为离北京很近，地理位置非常重要，所以就建了"天津卫"，接下来还有"威海卫"等。"卫"相当于过去屯垦戍边的地方，过去屯垦戍边都是在北方陆地上，大家在这儿屯垦，有军队常驻，粮食也得自己种，所以"卫"就是集军事和政治于一体的这么一个行政单位。天津最开始就是这样一个军民混杂的地方，同时又是一个重要拐点。天津最早开埠是在隋朝运河开通的时候，在这里南运河跟北运河相接，再加上海河这个三岔口，所以天津最初是一个漕运之地，聚集着各种南来北往的人。后来天津又变成"卫"，变成了军民混杂的地方，所以天津是一个跟北京完全不一样的城市。

北京因为是皇城，所以建得横平竖直，所有的建筑全是坐南朝北，全是井字形的，而天津是一个依着运河跟海河，在河边建起来的城市。我每次到天津最郁闷的就是搞不清东南西北，北京人愿意说东南西北，可天津人不知道东南西北，因为天津这路全是斜的，它是在河边建起来的。北京每个路口就是四个岔口，东南西北四个方向。一到天津我就晕了，这天津的一个路口经常会有五六个岔口，不知道该往哪个方向走。我记得有一次在天津问路，我买了一张地图，然后在那儿看，跟我同去的是我的一个阿姨，她老花眼，看不清这地图上的小字，我是近视眼，没戴眼镜，我也看不清。然后我们就问路口的一个天津人，我拿着地图说我们要去哪儿哪儿哪儿，他说你别问我，我说为什么，他说我不识字。结果一共三个人对着地图，一个近视眼，一个老花眼，还有一个不识字，地图等于白买了。

天津在清末的时候突然发展起来，为什么呢？因为第二次鸦片战争之后，天津变成了一个通商口岸，而且还出现了大量的租界区。大家知道外国军队每次打到北京，都是从天津的大沽口登陆进来，后来八国联军也是从大沽口登陆，天津当时成为帝国主义特别重视的一个地方。天津距离北京近，而且洋人又重视，所以它在清末迅速地发展起来。天津一度领中国所有风气之先，很多东西最开始都是在天津出现，比如说国立大学，最早的国立大学——北洋大学，就建在天津。北洋大臣通常都是由直隶总督兼任，北洋大臣就驻在天津。中国最早的电报局等很多机构最早都建在天津，还有中国最早的警察制度也是从天津开始的。当时天津因为是租界地，不让中国军队驻军，所以袁世凯想了一个办法，说那我们让军队脱掉军装变成警察，所以当时天津有三千警察，其实就是袁世凯的军队进驻到天津，中国从那时候才开始向全国推广警察制度。当时各种各样的新政、各种各样新的思潮等都是先在天津出现，所以天津一度成为全国的第二大城市，也是北方最重要的口岸城市。大家知道南方最重要的口岸城市是上海，北方这边就是天津。

当时天津和上海都有租界，但是天津租界还是比较乱，因为租界里头有好多从北洋政府退休的人，什么段祺瑞、孙传芳等，他们都跑到天津租界去做寓公。天津的租界始终保留着当年那种欧洲风格的建筑，到今天为止你都能看到，那种建筑风格、街道布局和现代建筑都完全不同，连天津现在很多的地名都保留着当时的风格。上海当年也有很多租界，但是上海由于发展得太快，所以它的很多东西都变了，已经成了现代化城市，而天津还保留着很多很多原来老租界的样子。以至于现在拍影视剧时，如果要拍当年老上海租界的样子，只要不是冬天拍，很多剧组就会跑到天津去拍，因为天津的租界跟上海的租界拍出来实际没什么区别，除了树不太一样，其他像建筑的造型、做工等各种东西都非常像。

我有好多天津好朋友，刘欢是天津人，陈道明是天津人，他俩虽然不像很多天津人那么贫，但是其实还是很能聊的，刘欢就曾经给我讲天津最有意思的民风。大家知道有一部著名的小说叫《那五》，那五就是一个天津人，那五要跟人家来劲儿的时候，他不去打人家，而是拿一煤球冲着自己的大腿烧。大家都觉得这人怎么了，其实这就是天津人的特色，因为天津这地方长期没人管，黑社会横行，流氓、地痞众多，有人经常去抢码头、抢地盘，大家就是要谁更光棍，去抢码头、抢东西，打架就要比谁狠。经常是端两个火炉子往那儿一放，两边大哥出来，脱了裤子光着屁股就往火炉上一坐，谁先起来谁就滚。别人可能弄不明白，为什么他能在火炉子上坐着，这就是北方人所谓的"讲义气"，谁狠谁就赢。刘欢就跟我说，他小时候就亲眼看见过有人把油锅抬出来，油锅里都是油炸的钎子，两边的大哥过来，拿钎子往自己胳膊上穿，你穿一个，我穿一个，而且不能叫唤，谁叫唤谁就输了。天津话管"大哥"叫"棱子"，大家知道桌子、椅子不都有棱嘛，这天津人就管这些人叫"棱子"，天津人打架就叫"我锉锉你棱子"，意思是把你这棱子给锉平了。

我再说一个更久远一点儿的，在清朝的时候，经常会有人到天津卫码头去耍光棍、杠皇粮。什么意思呢？大家知道天津是漕运大中转站，所以有那种皇家大粮库，于是一个人先到那放皇粮的粮库前头说："光棍祖上不积德，吃饭就得靠拼命。"然后就往地上一躺。这时候管皇粮的这个守卫军官就会过来问他："你要多少斤啊？"这是传统，这叫政府给老百姓一个机会。这哥们儿张口说一万斤，那好，就按你说的分量把一万斤粮食给你装一大车上，过去这车可没有充气的轮胎，是没有减震系统的，这车就从你腿上轧过去，把你轧得是皮开肉绽、骨碎筋折，但是你绝对不能吭一声。然后马上当街给你接骨，一堆人在那儿围观，说今儿个又来一光棍要来杠皇粮，大家都在那儿看热闹。接完骨以后你要是自己站起来，那这粮食就都归你了，你说一万斤那就一万斤，你说八千斤那就八千斤。但是在这过程中，你只要吭了一声，马上就过来俩兵把你拖到一边，往臭水沟里一扔，说："就你这本事还来杠皇粮！"这就是天津传下来的传统。我小时候看报纸还看见过天津有被判过自残罪的，俩人一个人挑了自己的脚筋，一个人剁了自己的手指，这俩人最后都以自残罪来判。现在这些事情没有了，时代不同了，北方的民风也和以前不一样了，现在天津也没有什么流氓、地痞了，大家都忙着去挣钱了。

┃丁汝昌赴英国接收军舰┃

1880 年的这一天，丁汝昌率领着两百多位北洋水师的精锐赴英国接收军舰。其实这时候应该还是北洋水师的前身，真正的北洋水师是从 1888 年开始命名的，北洋水师的前身就相当于中国最早的海军，当时中国向英国订购了两艘军舰，是两艘巡洋舰，一个叫"扬威"号，一个叫"超勇"号，这两艘巡洋舰都是不到两千吨的小舰。这两艘军舰在十多年之后的甲午海战中，都壮烈地沉没了。但在当时，这两艘军舰不但在中国，就算是在整个亚洲都是最先进的，所以当时丁汝昌率领两百多名水师官兵前去接收。那个时候正是中国昂扬向上的时候，中国政府每年拨给水师的预算有四百万两。1880 年的时候中国还向德国订了两艘当时亚洲最大的军舰，就是"定远"号和"镇远"号，这两条军舰都是七千吨的大舰，这在英、德都算大舰，在亚洲也是最大的。日本当时还没有一千多吨的舰，后来日本订购的军舰最大的也就三四千吨。

这次去英国接舰，丁汝昌作为中国海军史上第一位真正的海军统帅，意气风发。丁汝昌这个人出身非常贫苦，他是在太平军攻陷他的家乡庐江的时候，加入了太平军，成为程学启部下。大家知道在太平军后期，也就是 1858 年以后大厦将倾，只剩下两个最强的王，一个是"忠王"李秀成，一个是"英王"陈玉成，就是这两根柱子撑着。当时陈玉成部下有一个管着几百人的小官，就是程学启，而丁汝昌就是他手下一个小兵。在湘军围攻安庆的时候，程学启率领自己的几百部下弃城而逃，投降了清军，这丁汝昌就在其中。他们投降的是威名赫赫的曾国荃，于是丁汝昌就成了曾国荃的部下。后来这支太平军的投降部队，在曾国荃的率领下，一遇到打仗的时候永远是第一个往上冲，而其他的清军是在后压阵。因为你们当初不是投降过来的嘛，我还怕你再叛变呢，所以一打仗你就先冲在前面，所以丁汝昌就是在这种情况下永远在最前方奋战，可谓九死一生。但是丁汝昌在历次战争中都战功卓著，于是这官职就一直往上升，最后一直升到水师提督，这个职位就相当于海军统帅。

丁汝昌就是这样一个从太平军过来的军官，但他反而比其他人对大清更忠诚。后来北洋水师战败以后，在刘公岛打了最后一战，当时整个陆上的炮台已经被日军占领了，日军掉转炮口向港内的北洋水师开炮。北洋水师已经必败无疑，大家都劝丁汝昌投降，但丁汝昌最后表明了对大清的忠诚，毅然服毒自尽，拒绝投降。北洋水师简直太丢人了，那时候每艘舰上还有帮着培训中国海军的英国顾问，最后北洋水师的官兵逃走了，这些英军顾问在舰上开炮，向日军还击。英军顾问就是秉承了英国海军的传统，绝不投降，而这中国人实在是太丢人了，竟然让洋顾问来帮你开炮。海军提督丁汝昌的愤慨之举在北洋水师大败的情况下，至少还是为北洋水师留下了一点儿光荣的痕迹。

12月24日

　　《晓松说——历史上的今天》来到了12月24日。今天晚上是平安夜，祝大家节日快乐！1865年的这一天，三K党成立。

|平安夜|

　　今天是平安夜，这个平安夜咱们华人过起来最轻松，因为中国人和家人团聚的节日还有春节和中秋节，所以平安夜年轻人纯粹是玩儿，也不需要非得回家陪老人。但在西方过圣诞节的时候，大家都一定要往家赶，美国的圣诞节前后经常会下大雪，零下二三十摄氏度的气温，飞机飞不了，租车公司的车租光，大家只能互相搭便车，因为必须回家，不管多远也要回家，这就像我们的中秋节和春节一样。每年的圣诞节前后，都会出现很多有意思的搭车爱情，男女青年在搭车的过程中就谈上恋爱了，干脆就直接带回家过节了。

　　在这儿跟大家讲两个有意思的事儿。一是俄罗斯以及那些信奉东正教的国家，他们的平安夜并不是 12 月 24 日，因为他们用的是俄历。俄历跟公历差不多相差半个月的时间。大家都知道的"十月革命"实际上是公历的 11 月 7 日，但是在俄历当中就是 10 月 25 日，俄历中的圣诞节就是 1 月 7 日。造成俄历与公历相差十几天的原因，是俄罗斯等信奉东正教的国家一直遵守古罗马恺撒大帝所建立的旧历。它以 365 天又 1/4 天为一年。到 1582 年时其积累的误差近十三天。罗马教皇格列高利十三世对此进行了改革，纠正了这一误差。所有信奉天主教的国家都遵循这一次改革后的新历。这就是现在绝大多数国家所实行的公历，唯东正教国家除外。东正教跟天主教都信上帝，东正教信圣父、圣子、圣灵，所以它在祈祷的时候用三个手指头，但实际上东正教和天主教是一家子，大家都过圣诞节。还有一件很有意思的事情，大家知道各行各业都有自己的祖师爷，比如说唱戏的拜李隆基，青楼的拜管仲，现在快递公司说起来也有祖师爷了，这快递公司祖师爷是谁呢？就是圣诞老人。

说到圣诞节，在这儿再给大家讲一件华人在美国不太光彩的事情，少数华人的行为在美国造成了一种恶劣的影响。大家知道美国绝大部分州都有一个"三十天无条件退货"的规定，在美国你买了东西想退货特别容易，甚至连包装丢了、发票丢了也没事儿，美国本来就没有什么发票一说，就凭一个购物单子，只要能证明这东西原来确实是在这店里买的，然后把你的信用卡拿出来，不用任何理由就可以退货。我刚到美国的时候，去退货还有点儿不好意思，在那儿解释说我为什么要退这个东西，人家根本也不听，直接就给退了，而且没有任何不满意、不高兴。我还曾经买过人家退回去的摄像机，买回家一看，这里边已经拍了人家一大家子人。但是在美国从来没有见过圣诞节后有人退圣诞树的，因为圣诞树都是圣诞节前买的，你 1 月给退了，这商家卖给谁去呀，等到下一个 12 月再卖，那树都已经枯了。但是近些年却出现了一些华人买了圣诞树来过圣诞节，过完圣诞节就把圣诞树给退了的事情，这导致了非常恶劣的影响。最后商家只好单独发了一个声明说，别的东西还都是三十天免费退货，唯独这圣诞树，圣诞节以后只能退三折左右的钱。这种做法确实让华人很丢脸。华人到了美国是为了追求更好的生活也好，还是追求美国梦也好，我觉得这不光是个人的问题，你到了美国，就要融入那个社会，大家都要遵循共同的社会道德准则，不要因为自己的行为给华人抹黑。

三K党成立

　　下面来说另外一件事儿，1865 年的今天三 K 党成立。在 1865 年，美国历史上最残酷的战争——南北战争结束，我曾经多次说过，南北战争当中总共死亡了七十五万士兵，从那儿以后一直到今天一百五十年来，美国之后参加的很多战争的死亡的人数加在一起都没有那次内战多。在那一仗中南北双方已经结下了深深的仇恨，尤其北军在南方搞的"向海洋进军"行动，实际上是对整个南方的烧杀抢掠，把南方弄得一塌糊涂。后来南军想要继续打游击，而罗伯特·李将军坚决反对，最后南军投降，这才保证了美国今天的统一。如果南军当时打游击的话，那南北双方的仇还会继续结下去，美国就会永远分裂下去。

　　但南军投降以后，总有一些不服气的极端分子，于是这些人就成立了一个三 K 党。三 K 党是希腊语和英语的混合，就是种族聚会的意思。要想加入三 K 党首先必须是 WASP（白种的盎格鲁 – 撒克逊的新教徒），要求非常严格。三 K 党实际上应该被定义成一个种族灭绝恐怖主义组织。当年的老三 K 党成立以后，就到处去搞各种恐怖活动，到处杀黑人、杀犹太人，他们把美国南方搞得一塌糊涂。战后本来南北方的敌意就没有完全消除，然后南方还出现这样一个三 K 党组织，而且规模还很大，最后导致了美国政府对三 K 党的残酷镇压。当时在任的格兰特总统在第一任任期内发生了贪腐事件，所以他的选票数量急剧降低。于是格兰特总统就想了一个办法给自己拉选票，什么办法呢？大家知道当初林肯总统说是解放黑奴，但并没有给黑人选举权，只是废除了黑奴制，黑人不再是奴隶了，但离有选举权的公民还差着一层。到格兰特总统的时候，他宣布给予黑人选举权，所以选票一下就来了。为了拉拢这些新的黑人的选票，格兰特在南方对三 K 党进行了残酷的镇压。格兰特本来也是北军统帅，三 K 党很多是南军老兵，当年在战场上北军打赢了南军，结果南军还不服，非要在底下再来这个，格兰特总统对三 K 党不但坚决取缔禁止，而且进行了残酷的镇压。在这种残酷镇压下，实际上所谓的老三 K 党在 19 世纪 70 年代就已经完全消失了。

　　那现在的这个三K党是怎么来的呢？在1915年的时候有一部在世界电影史上堪称伟大的电影，叫作《一个国家的诞生》，我们说这部电影伟大不是说它的政治观点，而是从电影的角度来讲，它奠定了蒙太奇、奠定了各种电影语言的基础。这部电影是由当时美国的大导演格里菲斯执导的，格里菲斯一辈子拍过两部重要的电影，其中一部就是这个《一个国家的诞生》，另一部叫《党同伐异》。从政治角度来说，《一个国家的诞生》宣扬的其实完全就是三K党的观点，表示三K党的胜利是正义的胜利。当然也只有在美国那种国家才可能出现这样的电影，这种电影在政治上完全是错误的，但是它不但上演了，并且创造了当时的最高票房纪录。美国总统伍德罗·威尔逊居然不顾总统应该中立、公正的原则，还赞扬了这部电影，说这部电影最清楚地再现了这个国家从何而来。这部电影的上演和总统的表态导致全国掀起了种族主义的浪潮，白人极端主义者不断抗议、集会，甚至在看电影的时候，都纷纷拔出枪来，冲着荧幕上的那些有色人种开枪。这也导致全国一下子掀起了一个新的三K党浪潮，美国的各个地方都成立了新的三K党。

　　当然这个新三K党稍微好一些，没有老三K党那么残酷。当年的老三K党因为刚打完仗，根本不把杀人当回事儿。新三K党当中也经常会有一些极端分子，对黑人施以私刑，还私刑处死过犹太老板，因为犹太老板强奸白人女工。新三K党的会员人数后来也达到了一个高峰，多到什么地步呢？我举一个例子，连后来的美国总统杜鲁门在当选总统之前，在密苏里州都缴了三K党会费，申请加入三K党。不过后来三K党把他的会费给退了，他要是一直在三K党，后来其政治生涯肯定会受影响。三K党当年在加州、得州等相当一部分州是合法的，但在北方很多州是绝对不合法的，一律予以取缔。

　　后来"二战"开始的时候，在国家利益面前，大家开始种族融合，各民族共同战斗。在这场空前的种族大团结面前，三K党受到了沉重的打击。三K党自己也出了很多问题，其中十几个州的总头领，也就是"瓢把子"，发生了强奸、虐杀白人女子的事情，导致整个美国舆论大哗，民众愤怒，三K党内部也开始人心涣散。"二战"后三K党慢慢地就变成了弱势群体，到后来三K党已经没有全国性组织了，到今天三K党的独立组织都是小党，加起来也就有可能几千成员，平均每个小组织也就几个人、十几个人的样子，所以已经很式微了。

大家知道这些三K党成员都是底层白人，他们坚持认为黑人抢了他们的工作、犹太人剥削他们。这时候三K党还要到媒体上去宣扬他们的种族歧视观点，结果被所有媒体拒绝。于是三K党就开始起诉这些媒体，一直起诉到联邦最高大法院。结果这大法院的律师居然是当年被三K党迫害的黑人们组织的民权联盟派出的，这些黑人律师反过来帮助三K党，为三K党进行辩护，这在当时对美国的震撼是非常大的。黑人当年通过各种奋斗和抗争使得《民权法案》得以通过，三K党其实是从负面起了很大的推动作用，当年三K党如果不去绑架黑人、杀黑人等，《民权法案》也不可能那么快就通过。这些黑人律师在法庭上说得非常好："我们之所以提出《民权法案》，就是为了实现宪法赋予我们的所有平等和自由的权利，现在如果媒体不让三K党发声，那就是违反了宪法第一修正案，因为宪法第一修正案就是让人们拥有言论自由。"最后大法官判三K党胜诉，媒体必须要发表他们的诉求，这个案子成为美国最高大法院的一个经典判例。但媒体最后抗诉说这公司是我个人开的，我就不愿意放，因为美国都是私营媒体，最高大法院说虽然股权是你的，但是媒体属于公众，你必须发表。人们说，在大法院的判词中有一句话，叫"允许错误言论才叫言论自由"，这句话非常重要！一个国家如果只允许发表正确言论，就不叫言论自由。最后媒体只能被逼着发表三K党的所谓种族歧视的言论，之后美国人民也没有发生什么暴乱，黑人也没干吗，白人也没干吗。这是历史上的一个经典的案例。今天白人在美国已经快成弱势群体了，三K党基本上已经不存在了。

12月26日

《晓松说——历史上的今天》来到了 12 月 25 日，今天是圣诞节，大家圣诞快乐，尤其是教友朋友们圣诞快乐！ 1915 年的这一天，蔡锷通电宣布云南独立，护国运动开始；1979 年的今天，距离人类天花绝迹日正好两个月；2006 年的这一天，灵魂乐的教父詹姆斯·布朗去世。

| 人类彻底消灭天花 |

先说一下 1979 年的 10 月 25 日，人类终于彻底消灭了天花病毒。在人类发展的过程中，人们不停地在和病毒做斗争，每次消灭了一种旧病毒，就又会出来一种新病毒，人类永远不可能没有疾病。你消灭了天花，消灭了肺结核，结果来了艾滋病，如果把艾滋病消灭了，估计下一回还会有什么其他的疾病再冒出来。所以在人类成长的过程中，总是有疾病伴随着。

天花是一种非常非常古老的疾病，而且一直也没有特效的治疗方法，这种病是特别平等的一种病，甭管你是平民老百姓，还是皇帝老爷，都有可能得天花。大家知道康熙皇帝，别看他在画像中英明神武，但康熙曾经得过天花，后来留下了一脸大麻脸。这满脸麻子还是天花病很轻的表现，重的话是要死人的。当年美洲的印第安人90%都死于欧洲传到美洲的天花跟霍乱，而不是像很多历史书中写的被欧洲殖民者屠杀了，实际上当年的欧洲殖民者加一块儿也没有印第安人多，根本屠杀不了那么多印第安人。欧洲曾经天花大流行，欧洲的宫廷中也有公主得过天花，得了天花以后只能把脸盖上，因为没法儿嫁人了，不能说嫁一女儿，到那儿一看是一大麻脸，这不行，所以得了天花以后这公主就不能再嫁人了，只能到修道院里去当修道院院长。北京城当年有很多天花病人，康熙本人也得了天花，当时大家对天花非常恐惧，蒙古的王公贵族吓得都不敢来北京，本来咱挺好的一个人，来趟北京回去弄一大麻脸肯定不行，所以最后清政府就下令在承德修避暑山庄。这避暑山庄当然有多种功能，可以避暑、狩猎等，但是当时一个重要的功能就是皇帝在那儿见这些王公贵族，因为蒙古的这些王公贵族不愿意来北京，所以就在承德弄了一避暑山庄。但是我觉得这事儿也挺逗的，你说这天花到那儿不也一样传染吗？康熙如果患病时跑那儿去也是一天花病患者，一样传染。

相传到了宋朝的时候，有一个道士发现了一个有意思的预防方法，就是种人痘。当时还没有发现牛痘，人痘跟牛痘其实原理是一样的，就是把天花病人身上的一种东西种到未患病者身上，也有弄成粉末喷到鼻孔里的，这一点点病毒就会让人的全身产生抗体，但又不至于传染上这个病。其实这就是最早的疫苗，绝大多数的预防疫苗就是把这个病毒本身先给你来一点儿，让你的身体内部产生抗体，等那个病毒真正来的时候，人体就产生了抵抗力。所以从宋朝开始大家就知道有种"人痘"预防天花的办法，但是这种东西并没有办法大规模推广。到了18世纪末，欧洲人发现这个病除了美洲没有，亚洲和欧洲全都有，但在欧洲却有一个特殊的人群没有传染过天花，就是挤奶女工。于是大家就想这是什么原因呢？后来发现是因为牛身上有天花，这挤奶女工每天在那儿挤奶就相当于接触了这个病毒，这就跟打了疫苗一样，人体内就产生了抗体，于是就对天花这种病产生了免疫。这时候人们才发现，其实可以从牛身上把这天花病毒弄下来，种一点点到人身上，就能避免天花了，于是才开始大规模地接种牛痘。

到19世纪初，中国也开始种牛痘了，可以把牛痘种到胳膊上，我这胳膊上就有这么大的一个大牛痘。我也不知道为什么这牛痘种得特别大,后来我去了很多国家,发现绝大多数国家的牛痘都特别小,而且大多数的欧美国家都不把这个痘种在胳膊上,大部分是种在大腿上,而且特别特别小。

我跟大家再讲一件有意思的事儿,早年在美国的时候有很多人装 ABC (American-Born Chinese,在美国出生的中国人),当然现在时代变了,已经没有人再去装什么 ABC 了。我记得最早我去美国的时候,有很多人其实就是台湾或大陆到美国去的,他们的英文说得比较好,于是就开始装 ABC,假装不会说中文了,见面大家就一直说英文。后来我就想了一个非常损的办法,凡是见到这种人,我就说你把你的左胳膊撸起来,撸起来一看这儿有这么大一牛痘,我说你肯定是大陆来的,别在这儿装了,因为在美国出生的人这痘根本就不种在这儿。这是一个特别逗的小事儿,跟大家分享一下。

| 护国运动开始 |

下面来讲一下 1915 年的这一天,蔡锷通电云南独立,护国运动开始。其实所谓的护国运动就是反对袁世凯称帝,当时蔡锷是袁世凯身边的重要参谋。虽然蔡锷最初尚无机会在战场上展示出他的军事才能,但已经在江西、湖南特别是广西等地的军校训练新式军队并卓有成效,辛亥革命时他又积极响应,出任云南军政府都督,声誉四播。所以他被袁世凯调到北京后,表面上受到重用,暗地里受到监视。当袁世凯酝酿称帝时,他便坚决反对。1915 年 11 月,蔡锷秘密离京赴津,然后以治病为名东渡日本,后辗转抵达昆明,发动讨袁运动。说到蔡锷的这段经历大家都会想到电影《知音》中的小凤仙,历史上确实有小凤仙这个人物,但是因为这个人物被写进了文艺作品,而且是由张瑜这样著名的演员来演,所以大家都觉得小凤仙很好、很美。真实的小凤仙虽然没有张瑜那么美,但是也确实跟赛金花一样,都是当时八大胡同的清吟小班的头牌。

在电影和小说中,蔡锷将军走了以后,小凤仙这人物也就不再提了,那这小凤仙最后的下场是什么样的呢?当时蔡锷可没有袁世凯那么讲义气,袁世凯当年在苏州落魄的时候,曾经也遇到了一个青楼知己,这个青楼女子一直接济他，最后还给他盘缠。袁世凯非常感动，说："苟富贵不相忘，将来有一天我一定会来接你。"后来袁世凯真的兑现了誓言，不但把这位苏州的青楼女娶回了，而且在袁世凯的老婆及多房姨太太中地位最高，袁世凯的全家女眷都由她来管。但是蔡锷可做不到袁世凯那样，他最后可没把小凤仙接到云南来，因为从1915年11月离京反袁到1916年11月因病在日本去世，只有短短一年时间，所以小凤仙跟蔡锷后来就没什么交集了。新中国成立以后，青楼也都解散了，小凤仙去了哪里呢？后来她就到了一个局长家里当保姆，改名叫张洗非。这个听起来让人很觉得唏嘘，一代名媛小凤仙最后成了局长家的保姆。后来小凤仙因为生活太过清苦，实在是熬不下去了，就给梅兰芳写了一封信。梅兰芳在新中国成立后依然如日中天，小凤仙在给梅兰芳的信中非常隐讳地暗示了梅兰芳，她说："我是那个曾经和您在某某市长家的饭局上认识的，您回忆一下……"梅兰芳收到信，一下子就意识到这是小凤仙，因为当时能陪市长参加饭局的人只有两种，一种就是清吟小班头牌，还有一种就是像"四大名旦"这样的名伶，其实大家的地位差不多。当时梅兰芳还托人通过关系给小凤仙找了一份工作，这听起来非常让人唏嘘，民国时代的人们就生活在那种沧海桑田的变化中，这就是我们常说的"眼看他起朱楼，眼看他宴宾客，眼看他楼塌了"。在那样的大时代背景下，个人的命运其实是没法儿控制的，芸芸众生在历史洪流中的沉浮，着实让人唏嘘。唉，长叹一声！

| 灵魂乐的教父詹姆斯·布朗去世 |

下面来讲讲美国灵魂音乐的教父——詹姆斯·布朗，2006年的这一天，灵魂音乐的教父詹姆斯·布朗去世。"Soul"这个词有完全不同的翻译，我们一般把它翻成"灵歌"，也有翻成"灵魂乐"的，在台湾那边一般译成"骚灵"。台湾那边特别爱把一个词音译以后再给它赋予意思，"骚灵"这个词听着怪怪的，就像台湾把Reggae音乐翻成"雷鬼乐"，其实主要是音译，翻译成"雷鬼"不知道是不是因为鲍勃·马利长得像鬼。总之，灵魂乐是一种典型的黑人音乐，美国主流的流行音乐除了摇滚音乐和乡村音乐以外，其他所有的流行音乐都是黑人音乐。大家看美国音乐颁奖典礼的时候，摇滚乐的奖全都是颁给白人的，因为黑人比较忧伤，他们不搞摇滚乐，摇滚乐都是那种呐喊式的音乐。其实这种重金属音乐本身就是一种种族歧视音乐，像有个乐队叫 WASP，这种词本身就是种族歧视的词语。"枪炮与玫瑰"是我最热爱的摇滚乐队，在这个乐队里其实也有有色人种，有一名黑人乐手，但是他们居然在演出的时候高呼"亚洲人滚出去"，这让我们这些亚洲歌迷听了以后非常伤心。

乡村音乐指的就是白人的乡村，*Country road takes me home*（《乡村路带我回家》），指的都是白人乡村。在美国，黑人主要集中在城市里，现在最流行的 Hip-hop（嘻哈音乐），以及最早代表美国音乐风格的爵士乐，都是黑人音乐，还有现在咱们年轻人最爱玩的节奏布鲁斯（R&B）也属于黑人音乐。灵魂乐是黑人音乐中最大号的音乐，灵魂乐的歌手嗓子也都特大号，像惠特妮·休斯顿、玛丽亚·凯莉，以及我特别特别特别喜欢但英年早逝的艾米·怀恩豪斯，都是特大号嗓子，经常是离话筒老远唱，或者干脆不要话筒了，反正大家都能听见。大家听到的什么海豚音、狮子吼，都是灵魂乐里面的基本功。我们这儿也有几位这种超大号嗓子唱灵魂乐的歌手，比如说黄绮珊是公认的亚洲少见的大号嗓子，唱了那么多年终于火了，1999 年我就做她的制作人，我当时就说不管到哪一年，黄绮珊一定会火，最后她终于火了。还有张靓颖，是典型的灵魂乐唱法。灵魂乐还有一个重要的标准，就是特别能拐弯，因为 Soul 比较自由，所以到处拐弯，而且尤其是遇到长尾音的时候，要拐无数的弯下来，这有点儿像我们的京剧。所以我经常说，白人唱灵魂乐的非常非常少，偶尔能看见一个大号白人嗓子，比如说席琳·迪翁，她也是灵魂乐的风格，我还给她录过音，但是她是极少数，灵魂乐基本上都是黑人来唱的。其实每个民族都有自己的血液里流淌的音乐，这灵魂乐确实不是咱血液里流淌的音乐，我记得咱们有一个著名的乐评人叫张晓舟，他在评价我们的灵魂乐歌手时说过一句很损的话："骚灵音乐骚确实比较骚，但就是不太灵。"

12月26日

《晓松说——历史上的今天》来到了 12 月 26 日。在 1606 年的这一天，《李尔王》首演；1970 年的这一天，中国第一艘核潜艇下水；1972 年的这一天，美国总统哈里·杜鲁门去世。

| 美国总统哈里·杜鲁门去世 |

首先来讲讲美国总统杜鲁门，1972 年的这一天，美国总统哈里·杜鲁门去世。当年杜鲁门不光是掌管着美国，应该说大半个世界都是杜鲁门来管着，这个世界上很少出现这样的人跟这样的时代相匹配，简直太神奇了！

杜鲁门可以说是极其幸运，当年罗斯福当总统，杜鲁门是副总统，可杜鲁门一共只当了八十二天副总统，罗斯福总统就去世了。罗斯福在 1945 年 4 月去世，这时候美国所有的艰难、困苦都已经过去了，留给了杜鲁门一个大好的局面。从 1929 年开始，美国出现了经济大崩溃，加上当时整个世界法西斯危机四伏，美国被卷入了战争，从开始被动挨打，一直咬牙坚持下来，最后几乎完全打败了敌人。到罗斯福去世时这个世界已经充满了光明，几乎一丝阴霾都没有。

杜鲁门只当了八十二天副总统，说实在的，他一共也没跟罗斯福总统坐一起聊过几回，罗斯福总统就死了。然后杜鲁门就进入了白宫，见到了美国前第一夫人——罗斯福总统的遗孀，杜鲁门说："我能为你做些什么？"罗斯福总统夫人说："现在大敌当前，这时候应该是我们问'能为你做些什么'，你赶快坐到这个总统的位子上去，把这个国家领导起来。"

　　杜鲁门刚刚坐到总统这个位子上，就有人进来跟他汇报说："总统，我跟您汇报一下，我们已经研制成功了一种叫原子弹的东西。"这事儿杜鲁门完全不知道，当然这事儿也轮不到他知道，杜鲁门总统一听太高兴了，连原子弹都有了，真是天空中一丝阴霾都没有，所有的胜利果实全都归他了。之后杜鲁门还代表美国参加了波茨坦会议，美、苏、英三大国讨论怎么处罚德国，最后怎么收拾日本。不过这次会议上斯大林觉得好孤单：本来应该是三大佬——全世界最厉害的仨人坐在那儿讨论，美国总统罗斯福坐中间，斯大林坐右边，英国首相丘吉尔坐左边。但是波茨坦会议的时候，斯大林一看，英国来的是一个瘦小的艾德礼，他代表工党赢得了英国的大选，保守党代表丘吉尔虽然领导英国人民战胜了纳粹德国，但在这次大选中却失利了。而美国来的是特别特别土的杜鲁门总统，杜鲁门是美国历史上最后一个没读过大学的总统，他来自密苏里，完全是农民出身，中学毕业就开始种地、开小店什么的。最后斯大林一看，说怎么回事儿，战争胜利了应该是老哥仨碰杯享受胜利果实的时候，本来是三大高帅富，结果突然变成俩草根来跟斯大林开会。

　　当年杜鲁门确实是草根一个，一开始他在追求他老婆时，追了半天人家也不答应，他最后下定决心，一定要干出一番事业，一定要能挣比当一个农民更多的钱。于是杜鲁门就"投犁从戎"，不叫"投笔从戎"，在"一战"的时候他参加了美国志愿军，到欧洲去打仗。他还把家里种地的钱拿出了一些，自己招募了一个炮兵连，一起到了欧洲前线。当然他的炮兵连也没轮到打什么大仗，让杜鲁门感到非常高兴的是他带到欧洲去的兄弟们，一个都没死，全都平安回来了。回来以后杜鲁门成了上尉军官，之前他追求的姑娘也嫁给了她，这时候他就觉得自己不能再回去种地了，于是才开始投身政治。密苏里州算是美国最土的、人才最稀少的一个州，美国历史上应该也只有他一个总统是从密苏里州出来的，密苏里州的政治人物非常少，所以只要愿意从政，还是很容易走出来。

杜鲁门当时就一路顺顺利利地当上了参议员，当了参议员之后正好赶上党内副总统的两派候选人之间打得一塌糊涂，杜鲁门捡了一便宜，因为他对双方谁都没有威胁，而且当时有罗斯福总统在，副总统其实也没有什么事儿干，唯一的就是兼任参议院议长。

结果没想到历史降大任于杜鲁门身上，罗斯福总统去世，他继任总统。他刚一继任，意大利法西斯独裁者墨索里尼就死了，罗斯福打了那么多年都没有看到墨索里尼去世，结果杜鲁门刚上任墨索里尼就死了，高兴。紧接着希特勒自杀了，德国投降了，更高兴了。然后日本又失败了，还是高兴。几年之后朝鲜战争爆发。在杜鲁门任内，世界上爆发了各种各样的战争，从冷战开始，东西方落下一道铁幕，但杜鲁门一个草根就在白宫里坐着，他经历了20世纪的各种大事儿。杜鲁门的胆子非常小，但赶上了这么多大事儿，他也就只能在那儿战战兢兢地去应对。在他的任上有两个重要人物，一个是当时的参议员麦卡锡，另一个就是麦克阿瑟将军。麦克阿瑟觉得我一西点军校的校长，你一密苏里的老农，你当总统，做我上级，你不配，根本就看不起他，想什么说什么；参议员麦卡锡也没把杜鲁门放在眼里，在那儿大搞什么麦卡锡主义。

在杜鲁门总统任内，由于麦卡锡主义盛行，很多同情共产主义、社会主义的美国人遭到了严重的迫害，数千人被政府开除，很多艺术家、作家、知识分子也都被迫害，大批的人去流亡，连卓别林都流亡到瑞士，一辈子都没能再回到美国。这都是杜鲁门时代发生的事情，但实际上想来想去也没几样事情真正是杜鲁门自己雄才大略地要干的，要么是麦卡锡要干，要么是麦克阿瑟要干，但总归在他任内这些事情都干成了。我之前讲过，杜鲁门曾经参加过三K党，说明他内心深处还是有南部底层白人农民的那种种族歧视的思想。他在任内签署命令结束了美国军队当中的种族隔离政策，其实这也完全是水到渠成的事情。在杜鲁门把权力交给艾森豪威尔的时候，所有这些事儿都干成了，冷战开始了，北大西洋公约组织成立了，军事集团也弄好了，朝鲜也打得差不多了……最后杜鲁门把权力交给了艾森豪威尔。

杜鲁门当政将近两届，第一届是罗斯福总统当选八十二天就去世了，杜鲁门开始继任，到下一届杜鲁门自己当选，其实他是做了两任总统。我觉得人类历史很有意思，像杜鲁门这样一个如此平庸的人，居然就这样被风头浪尖摆在那里，领导了美国八年，把 20 世纪后半世纪美国甚至世界的格局全部都搞定了，这个事儿挺有意思的。

|《李尔王》首演|

在 1606 年的今天，《李尔王》首演。应该说，这一天是历史上有记载的《李尔王》的首演，当然也没准儿莎士比亚在这之前已经把这部剧在哪儿演了一下，但是没有记载下来。一开始大家都认为《哈姆雷特》是莎士比亚的代表作，后来随着时间的流逝，人们就越来越觉得这《哈姆雷特》有点儿太商业化了，反而对《李尔王》的评价越来越高，现在《李尔王》已经被文艺评论家以及文艺评论媒体公推为莎士比亚第一优秀的作品。在莎士比亚在世期间，《李尔王》曾被认为是他最不成功的一部作品，一直没有得到公演，后来观众看到的都是被一个叫泰特的人修改了结尾以后的版本。莎士比亚的《李尔王》当时让观众最不能接受的是最后好人都死了，李尔王死了，对他最好的三女儿也死了，观众想我们花钱来看戏，结果回去很痛苦，这怎么行呢？所以这泰特就把莎士比亚的《李尔王》改成考狄利娅从法国率军回来，把姐姐、姐夫这些坏人都消灭了，成功地帮助她的父亲李尔王复位，最后大家皆大欢喜，于是《李尔王》就按这个版本演了很多年。

直到后来，人们对各种各样的戏剧观念都已经能接受了，大家看到的《李尔王》才是莎士比亚的原版，今天被改编成电影的也是这个版本，其中最成功的是被黑泽明大师改编成的《乱》。莎士比亚之所以伟大就在于他的戏剧可以被放到任何一个时代去演，因为他讲的是最最基本的人性，讲的是家庭关系，《哈姆雷特》讲的是典型的父子关系，《李尔王》讲的是父女关系，后来很多很多有关父女关系的电影，都是在《李尔王》的基础上演绎出来的。我国也曾经改编过《李尔王》，把这个故事的背景放到了春秋战国时期的赵国，把《李尔王》改了一个字，变成了粤剧《李广王》。还有电影《夜宴》，虽然说是改编自《雷雨》，但是《雷雨》本身就改编自莎士比亚的戏剧，可见莎士比亚的作品不但有儿子辈，还有孙子辈，不停地被改编，因为他讲的人和人之间最基础的家庭关系，即使放到今天也一点儿都不过时，所以莎士比亚是伟大的。

|中国第一艘核潜艇下水|

来跟大家讲讲核潜艇的事情。近些年我们在军事方面越来越透明化，越来越开放，这两年变化非常明显，军队的番号也公布了，中央电视台也详细公开了我们的核潜艇，核潜艇内部、外部大家都看得清清楚楚，所以在军事透明化方面我们已经做了很多。

我们的第一艘核潜艇在 1970 年的这一天正式下水，现在这艘核潜艇已经退役了，我们的核潜艇已经发展到了第三代。通常武器装备都是保持两代在服役，发展到第三代的时候第一代会退役，发展到第四代的时候第二代会退役。第一代核潜艇退役，包括里面的核反应堆已经拆掉了。每一代核潜艇都分为两型，分别是攻击型核潜艇和战略型核潜艇。攻击型核潜艇就是用鱼雷战术导弹，攻打敌人的军舰，一般吨位比较小；战略型核潜艇的背上装着十二个洲际导弹，在水下能发射导弹打击敌人。我们每一代核潜艇都是发展两型，这两种核潜艇的外形不一样，攻击型核潜艇的外形是圆的，背上如果突然鼓起这么大的一个包来，那就是战略导弹核潜艇。我们的战略核潜艇上一般装十二个导弹，其他国家也有装十六个或者装二十四个的，通常就是这种情况。

Today

in History

12月27日

《晓松说——历史上的今天》来到了12月27日。2010年的这一天，"鲁荣渔2682"号渔船出海，这是一个悲惨的故事。今天还是萨顶顶的生日，生日快乐！

| "鲁荣渔2682"号渔船出海 |

先来给大家讲这个仅仅发生在几年前的事件——"鲁荣渔2682"号惨案，船上的三十三名船员，有二十二人被杀或自杀。现在我们的GDP已经超过了日本，排在世界第二的位置，把后面的国家远远甩开，我们现在称得上一个富足的国家，而且是一个拥有最多美国国债的国家，同时拥有全世界最多的外汇储备，我们也是全世界自有住房拥有比例最高的国家，可是在这样的时代竟然发生了这样的悲剧，真的是让人深思。

2010年12月，"鲁荣渔2682"号渔船载着三十三名船员出海，这是一艘很小的船，排水量为二百三十三吨。豪华游轮为了让大家能舒舒服服地旅行，最少也得有八万、十万吨的吨位，现在最大的豪华游轮有二十万吨，这样才能保证在海上稳定地航行，"鲁荣渔2682"这么小吨位的船要跨越太平洋，颠簸会非常厉害。我曾经坐着万吨轮跨越太平洋，一路上都吐得昏天黑地，大家想想一艘二百三十三吨的小船跨越太平洋，到南美洲的秘鲁去钓鱿鱼，这件事儿本身就是一件特别艰苦的事情。在这条小船上拥挤着三十三人，这些人为什么要在如此艰苦的生活条件下，冒着生命危险去出海捕鱼，而且一次出海就是两年？这让很多人都感到费解。这些船员冒死出去两年，就是为了一点点的工资，其实工资并不高，这么艰苦的生活，一年也就四万多块钱工资，两年加在一起还不到九万块钱。

船上的这些船员都出身贫苦，有走投无路的内蒙古来的牧民，有大连失业的工人，还有大学毕业找不到工作的年轻人。当时有很多劳务中介公司，其实这些中介公司非常不规范，他们把这些廉价的劳动力介绍给船长。船长完全就是一个周扒皮，这条船一旦离开了中国领海，船上所有船员的生杀予夺全都是船长说了算。这条船上除了船长和他的几位亲信是有海员证的，其他的人都没有海员证，按说根本就不能出海。有一个年轻的船员在给他母亲的信中这样描述了船上的生活：虽然两年才挣九万块钱，非常艰苦，但是因为工作和生活在船上，都不用自己花钱，船上也没有可以花钱的地方，没有百货商场，没有网吧，将来回来的时候我就能拿着这点儿钱做一点儿小生意，可以重新开始。

这条船真正的出海日期其实有两个，除了我们刚才说到的出海日期，还有一个日期就是这条船载着三十多个有海员证的人出海关的日子。出了海关以后他们在海上停了一天，这时候中介公司又拉了二十多个没有海员证的人来，把这些有海员证的船员换下来，其实就是拿海员证冒名顶替一下。所以真正出海的时候这条船上只有少数人有海员证，大多数人都是第一次出海，连大海都没见过，就跟着这样一艘二百多吨的小船，去到遥远的秘鲁。他们每天的工作就是钓鱿鱼，这种工作只能每天夜里干，因为夜里要靠大灯的光把鱿鱼吸引过来。刚钓了几天，船长就通知大家说：之前说的那九万块钱叫"保底工资"，就是如果一条鱿鱼都没有捞到，白出海两年你们就能拿到这些钱。但是一旦能钓到鱿鱼，那这九万块钱就不能拿了，只能拿绩效工资。而这绩效工资只能按一吨鱿鱼区区几百块钱来算，整个算下来钱会非常非常少，大家出海前全都忽视了合同当中这种特别骇人的条款。后来他们当中第一个杀人的人，就是最能钓鱿鱼的一个，这哥们儿一天就睡三四个小时，其他时候除了在钓鱿鱼，就是在收拾鱿鱼，因为钓上鱿鱼还要自己处理、剖开，然后冷冻，等等。按绩效工资来算，钓鱿鱼最多的一个人一个月也就能挣两千块钱，而那九万元保底工资就没有了，所以这份合约完全等于是一份欺骗大家的霸王合约。这个时候船员们都不干了，等于大家完全被骗了。结果船长还狡辩说："我没有骗你们，你们可以钓鱼啊，天天钓，钓到了鱼不就有钱了吗？"

然后这些人就开始罢工，船长于是就派人殴打他们、关他们禁闭。结果导致船上的人分了两帮，一帮是大连来的，一帮是内蒙古来的，当然都是北方人，都比较勇武，最后他们就想办法劫持了船长，要求回国。结果船长的亲信们当然要来救船长，就此爆发了冲突，于是劫持船长的这帮人被杀了。这帮人被杀以后，接下来的事件几乎就变成了一部情节离奇的电影，船上人人自危，大家互相怀疑。而且杀了人的人要求所有人都杀人，不然的话这些人就没法儿回国。因为回国以后肯定会被揭发，所以必须人人手上有人命才可以，最后逼着大家互相仇杀。船上有一个大学生，最后他坚决不杀人，他说我出来不是为了来杀人的，最后他投海自尽了。结果回到中国的时候，这条船上只剩十一人，其余二十二人死亡，当中有十六人是明确被杀的，有六人是投海或者被扔到海里的。

我在这儿给大家讲这个事件并不是因为这个故事像一部情节离奇的电影，我觉得这个事件应该带给我们很多反思。现在我们国家已经达到了如此的繁荣、富强，一个县、一个镇的政府大楼都可以盖成那样，居然在社会的底层还会出现这样的事件。如果他们不是相互残杀成这样，我们永远不会知道，在遥远的太平洋的东岸，还有那么多贫苦的人在那儿冒着生命的危险，在做这些事情。这一点非常值得我们所有人来反思今天的社会。

| 梵音歌手萨顶顶 |

今天是大美女萨顶顶的生日，生日快乐！萨顶顶是我很亲密的合作者，而且是我后期最好音乐作品——《万物生》的演唱者。《万物生》这首歌也是我

自己最满意的作品，我自己很多年都没有被老天爷把着手写过一首歌了，这首《万物生》可以说是我在录音棚里创作完成的，我开始拿到棚里去的那首歌跟最后录出来的完全不一样，当时真的没想到萨顶顶能把它演绎得那么好。之前我并不认识萨顶顶，最开始她的经纪人来找我写歌，给我听了一些她录的小样。她想要表达的是佛教中宁静悠远的那种东西，我突然对她搞的音乐很有兴趣，我说这个可以试着做做。但她的经纪人又说她没有钱，因为萨顶顶是自费歌手，当时没有唱片公司想做 New Age Music（新世纪音乐）、World Music（世界音乐）这种完全不流行的另类音乐，所以她坚持自己做。那次为萨顶顶写歌是我这一生中在音乐行业里收钱最少的一次，写了这首《万物生》以后我们就拿到棚里去录音。结果录的时候她一张嘴唱我就惊呆了，她唱完以后我就跟她讲："你唱的不是生活，你唱的是生命，我这歌写小了，我写的是生活！"我说："现在出去给我买三瓶啤酒、一堆鸭爪子，然后你在外面等着我，我要为你改写这首歌。"大概用了一小时我就改完了，我说："你进来唱吧。"于是就有了现在这首《万物生》："我看见山鹰在寂寞两条鱼上飞，两条鱼儿穿过海一样咸的河水……"在中文写作中这叫回文顶真，就是每一句的开头是上一句的结尾。"我看见山鹰在寂寞两条鱼上飞，两条鱼儿穿过海一样咸的河水，一片河水落下来遇见人们破碎，人们在行走身上落满山鹰的灰。"

录完音以后，萨顶顶都走出好远了，突然回过头来问我："高老师，您觉得我行吗？"因为那个时候她真的不知道这首音乐能不能行，我只说了一个字："牛！"第二个字就没法儿说了。我坚信萨顶顶一定行，在音乐这一行里我摔打了这么多年，一旦把音录出来的时候，我就知道这东西怎么样。接下来的事情大家都看到了，萨顶顶因为这首歌获得了中国流行音乐有史以来最大的奖——BBC 世界音乐大奖亚太区最佳歌手奖，同时《万物生》还位列最大音乐网站iTunes 世界音乐销量排名第一名，先后卖到了五十多个国家，得了无数的奖。但到现在这个《万物生》的版税我还没有拿到，环球唱片到现在都没有给我结账，这事儿让我很生气。在中国不结版税也就算了，当年《同桌的你》只挣了八百块钱，但现在卖到五十六个国家的《万物生》也还没有拿到版税，看来不光是我们这里不给结版税，连它们也不按时结版税。但即使没有拿到版税，而且当初这首音乐作品也是我有史以来的最低价，我依然很欣慰。一方面我可以接触不同的音乐，这也是自己身为一个做音乐的人的一种骄傲吧；另一方面让我感觉非常欣慰的就是在年轻的歌手中，一直有这样有音乐追求的人，从朱哲琴到萨顶顶，再到龚琳娜，她们做的这些探索，我觉得都非常好。

朱哲琴的《阿姐鼓》大家都知道，在世界上享有盛誉。萨顶顶的《万物生》、龚琳娜的《忐忑》都非常有特色。龚琳娜也是那种有深厚的音乐修养跟追求的，她的歌和那些网络歌曲、那些恶俗的口水歌不一样，包括《忐忑》，我第一次听都听傻了，那是一种非常非常非常高级的流行音乐，结合了中欧民歌约德尔及中国的戏曲的曲调，是非常高级的，连王菲都想去翻唱这首歌，当时我就觉得，哇！好厉害！所以大家搞音乐千万不要随波逐流，要做出自己的特色。而且非常值得一提的是这些都是女歌手，我特别想说的是女性对她热爱的东西往往有一种远超过男性的韧劲儿跟坚强，就是一定要不顾一切地去追求。男人很多时候更容易满足，能挣点儿钱就行了，顶多就是累了出去走走。2013年我当了两个大型音乐奖的主席，在音乐风云榜的颁奖上，我就想要空缺最佳男歌手，但是最后主办方不同意。后来再到传媒音乐大奖，以及年度音乐大奖，我又当主席，我还是坚持要把最佳男歌手空缺掉，最后这两个奖确实空缺。这几年能明显地看出来女歌手有更高、更远的追求，至少在流行音乐领域是这样的，大家确实看到林忆莲做出了《盖亚》，张悬做出了新风格的摇滚歌曲，而男歌手全都停步不前，几乎没有见到谁突破自己，勇敢地向前去探索。在此我特别为我们的女歌手感到骄傲！

《晓松说——历史上的今天》来到了 12 月 28 日。1895 年的这一天,伟大的电影诞生了,电影从此走上历史舞台。今天还是尔冬升导演的生日,小宝哥生日快乐!

| 伟大的电影诞生 |

1895 年的这一天,伟大的电影诞生。关于电影的话题我已经讲过很多次了,在这儿都不知道再讲什么了。我只能说电影作为七大艺术中历史最短的一个门类,直到 1895 年才出现,那时候的电影还不是现在有情节的电影,就是拍个园丁浇水、拍个火车进站,大家就已经很高兴了。电影一开始完全不被大家了解,在银幕上放一个特写镜头,所有的观众都跑光了,人们以为这哥们儿脑袋被砍了,可见一项艺术要慢慢地让大家接受并熟悉,观众的训练也需要相当长时间,可是电影只用了一百年。最开始在非洲放电影的时候,还有一件特别有意思的事情。当时在放完电影以后全村人都在谈论一只鸡,导演想来想去说

我并没有拍鸡的镜头啊，为什么他们都在谈论鸡呢？后来导演就把自己的电影仔仔细细地从头又看了一遍，那个时候的电影是十六格一秒钟，最后终于发现在其中两格，也就是1/8秒的时间当中，在一个画面的角落里，有一只鸡进入了镜头。结果看完电影后全村的人都在谈论那只鸡跟他们那本地的鸡有什么不同，于是导演得出两个结论：一个就是电影中的1/8秒也能被人记住；第二就是所有的观众都会注意到和他生活有关联的东西。那电影放完了，其实非洲人全都没看懂，但那只鸡大家都看到了，于是都谈论那只鸡。后来大批的电影先驱做了各种各样的试验，大家在短时间内不但了解了电影的特点，而且发明了很多的拍摄技法，包括蒙太奇手法、库里肖夫效应等。

从法国人卢米埃尔1895年发明电影开始，到1915年，只经历了二十年的时间，就已经拍出了《一个国家的诞生》这种非常成熟的长篇故事片。这部影片不但获得了几百万美元的票房，还影响了全美国，因为这部电影，三K党又重新发展起来，可见其影响之大。从来没有一项艺术、一种文化现象像电影这样这么迅速地横扫世界，以至于到今天电影诞生才一百多年，已经是全世界最重要的文化或者叫娱乐产业之一，所以电影是伟大的。

| 香港著名导演尔冬升 |

说说小宝哥——著名的导演尔冬升，年轻的时候也是大帅哥，邵氏的当家小生。他因主演武侠电影《三少爷的剑》而成名，还演过《倚天屠龙记》等多部电影，后来成了著名导演。他拍的商业片、艺术片非常成功，我最喜欢的香港艺术片当中，《新不了情》和《旺角黑夜》这两部都是尔冬升导演拍的。小宝哥生日快乐！

《晓松说——历史上的今天》来到了 12 月 29 日。1845 年的这一天，得克萨斯州成为美国第二十八个州；1975 年的这一天，云梦秦简出土；2005 年的这一天，《王的男人》创下韩国票房纪录。今天还是大帅哥裘德·洛生日，生日快乐！

|得克萨斯州成为美国第二十八个州|

　　首先来聊聊得克萨斯州，得州是美国最重要的几个大州之一，其重要性不光体现在经济、面积和人口上，更重要的是它代表着一种文化。在美国说到加州，就代表着美国西岸的文化；说到得州，就代表着南部的牛仔、彪悍、保守等。美国是一个幸运的国家，三面环海，北边还有五大湖，中间有密西西比河穿过，东岸有纽约、费城、波士顿，西岸有加州、华盛顿州、西雅图等，南岸墨西哥湾有休斯敦、新奥尔良，还有迈阿密，整个美国东西南北中间就没有特别弱的地方，这是美国的一大特点。美国不像我国因为地形差别极大，整个西部人口极为稀少，人口都集中到中部和东部。美国是四面八方都有中心，各地

有各地的文化特色。

除了阿拉斯加州以外，得州是美国面积最大的州。因为阿拉斯加州在加拿大以北，虽然它的面积第一大，但是因为离美国本土太远，通常美国人都觉得阿拉斯加州好像跟自己关系不是很大。如果限于美国大陆这一块来说，得州是面积第一大、人口第二多的州。美国人口第一多的是加州，加州的 GDP 也是美国第一，GDP 排第二的是得州，超过万亿美元。我说着说着有点儿骄傲，因为我就生活在加州，加州是美国各方面都最强大的州，加州一个州独立出来其经济实力就占美国 1/6，就这么强大。加州的一个县，以我们居住的洛杉矶县为例，人口就超过美国的四十二个州，美国一共才五十个州，可见加州的实力之雄厚。

得州的经济实力也非常强大，农业和加州并列第一，加州的农业主要是葡萄和麦子的种植，得州主要是畜牧业，这是它得天独厚的气候决定的。得州还有一种特产，就是得克萨斯轻质油，大家看到原油市场上经常说，得克萨斯州轻质油多少多少钱一桶，英国北海布伦特油多少多少钱一桶，这两种油的质量不一样。得克萨斯轻质油是最好的原油的代表，这种原油几乎是喷出来就能直接加在车里用，不像很多地方的油田，尤其是我国的，原油当中有一半是沥青，得炼很多次才能炼出一点儿汽油来，而得州拥有天然的优质原油。尤其最近得州又发现了大量的页岩油气层，今天的采油技术更加先进，能够开采大量的页岩、岩石里头的油气资源，这个油气资源是未来最最重要的发展方向。得州的石油储量非常高，陆地上的原油一般都不开采，但是沿着墨西哥湾全是钻井平台。

得州最大的城市是休斯敦，第二大城市是达拉斯，肯尼迪总统当年就是在达拉斯被刺，达拉斯还有一个著名的篮球队，体育迷都知道。得州拥有西岸最强的几支篮球队，包括达拉斯小牛队、休斯敦火箭队、圣安东尼奥马刺队，这几支球队都是整个 NBA 中西岸最强大的球队，哪个拿出来都能跟加州的洛杉矶湖人队比画比画。达拉斯目前还是得州最大规模的华人移居之地，华人自古四海为家，虽说匈奴当年是逐水草而居，但是实际上华人最能逐水草而居，全世界走得最远的民族就是华人，我听说过不管是非洲丛林还是小岛，全世界只要有五百人的地方就会有中餐馆。从华人向哪里流动，你就能看出每个地方的经济状况，目前的华人都大规模地在向得州转移，得州休斯敦的唐人街已经变成仅次于洛杉矶、纽约、圣弗朗西斯科的第四大唐人街，规模浩大。在洛杉矶或者圣弗朗西斯科我经常会碰见很多华人说我们搬家了，搬达拉斯去了，我有很多中国朋友现在都搬到达拉斯去了。因为得州经济在发展，房价还没有那么高，华人是在哪儿都没关系，只要房价低，先有房子再说，所以大家都搬达拉斯去了。可见得州的经济正在蓬勃发展，而且非常有未来。

在美国的众多州当中，一部分是东部最开始的殖民地，大家跟英国奋战后独立的那些州，另一部分是中间的这些州，在美国成立后先后加入美国，还有一部分就是美国人通过战争打来的州，只有得州是以很不一样的方式加入美国的一个州。得州原来是墨西哥一个很大的州的一部分，当年得州是自己先独立，然后加入了美国，现在得州是美国本土最大的州了。得州当时的独立原因就是有大量的美国人移居到了那里，得州牛仔后来成了美国牛仔的典型代表，这些人移居过去以后，就开始在那儿闹独立。得州独立以后墨西哥就要来打，于是得州就开始投靠美国，美国说："那你加入美国，美国来保护你。"其实得州在1836年就独立了，但它在1845年的时候才正式加入美国。1846年美墨战争爆发，美墨战争的根源就是美国要保护刚刚加入的得克萨斯州。

得州还是共和党大本营，就像加州是民主党的大本营一样，共和党在得州的优势跟民主党在加州的优势差不多，始终控制着得州。得州曾经出过两位父子共和党总统——老布什和小布什，小布什当年做过得州州长，布什家族还是得州著名的石油大亨。美国的整个南部，包括得州在内，到现在还是非常保守，南部人民的宗教信仰氛围浓厚，每个星期天都要去教堂，年轻人一般在高中毕业的典礼上就要订婚，大学毕业回来就把婚礼办了，然后就开始生儿育女，过的是那种非常传统的生活。共和党在2013年还促使得州通过法案，在得州禁止妇女堕胎，共和党在南部各州越来越倾向于保守。在得州德裔占多数，一开始我并不知道在得州有这么多的德裔，当时我开车到得州，发现在很多房子上写的都是德文 haus，而不写英文 house，后来再一看这地名，什么新柏林，什么什么贝格，我才明白原来这都是德裔移民居住的地方。从得州再往那边就是法裔了，所以地名就变成了什么什么维尔。在得州所有的白人当中人数排第一而且遥遥领先的就是德裔移民，所以得州长期以来就是英语、德语混杂着说，就像在新奥尔良是英语、法语混杂着说一样。得州是这样一个地方，极为保守，但是很有意思，大家有机会去美国的话，可以到加州看看，再去得州看看，完全不一样。但得州最大的问题就是那儿德裔太多，德国人不会吃，我有三颗牙都是在得州吃掉的，就是因为这地方实在没的吃，每天就只能吃烤肉，这烤肉烤得又很柴，把我的牙都硌掉了。

|《王的男人》创韩国票房纪录|

2005 年《王的男人》创下韩国票房纪录，我看过这部电影，挺有意思。韩国的票房计算方法跟全世界都不一样，绝大多数国家都是说这票房多少钱，只有韩国计算票房的标准是多少多少人。其实我觉得韩国的票房计算更合理，因为多少多少人才是真正的电影影响力的体现，你要纯粹说票房收入其实有点儿不公平，比如拿《阿凡达》跟《泰囧》比，《阿凡达》比《泰囧》多一点儿，但是《泰囧》才三四十块钱一张票，这《阿凡达》一百二十块钱一张票，那你说到底是哪部片子的影响力大。按说去看《泰囧》的人比去看《阿凡达》的人多多了，什么叫电影票房冠军，就应该是影响人民更多的，所以双方为这个争论不下。我们所有做导演的人都认为电影看的人多是最重要的，可能老板们觉得电影票卖得贵更合适，老板们恨不得一张电影票卖一万块钱，他把钱挣了还省事儿。所以韩国这个票房计算方法我觉得更科学，它只是统计观影人数，这个极为少见，其他大多数国家都是统计票房收入。

我这儿多说一句，就是中国的票房现在的统计开始越来越科学了，瞒报、偷票这些事情越来越少。由于有了计算机跟互联网，现在即使到了最边远的山区，只要你是院线联网的电影院，这些数据就能直接传到电影局，每天你卖多少张票电影局都知道，所以过去的这种偷票房的情况现在已经很少很少。但是中国目前票房分给制片商的比例还是全世界最少的，这些制片商，也就是花钱拍电影的人一般只拿到 30% 多，那种大投资的电影，像冯小刚或者张艺谋的电影，也就能拿到 40% 多一点儿，这样低的比例在全世界都是很少很少见的。比如在美国，第一轮上映的时候院线和制片商是一九分账，就是 90% 的票房是给制片商的，电影院只留10%。美国的电影票基本相当于美国一小时的最低工资八美元或九美元，一般最穷的人工作一小时也可以去看两小时电影。那电影院靠什么挣钱呢？靠卖爆米花，美国人民都有嘎吱嘎吱吃着爆米花看电影的传统，因为他这一张票赚八毛钱，但是爆米花卖五块，成本就是一毛钱，所以影院就是靠卖爆米花、卖水赚钱。美国之所以形成这样的一种分成比例，其实是因为美国的电影院太多、银幕太多，拍电影的一方反倒成了优势方，反正你不跟我一九分账，我就不给你电影放，我就给别的院线，美国有好几条大院线，互相竞争。而中国过去影院很少，制片商只能把片子拿到那几个院线来放，否则你就没地儿放。美国有一万九千块银幕，但最大的电影在美国能上五千块银幕就不错，所以在美国变成我拍出来电影，我就上给我分账多的这五千块银幕。现在中国已经有一万四千块银幕了，直追美国，但关键问题是中国票价太高，美国是最低工资一小时能看两小时电影，中国可是八十块人民币一张电影票，美国才八美元一张电影票。现在中国电影的发展趋势也变成了院线给制片商的分账比例越来越大，这样就可以降低票价，院线可以靠经营其他东西来挣钱，就跟美国一样，你可以卖爆米花、卖冰激凌，可以做广告等，这些都可以挣钱。所以只要提高分账比例，这个票价就能降下来，这样大家都愿意，我们期待着这一天。

12月30日

　　《晓松说——历史上的今天》来到了 12 月 30 日。1896 年的这一天，菲律宾国父黎刹遇难；1972 年的这一天，尼克松下令停止对越南北方的轰炸。今天还是著名的高尔夫球天才运动员泰格·伍兹的生日，泰格生日快乐！

|菲律宾国父黎刹遇难|

　　先说说菲律宾的国父黎刹，黎刹在菲律宾的地位之高不亚于甘地在印度的地位，不亚于亚洲地区各国的领导人在本国的地位，黎刹拥有各种各样的头衔，包括民族英雄、华人先驱等，国父只是其中的头衔之一。菲律宾人民对黎刹极为热爱，他是南洋华人的后代，之前跟大家讲过，南洋华人基本上都是来自闽南的贫苦人民。这些华人在中国都是最贫苦的人民，但是因为华人聪明又勤奋，到了南洋以后通常都发展得很好。今天在菲律宾、新加坡、马来西亚这些国家的很多华人都奋斗到了社会的最上层，生意做得很大，很有钱。黎刹就出生在这样的一个华人家庭里，他原来的家族姓柯，黎刹在少年和青年时期受到了最

好的教育，先后在欧洲多个国家留学，并获得博士学位。黎刹可以说是个天才，他会说英语、法语、德语、西班牙语等，也会讲广东话，当然还会讲自己家乡的闽南话，有人说他一共会二十二国的语言，在南洋菲律宾这种地方能有这样的天才，真的是很少见。

黎刹的一生其实很短暂，他三十多岁就牺牲了，但他的经历却非常丰富。黎刹在欧洲留学期间，欧洲的各种报纸上就开始刊登他写的文章，他揭露西班牙殖民者在菲律宾的暴行，揭露西班牙在菲律宾对人民的残酷镇压，黎刹因此一直受到西班牙政府的通缉、抓捕。黎刹是个医学博士，后来他又到香港去行医，在香港住了一些年。之后他就回到了菲律宾，创建了菲律宾独立组织，黎刹在菲律宾的地位有点儿像孙中山当时在中国的地位，甚至还要高一点儿。后来黎刹因为独立组织被抓起来，流放到棉兰老岛，他仍然坚持斗争，最后在一次率领菲律宾人民起义的过程中被捕了。黎刹的未婚妻是一个爱尔兰人，是他在欧洲留学时认识的，黎刹被捕以后，他的这位爱尔兰未婚妻专门从香港赶过去，最后在刑场上和黎刹举行了婚礼。黎刹是1896年的今天牺牲的，他的牺牲极大地震撼了菲律宾人民，他牺牲以后，菲律宾人民就爆发了大起义。紧接着由于美西战争的爆发，再加上菲律宾人民对西班牙殖民者的痛恨和反抗，到1898年的时候，西班牙结束了数百年来对菲律宾的统治，黎刹成为菲律宾人民热爱的国父。

每个国家的人民都热爱自己的祖国，热爱自己的国父，但是这位菲律宾国父是一位华裔，这也是我们华人的骄傲。大家如果去马尼拉的话，马尼拉市中心有一个非常漂亮的公园，就叫作黎刹公园，这个公园就是为了纪念他，在里面有鲜花环绕的黎刹纪念碑和铜像。在这儿我要多说一句，在黎刹的纪念碑对面，就是两个当年最早发现了菲律宾的西班牙人的铜像。那时候西班牙人还没有那么残酷，而且当时西班牙人也不是在找菲律宾，他们也不知道有菲律宾这个地方，他们是为了找中国。后来大家发现哥伦布发现的地方不是中国，也不是印度，虽然这里的人被哥伦布称为印第安人，但其实并不是印度人，于是就把这儿改名叫阿美利加。后来在这两个西班牙人的带领下，第一支西班牙舰队来到了菲律宾，到了菲律宾以后还和中国人有了往来，从此中国跟西方建立了联系。当时西班牙人来到了菲律宾的民都洛岛，在民都洛岛发现了从中国来做生意的商船，于是西班牙人就想和中国人做生意。当时的中国商船都是带武装的，那时候南洋海盗非常多，中国商船以为遇上了海盗，就开始开炮，于是双方爆发了一场战斗，中方先开炮，西班牙还击。最后西班牙人击沉了一艘中国商船，俘虏了商船上的人，之后又把中国商船上的人都放了，把船上的东西也都还给了中国人，西班牙人说其实我们不是要来打仗的，我们只是想和你们做一下贸易。中国人一看原来这些西班牙人并不是海盗，于是就又开来几艘商船，把中国商船上所有的东西都展示给西班牙人看，西班牙人一看这东西太棒了，说我们什么都要，从此开始了著名的所谓"白银贸易"。于是大量的白银从美洲开采出来运到中国，中国商品被带回欧洲，然后欧洲人又拿钱去非洲买黑奴，黑奴再去美洲开采白银，再拿白银到中国来买东西，这样就形成了当时全世界最大的"大贸易"，或者叫"大交换"。这两个西班牙人后来成了驻菲律宾的总督，他们的铜像就立在黎刹纪念碑对面的一个角落里，这两座铜像就是最开始出来航海的巴斯克人，是给他们立的，大家去马尼拉的时候别忘了去黎刹公园看一看。

尼克松下令停止轰炸越南北方

1972 年的这一天，马上要过新年了，尼克松下令停止对越南北方的轰炸。这次对越南北方停止轰炸实际上代表着对越南的轰炸完全结束了，因为转过年去的 1 月就签订了和平协定，双方正式停战，美军要撤走了，越南把美军的战俘也都还给了美国。美国政府和军方到今天都认为和越南迅速地签订停战协议，虽然不太体面，但是对于美国来说至少结束了噩梦一般的越战，美军赶紧撤回美国，剩下的事儿就由你们越南人自己干吧。最后北越把南越彻底打败，占领了西贡，改名胡志明市。

美国政府一直认为最后对越南这几次大轰炸，尤其是后卫 1 和后卫 2 战役，给越南北方造成了重大的损失，对越战的结束起到了关键性的作用。大家知道冷战期间，美国跟苏联搞军备竞赛，大家都开发了大量的武器，包括进攻武器、防御武器等，这次轰炸也算是当时世界上最先进武器的大展示。之前美国跟苏联只是在古巴稍微照了个面，但是并没有正式开火，在朝鲜战场和越南战场上两边才真正开始干起来。在朝鲜战场上苏联的米格 15 和美军的 F-86 战斗机开始对决，基本上不相上下。到了越南战场双方又开始比画，美国大规模的战斗机在轰炸，而越南装备了大批苏联的防空导弹在防御。1972 年的时候北越用萨姆-2 防空导弹系统装备了上百个防空导弹营，萨姆-2 还不是当时苏联最先进的防空导弹，最先进的萨姆-6 防空导弹在埃及。1973 年第四次中东战争爆发的时候，埃及已经全部装备了萨姆-6，这种防空导弹系统不但能打低空的飞机，而且萨姆-6 是装在履带装甲车上，能移动，相比之下，萨姆-2 的阵地要大得多，而且还不能移动，可见苏联当时更加重视埃及，给越南装备的并不是最先进的武器。当然了，萨姆-2 和萨姆-6 还有一点儿区别，就是萨姆-2 是高空防空导弹，专打上万米高空的，而萨姆-6 是机动的中低空防空导弹，打战斗机用的，美国当时主要采用 B-52 轰炸机来轰炸，通常在一万多米的高空飞，轰炸的时候稍微降低一点儿，所以用萨姆-2 来打命中率更高。苏联还为越南提供了一百五十架米格-21 战斗机，这种战斗机当时中国都没有，在美越双方打到最激烈的时候，由于机场全被摧毁，越南空军的米格-21 没有地方降落，后来都落到了我们的广西境内。苏联人跟他们说不许让中国人看这些先进的飞机，结果越南人就不让我们看。可越南人完全忘了，当时为了支援越南，我们全国人民勒紧裤腰带，出了价值两百多亿美元的物资，把我们的武器、大米都给他们送过去，而且还出动了数十万人替他们防空。而在 20 世纪 50 年代初的抗法战争中，我们还派陈赓将军做他们的总顾问。正是在中国的援助下，越南才打赢了奠边府战役，取得了抗法战争的胜利。

在整个越战期间，美国在越南战场上一共投下了七百万吨炸弹，超过"二战"整个投弹量的 40%，可见越南人民在"越战"中承受了多么大的灾难。"二战"当中德国、日本等一块儿承受了五百万吨炸弹，而"越战"中越南一个小国就承受了美国七百万吨炸弹，而且当时美国投向越南的不光是炸弹，其中还包括到今天为止依然对越南人民的生命和生态造成灾难的脱叶剂橙剂。当时北越通过胡志明小道向越南南方运送了大量的作战部队与武器弹药。越南、老挝与柬埔寨的植被很丰富，这些道路都被各种树木覆盖，美军要轰炸穿过越南与老挝、柬埔寨的胡志明小道，为了能够从空中看清这些袭击目标，美国就向丛林地带投了大量的脱叶剂橙剂，使整个山上森林的叶子全都脱掉。我觉得美军这样做已经有反人类罪的嫌疑，虽然美军投下的不是毒气，但是这种脱叶剂橙剂对生态造成了长期破坏，对当地居民的健康也造成很大的危害。美国声称自己是一个民主自由的国家，竟然干出了这种不人道的事情，这是美国人应该检讨的。

12月31日

《晓松说——历史上的今天》来到了 12 月 31 日。今天是最后一期，就跟大家闲聊一下吧。

| 我的历史观 |

这个节目陪伴了大家一年，12 月 31 日，终于来到了最后一期，有很多很多的感慨，在这儿首先祝大家新年快乐！这个节目不会再做第二次了，因为下一年还是那些天那些人出生，那些天那些人去世，那些天发生了那些事情。所以我也有个小阴谋，我先把这个节目做了，别人就很难再做了。跟大家汇报一下，节目虽然到此为止，但是这个节目的内容，包括由于时间以及其他原因而在节目中没有播出的内容，会出一套六卷本的丛书，有一百多万字。我给它取名叫《鱼羊野史》，因为鱼和羊合在一起就是"鲜"，《鱼羊野史》就是咱们这个《晓松说——历史上的今天》的未删减本，大家在欢度新年之后，如果有兴趣的话就可以来看看这个《鱼羊野史》。

这个节目有几个让我觉得特别感慨的地方。一个是这一年，为了给大家讲这些事情，我觉得自己充实了很多。《历史上的今天》还不像我做其他的节目，比如《晓说》什么的，想讲什么就讲什么，不了解的事儿我就不讲了，只讲我最熟悉的事情，讲我见过的、经历或者游历过的事情。咱们这个节目不一样，因为每天都要讲，有些当然是我特别了解的题材，有些题材却是我非常陌生的，但你又必须去讲，因为这是特别重要的事情，而你又不太了解，所以自己要恶补。更重要的是有几位老师，像坐在我们对面的来自上海广播电视台资料馆的张老师，他完全就是一个"行走的资料馆"，或者叫"行走的图书馆"，这一年张老师给了我巨大的帮助。还有来自复旦大学、华东师大的年轻的历史学家们、历史教授们，我们多次坐在一起谈论这些话题，从他们身上我汲取了很多很多，这些都让我受益匪浅，做这一年的节目相当于让我读了一年研究生，非常有收获，非常高兴。在做节目的过程中，我也在和节目共同成长，每天讲的这些事情，有中国的、西方的、古代的、现代的、文艺的、军事的等，我也在慢慢地梳理自己的观点，所以这是我最大的收获，也是我要跟大家分享的我的历史观。

　　以前在这个节目的很多期里，我也有意无意地提到了一些我的历史观，今天在这儿正式地讲一下，我的历史观主要有两个，当然这是我今天的观点，也许明天我又会成长。我觉得整个人类历史的展开，就是科学和艺术以平行线的方式交替解释人与自然，交替给我们提供美感，从不同的时间共襄盛举。你离远些看整个历史，当文艺昌明、艺术飞速发展的时候，通常都是科学很落后的时候，或者是科学停滞不前的时候。最开始出现的图腾、最开始出现的神话、原始的宗教，其实都是艺术范畴的东西。太阳是阿波罗，月亮是嫦娥，东西方最开始都在用艺术解释世界。紧接着科学发展起来，开始急速地追赶，对世界上大部分的现象都赋予科学解释，地球是圆的，季风有规律，月亮是卫星。这个时候艺术就有很长时间停滞不前。文艺复兴的时代，艺术涤荡天下，再到工业革命的时候，艺术又相当程度地退居幕后。当科学迅速发展，撞到南墙，比如到了"一战"，发现科学这么发达，可以这么高效率、短时间、大规模地杀人如草芥，上千万人就这样零落成泥碾作尘，科学惊呆在那里，科学自己不能解释这是为什么。所以"一战"以后，又进入一个艺术大发展的时代，就是我在后面经常讲的，从巴黎流放归来的人们中出现了大批大师，出现了海明威、聂鲁达、菲茨杰拉德，出现了毕加索，哲学方面，萨特、福柯接踵而来，开始解释我们人类出现了什么问题。

然后科学再发展，艺术再解释。每当科学飞速发展的时候，人们精神会停滞，因为科学发展的时候，生活是有很大改善的，每当生活改善的时候，知识分子就觉得很孤单。比如今天的时代，不光是中国，全世界的知识分子都觉得很孤单，很迷茫，包括英美的大知识分子，这两年都开始严重向"左"转，写了大量的有关马克思主义、有关左派的书，因为他们也找不到出路。我觉得这就是历史发展的必然。现在是科学最大发展的时期，以互联网为代表的高新科技，以最快的速度改变着人们的生活，这时候艺术通常会靠边站，等科学飞速地再一次撞到南墙。等对人们精神世界的又一轮高科技束缚出现的时候，科学又会发现自己无能为力，艺术又会超越科学，再去解释人类的新问题。那个时候才会出现崭新的文学、哲学，崭新的电影、崭新的绘画流派和音乐。我很期待那一天，最好在我有生之年，我猜一定在我有生之年，因为现在发展速度比以前快了百倍，两者的交替频率也应该比以前快很多。有意思的就是，它们从来不同时，而是交替绽放，但是它们每一次交替都带给你很多美感跟思考。

再有就是大家说屁股决定脑袋，每个人都因为自己的身份、自己的成长，而有不同的看历史的眼光。所以中间有些"明粉"，这一年来没少争辩明朝的问题，在此跟大家和解，其实都是很久以前的事情，大家只是争辩观念，实际上没有什么真的针锋相对，每个时代都有它的好，有它的不好，只是由于每个人的身份不同，所以会有不同的看法。比如我作为一个知识分子家庭出身的孩子，作为一个读书人，当然是喜欢文化昌明、知识分子自由的时代，当然是不喜欢要被太监打屁股、被太监侮辱的时代，所以我肯定不喜欢明朝。我自己最喜欢的几个昌明时代，首先是春秋战国时期，尤其是齐国，不光是因为齐国有管仲和青楼，也不光是因为齐国有海鲜吃，那个时候饭做得确实不太好，只有脍、炙两种手段。那个时候是知识分子最美好的黄金年代，你有上、中、下好几条路可选，上也许能成为诸子百家，那你就太高兴了，也许嘛，大师辈出的年代你被激发了，不像今天，大家比着秀智商下限；中你可以布衣立谈成卿相，也许你就站在君主的门口聊几句，献个策，就进了"中央政治局"，苏秦甚至创造了同时佩六国相印的世界纪录，挂在身上都背不动；再下，也可以去孟尝君、信陵君、春申君家里头去当门客，跟公子聊聊天，替公子看看书，大家喝喝酒。我觉得那是一个美好的知识分子的时代，甚至比同时代的希腊还要好。那是一个轴心时代，这边有诸子百家，那边有希腊璀璨的大师们出现，南边还有释迦牟尼顿悟了。那是一个伟大的思想飞跃的时代。能生活在那个时代，就算吃得差一点儿，也觉得很幸福。或去唐代，当然最好不要经历安史之乱，好事儿都得叫咱赶上，最好是安史之乱之前就已经死了，生前经历了唐初一直到盛唐玄宗时期的开元盛世，与大诗人们一起结交、云游、写诗，甚至可以上殿去脱了鞋，醉草吓蛮书，那个美好的时代，是伟大的诗人时代。再不济就去宋朝，最好是在仁宗时代，不要看到后面改革、党争那些事儿。只跟苏家兄弟一起游于赤壁，杯盘狼藉，不知东方之既白。也可以写文章骂皇帝，破口大骂也没关系，最多就被发配去旅游嘛，到处去看看，所以我喜欢这些美好的时代。西方文艺复兴时代也很美好，大航海时代就算了，因为我吃不了苦，在船上确实非常苦。

我一直都以这样的观点来看待古今中外的人与物，基本上我比较偏中，既不左，也不是很右，你要说中庸也好，或者叫自由派也好，我是这样的一个读书人。我觉得以这样的观点来跟大家分享，午夜醒来想一想还算问心无愧。非常感谢大家陪伴了我一年，希望今后有机会在其他的地方、其他的节目里跟大家继续分享我的历史观，以及我去世界各地的见闻。我对大家还是有一些期望，当然不敢说"临别赠言，幸承恩于伟饯；登高做赋，是所望于群公……"（出自唐代诗人王勃的《滕王阁序》），尤其是对年轻的观众，其实我有一点点期望，如果你能通过这个节目或者这本书了解到一些自己以前不了解的事情，我觉得我的目的就已经达到了。

| 新年倒计时 |

最后讲几句关于新年倒计时的事儿。中国现在也开始倒计时，倒计时这事儿其实最早是从美国纽约开始的。现在越来越多的人去美国旅行，在这儿说一句，如果要去纽约参加新年倒计时活动，你最好带上纸尿裤，因为这个活动从下午一点半就进场了，一直要等到晚上十二点才开始倒数。纽约这地方冬天非

常冷，纽约大概就相当于中国的东北地区，元旦的时候绝对是零下的温度。但是还好，这倒计时活动举行的时候有一百万人挤在一起，还不算太冷，唯一的问题就是如何上厕所。你要想出去上一趟厕所，光挤出人群就得俩小时，到了厕所以后还得再排俩小时队，等你出来的时候就已经回不来了。所以大家一定要注意，去美国纽约参加新年倒计时活动的时候，这上厕所的问题如何解决。

美国新年的庆祝活动最著名的有两个，一个是东岸也就是纽约的倒计时活动，还有一个是在西岸洛杉矶的"玫瑰大游行"（Rose Parade）活动，这是美国过新年最盛大的两个公共事件。全美国都会在 12 月 31 日直播倒计时活动，然后紧接着第二天早晨直播"玫瑰大游行"活动。参加这个游行活动最好也要早晨四点钟以前去，很多人是前一天晚上就去了，因为洛杉矶在美国最西南的地方，冬天没有那么冷。从这两年开始，参加"玫瑰大游行"的也开始有中国的花车了，这是洛杉矶当地的华侨们一起出钱、出力设计的中国花车。有机会大家去美国旅游，如果正赶上跨年的话，可以东西海岸飞一趟来体会新年的气氛。

以前总跟大家说明天再见，今天就跟大家说以后有缘再见。谢谢各位！

Today

in History